ANAHERA

Die Erbin

Roman

Jasmin Neubauer

Kapitel 1

Cleo

»Cleo Gruber? Sie sind an der Reihe.«

»Oh nein«, murmle ich. Ich packe schnell meine Unterlagen zusammen und versuche, sie in meine zu kleine blaue Tasche zu stopfen. Meine Hände zittern, während ich auf meine Englischlehrerin zugehe. Kurz bevor ich bei ihr ankomme, drehe ich mich zu meinen Mitschülern um. Mein ganzer Jahrgang steht im Flur, alle lächeln mich aufmunternd an. Sogar die Schüler, die die Abschlussprüfung nicht bestanden haben, sind hier, um ihre Kameraden zu unterstützen. Meine beste Freundin Sophie winkt mir aus der Menge zu. Trotz der ganzen Aufregung muss ich lächeln. Hinter mir ertönt ein strenges Räuspern.

»Frau Gruber, bitte«, sagt die Lehrerin ungeduldig.

Ich folge ihr in das Zimmer. Ich kenne diesen Raum, er ist mir von den unzähligen Geographiestunden, die ich hier mit meinen Freunden verbracht habe, vertraut. Heute aber ist die Atmosphäre eine ganz andere. Sie haben die Tische umgestellt. Vor der Leinwand stehen nur noch drei Tische, an denen einige meiner Lehrer sitzen wie eine Jury bei einer Fernsehshow.

Meine Englischlehrerin bedeutet mir, mich vor die Leinwand zu stellen, um meine Präsentation zu halten, die ich seit Wochen vorbereite.

Nervös schlucke ich. Ich war schon immer schlecht darin, vor mehreren Menschen zu sprechen. Ich darf jetzt nicht darüber nachdenken, ob ich vielleicht wieder stottere oder nicht. Ich balle meine Hand zu einer Faust. *Ich schaffe das.* Ich habe meinen Text stundenlang geübt und kann ihn im Grunde auswendig, ich muss ihn quasi nur noch aufsagen.

Ich beuge mich über den Computer, der neben der Leinwand steht, und starte meine Präsentation. Ich atme tief ein, hebe das Kinn und zwinge mich zu einem höflichen Lächeln. Die Lehrer sind in ein Gespräch vertieft und haben mich noch nicht einmal wahrgenommen. Ich gehe mit wackligen Knien auf sie zu, damit sie mich endlich bemerken. Nur einen Schritt von ihnen entfernt stolpere ich über meine eigenen Füße und falle auf die Knie.

»Scheiße«, entfährt es mir.

Ich schaue zu meinem Publikum hoch, alle starren mich an. Einige belustigt, aber die meisten entsetzt. Ob wegen meines Fluchs oder weil ich nicht einmal dazu imstande bin, ein paar Schritte unfallfrei zu gehen, kann ich nicht abschätzen.

»Entschuldigen Sie bitte«, sage ich schnell und richte mich auf. »Ich bin solche Schuhe nicht gewöhnt.«

Ich deute auf meine hohen Schuhe, in denen ich noch nie richtig laufen konnte, und hoffe, damit die Stimmung aufzulockern. Die meisten sehen mich immer noch streng an. *Das kann ja was werden*, denke ich mir.

Ich atme noch einmal tief durch und beginne nun wirklich meinen Vortrag. Ich stottere ein bisschen, aber das viele Üben hat sich gelohnt. Am Ende rechne ich eigentlich mit Applaus, aber nichts. Ich schaue in viele leere und gelangweilte Gesichter. Einen schrecklichen Moment lang passiert gar nichts. Da erhebt sich mein Hauptprüfer aus seinem Stuhl und stellt sich vor mich. Er wird mir jetzt sicher eine der gemeinsten Fragen stellen. Er ist der fieseste Lehrer an der Schule und ich hätte ihn mir nie ausgesucht, aber wir haben da leider kein Mitspracherecht. Bis jetzt sind alle Schüler, die heute zur Prüfung bei ihm angetreten sind, durchgefallen. Ich spiele nervös mit meinen Fingern.

Er schaut mich mit diesem gemeinen Grinsen an, das er immer aufsetzt, wenn er in Hochform ist, doch plötzlich verändert sich sein Gesichtsausdruck. Für einen kurzen Augenblick starrt er mich mit emotionslosen Augen an. Ich will ihn schon fragen, ob alles in Ordnung ist, doch dann lächelt er plötzlich freundlich.

»Jetzt kommen wir noch zur letzten Frage, Frau Gruber. Erläutern Sie bitte den Ablauf der Vollkostenkalkulation und der Teilkostenkalkulation. Was bedeuten die für einen Unternehmer?«

Was? Wie bitte? Hat er mich das wirklich gefragt? Das ist die einfachste Frage aus dem gesamten Fragenkatalog, absolutes Grundlagenwissen, das jeder nach fünf Jahren Ausbildung an dieser Schule beherrschen sollte. Vielleicht ist es eine Falle oder eine Fangfrage? Nachdem ich mich kurz gesammelt habe, beantworte ich ihm die Frage so detailreich und ausführlich, wie es nur geht.

Sobald ich fertig bin, lächelt mich der Lehrer wieder an und sagt fröhlich: »Bestanden!«

Wie benommen schüttle ich noch höflich allen die Hand, bevor ich aus dem Zimmer gehe. Erst als die Tür hinter mir zufällt, laufe ich zu Sophie. Zu zweit hüpfen wir Arm in Arm auf und ab und kreischen.

»I knew it! Ich habe gewusst, dass du das schaffst«, sagt Sophie schon fast in einem vorwurfsvollen Ton.

»Ja, tut mir leid, dass ich in letzter Zeit so gestresst war wegen der Prüfung. Ich hatte echt Angst wegen Trölp, er ist der schlimmste Prüfer, den es gibt.« Ich drücke sie noch mal fester.

»Ich verstehe dich ja, er ist wirklich mies. Hätte ich bei ihm antreten müssen, wäre ich sicher total ausgeflippt.«

Wir setzen uns zu unseren Freunden Max und Tobi auf eine Bank und feuern die restlichen Prüflinge an, die nach mir an der Reihe sind. Einige, die auch beim Trölp antreten müssen, kommen zu mir und fragen, wie die Prüfung mit ihm gelaufen ist. Jedes Mal, wenn ich sage, dass er heute gute Laune hat und mir keine schlimme Frage gestellt hat, werde ich ungläubig angestarrt.

Ich verstehe immer noch nicht, was drinnen gerade passiert ist. Der Trölp ist bei Prüfungen immer das totale Arschloch. Jeder an der Schule weiß, dass selbst ein Einser-Schnitt wie meiner ihn noch bei keiner Abschlussprüfung davon abgehalten hat, ein gemeiner Fiesling zu sein.

»Die Reise wird sicher der Wahnsinn! Bist du auch schon so aufgeregt?«, holt mich Sophie aus meinen Gedanken.

»Klar, es wird sicher schön dort. Die Altstadt soll absolut umwerfend sein.« Ich freue mich wirklich schon auf die Reise nach Italien. Das wird mein erster Urlaub ohne Aufpasser – weder Eltern noch Lehrer werden dabei sein. Sophie und Max haben sicher nur Alkohol und Partys im Kopf, aber ich will mir unbedingt alles von Tarent ansehen.

»Really? Altstadt?«, fragt Sophie genervt.

Ich lache, dann stehe ich auf und deute auf das Smartphone in meiner Hand. »Ich geh raus und ruf meine Eltern an, sie waren genauso aufgeregt wegen der Prüfung wie ich.«

Ich gehe aus dem Schulgebäude und wähle die Nummer meiner Mama. Sie kreischt vor Freude so laut in ihr Handy, dass ich meines von meinem Ohr weghalten muss, um nicht taub zu werden.

»Ja, Mama, versprochen, es wird nicht zu spät, ich fahre nur schnell zu Rain, dann komme ich nach Hause.« *Damit lege ich auf.*

Dass ich heute noch zu meinem Pferd fahre, hat mir ein bisschen die Aufregung genommen. Wegen der Prüfung hatte ich in den letzten Wochen kaum Zeit für ihn. Ich liebe mein Pferd, er ist mein Ein und Alles.

»Oh nein, Cleo, das kannst du doch nicht machen! Wir müssen zusammen anstoßen und feiern gehen«, beschwert sich Sophie, als ich mich von ihr verabschieden will.

»Ein anderes Mal vielleicht, ich muss jetzt wirklich los.«

Ich umarme Sophie zum Abschied und winke Max und Tobi im Gehen zu.

Der Stall ist nicht weit von der Schule entfernt und bei wenig Verkehr schaffe ich die Strecke mit meiner Vespa in fünfzehn Minuten. Es ist ein heißer Tag, aber der Fahrtwind ist angenehm kühl auf der Haut.

Am Stall gehe ich sofort zu meinem Spind, in dem meine Reitsachen verstaut sind. Ich muss aus diesen Schuhen und diesem Kleid raus.

Ich weiß, dass man sich für seine Abschlussprüfung schön anziehen soll. In meiner Jeans und mit meinem braunen abgewetzten Lederrucksack hätte ich mich heute allerdings wohler gefühlt. Ich setze mich, um diese absolute Katastrophe von Schuhen loszuwerden. Sandalen, die so gut wie nur aus Bändern bestehen und noch dazu einen dünnen Absatz haben. Ich dachte die ganze Zeit, ich würde auf Stelzen laufen.

Hastig löse ich die Bänder, streife die Schuhe von meinen Füßen und bewege meine eben noch eingequetschten Zehen. Glücklich greife ich zu meiner Reithose und den bequemen Reitstiefeln. So schnell wie heute war ich noch nie fertig.

Ich laufe zu den Boxen und steuere direkt die von Rain an. Er steht stolz da, den Kopf erhoben und den Blick auf mich gerichtet. Sein dunkelbraunes Fell und seine dunklen fast onyxfarbenen Augen lassen ihn majestätisch wirken. Nur der kleine weiße Punkt in seinem Gesicht nimmt ihm etwas von der Ausstrahlung. Er wiehert leise, während ich auf ihn zugehe.

»Hallo mein Großer, wie geht es dir? Wir haben heute was zu feiern, ich habe meine Prüfung bestanden. Ist das nicht super?«, sage ich zu ihm.

Ich öffne die Box und führe ihn hinaus, um ihn zu satteln. Nachdem ich ihm auch sein Zaumzeug angelegt habe, schwinge ich mich auf seinen Rücken und wir reiten im Schritt aus dem Stall. Heute wird es nur ein kurzer Ausritt durch den Wald hinter dem Stall.

Der Waldweg ist komplett schattig, die Feuchtigkeit vom letzten Regen liegt noch in der Luft. Es riecht nach Moos und Pilzen. Tief atme ich ein, genieße jeden Moment, wenn ich bei Rain bin. Bei ihm fühle ich mich sicher und geborgen. Er vermittelt mir ein Gefühl von Zuhause.

Je länger ich reite, desto mehr fällt die Anspannung von mir ab. Ich merke, wie ich nach diesem aufregenden Vormittag ruhiger werde.

Ein Zucken geht durch Rains Körper und er steigt auf einmal. Ich versuche, mich an den Zügeln festzuhalten, bekomme sie aber nicht richtig zu packen und stürze zu Boden. Ich höre ein lautes Knacken, Schmerz brennt in meinem Arm.

»Scheiße!«, schreie ich laut.

Ich drehe mich zu Rain. Er ist außer sich und steigt schon wieder. Ich rapple mich wegen meines verletzten Armes steif auf und laufe zu ihm. Mit der linken Hand greife ich die Zügel und rede mit ruhiger und leiser Stimme auf ihn ein.

»Alles gut, mein Großer, es ist nichts passiert. Ich bringe dich jetzt zurück in den Stall und dort bekommst du was Leckeres zu essen.«

Langsam beruhigt er sich wieder und ich führe ihn am Zügel zurück. Beim Gehen halte ich meinen rechten Arm vor meine Brust. Er tut schrecklich weh. Hoffentlich ist er nicht gebrochen.

Am Stall bringe ich Rain in seine Box zurück. Ich versuche, ihn abzusatteln, aber mit nur einer Hand ist das unmöglich, also gehe ich zu Harry, dem Besitzer des Stalls. Er ist die gute Seele des Hofes und wohnt in dem Haus direkt nebenan. Als er mich sieht, springt er sofort von seinem Stuhl auf und kommt zu mir.

»Geht's dir gut, Cleo? Verdammt, was is' passiert?«

Harry ist ein großer, breit gebauter Mann. Würde er einem nachts in der Stadt begegnen, würde man wahrscheinlich vorsichtshalber die Straßenseite wechseln. Dabei ist er der herzlichste und hilfsbereiteste Mensch, den ich kenne.

»Alles gut, Harry, ich ruf gleich Mama an, damit sie mich abholt. Kannst du Rain absattelt und ihm sein Futter geben? Das kann ich mit einer Hand nicht und er ist total unruhig.«

Mit der linken Hand ziehe ich umständlich mein Handy aus der Hosentasche, der Bildschirm ist zersprungen.

»Verdammt, das ist sicher beim Sturz passiert. Mist, Mist, Mist!«

Ich drücke ein paar Mal den Startknopf des Handys, doch der Bildschirm bleibt schwarz.

Harry schaut mich mitfühlend an. »Weißt du was? Ich kümmer mich zuerst um Rain und dann bring ich dich nach Hause. Was is'n überhaupt passiert?«

Auf dem Weg zu Rains Box erzähle ich Harry von dem Unfall. Besorgt runzelt er die Stirn. Er versichert mir, nachzusehen, ob er etwas Auffälliges im Wald findet, das Rain erschreckt haben könnte.

Nachdem sich Harry um Rain gekümmert hat, bringt er mich in seinem alten Transporter nach Hause. Mein Arm schmerzt immer mehr und ich will so schnell wie möglich zu meinen Eltern.

Harry setzt mich vor meinem Haus ab und wünscht mir eine schnelle Genesung.

Unser Haus ist eines dieser typischen Einfamilienhäuser vor der Stadt mit einem kleinen Vorgarten. Hinter dem Haus stehen ein paar alte Bäume, die ich als Kind immer hinaufgeklettert bin.

Ich öffne die Haustür, überall im Vorraum sind bunte Luftballons verteilt und ein Banner hängt über unserer Treppe, auf dem *Herzlichen Glückwunsch* steht. Das Klappern von Geschirr und die Stimmen meiner Eltern dringen aus der Küche. Es riecht nach Pizza, und wenn ich nicht so starke Schmerzen hätte, würde mir bei meinem Lieblingsessen sicher das Wasser im Mund zusammenlaufen.

Ich gehe zu ihnen in die Küche. Sie stehen gerade vor dem Ofen und starren die Pizza darin an. Als sie meine Schritte hören, drehen sie sich sofort zu mir um. Obwohl ich versuche zu lächeln, merkt meine Mama sofort, dass etwas nicht stimmt. Sie scheint mich von oben bis unten abzuscannen und ihr Blick bleibt an meinem Arm hängen.

»Cleo, was ist denn passiert?!», fragt sie entsetzt.

Sie lassen alles stehen und liegen und fahren sofort mit mir ins Krankenhaus, wo ich anstatt einer leckeren Pizza einen Gips bekomme.

Lucian

War ja wieder mal klar, dass ich mich um die Drecksarbeit kümmern muss. Soll er dieses Mädchen doch selber beschatten und nicht immer mich zu so unnötigen Aufgaben schicken. Er könnte mir wenigstens mal sagen, was an ihr so besonders ist.

Ohne Vorwarnung wurde ich gestern Nacht zu meinem Gebieter zitiert. Ich dachte erst, es hat wieder Probleme an den Grenzen gegeben. Aber nein, stattdessen habe ich diesen sinnlosen Auftrag bekommen. Am Abend soll ich Bericht erstatten.

Seufzend betrete ich das Schulgebäude und mische mich unter die aufgeregten Schüler. Dank meiner Gabe beachtet mich niemand. Ich kann nichts Aufregendes beobachtet, sie ist ein normales Mädchen in dieser normalen Welt, ziemlich unspektakulär. Sie ist schlank und hat dunkelbraune, fast schwarze Haare, die sich über ihren Rücken kringeln. Das einzig Besondere an ihr sind ihre Augen. Ich habe jedes Mal, wenn ich sie ansehe, das Gefühl, in einen strahlend blauen Himmel zu schauen.

Gerade steht sie mit einem anderen Mädchen in einer Ecke, zusammen blättern sie hektisch in einem Buch. Sie wird aufgerufen. Stolpernd geht sie auf eine

, Professorin zu.

Armes Mädchen, kann nicht mal richtig laufen.

Schnell schlüpfe ich durch die Tür, bevor die Professorin sie hinter ihr schließt.

Das Mädchen stellt sich in die Mitte des Raums hinter den Computer. Bei allen Monden, wieso zittert die denn so? Sie kann einem fast leidtun. Stockend beginnt sie mit ihrem Vortrag, dabei sieht sie aus, als ob sie sich am liebsten hinter dem Computer verstecken würde. Irgendwie tut sie mir fast leid.

Ich betrachte die Kommission und erkenne sofort, wer der Prüfer ist. Ein alter Mann mit finsterem Blick, der wird es ihr nicht leicht machen. Ohne darüber nachzudenken, stelle ich mich hinter ihn, schließe die Augen und konzentriere mich auf sein Innerstes. Ich kann seine Seele sehen. Eine große dunkle Kugel. Ich betrachte die Kugel genauer, man kann noch ein paar helle Flecken auf seiner Seele erkennen. Die schwarze, dunkle Masse hat noch nicht all das Gute in ihm verzehrt. Ich suche nach einer Stelle, die noch nicht völlig von Negativität verschlungen wurde und in der die schwarzen Fetzen der Düsterheit noch kein Wurzeln geschlagen haben. Ich ziehe an einem der Fetzen, doch das Trauma, das diese Finsternis in ihm stärkt, sitzt tief. Ich reiße ihm einen schwarzen Fetzen von der Seele und mir strömen Unmut, Einsamkeit und Verlust entgegen.

Er stellt ihr mit warmer tiefer Stimme eine Frage und sein Lächeln wird breiter, als sie die richtige Antwort gibt.

Ihr Blick ist immer noch ungläubig, während sie den Raum verlässt. Das Mädchen von vorhin läuft auf sie zu und erst jetzt strahlt Cleo über das ganze Gesicht.

Ich betrachte sie, während sie mit ihren Schulkameraden redet. Wieso habe ich ihr geholfen? Es ist nicht meine Aufgabe, mich in ihr Leben einzumischen. Mein Auftrag ist es, sie zu beobachten, mehr nicht.

»… Tarent ansehen«, sagt Cleo, das reißt mich aus meinen Gedanken.

In Tarent gibt es einen der vier Machtpunkte und ein Portal für Irdische in unsere Welt. Ihre Reise in die Stadt muss Zufall sein, aber jetzt habe ich endlich etwas, das ich meinem Gebieter berichten kann.

Nach kurzer Zeit verabschiedet sie sich von ihren Freunden und fährt mit einem Moped davon.

Ich konzentriere mich auf meine Magie, schwarze Schwingen erscheinen hinter meinem Rücken, die rabenschwarzen Federn glänzen in der Sonne. Mit einem Flügelschlag erhebe ich mich und fliege ihr mühelos hinterher.

Schon als ich den Stall sehe, wird mir unbehaglich zumute. Das Pferd könnte ein Problem werden. Menschen fehlt der Sinn, um uns in ihrer Gegenwart zu spüren, bei Tieren ist das anders. Sie wissen, wenn wir in der Nähe sind.

Ich laufe um den Stall, bis ich ein Fenster finde, durch das ich sie beobachten kann. Sie geht sehr liebevoll mit ihrem Pferd um, die Verbindung zwischen den beiden ist deutlich zu sehen. Sie verlässt mit dem Pferd den Stall und reitet auf einen Waldweg zu. Ich fliege ihr nach und beobachte die beiden von oben.

Verdammt, der Wald wird immer dichter, ich kann sie fast nicht mehr sehen. Ich gehe tiefer, um die beiden durch das dichte Blätterwerk nicht zu verlieren, doch das Pferd bemerkt mich sofort und steigt. Es wirft das Mädchen ab und ich kann das Knacken ihres Arms hören. Schnell fliege ich höher, damit sich das Pferd beruhigt.

Das Mädchen setzt sich benommen auf und starrt auf ihren Arm, danach schaut sie zu ihrem Pferd und steht sofort auf, um es zu beruhigen. Ihr Arm muss höllisch wehtun, trotzdem kümmert sie sich zuerst um ihr Pferd. In mir regt sich das schlechte Gewissen, doch ich drücke es nieder. Wieso muss sie ausgerechnet an dem Tag, an dem ich sie beschatten soll, reiten gehen? Außerdem hat ein Mensch kein Mitgefühl verdient.

Ich folge ihr weiter bis nach Hause. Als ihre Eltern mit ihr ins Krankenhaus fahren, beschließe ich, wieder in meine Welt zurückzukehren und dem Gebieter zu berichten, was geschehen ist.

Kapitel 2

Cleo

Heute ist es so weit. Heute geht es nach Italien. Als der Wecker klingelt, bin ich schon lange wach. Sofort springe ich aus dem Bett.

Mein erster Urlaub ohne meine Eltern, ich bin so aufgeregt! Zum Glück muss ich nicht mehr mit Gips rumlaufen, der Arzt hat ihn nach zwei Wochen gestern entfernt. Ich konnte so zwar zu Rain, aber reiten war unmöglich. Gestern Abend war ich noch im Stall und habe mich von ihm verabschiedet. Ich lasse Rain ungern allein, aber Harry hat versprochen, sich gut um ihn zu kümmern. Außerdem haben wir uns nach den vielen Wochen, in denen Sophie und ich nur gelernt haben, den Urlaub verdient. Vielleicht treffe ich einen netten Typen, einen richtigen Italiener – braun gebrannt, trainiert und mit einer romantischen Ader.

Ich schlüpfe in meine liebste hellblaue Jeans und in mein gelbes Trägershirt. Ich schnappe mir meinen Koffer, den ich gestern schon gepackt habe, und meinen abgewetzten Lederrucksack und renne die Treppe hinunter in die Küche.

»Guten Morgen«, sage ich fröhlich zu meinen Eltern und setze mich an den gedeckten Frühstückstisch zu meinem Papa. Mama bringt mir eine Tasse Kaffee.

»Hast du gut geschlafen?«, fragt sie wie jeden Morgen.

»Nein, überhaupt nicht«, gebe ich zu, »ich bin viel zu aufgeregt.«

Meine Eltern lachen und wir reden über die Reise. Nach einer Weile schaue ich auf die Uhr und springe hektisch auf.

»Oh nein, wir haben die Zeit vergessen. Wir müssen zum Flughafen!«, rufe ich.

Auch meine Eltern springen auf. Mein Vater bringt schnell meinen Koffer ins Auto und zwei Minuten später sind wir schon auf dem Weg.

»Liebling, du fährst viel zu schnell, wir sind bestimmt auch pünktlich, wenn du die Geschwindigkeitsbegrenzungen einhältst«, ermahnt ihn Mama streng.

Das startet prompt eine Diskussion, wer von den beiden besser fährt und wer die meisten Strafzettel bekommen hat. Ich sitze auf dem Rücksitz und kann mir ein Lachen nicht verkneifen. Ich habe die beiden noch nie ernsthaft streiten sehen und auch jetzt ziehen sie sich nur gegenseitig auf.

Wir sind fast pünktlich. Meine Freunde stehen schon vor dem Eingang und warten ungeduldig auf mich. Ich verabschiede mich von meinen Eltern und meine Mama drückt mich fest an sich.

»Hast du alles eingepackt? Deinen Reisepass und das Flugticket? Wisst ihr, wie ihr in Rom vom Flughafen zum Bahnhof kommt?«

»Mama, wir haben doch gestern zusammen den Koffer gepackt. Mein Reisepass ist im vordersten Fach meiner Tasche, wo du ihn hingesteckt hast – genauso wie mein Flugticket. Ich bin nur zwei Wochen weg, mach dir keine Sorgen.«

Ich umarme auch noch meinen Papa und rufe ihnen im Gehen noch mal zu, dass ich sie lieb habe.

Sophie und ich fallen uns in die Arme und müssen vor Freude quietschen.

Max verdreht die Augen. »Mädels, echt jetzt? Wenn das den ganzen Urlaub so geht, sperren wir euch im Hotelzimmer ein und machen ohne euch Party!«

Wir lachen und gehen zusammen durch die Kontrolle zum Gate.

Ich liebe es, zu fliegen. Jedes Mal, wenn ich mit meinen Eltern in den Urlaub geflogen bin, war der Flug das coolste für mich. Die Zeit an Bord vergeht diesmal so schnell, dass es mir vorkommt, als würden wir nach dem Start schon wieder landen. Ich hatte kaum Zeit, es richtig zu genießen.

Am Flughafen in Rom eilen hunderte Menschen kreuz und quer an uns vorbei. Der Trubel und das hektische Treiben machen mich ganz nervös. Ich habe in mehreren Reiseführern gelesen, dass der Flughafen gut ausgeschildert ist und man den Weg von den Gates zu den Bahnsteigen gut finden kann. Man muss nur den Schildern mit der Aufschrift *Treno* folgen, aber wir können keines der Schilder entdecken. Mir wird heiß, der Zug fährt schon in zehn Minuten. Wenn wir nicht bald eines der Schilder entdecken, werden wir ihn verpassen.

Sophie versucht, in das WLAN des Flughafens zu kommen, um den Weg vom Gate zum Bahnsteig zu googeln. Ich lasse sie machen, obwohl ich bezweifle, dass Google Maps in einem Gebäude funktioniert.

Ein Geschäftsmann in einem schwarzen Anzug und mit einem Aktenkoffer eilt gestresst an uns vorbei. Er bleibt plötzlich stehen, dreht sich um und schlendert auf uns zu. In perfektem Deutsch sagt er: »Die Bahnsteige befinden sich auf der anderen Seite des Flughafens. Ihr müsst nach dem Kiosk nach links und dann solltet ihr die Schilder mit *Treno* sehen.«

Er dreht sich um, verharrt einen Moment, schüttelt den Kopf und rennt nach einem Blick auf die Uhr in Richtung eines Gates.

»Das war ja strange«, bemerkt Sophie und schaut ihm verwundert nach.

»Strange, aber auch hilfreich. Los jetzt, dann schaffen wir es noch!«, ruft Tobi uns zu, während er schon mit seinem Gepäck in der Hand losläuft. Wir laufen durch das Gebäude und sehen bald die Schilder. Rennend erreichen wir den Bahnsteig und steigen in den Zug. Schwer atmend lassen wir uns auf unsere

Plätze fallen, im selben Moment setzt sich der Zug in Bewegung.

»Woher wusste dieser creepy Typ, dass wir den Bahnsteig suchen?«, fragt Sophie immer noch schnaufend vor Anstrengung.

»Kein Plan, aber vermutlich sind wir nicht die Ersten, die den Weg wegen der miesen Beschilderung nicht gefunden haben. Ist mir auch egal, wir sind im Zug und bald in Tarent, wo die Party abgehen wird!«

Tobi und Max schlagen ein und fangen an, darüber zu diskutieren, ob sie lieber eine Italienerin aufreißen wollen oder eine heiße Touristin.

»Cleo, was sagst du dazu? Das war doch nicht normal, oder? I mean, woher wusste der das?«

»Ich denke, Tobi hat recht. Wir sind sicher nicht die Ersten, die sich im Flughafen verlaufen haben. Ein bisschen merkwürdig finde ich es auch, er hatte es ja wirklich eilig, aber wir sollten froh sein. Ohne ihn hätten wir den Zug verpasst.«

Nach acht Stunden, in denen ich aus dem Fenster geschaut, mit Sophie über alles Mögliche getratscht und ein paar Stunden unbequemen geschlafen habe, kommen wir endlich in Tarent an. Am Bahnhof geht es nicht so hektisch zu wie in Rom, alle wirken entspannt. Hier finden wir uns gleich viel besser zurecht und wir lassen uns mit dem Menschenstrom in Richtung Ausgang treiben. Sophie hat während der Zugfahrt den Weg gegoogelt, den wir zu unserem Hotel gehen müssen, und zum Glück ist es nicht weit.

Die Stadt ist so wunderschön, die Gebäude sind alle so alt, dass bestimmt jedes eine eigene Geschichte zu erzählen hat. Ich hole meine Kamera aus meinem Rucksack und fotografiere jedes Detail der Gebäude, die Verzierungen und die alten Simse an den Fenstern. Es sieht aus, als wären die Gebäude aus weißen

Felsen gehauen worden und jedes ist mit zahlreichen Figuren, Blumen und Ranken verziert. Die Erbauer haben bestimmt mehrere Jahre an einem Gebäude gearbeitet und dabei ihr ganzes Können eingesetzt.

»Cleo, wir sind zwei Wochen hier, du hast noch genug Zeit, um alles zu fotografieren. Komm, ich will ins Hotel, mich stylen und dann endlich Abendessen gehen«, *drängelt Sophie.*

Ich schaue verwirrt von meiner Kamera auf und sehe, dass die anderen schon weitergegangen sind. Sie warten auf der anderen Straßenseite. Ich packe schnell meine Kamera ein und beschleunige meine Schritte, um zu ihnen aufzuschließen. An der Hauptstraße schaue ich in beide Richtungen und laufe los, als kein Auto kommt.

Lautes Hupen dröhnt in meinen Ohren, helles Licht blendet mich so stark, dass ich nichts mehr sehen kann. Ich halte eine Hand vor meine Augen, um sie vor dem grellen Licht zu schützen. Schemenhaft erkenne ich ein Auto, das auf mich zukommt. Mein Körper ist wie gelähmt, mein Kopf wie leergefegt. Ich höre Sophies Schreie.

Da packt mich jemand an der Schulter und reißt mich zurück. Das Auto rast an mir vorbei, der Fahrer schreit etwas auf Italienisch aus dem Fahrerfenster. Ich brauche ein paar Sekunden, bis ich begreife, was gerade passiert ist. Ich wäre fast von einem Auto überfahren worden. Mein Herz schlägt wie wild, mein Mund ist trocken. Ich … Ich hätte sterben können! Bei dem Gedanken steigen mir Tränen in die Augen.

Ich spüre, wie sich etwas neben mir bewegt und ich wische mir die Tränen aus dem Gesicht.

»Alles okay bei dir? Wieso bist du einfach über die Straße gelaufen, obwohl ein Auto gekommen ist? Hast du Todessehnsucht oder so?«, fragt mich mein Retter und sieht mich wütend an.

Ich drehe mich zu ihm um und will ihm antworten, aber mir verschlägt es den Atem. Wow, ich glaube, ich habe noch nie in meinem Leben einen so schönen Mann gesehen. Seine Haare fallen ihm über seine wunderschönen dunkelbraunen Augen. Er ist einen Kopf größer als ich und ich kann seine Muskeln deutlich unter seinem eng anliegenden Shirt sehen.

Ich brauche einen Moment, bis ich meine Fassung zurückgewinne. So langsam sickert zu mir durch, was er gesagt hat. Am liebsten würde ich ihn anschreien, dass ich natürlich nicht selbstmordgefährdet bin, sondern die Leute hier wohl wie die Verrückten Auto fahren, aber ich bringe keinen Ton heraus. Ich bekomme eine Gänsehaut bei seinem Anblick. Er wirkt, als würde ihn eine dunkle Aura umgeben.

Er schaut mich mit einem abwertenden Blick an, verdreht die Augen und geht.

»Hey, warte mal! Hallo!«, rufe ich dem seltsamen Typen nach, als ich meine Stimme wiedergefunden habe, doch er dreht sich nicht nach mir um.

Verdattert bleibe ich auf dem Boden sitzen, bis meine Freunde sich auf meine Seite kämpfen. Wie konnte es sein, dass ich dieses Auto nicht gesehen habe?

»Oh mein Gott, was ist passiert? Geht es dir gut, Cleo?« Sophie kniet sich neben mich und begutachtet meine Arme und Beine, aber ich habe mich nicht verletzt.

»Wie bist du so schnell auf den Gehsteig gekommen? Wir haben gesehen, wie du auf die Straße gelaufen bist und dann nur noch, wie du auf dem Boden liegst.« Tobi hilft mir hoch und schaut mich fragend an.

»Mich hat jemand von der Straße gerissen. Ohne ihn wäre ich jetzt tot.«

Plötzlich zittere ich am ganzen Körper. Erst jetzt wird mir bewusst, wie gefährlich das gerade war und dass ich dem Unbekannten wahrscheinlich mein Leben zu verdanken habe.

»Also da war so ein Mistery Boy?«, hakt Sophie erneut nach.

Wir haben unsere Hotelzimmer bezogen und ich habe es mir auf meinem Bett bequem gemacht. Nach der ganzen Aufregung hätte ich gerne meine Ruhe, aber Sophie lässt nicht locker.

»Genau, aber er ist einfach gegangen, es war seltsam. Er war richtig wütend auf mich, weil ich auf die Straße gegangen bin.«

»Das war aber auch wirklich dämlich von dir. Wenn der nicht da gewesen wäre …«

»Ich weiß«, sage ich kleinlaut. »Und dann konnte ich mich noch nicht einmal bei ihm für meine Rettung bedanken. Ich habe kein Wort herausgebracht«, gebe ich zu.

Sophie grinst wissend. »Wie hat er eigentlich ausgesehen? Vielleicht war das Schicksal wie in einem Märchen?«

Es war klar, dass Sophie selbst bei so einem Erlebnis nur an Romanzen denken kann, aber mir ist die ganze Geschichte peinlich.

»Keine Ahnung, er war schon in Ordnung, aber das war definitiv nicht wie in einem Märchen. Es war eher wie in einem Horrorfilm. Ich will jetzt auch wirklich nicht mehr darüber reden, sondern die Sache vergessen und ein bisschen lesen.« Ich schnappe mir mein Lieblingsbuch, das ich schon viermal gelesen habe, und schlüpfe unter meine Decke.

»Really? Du willst jetzt lesen? Ich dachte, wir gehen was essen und dann gibt es Party?« Das Wort *Party* zieht sie lang und wackelt dabei mit dem Po in meine Richtung.

Ich muss lachen, schüttle aber den Kopf. »Ich habe heute keine Lust mehr, rauszugehen. Ich bestelle mir was beim Zimmerservice und lese noch. Das war mir heute genug Aufregung. Aber du kannst ja mit den Jungs um die Häuser ziehen und ab morgen bin ich auch dabei.«

Zu meiner Überraschung nickt Sophie und macht sich für den Abend fertig, während wir noch über Jungs aus der Schule, die Sophie süß findet, den Urlaub und alles Mögliche tratschen. Als Sophie mit Tobi und Max losgeht, stelle ich mich auf den Balkon unseres Zimmers und winke meinen Freunden zum Abschied.

Das Zimmer ist super. Die Wände sind mit altrosa Tapeten voller Blumen geschmückt. Auf den Betten liegen in den gleichen Farben Tagesdecken und Kissen. Der Teppich in der Mitte des Raumes sieht so kuschelig aus, dass ich, ohne nachzudenken, meine Socken ausziehe, um den weichen Stoff unter den Füßen zu spüren. Nur der Schminktisch sieht, nachdem Sophie ihn ausgiebig in Beschlag genommen hat, nicht mehr sehr einladend aus. Der Balkon ist richtig romantisch. Er liegt direkt über der beliebtesten Einkaufsgasse in dieser Stadt und das warme Licht der Laternen leuchtet schwach herauf. So kann ich lauter Touristen beim Bummeln beobachten. Kurz entschlossen nehme ich mir mein Buch und setzte mich an den kleinen Tisch auf dem Balkon. So richtig kann ich mich nicht auf die Geschichte konzentrieren, meine Gedanken schweifen ständig ab.

Der ganze Tag war merkwürdig. Zuerst der Mann in Rom am Flughafen. Woher hätte er wissen sollen, wohin wir wollten? Auch seine Art war seltsam, wie mir jetzt erst klar wird. Zuerst war er gestresst, dann kam er entspannt zu uns und plötzlich rannte er wie von der Tarantel gestochen weiter.

Der junge Mann, der mich von der Straße gezogen hat, war auch so seltsam. Wo kam er so schnell her? Wieso war er so sauer? Ich habe mich zu ihm hingezogen gefühlt und gleichzeitig hatte ich Angst vor ihm. Wie kann mich jemand, den ich noch nie gesehen habe, so aus der Fassung bringen? Und wieso habe ich das Auto nicht gesehen? Ich habe doch extra nachgeschaut, da bin ich mir absolut sicher. Das ergibt keinen Sinn.

Ich lege das Buch weg und schaue auf die Menschen unter mir. Mein Blick wandert über das Meer von Gesichtern, bis ich seines sehe. Er steht regungslos in der Mitte der vielen Menschen und schaut mir direkt in die Augen. Mein Herz setzt einen Schlag aus und mir bleibt die Luft weg. Ich blinzle, und als ich meine Augen aufschlage, ist er weg.

Ich überlege nicht lange, sondern renne durch das Hotel hinaus in die Gasse. Ich schaue mich hektisch um. Wo könnte er hingegangen sein? Die Touristen sehen mich an, als wäre ich verrückt. Vielleicht bin ich das auch, ich habe nicht mal meine Schuhe angezogen. Aber das ist mir gerade egal, ich muss ihn finden. Ich weiß nicht, wieso, aber irgendwas an ihm zieht mich magisch an.

Ich entscheide mich, gegen den Menschenstrom zu laufen, weg vom Zentrum. Ich quetsche mich an Touristen vorbei und versuche, einen Weg durch die Menschen zu finden. Ich werde von allen Seiten gestoßen und einige rufen mir etwas auf Italienisch zu, aber das ignoriere ich und laufe weiter.

Ich erreichte einen halbrunden Platz, der an das Meer grenzt. Den jungen Mann kann ich nirgendwo sehen. Ich habe ihn verloren. Enttäuscht gehe ich zu der Balustrade und schaue auf das Meer hinunter, das einige Meter unter mir sanft gegen die Felsen stößt. Der Geruch von Salzwasser steigt mir in die Nase und plötzlich fühle ich mich großartig. Ein Glücksgefühl durchströmt meinen Körper und ich muss lachen. Meine Beine fühlen sich leicht und gleichzeitig stark an. Ich beginne, mich zu drehen und tanze über den Platz.

Ich hebe meine Arme über den Kopf und drehe mich immer schneller. Ein Straßenmusiker beginnt, ein Lied zu spielen. So glücklich wie in diesem Moment habe ich mich in meinem ganzen Leben noch nie gefühlt.

Da höre ich Sophie und sehe, wie meine beste Freundin auf mich zuläuft und auch zu lachen anfängt. Wir tanzen zu zweit weiter, bis die Jungs bei uns sind.

»Was ist denn mit dir los?«, fragt Sophie lachend.

»Keine Ahnung, mir ist gerade nach tanzen.« Ich lache wieder.

»Was geht denn mit euch ab? Das ist ja peinlich.« Tobi schaut zu den Touristen, die uns beobachten.

»Ich habe gedacht, du bleibst im Zimmer? Wolltest du einfach ohne uns los und hast uns angelogen? Und wieso hast du keine Schuhe an?« Max schaut mich skeptisch an.

»Was? Nein, ich war auf dem Balkon und habe dann …« Ich spreche nicht weiter. Was soll ich auch sagen? Dass ich den jungen Mann von zuvor gesehen habe, wie er mich beobachtet? Dass ich, anstatt mich zu verstecken, ihm hinterhergelaufen gelaufen bin? Das kann ich nicht.

»Was hast du dann?«, fragt mich Sophie.

»Ich habe gedacht, dass ich keine Spaßbremse sein will, und wollte zu euch«, lüge ich nicht sehr überzeugend und beginne, mich wieder zu drehen.

»Wir wollten gerade zurück ins Hotel, nach dem Essen sind wir dann doch ziemlich müde geworden«, meint Max und sieht mich immer noch forschend an. Er weiß, dass ich lüge, das sehe ich an seinem Blick.

Ich nicke und springe immer noch fröhlich den Weg entlang. Erst als wir uns von dem Platz entfernen, verschwindet das Glücksgefühl.

Lucian

Vier Teenager auf Maturareise zu begleiten, klingt ja genau nach meiner Lieblingsbeschäftigung. Vermutlich ist das die Strafe für mein Fehlverhalten.

Letzte Nacht wurde ich von meinem Gebieter zusammengestaucht, weil ich mich in den Alltag des Mädchens eingemischt habe. Ich finde seine Reaktion übertrieben. Immerhin geht es um das Leben einer Sterblichen, wen interessiert es, ob sich etwas verändert?

Um nicht noch mehr in Ungnade zu fallen, habe ich mich in den letzten Tagen kein bisschen in ihr Leben eingemischt, sondern nur beobachtet und berichtet. Ich habe gehofft, dass ich vor ihrer Reise nach Italien von der Aufgabe befreit werde. Aber nope. Mein Gebieter hat darauf bestanden, dass ich mich weiter an ihre Fersen hefte, und was der Gebieter befiehl, hat zu geschehen.

Also stehe ich nun vor dem Flughafen in Wien und bin wieder absolut genervt. Ich warte, bis alle angekommen sind, und folge der Gruppe in das Flugzeug. Ich hasse es, mit diesen Stahldingern zu fliegen. Da habe ich keine Kontrolle und es fühlt sich falsch an, in der Luft zu sein, ohne die Flügel ausbreiten zu können. Zum Glück ist es ein kurzer Flug.

Ich folge den vier, bis sie zwischen den Gates verwirrt stehen bleiben.

Sie ist nervös und sucht mit leichter Panik in den Augen die Halle ab. Ich beschließe, ihnen zu helfen. Ein gut gekleideter Mann eilt gerade an mir vorbei. Ich strecke meinen Arm nach dem Mann aus und umschließe mit einer Hand seine Seele. Diese Seele sieht aus, wie ich sie mir vorgestellt habe. Eine gelbe Kugel mit dunklen schattenartigen Flecken schwebt vor meinem inneren Auge, durchzogen von Gier, Egoismus und auch Angst. Anspannung und Hektik kommen mir über das geschaffene Band entgegen. Ich ziehe an einem der dunklen Flecken und reiße die gummiartige Masse von einem Teil der Kugel. Darunter befindet sich kein Strahlen wie bei dem Professor, sondern ein fades Grau. Doch das sollte reichen.

Der Mann dreht sich auf mein Einwirken zu den vier um und hilft ihnen. Ich lasse die Seele des Mannes los und der läuft verwirrt über das, was er gerade getan hat, weiter zu seinem Gate.

Die Zugfahrt dauert ewig und so habe ich genug Zeit, um mir Gedanken darüber zu machen, ob der Gebieter nun wieder sauer auf mich sein wird, weil ich mich in ihr Leben eingemischt habe. Aber was hätte ich sonst tun sollen? Sie den Zug verpassen lassen? Dann hätte ich stundenlang mit ihnen auf den nächsten warten müssen. Sicher nicht, es reicht schon, dass ich dieses langweilige Mädchen beschatten muss.

Für Tarent haben sich die Freunde wenigstens vorbereitet und kennen den Weg zu ihrem Hotel. Sie gehen zu Fuß. Den Monden sei Dank! Das ständige Sitzen ist nichts für mich. Die ganze Zeit schon konnte ich es kaum erwarten, meine Flügel auszustrecken und ein bisschen zu fliegen.

Ich konzentriere mich und meine pechschwarzen Schwingen kommen zum Vorschein. Mit ein paar Flügelschlägen fliege ich schon über den Dächern von Tarent und folge ihnen von dort aus. Ich genieße das Fliegen über dieser schönen Stadt. Seit wir hier sind, fühle ich mich stärker, mein Blut pulsiert mit einer Kraft durch meinen Körper, die ich noch nie gespürt habe. Das fühlt sich verdammt gut an.

Mein Gebieter sagte, dass das in Tarent passieren kann, da es hier einen der vier Machtpunkte gibt: den des Wassers. Ich sehe mich um, erkenne aber nichts, das auf diesen Machtpunkt hinweisen könnte. Seltsam. Angeblich sind sie sehr offensichtlich.

Als ich mich wieder der Gruppe zuwende, hat sich das Mädchen von ihren Freunden getrennt und macht Fotos von den Gebäuden. Ihre Freunde rufen sie und plötzlich passiert alles ganz schnell. Das Mädchen läuft über die Straße, obwohl ein Auto auf sie zukommt. Ich fliege im Sturzflug zu ihr und reiße sie zurück auf den Gehsteig.

»Alles okay bei dir?«, frage ich sie. Doch dann fällt mir ein, wie dämlich sie gerade war, und ich werde wütend. »Wieso bist du einfach über die Straße gelaufen? Hast du Todessehnsucht oder so?«

Sie schaut mich an, als wäre ich ein Geist. Ihr Mund öffnet sich, doch sie bringt nicht einmal ein »Danke« heraus. Kopfschüttelnd wende ich mich ab und gehe. Sie ruft mir etwas nach, aber das ignoriere ich.

Wie konnte ich nur so absolut blöd sein und mich schon wieder einmischen? Der Gebieter wird mich mit Patrouillendienst an den Grenzen bestrafen. Ich verschränke die Arme vor der Brust, während ich sie weiter im Blick behalte. Wieso läuft sie einfach auf die Straße? Sie hat doch extra nach rechts und links geschaut. Das ist seltsam. Es war, als ob sie das Auto nicht wahrgenommen hätte.

Ich folge der Gruppe unsichtbar zu Fuß bis zu ihrem Hotel und beobachte die beiden Mädchen. Der Balkon ihres Zimmers liegt genau über einer der meist genutzten Gassen der Stadt. Praktisch, so kann ich sie, ohne mich ständig unsichtbar machen zu müssen, beobachten. Hier in der Welt der Menschen habe ich zwar mehr Macht als in Anahera, dennoch muss ich meine Energie sparsam nutzen.

Sie setzt sich auf den Balkon und liest ein abgegriffenes Buch. Plötzlich steht sie auf, schaut in die Menge und mir direkt in die Augen. Dieses Blau fesselt mich so sehr, dass ich einen

Moment brauche, bis ich mich abwenden kann. Was war das gerade? Wie konnte sie mich in der Menge sofort finden?

Ich verstecke mich in einem Hauseingang und mache mich wieder unsichtbar. Dann trete ich hervor und schaue zu dem Balkon hoch. Sie ist weg. Im Zimmer scheint sie nicht zu sein. Auf einmal kommt sie aus dem Hotel gerannt und sieht sich suchend um. Was soll das denn werden? Will sie sich bei mir für ihre Rettung bedanken?

Sie geht die Gasse hinunter in Richtung Meer. Ich folge ihr bis zu einem halbkreisförmigen Platz. Dort ändert sich die gesamte Energie um uns herum. Es fühlt sich an, als hätte mir jemand meine Energie geraubt. Das Atmen fällt mir schwer und ich kann keinen Schritt mehr gehen.

Was ist das? Was ist hier los? In der Mitte des Platzes geben meine Beine nach und ich falle auf die Knie, die letzte Kraft, die ich noch habe, nutze ich, um unsichtbar zu bleiben. Ich schaue zu ihr hoch, sie ist nur wenige Meter von mir entfernt und wirkt glücklich und völlig unbeschwert. Sie beginnt, sich zu drehen, und tanzt über diesen verdammten Platz, als wäre alles in Ordnung, während ich kaum noch die Energie aufbringe, um unentdeckt zu bleiben.

Ich weiß nicht, wie lange ich das noch durchhalte. Das muss etwas mit dem Machtpunkt zu tun haben. Mein Gebieter hat gesagt, dass in der Nähe des Machtpunktes die Energien anders fließen. Aber ich wusste nicht genau, was er mir damit sagen wollte.

Schweiß rinnt mir über die Stirn. Es hat mich noch nie so viel Kraft gekostet, unsichtbar zu sein.

Nach einigen Minuten kommen ihre Freunde auf den Platz und nach einer gefühlten Ewigkeit gehen sie endlich weg. Je weiter sie sich entfernt, umso mehr Energie fließt zurück in meine Seele. Als ich endlich die Kraft habe, aufzustehen, zittern meine Beine. Ans Fliegen brauche ich nicht zu denken, ich bin zu schwach. Um in meine Welt zu reisen, fehlt mir ebenfalls die Energie. Ich muss heute wohl in dieser Welt bleiben.

Kapitel 3

Cleo

Wir sitzen am Frühstückstisch und genießen das umfangreiche Buffet. Meine Gedanken schweifen immer wieder zu dem Kerl von gestern. Ich bekomme ihn einfach nicht aus dem Kopf.

»Cleo, du musst die Pancakes probieren, die sind absolut awesome!«, reiß mich Sophie aus meinen Gedanken. Sie isst schon den dritten Pancake mit Ahornsirup.

»Nein danke, ich bleibe bei meinem Espresso und dem Brioche.«

Ich habe recherchiert und gelesen, dass die Italiener hauptsächlich Espresso trinken und Brioche frühstücken. Ich versuche, im Urlaub immer so zu leben wie die Einheimischen, um das Land so authentisch wie möglich zu erleben.

»Willst du nicht vielleicht auch ein italienisches Frühstück probieren, Sophie? Das macht doch den Urlaub aus, oder etwa nicht?«

Sophie schaut zu ihrem Latte. »Das ist doch auch wie Urlaub: Pancakes aus Amerika und Latte Macchiato aus Frankreich.«

Max, Tobi und ich beginnen zu lachen.

»Okay ich gebe auf.« Ich hebe die Hände über meinen Kopf. Sophie ist einfach unverbesserlich.

Tobi schaut auf die Uhr. »Hey Mädels, haben wir nicht in einer Stunde die Führung durch die Stadt gebucht?«

Sophie und ich schauen hoch zur Uhr an der Wand und springen hektisch auf.

»Mist, wir müssen uns fertig machen!«, sage ich.

»OMG, ich muss noch Haare waschen!«, schreit Sophie und gefühlt alle anderen Gäste im Raum starren uns an.

Plappernd laufen wir in unser Zimmer und eine Stunde später warten wir gestylt vor dem Hotel auf den Tourguide. Ich musste die anderen lange überreden, damit sie diese Tour mitmachen. Sie muss super werden, sonst kann ich mir den ganzen Urlaub anhören, was das für eine Zeit- und Geldverschwendung war.

Eine Vespa kommt auf uns zu und bleibt vor uns stehen. Der Fahrer ist groß und um die 20, also nicht viel älter als wir. Er nimmt den Helm ab und kurze dunkle Haare kommen zum Vorschein.

Sophie quietscht leise und flüstert mir zu: »Oh, ist der süß. Zum Anbeißen.«

»Ciao, ich bin Benito«, begrüßt er uns auf gebrochenem Deutsch. »Ihr habt die Tour durch Tarent gebucht, oder?«Der Mann kommt auf uns zu.

Sophie ergreift schnell das Wort und stellt uns alle vor. Zusammen spazieren wir in Richtung des Platzes, an dem wir gestern Abend waren. Dort soll die Führung starten. Sophie hängt an Benitos Lippen. Sie stellt ihm Fragen über die Gebäude, an denen wir vorbeikommen, und wirkt interessiert. Max und ich beobachten die zwei und können uns das Lachen kaum verkneifen.

»Tobi, hättest du geahnt, dass sich Sophie für Kunstgeschichte und Architektur interessiert?«, fragt Max lachend.

Der schaut zu den beiden hinüber und verzieht das Gesicht. »Was interessiert mich, wofür sie sich interessiert.« Er verschränkt die Arme vor der Brust und geht den beiden hinterher.

Es war schon in der Schule offensichtlich, dass Tobi in Sophie verknallt ist, und jetzt sieht auch ein Blinder, dass er tierisch eifersüchtig auf Benito ist. Das wird sicher ein interessanter Vormittag.

Auf dem Platz fühle ich mich wieder so lebendig. Zwar nicht so wie gestern, aber ich kann trotzdem diese Energie in meinem Körper spüren.

»Ist an diesem Platz etwas Besonderes?«, frage ich Benito interessiert.

»Sì, die Alten sagen, dass hier die Energie des Meeres in die Stadt fließt. Diese Energie soll die Stadt zu einem heiligen Ort gemacht haben. Unter uns gibt es ein Kanalsystem, das die ganze Stadt durchzieht. Hier an diesem Platz mündet das System ins Meer. Forscher glauben, dass es sich nur um ein altes Schmutzwasserkanalsystem handelt, das im Laufe der Zeit vom Meer geflutet wurde.«

Ich schaue mich auf dem Platz um und erkenne am Boden fünf Linien, die vom Meer in die Stadt führen.

»Hat das etwas mit diesen Linien zu tun?« Ich zeige darauf.

»Si, genau, wenn man solche Linien am Boden sieht, verläuft da ein unterirdischer Kanal. Sie treffen sich an einem Platz in der Mitte der Stadt.«

Wir ziehen durch die Stadt und kommen an vielen hohen alten Gebäuden vorbei. Alles ist aus dem gleichen Stein gebaut worden. Als hätte man eine Stadt aus einer Felsformation gehauen. Die Bewohner haben die Balkone und Fenster mit bunten Blumen geschmückt, so wirkt der graue Stein warm und einladen. Die Fassade jedes Gebäudes ist mit eingemeißelten Mustern verziert. Diese Muster ziehen sich über die ganzen Fassaden und sind bei jedem Gebäude anders.

Während Sophie lacht und weiter mit Benito flirtet, sieht Tobi ihnen zerknirscht zu. Ich sehe mir das eine Weile an und beschließe, mit Tobi zu reden, so kann das jedenfalls nicht den ganzen Urlaub über weitergehen.

»Hey Tobi«, flüstere ich, »was ist denn plötzlich los mit dir? Ich dachte, du willst nichts von Sophie?«

Tobi schnaubt wütend. »Ich will ja auch nix von der, die soll am besten gleich bei dem Italiener bleiben und nicht wieder mit nach Wien kommen!« Er marschiert in eine Seitengasse hinein und ich folge ihm.

»Bitte lauf nicht weg. Du weißt, dass dich Sophie gern hat, oder?«

»Ich weiß, dass sie grad auf mich steht, aber morgen steht sie wieder auf einen anderen und übermorgen auf den Nächsten.« Tobi lehnt sich an eine Wand und zupft an seinen Fingern herum.

»So ist sie eben, aber wenn du ihr eine Chance gibst, hält es vielleicht wirklich. Sie ist schon länger total in dich verschossen, nicht erst seit gestern.«

Ich beiße mir auf die Lippe. Eigentlich sollte ich mich nicht einmischen, aber so, wie Tobi dasteht, wirkt er total am Boden zerstört.

Plötzlich stürmt eine alte Frau in einem weiten schwarzen Kleid auf uns zu und schreit: »Va via! Va via!« Sie fuchtelt wild mit den Händen herum. »Va via! Va via, adolescente!«

Tobi schaut sie mit aufgerissenen Augen an und macht ein paar Schritte zurück, weg von der seltsamen alten Frau. Hilfe suchend sehe ich mich um und mache ebenfalls ein paar Schritte rückwärts. Im gleichen Moment kommen Benito und Sophie um die Ecke. Benito redet auf die Frau ein, bis sie sich endlich beruhigt und geht.

»Freak. Was war denn ihr Problem, Beni?« Sophie schaut ihn so bewundernd an, als hätte er sie gerade vor einem Drachen gerettet.

»Das war eine von den Alten aus der Stadt. Tobi hat das heilige Abbild der Aithra entehrt.« Er deutet auf eine Wandmalerei, an der Tobi eben noch gelehnt hat.

Tobi schaut zwischen Benito und Sophie hin und her. »Wisst ihr was? Ich bin hier eh nur im Weg, ich geh zurück ins Hotel.« Er geht mit hängenden Schultern davon.

Wir bleiben vor dem Fliesenbild zurück, das eine Frau in einem blauen Kleid zeigt, die einen Mann in den Armen hält. Um die beiden fliegen lauter kleine Engel herum und eine Frau mit einem Heiligenschein steht neben dem Paar und deutet zur Sonne.

Benito verfällt wieder in seine Tourguide-Rolle. »Diese Wandkeramik stellt die Entstehung von Tarent dar. Das Orakel von Delphi, die Dame neben dem Paar, hat dem Helden Phalanthos etwas prophezeit.« Er räuspert sich. »*Wenn es bei heiterem Himmel regnet, wirst du neues Land und Stadt erobern.* Auf diesem Bild sieht man, wie seine Frau Aithra an einem heiteren Tag weint, als sie ihn in den Armen hält. Das sah der Held als Zeichen dafür, dass nun die Prophezeiung wahr werden wird und er eine neue Stadt gründen muss.«

»Oh Beni, du kennst dich ja wirklich gut mit der Geschichte hier aus.«

Sophie strahlt ihn an, ich hingegen verdrehe die Augen und Max tut es mir gleich. Dann schaue ich mir die Keramik genauer an. Ihre bunten Farben leuchten, als wäre sie neu und nicht schon hunderte Jahre alt.

»Und was bedeuten die Engel?«

»Das ist der mysteriöse Teil dieser Keramik. Es wurde in der Geschichte nicht überliefert. Viele glauben, dass der Künstler sie als künstlerische Freiheit oder um zu verwirren eingebaut hat. Und wie du siehst, es hat funktioniert.« Er lacht und wendet sich wieder Sophie zu.

Ich glaube nicht, dass der Künstler einfach nur verwirren wollte, er wollte bestimmt was damit ausdrücken. Dennoch belasse ich es dabei.

Wir gehen weiter und kommen zu zwei zerstörten Säulen. Benito erklärt uns, dass es sich hier um die letzten Überreste des Tempels von Poseidon handelt, dabei turtelt er wieder mit Sophie.

Max schaut den beiden genervt zu und murmelt mir zu: »Also langsam nervt das sogar mich, dabei will ich nicht mal was von ihr.«

»Sehr professionell ist die Führung nicht mehr, da hast du recht.« Ich schaue nachdenklich von ihnen zu Max. »Aber wenn wir schon beim Thema sind, hast du eine, die du magst? Seit der ersten Klasse habe ich bei dir nie bemerkt, dass du eine Flamme hast.«

Max wird schlagartig knallrot und stottert: »Ja ähm, weißt du, da gibt es schon irgendwie eine, die ich mag, aber ähm … Ich glaube, sie hat das nicht gemerkt. Keine Ahnung.« Er sieht zu Boden.

»Ach Max, vielleicht musst du es ihr einfach sagen, wenn wir wieder zu Hause sind. Das wird schon.«

Max ist ein unglaublich netter Kerl, er hat es verdient, jemanden in seinem Leben zu haben. Zu dumm, dass er so schüchtern ist. Ich lächle ihn an und klopfe ihm auf die Schulter. Sein Gesicht hat jetzt die Farbe einer reifen Tomate angenommen.

Er will gerade zum Sprechen ansetzen, als Sophie uns zuruft, wo wir denn bleiben. Sie und Benito sind schon ein gutes Stück weiter und wir beeilen uns, zu ihnen aufzuschließen.

Nach der Stadtführung fallen Sophie und ich müde auf unsere Betten.

»Ich habe Beni gefragt, ob er heute mit uns in einen der Clubs geht«, erzählt Sophie aufgeregt. »Er will mitkommen und hat mir auch von einem abgefahrenen Club erzählt. Er heißt Tenebros. Das soll *düster* und *Nacht* oder so bedeuten. Jedenfalls soll das der angesagteste Club in der Stadt sein.«

»Warte, noch mal von vorn: Du hast Benito gefragt, ob er mitkommt?«, frage ich sie schockiert.

»Ja klar, wieso denn nicht?« Sophie springt wieder auf und läuft zum Schrank.

»Du weißt, dass Tobi heute nur wegen euch gegangen ist, oder?«

»Glaubst du wirklich?«, fragt sie und dreht sich zu mir um.

»Klar, er war eifersüchtig und verletzt. Wenn du Benito mit in den Club nimmst, verletzt du Tobi noch mehr.«

»Ich kann mir nicht vorstellen, dass er eifersüchtig ist.« Sophie setzt sich wieder auf ihr Bett und schaut aus dem Fenster.

»Er hat mir heute erzählt, dass er in dich verliebt ist«, entgegne ich nach kurzem Zögern. Ich weiß, das hätte ich ihr nicht erzählen dürfen, aber wenn ich es nicht tue, nimmt sie Benito mit. Der Abend würde sicher im Chaos und mit zwei gebrochenen Herzen enden. Das muss ich verhindern.

»Ernsthaft? Tobi steht auf mich?«

Ich setzte mich zu ihr. »Ja, echt! Wieso sollte ich mir das ausdenken?« Ich stupse sie an. »Du hast doch gesagt, dass du in ihn verliebt bist. Wieso flirtest du dann so mit Benito?«

»Weil er mich wahrnimmt. Tobi hat bisher keine Andeutungen gemacht. War er heute wirklich wegen mir so komisch drauf?« Sie senkt den Kopf, aber ich kann die Tränen in ihren Augen sehen.

Ich nicke heftig. »Willst du wirklich was von Benito?«

»Eher nicht. Er ist schon süß und so, aber nein. Ich will mit Tobi zusammen sein.« Jetzt weint sie.

»Dann weißt du ja, was du jetzt machen musst, oder?«

Sophie greift sofort zu ihrem Handy und tippt los. Nach ein paar Sekunden verkündet sie: »Habe Benito abgesagt und ihm geschrieben, dass wir uns besser nicht mehr sehen sollten.«

»Super! Dann hör auf zu heulen und lass uns jetzt das perfekte Outfit finden, mit dem du Tobi komplett den Kopf verdrehst.«

Sophie wischt sich die Tränen vom Gesicht und läuft zum Kleiderschrank.

Ein paar Stunden später stehen wir gestylt vor dem Hotel und warten auf Tobi und Max. Sophie spielt nervös mit ihren Haaren herum. Sie kann vor Aufregung kaum ruhig stehen.

»Bist du jetzt wirklich nervös? Wir sind doch ständig zu viert zusammen, außerdem warst du schon oft mit Tobi allein«, ziehe ich sie auf.

»I know.« Sophie verdreht die Augen. »Aber jetzt weiß ich, dass er mich auch mag, das ändert alles zwischen uns.« Sie wird rot.

Die Tür vom Hotel geht auf und Tobi und Max kommen heraus.

»Tobi hat sich auch schick gemacht.« Ich zwinkere Sophie zu und lache noch lauter.

Sophie hingegen wird nur noch dunkler im Gesicht. »Du bist echt kindisch«, flüstert sie mir zu, dann sagt sie laut: »Lasst uns losgehen, ich habe Lust auf eine Party!«

Tobi schaut sie überrascht an. »Was? Kommt dein toller Benito etwa nicht mit? Oder wartet er im Club auf dich?«

Schlagartig wird sie wieder knallrot. »Er wollte mitkommen, aber ich wollte lieber nur mit euch gehen.«

Tobi schaut sie mit großen Augen an. »Ich dachte, er ist so toll?«, fragt er spöttisch.

»Das ist er auch, aber …« Sie macht eine Pause und atmet tief ein und aus. »Aber ich würde lieber mit dir tanzen«, sagt sie so leise, dass man sie fast nicht hört, aber Tobi muss sie verstanden haben. Er grinst von einem Ohr zum anderen.

»Na dann, lasst uns mal losgehen!«, ruft er vergnügt. Er legt Sophie einen Arm um die Taille und die beiden gehen los.

Ich lache und wende mich an Max. »Ich glaube, die bekommen wir im ganzen Urlaub nicht mehr auseinander.«

Max sagt nichts dazu und geht wortlos neben mir her.

»Ist alles okay, Max?«, frage ich ihn besorgt und bleibe stehen.

Max hält ein paar Schritte weiter an, dreht sich aber nicht zu mir um. »Es ist nur so, dass …« Er zögert und fährt sich mit einer Hand über den Nacken. »Ach vergiss es. Lass uns weitergehen.«

Ich runzle die Stirn, lasse es aber auf sich beruhen. Ohne ein weiteres Wort zu wechseln, gehen wir Tobi und Sophie nach. Das Schweigen stört mich nicht, nur lenkt es mich auch nicht wirklich ab. Ich denke schon den ganzen Tag an den jungen

Mann von gestern. Was, wenn er auch in dem Club ist? So unwahrscheinlich ist das nicht. Immerhin ist das der angesagteste Club der Stadt, da wird wohl jeder hinwollen. Was soll ich tun, falls ich ihn dort sehe? Soll ich ihn darauf ansprechen, dass er mich gestalkt hat?

Ich bin so in Gedanken, dass ich nicht merke, dass die anderen anhalten. Ich laufe in Sophie hinein, die vor dem Eingang des Clubs stehen geblieben ist.

»Cleo, was machst du da?«, schimpft sie.

»Sorry«, sage ich kleinlaut.

Aus dem Club dröhnt dumpfe Musik. Beim Eintreten wird sie noch lauter und ich würde mir am liebsten die Ohren zuhalten. Überall im Raum stehen Boxen verteilt. Auf einigen erkenne ich sich im Takt windende Personen. Die Einrichtung besteht vorwiegend aus schwarzem Leder und soll wohl zum Namen des Clubs passen. Es ist verdammt düster hier drinnen, nur die Scheinwerfer an der Decke werfen Lichtstrahlen durch den Raum.

Die Disco ist wohl wirklich eine der bekanntesten in Tarent. Die Tanzfläche ist voll und an der Bar wartet eine Schlange, um zu bestellen. Mein Blick schweift durch den Raum und über die fremden Gesichter. Unbewusst suche ich nach ihm.

Wieder gehen mir die gleichen Fragen durch den Kopf: Wieso hat er mich beobachtet? War es Zufall, dass er mich von der Straße gezogen hat, oder hat er mich da schon beobachtet?

Sophie und Tobi kommen mit einem Tablett zurück, auf dem ein Dutzend Shots, eine Flasche Wodka und ein paar Dosen Energydrinks stehen. Ich nehme einen Shot in jede Hand. Sonst trinke ich eigentlich nie Alkohol, auch war ich noch nie in so einem Club, aber heute habe ich das Gefühl, dass ich das brauche, um den Kopf frei zu bekommen.

Sophie schaut mich skeptisch an. Sie sagt aber nichts, sondern nimmt sich auch zwei Shots, prostet mir zu und wir kippen die Gläser nacheinander. Max und Tobi tun es uns gleich.

Nach der nächsten Runde Shots zieht mich Sophie auf die Tanzfläche. Mein Herz pocht im Takt der Musik und mir ist vom Alkohol schon schwummrig. Während ich tanze, versuche ich, die Gesichter um mich herum zu erkennen. Vielleicht ist er ja doch hier irgendwo.

Mir wird heiß, die Musik dröhnt immer lauter in meinen Ohren und um mich herum wird es dunkel. Ich sehe alles wie durch einen schwarzen Filter. Ich bedeute Sophie, dass ich zurück zum Tisch gehe. Dort klammere ich mich an der Tischplatte fest, da ich das Gefühl habe, gleich umzukippen. Tobi geht schnell zu Sophie auf die Tanzfläche, um zu verhindern, dass jemand auf die Idee kommt, mit ihr zu tanzen. Ich schaue ihm nach, wie er in der Masse aus tanzenden Körpern verschwindet. Es fühlt sich alles so unecht an, so intensiv. Zu intensiv.

Max steht neben mir, füllt er ein Glas mit Wodka, nimmt den Shot vom Tisch und trinkt ihn in einem Zug. Danach schaut er mich an und sagt: »Hey Cleo, ich muss dir was sagen.«

Ich versuche, ihm in die Augen zu schauen, aber alles ist verschwommen und ich kann mich nicht auf ihn oder seine Worte konzentrieren. Das Licht beginnt, vor meinen Augen zu flimmern, mein Blut pocht unangenehm laut in meinen Ohren.

»Cleo, ich wollte dir schon immer sagen, dass … Wie soll ich sagen … Du hast ja gemeint, ich soll mich dem Mädchen gegenüber öffnen, in das ich verliebt bin …«

Ich unterbreche ihn. »Es tut mir leid, aber ich muss hier raus.«

Ohne auf eine Reaktion von ihm zu warten, drehe ich mich um und stolpere zwischen den Menschen hinaus aus dem Club.

Alles flimmert, die Musik dröhnt in meinen Ohren, der Beat vibriert durch meinen Körper. Es ist mir alles zu viel.

Schließlich erreiche ich die Tür und drängle mich hinaus. Draußen erfasst mich die frische Meeresluft und ich atme ein paar Mal tief durch. Die Hitze in meinem Körper verzieht sich und auch das Dröhnen in meinen Ohren wird mit jedem Atemzug leiser. Trotzdem fühlt sich noch immer nicht alles richtig an. Das heftige Pochen meines Herzens hört nicht auf und der Schwindel ist auch noch da. Ich stolpere vorwärts, die Gasse in die Altstadt entlang. Ich will nur weg von dem Club.

Touristen, die mir entgegenkommen, schauen mich argwöhnisch an. Die glauben bestimmt, ich hätte Drogen genommen. Ich senke den Blick und erkenne eine der weißen Marmorlinien, die vom Meer aus in die Stadt führt. Je weiter ich gehe, umso lauter pocht mein Herz in meiner Brust.

Ich folge der Linie, bis ich an einem großen Platz ankomme. Hier endet die Linie. Mein Herz fühlt sich an, als würde es gleich aus mir herausspringen. Ich sehe mich um. Zum Glück hat sich der Schwindel schon fast verzogen, sodass ich meine Umgebung klarer ausmachen kann.

Der Platz ist quadratisch und in der Mitte stehen vier zum Teil verfallene Bögen aus Stein, die ebenfalls ein Quadrat bilden. Diese Bögen ziehen mich wie ein Magnet zu sich. Ich gehe auf sie zu und stelle mich in ihre Mitte. Ein grelles blaues Licht blendet mich, ich kneife die Augen zusammen. Der Duft von Moos und Wald dringt in meine Nase. Als ich meine Augen öffne, sehe um mich herum lauter Bäume.

Lucian

Ich wache auf einem Bett aus schwarzen Flügeln auf. Ich brauche einen Moment, um mich daran zu erinnern, dass ich mich in eine verlassene Wohnung geschleppt habe. Zum Glück gibt es in Tarent einige leer stehende Gebäude, sonst hätte ich auf der Straße übernachten müssen.

Mit schmerzendem Kopf richte ich mich auf. Was ist gestern Abend nur mit mir passiert? Der Gebieter fragt sich bestimmt, wieso ich nicht zurückgekommen bin. Ein Wunder, dass er noch niemanden geschickt hat, um nach mir zu suchen. Aber um zurückzugehen, ist keine Zeit. Ich muss das Mädchen suchen. Sie muss mit dem, was gestern auf diesem Platz passiert ist, zu tun haben, da bin ich mir sicher.

Ich packe meine Sachen zusammen und verlasse die Wohnung, gehe zu dem Hotel und finde die Gruppe beim Frühstück. Ihre Freundin hat keinerlei Sinn für Italien, futtert Pancakes und redet nur Schwachsinn. Cleo allerdings scheint das auszublenden und genießt ihr typisch italienisches Frühstück mit jedem Bissen. So würde ich das im Urlaub in einem anderen Land auch machen.

Nach dem Frühstück steht eine Tour durch die Stadt an, auf die ich überhaupt keine Lust habe. Wenn ich wenigstens fliegen könnte, aber nach dem Vorfall vom Vorabend bleibe ich lieber auf dem Boden. Wer weiß, ob das nicht noch mal passiert, da will ich lieber nicht riskieren, auch noch abzustürzen.

Die Tour bringt sie genau zu dem Platz, zu dem ich heute auf keinen Fall wollte. Ich bleibe am Rand des Platzes stehen und höre mir den Vortrag über dessen Geschichte an. Diese Menschen vergessen langsamer als ich ihnen zugetraut habe. Gut, dass die jungen Leute die Geschichten nicht mehr glauben. Hoffentlich werden sie bald ganz vergessen sein.

Die Gruppe geht weiter und ich schaue dem Mädchen zu, wie sie mit leuchtenden Augen jedes Detail der Fassaden betrachtet. Plötzlich verändert sich die Energie der Gruppe und einer der Jungs biegt mit wütendem Blick in eine Seitengasse ein. Mit knirschenden Zähnen muss ich mir dieses Liebesdrama antun. Was für ein Kindergarten. Für so was hätte ich die jahrelange Ausbildung nicht gebraucht.

Eine ältere Dame stürmt auf den Jungen zu und brüllt ihn an, dass er verschwinden soll. Erst da bemerke ich, dass er sich gegen eine Wandkeramik gelehnt hat. Ich kenne dieses Bild. Es hängt in den heiligen Hallen der Stadt Oriya. Einen Moment sehe ich diesem Tobi wehmütig nach. Ich würde jetzt auch gerne gehen. Stattdessen muss ich mir die Geschichte der Keramik anhören, die komplett an den Haaren herbeigezogen ist. Es geht wohl um die Entstehung der Stadt Tarent, aber wieso sollten die Fürsten so was in die heiligen Hallen von Oriya hängen?

Während ich der Gruppe weiter folge, fällt mir auf, dass dieser Max immer in ihre Richtung schaut. Wenn sich ihre Blicke kreuzen, sieht er schnell weg. Nach ein paar Minuten bin ich mir sicher, dass er in sie verknallt ist. Bestimmt hatte er noch nicht den Mut, es ihr zu sagen. Ihr scheint das nicht aufzufallen. Sie schaut sich weiter jeden Winkel der Gassen genau an und geht dabei so langsam, als hätte sie Angst, etwas zu verpassen. Jedes Mal, wenn sie etwas sieht, das ihr gefällt, leuchten ihre Augen und ein süßes Lächeln schleicht sich in ihr Gesicht. Ich kann irgendwie verstehen, dass dieser Max sich für sie interessiert. Für ein Erdenmädchen ist sie wirklich was Besonderes.

Ich schüttle abrupt den Kopf über diesen Gedanken. Wo kommt das denn jetzt her? Ich bin definitiv schon viel zu lange an diesem Ort.

»… hast du eine, die du magst?«, fragt sie gerade.

Ist das ihr Ernst? So was fragt sie ihn? Seine Reaktion zeigt deutlich, was er für sie fühlt und dass er zu schüchtern ist, um es ihr zu gestehen. Er tut es auch jetzt nicht, sondern druckst nur herum. Diese Sophie erlöst ihn von dem Gespräch und ruft die beiden zu sich.

Nach der Führung gehe ich wieder in die verlassene Wohnung, von der aus ich auf den Balkon der Mädchen sehen kann. Dass sie in einen Club gehen wollen, gefällt mir nicht. Der Gebieter wird nicht erfreut darüber sein, wenn ich erst irgendwann in der Nacht zurückkomme. Vor allem nicht, nachdem er gestern nichts von mir gehört hat, aber ich werde sie heute Abend weiter beschatten. Ich muss verstehen, wieso man mich hergeschickt hat. Es ergibt einfach keinen Sinn. In meiner Heimat würde ich viel mehr für das Volk tun können, stattdessen muss ich das Mädchen beobachten. Das ist doch absolute Zeitverschwendung.

Nach ein paar Stunden kommen die beiden Mädchen aus dem Hotel. Wow, sie sieht unglaublich gut aus in der engen schwarzen Lederhose und dem blau schimmernden trägerfreien Shirt. Die Jungs kommen auch dazu und Tobi läuft mit dieser Sophie im Arm in Richtung Disco.

Ich spüre, dass Max aufgeregt ist. Ich strecke meinen Geist aus, weil ich wissen will, was mit ihm los ist. Anscheinend will er ihr heute Abend sagen, was er für sie fühlt, Tobi hat ihm Mut gemacht. Ich runzle die Stirn. Es ist doch offensichtlich, dass sie keinerlei Interesse an ihm hat. Was sollte sein Geständnis also bringen?

Max macht Anstalten, etwas zu sagen, doch er traut sich nicht, und ich muss grinsen. Ich wusste, dass dieser Typ ein Weichei ist.

Der Club gefällt mir, er erinnert mich an mein Zuhause: dunkel und düster. Die vier haben ein paar Shots intus und die Mädchen tanzen ausgelassen auf der Tanzfläche. Sie sieht nicht nur gut aus, sondern kann sich auch einigermaßen bewegen.

Mit der Zeit wird sie immer langsamer und wackeliger auf den Beinen. Vielleicht hat sie zu viel getrunken. Sie geht zurück zu dem Tisch mit ihren Getränke und den Jungs und versucht, sich aufrecht zu halten. Ich mustere sie eingehend. Das kann nicht der Alkohol sein, irgendwas stimmt nicht mit ihr.

Ich höre, wie Max ihr zu sagen versucht, dass er in sie verliebt ist. Jetzt mit Alkohol intus traut er sich auf einmal? Sieht er nicht, wie schlecht es ihr geht? Bevor Max es ihr sagen kann, würgt sie ihn ab und verlässt mit wackeligen Beinen die Disco. Er geht ihr nicht einmal nach. Anscheinend hat er nicht begriffen, dass es ihr nicht gut geht.

Eilig laufe ich ihr hinterher. Draußen in der Gasse sehe ich, wie sie weiter in die Stadt hineingeht. Ich bekomme plötzlich eine Gänsehaut und spüre, dass hier etwas nicht richtig ist.

Wir kommen auf einen Platz. Wollte sie hierher? Nein, das muss ein Zufall sein! Das ist der Platz, auf dem sich der Machtpunkt des Wassers befindet. Er liegt in der Mitte von vier Bögen, die so alt sind wie der Machtpunkt selbst, so unvorstellbar alt, dass mich die Ehrfurcht packt. Ich gehe in die Knie und neige meinen Kopf. Cleo dagegen stellt sich in die Mitte der Bögen und wird von einem strahlenden blauen Licht verschluckt.

Kapitel 4

Cleo

Alles, was ich sehe, sind Bäume. So weit das Auge reicht, gibt es nur Bäume. Es fröstelt mich und ich schlinge die Arme um mich. Die Sonne scheint nur vereinzelt durch die dichten Baumkronen. An den Stellen, wo sie nicht durch das Blätterdach dringt, ist es so dunkel, als wäre es Nacht. Wo bin ich? Panik steigt in mir auf, ich muss zurück! Aber wie? Es gibt keinen Weg, nur Wald.

Panisch laufe ich los, die Richtung ist egal. Jeder Wald hat irgendwann ein Ende, oder nicht? Ich laufe durch die Dunkelheit, stolpere über Wurzeln und durch Gestrüpp. Nach nur wenigen Minuten sind meine Knie wund und meine Arme und Beine sind mit Kratzern übersät. Ich laufe trotzdem weiter. Vereinzelte Lichtstrahlen von oben lassen mich in der Dunkelheit meine Umgebung erahnen. Je weiter ich laufe, umso weniger Licht kann ich sehen. Laufe ich gerade tiefer in den Wald hinein, anstatt aus ihm heraus?

Nach einer gefühlten Ewigkeit bleibe ich stehen und lasse mich auf die Knie fallen. Meine Füße brennen, mein Puls schlägt schnell – ob vom Laufen oder von der Angst weiß ich nicht. Ich schlinge die Arme fester um mich und weine. Vielleicht sollte ich einfach warten, bis mich jemand findet. Sophie, Max oder Tobi werden sicher nach mir suchen. Ihnen muss längst aufgefallen sein, dass ich verschwunden bin. Aber was ist, wenn mich hier nie jemand findet? Ich weiß ja nicht mal, wie ich hier gelandet bin!

Kraftlos setze ich mich auf den dreckigen Waldboden und ziehe meine Beine so nah an meinen Körper, wie es geht. Ich schluchze laut und Tränen rinnen mir über das Gesicht. So verharre ich eine Ewigkeit.

Irgendwann höre ich auf einmal ein leises Fiepen. Ich schaue hoch und entdecke in der Ferne einen dunkelgrün leuchtenden Punkt. Der Punkt kommt auf mich zu und bleibt nur wenige Meter vor meinen Füßen in der Luft stehen. Ich stehe schnell auf und wische mir die Tränen aus dem Gesicht.

»Hallo?«, frage ich leise.

Das Licht bewegt sich wieder, es huscht hin und her, kommt aber nicht näher. Ich mache einen Schritt auf das Licht zu, hastig weicht es von mir zurück. Ich halte inne.

»Kannst du mir helfen?« Wieder kommen mir die Tränen.

Das Licht bewegt sich und schwebt im Kreis um mich herum, dann bleibt es plötzlich stehen und fliegt geradeaus in eine Richtung. Ich überlege nicht, sondern laufe dem grünen Licht hinterher.

Das Licht ist schnell und muss nicht über all diese Baumwurzeln springen. Nur mit Mühe kann ich folgen. In der Dunkelheit stolpere ich unentwegt.

Es wird immer dunkler und ich kann nur noch schemenhaft die Umgebung um mich herum wahrnehmen, aber ich muss dem Licht folgen, sonst bin ich wieder allein. Also laufe ich, so schnell ich kann. Meine Beine tun weh, meine Lunge brennt vor Anstrengung. Mit aller Kraft zwinge ich mich, weiterzulaufen. Auf einmal geht ein Ruck durch meinen Körper und Schmerz fährt durch meine Knie. Wild ruderte ich mit den Armen, um nicht der Länge nach hinzuschlagen. Meine Beine stecken bis zur Hüfte fest, ich kann sie nicht mehr bewegen.

Ich greife wild um mich und versuche, etwas zu ertasten, woran dem ich mich rausziehen kann, aber ich spüre nur Schlamm. Oder zumindest hoffe ich, es ist nur Schlamm. Außer dem grünen Licht vor mir kann ich nichts sehen, so finster ist es hier. Ich strample wild mit den Beinen, sinke aber nur noch tiefer ein. Der Schlamm durchnässt meine Schuhe und

Hosenbeine. Ich bekomme eine Gänsehaut und zittere bald am ganzen Körper.

Das grüne Licht kommt langsam zu mir geschwebt. Beim Näherkommen erkenne ich schemenhaft, dass das grüne Licht eine kleine Gestalt mit Armen und Beinen ist.

»Hallo! Kannst du mir helfen?« Meine Stimme bricht und ich flüstere: »Bitte.« Ich stecke schon bis zum Bauchnabel im Schlamm.

Die Gestalt bleibt wenige Zentimeter vor meinem Gesicht in der Luft stehen. Es sieht aus wie eine Elfe, hat aber ein schrecklich verzehrtes und entstelltes Gesicht.

»Ein Menschenmädchen. Dass sich so etwas noch in unsere Welt verirrt.«

Die Stimme von diesem Wesen hört sich kratzig an, die Wörter kommen verzerrt aus dem Mund. Es verzieht seine Fratze zu einem hämischen Grinsen.

Das Wesen ist mir nicht geheuer, dennoch muss ich hier heraus. »Hallo, ich bin Cleo, kannst du mir aus dem Schlamm helfen?«, frage ich noch mal mit zitternder Stimme. Ich spüre, dass ich tiefer in den Schlamm sinke.

»Hehe, dummes Menschenmädchen, ist in meine Falle getappt! Eine Falle für dumme Menschlein!« Das Wesen fliegt jetzt schnell um mich herum und schreit immer wieder: »Dummes Menschlein! Eine Falle! Eine Falle für das Menschlein!«

Panisch versuche ich, mich aus dem Schlamm zu befreien. Ich muss weg von dem Ding. Schnell weg! Doch bei jeder Bewegung sinke ich tiefer. Ich bin erledigt.

»Hilfe! Ich brauche Hilfe! Kann mich jemand hören? Hilfe!«, schreie ich verzweifelt. Der Schlamm reicht mir schon bis zum Hals.

Eine schreckliche Ewigkeit lang passiert nichts, außer dass das Wesen um mich herumtanzt und melodisch seinen Spruch aufsagt: »Dummes Menschlein! Eine Falle! Eine Falle für das Menschlein!«

Ein tiefes Grollen donnert durch den Wald, dumpfe Schritte sind zu hören. Das grüne Wesen verstummt sofort und starrt in die Richtung der Geräusche.

»Sie kommen! Sie kommen! Aber das Menschlein, das Menschlein ist doch mein! In die Falle getappt! In die Falle getappt!« Es fliegt noch einmal um mich herum und löst sich dann in Luft auf.

Starr vor Angst blicke ich in die Dunkelheit. Wieder ertönt dieses Grollen. Es klingt näher. Was auch immer da auf mich zukommt, wird mich fressen. Ich werde meine Eltern und meine Freunde nie wiedersehen. Ich schließe die Augen zu und warte, bis mich das riesige Tier verschlingt.

»Guten Tag, ich bin gekommen, um Ihnen zu helfen. Ich habe Ihre Rufe gehört und bin, so schnell es mir möglich war, zu Ihnen gekommen.«

Ich reiße meine Augen wieder auf und erkenne durch den Schleier aus Tränen einen Mann auf dem Rücken eines gigantischen Tieres.

Der Mann steigt von dem Tier und kommt auf mich zu. Er trägt eine Art Uniform. Der braune Stoff mit mehreren Ledereinsätzen liegt eng an. Auf der Brust hat er einen Aufnäher, einen goldenen Kreis, der von einer horizontalen Linie durchtrennt wird. In einer lederbehandschuhten Hand hält er eine Taschenlampe, die er nun auf mich richtet.

»Was ist denn passiert, Ms?« Er betrachtet mich von allen Seiten. »Warten Sie. Ich hole ein Seil, um Sie herauszuziehen.«

Ich kann ihm nicht antworten. Der Schlamm steht mir schon bis unters Kinn, sogar das Atmen fällt mir schwer. Er muss sich beeilen, bevor mich der Schlamm ganz verschluckt. Ein paar Augenblicke später steht der Mann mit einem Seil vor mir.

»Halten Sie sich fest, mein Kanubri wird Sie herausziehen«, sagt er, als ob es ganz alltäglich wäre, jemanden aus dem Schlamm zu ziehen.

Er wirft mir ein Ende des Seils zu. Ich muss mit aller Kraft meine Hände aus dem Schlamm kämpfen, um das Seil zu packen. Als ich es endlich fassen kann, spüre ich den Schlamm schon an meinen Lippen. Ich presse den Mund fest zu und unterdrücke ein Wimmern. Der Mann steigt wieder auf das Tier, das macht zwei Schritte rückwärts und zieht mich ruckartig heraus.

Mit Schlamm bedeckt komme ich auf dem Waldboden zum Liegen und umklammere noch immer das rettende Seil. Luft strömt in meine Lungen, erleichtert atme ich aus. Ich schaue zu dem Mann auf. »Danke. Sie haben mir das Leben gerettet.«

Der Mann schaut mich besorgt an. »Darf ich fragen, wie das passiert ist? Und wieso sind Sie ganz alleine hier, Ms?«

»Ich bin einem grünen Licht gefolgt, es hat mich in den Schlamm gelockt«, erzähle ich ihm. Tränen steigen wieder in meine Augen.

Er nickt wissend. »Und wie sind Sie hergekommen?«, fragt er weiter und mustert mich dabei neugierig.

»Ich weiß es nicht, ich war in einem Club und habe zu viel getrunken. Mir ging es nicht gut, also wollte ich an die frische Luft. Auf einmal war ich hier.« Ich rede zu schnell, der Mann versteht bestimmt kein Wort.

Er sieht mich einen Moment lang fassungslos an, doch dann findet er seine Sprache wieder. »Der Tenebris ist kein sicherer Ort. Eine junge Dame wie Sie sollte hier nicht allein umherwandern. Ich bringe Sie am besten nach Oryja in die Zentrale.«

»Was ist der Tenebris und was ist Oryja?« Ich versuche aufzustehen, doch mein Fuß knickt zur Seite. Mein Knie schmerzt zu sehr.

Der Mann fängt mich auf. »Lassen Sie mich helfen«, sagt er. Er bringt mich zu einer Leiter, die von dem Rücken des Tieres herabhängt.

»Sie müssen ohne mich aufsteigen, Ms«, sagt er bedauernd.

Ich schaue das Tier an, mein Blick wandert nach oben. Da soll ich alleine aufsteigen? Dieses Tier ist bestimmt dreimal so groß wie Rain. Aber was bleibt mir anderes übrig? Ich umklammere die Stricke der Leiter und klettere jede Sprosse einzeln hoch. Ich versuche, mein verletztes Knie möglichst wenig zu belasten, doch ich spüre ein Stechen bei jedem Schritt. Oben angekommen macht sich ein kleines Glücksgefühl in mir breit. Geschafft! Neugierig schaue ich mich um. Auf dem Rücken des Tieres befindet sich eine mit Kissen ausgelegte Schale mit mehreren Griffen an den Seiten. Hier haben bequem vier Leute Platz.

Der Mann kommt hinter mir die Leiter hinaufgestiegen und bedeutet mir, mich in die Schale zu setzen. Vorsichtig lasse ich mich zwischen den Kissen nieder. Ich bin über und über mit Schlamm bedeckt und versuche, so wenig zu berühren wie möglich. Der Mann setzt sich vor mich in die Schale und das Tier unter uns setzt sich in Bewegung.

Die Schritte donnern schwerfällig durch den Wald, doch der Ritt selbst ist sanft. So reiten wir durch den dunklen Wald. Langsam wird es heller und immer mehr Sonnenstrahlen durchbrechen die Baumkronen. Ich kann bald mehr erkennen und betrachte fasziniert die Bäume. Die Blätter leuchten in einem strahlenden Grün und überall hängt Obst. Da fällt mir etwas auf und meine Neugier zwingt mich, das Schweigen zu brechen.

»Ent-Entschuldigung? Ähm … hängen da an den Bäumen wirklich verschiedene Früchte?«, frage ich den Mann vorsichtig.

Der Mann dreht sich zu mir und schaut mich ratlos an. »Natürlich sind das verschiedene Früchte.« Er dreht sich kopfschüttelnd nach vorne.

Ich schaue weiter nach oben. Dort gibt es Äpfel, Birnen, Mangos, Feigen, Orange und Obst, das ich noch nie gesehen habe. Die Äste biegen sich so weit durch, dass sie bestimmt bald unter dem Gewicht brechen.

»Wir sind bald in der Zentrale, es dauert nicht mehr lange, Ms«, informiert mich der Mann.

Schweigend reiten wir durch den Wald. Als wir die Bäume endlich hinter uns lassen, breitet sich ein Tal vor uns aus. Ich sehe nichts außer Gras, soweit das Auge reicht. Nur vage ist auf der anderen Seite des Tals eine Stadt erkennbar.

»Die Stadt Oriya dort vorne ist unser Ziel, Ms. Um sie bald zu erreichen, werden wir nun schneller reiten. Bitte halten Sie sich gut fest.«

»Wie bitte? Aber die ist doch sicher einen Tagesritt entfernt«, entgegne ich entsetzt.

Das Tier unter mir bewegt sich nun schneller und ich klammere mich schnell an die Griffe der Sitzschale. Der Wind zieht an meinen Haaren und lässt meine Augen tränen. Ich werde so durchgeschüttelt wie in einer Achterbahn. Damit mir nicht schlecht wird, kneife ich die Augen zusammen. Dann geht das Tier plötzlich wieder gemütlich.

Verwirrt öffne ich die Lider und lasse die Griffe los. Mit zitternden Händen reibe ich mir die Augen und erkenne, dass wir eine Straße entlangreiten. Eine Straße in einer Stadt. Um uns herum sind lauter Menschen, die von einem Geschäft ins nächste schlendern.

Das Tier folgt einem Weg, der mit runden Steinen gepflastert ist und sich zwischen hohen Gebäuden hindurchschlängelt. Die Gebäude sind schön und erinnern mich an die Altstadt von Tarent, nur dass die Gebäude noch heller strahlen und noch älter aussehen. Ich beuge mich über meine Sitzschale und betrachte die Szenerie um mich herum.

Da fällt mir ein Mann auf, der gerade vor einem Geschäft steht und etwas in der Auslage betrachtet. Er ist groß, elegant gekleidet und hat Flügel, wunderschöne perlmuttfarbene Flügel. Ich blinzle verwirrt. Das kann doch nicht sein! Hat er sich verkleidet? Er verschwindet in dem Geschäft. Ich schüttle den Kopf und zwicke mir in den Oberarm. Das muss ich mir eingebildet haben. Aber das kleine grüne Wesen im Wald und das riesige Tier, auf dem ich gerade sitze, habe ich mir doch auch nicht eingebildet.

Während ich noch an mir und meinem Verstand zweifle, bleibt das Tier plötzlich stehen und der Mann steigt die Leiter hinunter. Nach kurzem Zögern klettere ich mit meinem schmerzenden Knie unbeholfen hinterher. Wir stehen vor einem großen Gebäude, das mich an eine Bibliothek erinnert. Es besteht aus gleichförmigen weißen Steinblöcken und vor dem Eingang stehen vier hohe Säulen, die mich sofort an einen griechischen Tempel denken lassen.

»Wir sind an unserem Ziel angekommen, Ms«, sagt er und deutet auf den Eingang des Gebäudes.

Zusammen gehen wir hinein, dabei muss er mich stützen, mein Knie tut so weh, dass es mir schwerfällt, ohne Hilfe zu laufen.

Das Innere des Gebäudes erinnert mich an ein Polizeirevier. Überall stehen Holzschreibtische verteilt, an denen Männer und Frauen sitzen. Sie tragen eine ähnliche Uniform wie mein Retter, nur sind sie blau. Einer der Männer, der eben noch an einem der Schreibtische saß, kommt auf uns zu.

»Guten Tag, Ms. Ich bin Mathias, der Oberkommandant dieser Zentrale. Bitte folgen Sie mir.«

Mein Retter nickt dem Oberkommandanten zu und geht wortlos zurück zur Eingangstür. Ich blicke ihm nach undwill mich noch bei ihm bedanken, doch so schnell, wie er gegangen ist, müsste ich ihm jetzt hinterherrufen, damit er mich noch hört.

Ein tiefes Räuspern hinter mir bringt meine Aufmerksamkeit zurück zu dem Oberkommandanten.

»Bitte folgen Sie mir in mein Büro«, sagt er freundlich.

Der Kommandant geht auf eine Tür auf der anderen Seite des Hauptraums zu. Ich will ihm folgen, komme aber ohne Hilfe nur langsam vorwärts. Ich bleibe hilflos zurück. Als der Mann merkt, dass ich kaum laufen kann, kommt er zu mir zurück und hilft mir.

Er bringt mich zu einem Holzstuhl und setzt sich mir gegenüber in einen Ledersessel.

»Das ist mein Büro, hier können wir ungestört über alles, was Ihnen zugestoßen ist, reden«, sagt er freundlich.

»Äh … ja, das wäre super, ich möchte nämlich unbedingt wieder nach Hause. Ich hab keine Ahnung, was ich hier soll. Zuerst war da diese Party und jetzt bin ich plötzlich hier.« Ich deute auf alles um mich herum. »Ich versteh das alles nicht.« Tränen brennen wieder in meinen Augen und ein Kloß bildet sich in meinem Hals.

Der Kommandant redet mit ruhiger Stimme auf mich ein: »Ms, es ist alles in Ordnung. Bitte erzählen Sie mir alles der Reihe nach und dann werden wir eine Lösung finden.«

Also erzähle ich ihm alles seit Beginn der Party. Er hört mir aufmerksam zu und nickt ein paar Mal.

»Es war gut, dass Wächter Tom Sie hergebracht hat. Es kommt nicht häufig vor, dass sich Menschen aus der anderen Welt hierher verirren«, sagt er ruhig.

»Was meinen Sie mit *andere Welt*?«, frage ich verwirrt.

Mathias atmet einmal tief ein und beginnt: »Ich werde Ihnen nun einiges erzählen, damit Sie die Situation, in der Sie sich befinden, besser verstehen und die richtige Entscheidung für sich treffen können.« Er macht eine kurze Pause.

Ich nicke, weil ich das Gefühl habe, er erwartet das von mir. Innerlich wappne ich mich vor dem, was kommt.

»Gut, es gibt nicht wirklich einen Weg, Ihnen das schonend beizubringen. Also: Es gibt nicht nur die Welt, aus der Sie kommen, es gibt auch diese Welt, man nennt sie Anahera«,

»Entschuldigung«, unterbreche ich ihn und will ihn darauf hinweisen, dass mir das alles egal ist und er mich nach Hause bringen soll, doch er redet weiter.

»Hierher gelangen nur Menschen, die das Blut der Ahnen in sich tragen. Wer dieses Blut in sich trägt, kann durch einen der vier Machtpunkte die Grenzen dieser Welt übertreten. Sie sind im Tenebris gefunden worden, nicht wahr?«, fragt er mich.

»Der Mann, der ich hergebracht hat, hat so etwas gesagt«, antworte ich nachdenklich. Ich denke darüber nach, was er gerade gesagt hat. »Heißt das, dass ich jetzt in einer anderen Welt bin und nicht mehr auf der Erde?«, frage ich ihn und muss lachen. Das kann doch nur ein schlechter Witz sein.

Doch er nickt und sein ernster Blick lässt mein Lachen verstummen.

»Haben Sie schon einmal bemerkt, dass Sie eines der Elemente beeinflussen können?«, fragt er.

»N-Nein«, stottere ich.

Er nickt wieder. »In Anahera gibt es eine Schule, in der die Töchter und Söhne der Ahnen lernen, ihr Element zu kontrollieren und sich in dieser Welt zurechtzufinden. Ich werde Sie dorthin bringen lassen. Man wird sich in der Schule um Sie kümmern und auch Ihre Wunden verarzten.«

Das kann doch nicht sein Ernst sein! »Ich werde bestimmt nicht dorthin gehen! Wenn Sie mich nicht nach Hause bringen, gehe ich einfach selbst«, sage ich laut und versuche aufzustehen.

Er hebt beschwichtigend die Hand und widerwillig lasse ich mich auf dem Stuhl nieder.

»Es steht natürlich jedem Erben der Ahnen frei, sich zu entscheiden, in welcher Welt er oder sie leben möchte. Sie können hier leben und in diese Schule gehen, so wie es Ihr Schicksal verlangt, oder Sie gehen zurück in die andere Welt und leben Ihr Leben wie gewohnt weiter«, sagt er sanft.

»Bitte bringen Sie mich nach Hause«, sage ich mit Verzweiflung in der Stimme.

Mathias schaut mich enttäuscht an, nickt aber. »Das habe ich befürchtet. Aber Sie sollten wissen, dass es hier in Anahera immer einen Platz für Sie gibt. Hier ist Ihr wahres Zuhause und das Ihrer Vorfahren«, erklärt er.

Ich runzle die Stirn und will ihm sagen, dass meine Vorfahren sehr wohl in meiner Welt leben, aber er steht schon an der Tür und ruft einen Jungen herein.

Mathias kommt zu mir und hilft mir, aufzustehen.

»Sind Sie sich wirklich sicher, dass Sie nicht hierbleiben möchten? Jemanden wie Sie gab es schon seit Jahrzehnten nicht mehr in Anahera«, erkundigt er sich noch einmal.

»Ich möchte nach Hause«, sage ich bestimmt und er winkt dem Jungen vor der Tür.

Der Junge kommt herein und führt mich aus dem Büro.

»Sie wollen wirklich zurück? Es kommt nicht oft vor, dass jemand aus der anderen Welt hier auftaucht. Sie hatten damit wirklich Glück.« Der Junge schaut mich mit aufgeweckten braunen Augen an.

Ich nicke nur. Tränen laufen über mein Gesicht, hinter meinen Schläfen pocht es. Das wird mir hier alles zu viel.

Der Junge holt ein goldenes Zepter hervor und hält es mir vor das Gesicht. Es glänzt wunderschön und ist mit Edelsteinen besetzt.

»Bereit, Ms?«, fragt der Junge.

»Ich denke schon«, antworte ich zögerlich.

»Auf Wiedersehen, Ms.« Er verneigt sich vor mir und tippt mir mit dem Zepter gegen die Schulter.

Das Büro verschwimmt vor meinen Augen und ich finde mich plötzlich auf dem Platz in Tarent wieder.

Die Sonne scheint, Touristen gehen an mir vorbei und werfen mir argwöhnische Blicke zu. Ich wische mir die Tränen weg, dabei bemerkte ich, dass ich noch immer voller Schlamm bin. Kein Wunder, dass sie mich so komisch angucken.

Mein Handy vibriert in meiner Hosentasche, schnell ziehe ich es heraus und muss erst mal mit den Fingern den Schlamm vom Display wischen. Zum Glück scheint es noch zu funktionieren.

Fünfzehn Anrufe in Abwesenheit und zweiunddreißig Nachrichten von Sophie und Max.

»Scheiße«, entfährt es mir.

Ich scrolle durch die Nachrichten, die meisten sind von Sophie. Am Anfang fragt sie mich, wo ich bin, in den darauffolgenden schickt sie mir fast nur Fragezeichen. Eine der Nachrichten ist von Tobi, der wissen will, wo ich *verdammt noch einmal stecke*. Max hat mir drei Nachrichten geschickt. Die zweite ist lang, er schreibt, dass ihm sein Verhalten leidtut und er mich nicht bedrängen wollte. Er bittet mich darum, zurückzukommen und mit ihm zu reden. Ich habe keine Ahnung, was er damit meint.

Die letzte Nachricht kam um vier Uhr in der früh und an seiner Schreibweise ist unschwer erkennbar, dass er betrunken war: *Ich finds echt scseise von dir, dass du einfach wegrennts, wenn uch dir sagen will, dass ist verliebt in dich bin!!!*

Bei dieser Nachricht bekomme ich große Augen. Er wollte mir was sagen?! Allerdings waren die Sorgen eventuell nicht so groß, um nicht noch weiterzufeiern. Ich wollte doch nicht, dass er sauer auf mich ist und auch nicht, dass die anderen sich Sorgen um mich machen. Aber stimmt es? Ich hätte nie gedacht, dass er mich liebt. Für mich war er immer wie ein Bruder.

Ich tippe Sophies Nummer an und humple in Richtung Hotel los. Es klingelt nur einmal und schon ist Sophies Stimme zu hören.

»Cleo, wo bist? Geht es dir gut?«

Im Hintergrund kann ich Tobi hören, der auf Sophie einredet.

»Mir geht es ganz gut, ich bin auch schon auf dem Weg zum Hotel.«

»Bist du mit einem Typen mitgegangen und hast bei ihm geschlafen?«, fragt sie neugierig.

So eine Frage kann auch nur Sophie stellen.

»Natürlich nicht! Ich bin gleich da, dann erkläre ich euch alles.«

Ich lege auf und humple weiter. Ich muss immer wieder stehen bleiben, die Schmerzen in meinem Knie werden bei jedem Schritt schlimmer. Hilfesuchend schaue ich mich um und sehe plötzlich ihn. Er starrt mich mit seinen dunklen Augen an.

»Wer bist du? Und wieso folgst du mir?«, frage ich ihn.

Er schaut zu Boden und bringt keinen Ton heraus.

Für so was habe ich heute keine Geduld mehr. »Jetzt sag mir, wer du bist und was du hier machst!«, keife ich.

Er hebt den Kopf und schaut mir direkt in die Augen. Die Zeit bleibt für einen Moment stehen und ich sehe nur seine wunderschönen dunklen Augen. Da beginnt er, zu leuchten. Seine Umrisse werden unscharf, bis er sich vollständig in Licht aufgelöst hat.

Ich starre mit offenem Mund auf die Stelle, an der er eben noch gestanden hat. Was verdammt noch einmal war das denn?! Wer ist er und wieso verfolgt er mich? Kommt er aus Anahera und ist gerade dorthin zurückgekehrt?

Ich merke, wie erschöpft ich schon bin, und hinke langsam in Gedanken versunken weiter zum Hotel. In meinem Kopf versuche ich, die Puzzleteile zu ordnen, aber es gelingt mir nicht. Ich würde gerne glauben, dass ich das alles nur geträumt habe, aber mein Knie und der Schlamm beweisen, dass das alles passiert sein muss. Verwirrt und müde erreiche ich in mein und Sophies Zimmer. Ich würde am liebsten ins Bett fallen, aber Sophie, Tobi und Max warten schon auf mich.

Sophie und Tobi sitzen auf ihrem Bett, Max sitzt auf meinem und sieht aus, als würde er sich am liebsten verstecken. Alle drei schauen mich schockiert an, als ich zur Tür hereinkomme.

Sophie findet als Erste ihre Sprache wieder. »Cleo! Was ist mit dir passiert? Wieso bist du voller Schlamm und wieso hinkst du?« Sie kommt auf mich zu und umarmt mich.

Tobi umarmt mich ebenfalls und hilft mir zu meinem Bett. Ich setze mich und überlege, was ich ihnen sagen soll. Werden sie mir glauben, wenn ich ihnen die Wahrheit sage? Ich kann es doch selber nicht wirklich glauben. Ich habe keine Kraft, mir jetzt irgendwelche Lügen auszudenken, also erzähle ich ihnen alles.

Bei dem grünen Wesen nimmt Sophie meine Hand. Am Ende der Geschichte umarmt sie mich noch einmal und sagt: »Oh Cleo, das ist ja schrecklich. Gott sei Dank bist du wieder hier.«

Tobi schüttelt verständnislos den Kopf. »Das kann nicht dein Ernst sein! Du hast bestimmt irgendwas genommen und halluziniert. Vielleicht hat dir jemand was ins Getränk getan.« Er wendet sich an Sophie: »Babe, das glaubst du doch nicht wirklich, oder?«

Sophie boxt Tobi in die Seite. »Natürlich glaube ich ihr. Erstens ist sie meine beste Freundin und zweitens ist sie immer noch voller Schlamm. Was denkst du, wo der herkommt? Bestimmt nicht aus der Stadt.«

»Da hast du recht«, gibt Tobi zu und mustert mich von oben bis unten. »Es ist trotzdem komplett verrückt«, sagt er.

»Wieso sollte ich mir den so was ausdenken«, sage ich und ich kann die Tränen nicht mehr zurückhalten.

Sophie nimmt mich wieder in den Arm und wirft Tobi einen bösen Blick zu. Er hebt die Arme. »In Ordnung, ich glaube dir.«

»Im Ernst? Ihr glaubt das wirklich?«, fragt Max und lacht. »Sie ist verrückt geworden! In eine andere Welt reisen? Bist du Alice, oder was?« Er schaut mich verächtlich an. »Wahrscheinlich bist du mit irgendeinem abgefuckten Typen mitgegangen und hast keine Ahnung was mit dem getrieben. Was für Drogen habt ihr euch reingezogen?«

Er steht vom Bett auf und funkelt mich an. Meine Augen fangen an zu brennen.

»Jetzt heulst du auch noch? Habe ich den Nagel auf den Kopf getroffen?«, fragt er mit einem gemeinen Grinsen im Gesicht.

Getroffen starre ich ihn an. Was ist nur los mit ihm?

Tobi zieht ihn von mir weg. »Hör auf oder verpiss dich! Dein Getue hilft hier gerade niemandem.«

Max funkelt mich noch einmal an und stürmt aus dem Zimmer. Mit einem lauten Knall fliegt die Tür hinter ihm zu.

Im Zimmer ist es totenstill. Wir schauen alle auf die Tür. Ich kann nicht glauben, dass Max gerade so ein Arsch war. So hat er noch nie mit mir geredet. Wir sind doch alle seit unserer Kindheit beste Freunde.

Nach ein paar Sekunden stehe ich auf und gehe ins Bad. Der Schlamm riecht muffig und ich will ihn endlich loswerden. Ich drehe das Wasser so heiß auf, dass meine Haut unter dem Wasserstrahl brennt und sich rot verfärbt, aber ich will diesen Tag und alles, was passiert ist, abwaschen.

Beim Abtrocknen begutachte ich mein Knie: Es ist blau und geschwollen. Wäre ich zu Hause, würde ich damit sofort zum Arzt fahren. O Mann, wie gern wäre ich jetzt zu Hause … Ich will in mein Bett kriechen und mit einem Kakao in der Hand eines meiner Lieblingsbücher lesen.

Zurück im Schlafzimmer kuschle ich mich unter die Decke. Sophie und Tobi beobachten mich.

»Was ist?«, frage ich die beiden.

Sophie stellt eine Wasserflasche auf den Boden. »Kannst du das bewegen oder so?«

Ich fange an, zu lachen, es dauert, bis ich ihr antworten kann. »Natürlich kann ich das nicht.«

Sophie und Tobi sehen enttäuscht aus.

»Tut mir wirklich leid, aber ich bin keine Hexe.«

Tobi steht auf, küsst Sophie und geht zur Tür. »Du solltest schlafen«, sagt er zu mir. »Und du musst auf sie aufpassen.« Er zwinkert Sophie zu. Dann geht er und lässt uns allein.

Ich starre an die Decke, während sich meine Gedanken überschlagen. Anahera, der komische Typ, Max‘ Verhalten. Das ist mir alles viel zu viel. Ich will nach Hause, aber wie soll ich das Sophie sagen? Sie hat sich so auf den Urlaub gefreut, da will sie ihn bestimmt nicht am dritten Tag abbrechen.

»Cleo?«, fragt sie mich leise. »Ich finde, wir sollten nachher schauen, wie wir nach Hause kommen. Ich glaube, das wäre das Beste.«

Wieder brennen Tränen in meinen Augen. »Sophie, du bist die Beste, danke. Ich will wirklich dringend nach Hause.«

»Das habe ich mir gedacht und ich habe auch mit Tobi darüber geredet. Er findet auch, dass es das Beste ist.«

Lucian

Auf Knien sehe ich zu, wie sie verschwindet. Ich habe die Macht über meinen eigenen Körper verloren und kann mich erst aus meiner Position befreien, als sie diese Welt verlassen hat. Was zur Hölle war das denn bitte?! Sie sollte dieses Portal nicht nutzen können, sie ist doch ein Mensch. Wusste es mein Gebieter? Musste ich sie deshalb beobachten? Ich muss hinterher. Wenn ich mich noch richtig erinnere, führt der Machtpunkt des Wassers in den Tenebris.

Ich schließe die Augen und konzentriere mich, um mich zu teleportieren. Eine nützliche Gabe, die wir zum Reisen zwischen den Welten nutzen können. Ich spüre, wie sich eine angenehme Wärme in mir ausbreitet. Erst beim Geruch des Waldes öffne ich meine Augen wieder. Ich stehe in einem Wald. Im Tenebris.

Ich schaue mich suchend nach ihr um, während ich mich lautlos zwischen den Bäumen bewege. Da höre ich sie. Ich ändere meinen Kurs, um zu ihr aufzuschließen, und erkenne, dass sie einem Irrlicht hinterherläuft. Das kann nicht gut gehen. Weiß sie denn nicht, dass Irrlichter böse Wesen sind, vor denen man weglaufen sollte?

Ich folge ihr lautlos und muss ein Lachen unterdrücken, als sie in den Sumpf fällt. Schnell verstecke ich mich hinter einem Baum und beobachte die Szene. Der Sumpf zieht sie erbarmungslos in die Tiefe. Je mehr sie strampelt, desto schneller versinkt sie. Das scheint sie bald zu verstehen, denn sie bewegt sich nicht mehr. Stattdessen versucht sie, das Irrlicht um Hilfe zu bitten. Das Irrlicht lacht und tanzt um sie herum. Sie ruft um Hilfe und scheint den Ernst der Lage begriffen zu haben.

Ich will gerade hinter dem Baum hervortreten, um ihr wieder einmal zu helfen, da höre ich das Trampeln eines Kanubris. Verdammt, einen Wächter kann ich echt nicht gebrauchen. Flach atmend verstecke ich mich hinter dem Baum. Wenn der Wächter mich sieht, habe ich ein Problem. Ich darf mich nicht außerhalb von Reinga aufhalten. Sollte er mich hier erwischen, könnte er mich in den Kerker von Oriya sperren.

Der Wächter hilft ihr und zusammen reiten sie davon. Leise folge ich ihnen durch den Wald bis zum Tal. Normalerweise würde ich darüber fliegen, aber der Wächter würde mich sofort in der Luft sehen und mich vom Himmel holen. Durch das Tal zu laufen, kommt auch nicht infrage, dort habe ich keinerlei Möglichkeiten, mich zu verstecken. Außerdem würde ich es nie unbemerkt in die Stadt schaffen. Könnte ich mich in Anahera auch einfach unsichtbar machen wie in der irdischen Welt, wäre es einfacher. Ich beschließe, in der anderen Welt auf sie zu warten. Ich habe sie lange genug beobachtet, um zu wissen, dass sie zurückkommen wird.

Ich konzentriere mich und werde wieder von einem gleißenden Licht verschluckt. In Tarent geht langsam die Sonne auf und der Platz wird von warmem Licht erleuchtet. Ich lehne mich am Rand des Platzes gegen eine Hausmauer, die von der aufgehenden Sonne erfasst wird, und denke über das nach, was passiert ist.

Wusste der Gebieter, dass sie Ahnenblut in sich trägt? Vermutlich, sonst gebe es keinen Grund, sie zu beschatten. Das macht meinen Auftrag gleich interessanter, nur wieso hat er mich nicht darüber in Kenntnis gesetzt? Vertraut er mir nicht? Habe ich nicht schon unzählige Male meine Treue gegenüber dem Gebieter bewiesen? Schnell schiebe ich den Gedanken von mir.

Es gab schon lange keine Halbsterbliche mehr, die durch eines der Portale gehen konnte. Das muss das letzte Mal vor Jahrzehnten passiert sein, wenn ich mich recht erinnere. Es ist seltsam, dass sie genau in der Stadt Urlaub macht, in der ihr Machtpunkt steht. Immerhin gibt es vier Machtpunkte, wobei jeder nur von einem der vier Elemente geöffnet werden kann. Sie muss also das Wasser beherrschen können, sonst hätte sie nicht durch diesen Machtpunkt reisen können.

Die Bögen erstrahlen blau und sie steht plötzlich wieder in der Mitte des Lichts. Sie sieht verwirrt und überfordert aus. Verständlich, schließlich hat sich ihr ganzes Leben in den letzten paar Stunden verändert. Man hat ihr bestimmt erzählt, wer sie ist und was für eine Macht sie hat. Vermutlich wurde sie auch eingeladen, die Schule in Oryja zu besuchen, aber mir war klar, dass sie ihr Leben hier nicht aufgeben würde.

Ich sehe, wie ihre Hände zittern, während sie ihr Handy aus der Tasche zieht. Sie hält sich das Gerät ans Ohr und setzt sich in Bewegung. Ich konzentriere mich wieder darauf, unsichtbar zu werden, und folge ihr langsam.

Plötzlich dreht sie sich um und sieht mich direkt an.

»Wer bist du? Und wieso folgst du mir?«, schreit sie mich an.

Sie schaut mir fordernd in die Augen und für einen Moment bin ich gefangen. Schnell senke ich den Blick. Ich kann nicht denken, wenn mich ihre wunderschönen blauen Augen so fixieren. Ich will ihr antworten, aber was soll ich sagen? Dass ich damit beauftragt wurde, sie zu verfolgen? Wenn ich ihr das sage, bekommt sie bestimmt Angst vor mir, das will ich seltsamerweise nicht.

»Jetzt sag mir, wer du bist und was du hier machst!«

Ich schaue noch einmal auf und verschwinde dann aus ihrer Welt.

Ich lande in meinem Schlafzimmer in Reinga. Das Zimmer ist so klein, dass ich immer aufpassen muss, beim Teleportieren nicht gegen den Schrank, das schmale Bett oder den Schreibtisch zu knallen. Erschöpft lasse ich mich auf den unbequemen Stuhl sinken, mit einer Hand fahre ich über die abgenutzte Tischplatte. Ich habe mein ganzes Leben in diesem Zimmer gewohnt. Nachdem meine Mutter gestorben ist, wurde ich hier einquartiert. Eigentlich ist es ein Zimmer für die Kadetten des Ranges 0. Ich habe mich schon auf Rang 9 hochgearbeitet und könnte in andere Quartiere ziehen, aber das will ich nicht. Dieses Zimmer ist der einzige Fixpunkt in meinem Leben.

Ich seufze und versuche, meine Gedanken zu ordnen. Wieso konnte sie mich plötzlich sehen? War ich doch nicht unsichtbar? Oder liegt es daran, dass sie in unserer Welt war? Und wieso habe ich den Mund nicht aufbekommen? Lügen ist normalerweise eine Stärke von mir, doch mein Hirn war wie leergefegt. Mir scheint etwas an ihr zu liegen, das gefällt mir nicht.

Es klopft an der Tür. Ich springe auf und stelle mich kerzengerade mit den Händen an der Seite neben mein Bett.

Die Tür geht auf und ein Mann in Uniform tritt ein.

»Lucian, der Gebieter verlangt nach Ihnen.«

Der Uniformierte dreht sich mit Schwung um und wartet, bis ich mich in Bewegung setze. Zusammen gehen wir durch ein Labyrinth aus Gängen. Die Wände sind aus schmutzigem Stein und es riecht muffig. Ich muss mich jedes Mal an diesen Geruch gewöhnen, wenn ich von einer längeren Mission zurückkomme.

Wir verlassen das Gebäude und laufen durch eine Stadt. Auch hier riecht es faulig und vermodert. Ich hasse es, dass es den Wesen dieser Stadt so schlecht geht. Selbst die Menschen in der anderen Welt leben besser als wir. Dieses Volk hat das einfach nicht verdient. Deshalb habe ich schon vor Jahren beschlossen, dass ich für die Freiheit dieses Volks kämpfen werde.

Wir kommen an einem bettelnden Mädchen in einem mehrfach geflickten Kleid vorbei. Obwohl sie wohl sehr auf ihr Kleid aufpasst, ist es von Dreck übersät. Ich stecke ihr zehn Kronen zu und tätschle ihren Arm.

Sie strahlt über das ganze Gesicht. »Danke, mein Herr«, sagt sie voller Dankbarkeit.

Ich neige den Kopf vor ihr und gehe weiter.

In jeder Gasse liegt Müll, die Häuser sehen aus wie notdürftig zusammengebauten Baracken aus Stein, Ziegeln, Holz und Plastik.

Wir kommen zu einem schwarzen Gebäude. Es ist das einzige in dieser Stadt, das stabil und auf seine Weise schön wirkt. Darin wohnt der Fürst meines Landes – mein Gebieter.

Wir gehen an dutzenden Wachen vorbei, die sich um den Eingang postiert haben. Sie verneigen sich vor mir, als ich das Gebäude betrete, ich nicke zurück. Das Ganze geht mir jedes Mal auf die Nerven und ist mit ein Grund, wieso ich nicht hier, sondern in meinem Zimmer in den Baracken wohnen möchte.

Das Rathaus sieht von innen aus, wie man es sich von außen vorstellt: Die Wände bestehen aus schwarzem Stein und an jeder

Ecke stehen Wachen. Alle verneigen sich, sobald ich mich ihnen nähere. Ausladende Kronleuchter hängen von den Decken und beleuchten die düsteren Räume und die kahle Einrichtung. Wir biegen in einen Flur ab. Verwundert bleibe ich stehen.

»Das ist aber nicht der Weg in den Kronsaal.«

Der Uniformierte dreht sich zu mir und antwortet: »Ich habe den Befehl, Sie in die Privaträumlichkeiten des Gebieters zu bringen. Bitte kommen Sie.«

Ich runzle die Stirn. Seit dem Tod meiner Mutter war ich nicht mehr in den Privaträumen des Gebieters.

Wir halten vor einer massiven Holztür, an der zwei Wachen postiert sind. Die Tür öffnet sich und der Soldat, der mich hergeführt hat, sagt: »Mir ist es nicht gestattet, diese Räumlichkeiten zu betreten. Er erwartet Sie im Kaminzimmer, Sie wissen, wo sich das befindet?«

»Klar weiß ich das, Alec.«

Der Soldat vergisst einen Moment seine Haltung: »Ist alles in Ordnung?«

»Ich weiß es nicht, aber es war schön, meinen besten Freund wieder einmal zu sehen, auch wenn es nur ein Auftrag für dich war.«

Wir umarmen uns und klopfen uns gegenseitig auf die Schultern, dann gehe ich durch die Tür und in Richtung des Kaminzimmers. Ich kann mich nicht mehr gut an die Zeit erinnern, in der ich hier gelebt habe, damals war ich noch zu jung. Hin und wieder blitzen Erinnerungen an diese Zeit auf und ich werde traurig. Meine Mutter scheint an jeder Ecke zu stehen und mich zu beobachten, ich kann ihre Stimme in meinem Kopf hören.

»Mein kleiner Lucian, du bist unser Engel. Ich liebe dich so sehr. Wenn du älter wirst, wirst du ein großer Herrscher sein und dieses Volk von allem Leid befreien.«

Als Kind habe ich nicht verstanden, was sie damit meinte. In diesem Haus habe ich das Leid des Volkes nie gespürt, es kam mir so fremd vor. Aber heute weiß ich, dass ich stark sein muss – für meine Mutter und für mein Volk.

Ich erreiche das Kaminzimmer und sehe einen großen Mann mit dem Rücken zu mir vor dem Feuer stehen. Ich trete ein und verneige mich. »Mein Gebieter, Sie wollten mich sehen?«

Der Mann dreht sich um. »Mein Sohn, gut, dass du so schnell gekommen bist. Wir müssen uns unterhalten.«

Kapitel 5

Cleo

Die Sonne scheint mir ins Gesicht, als ich die Augen aufschlage. Ich schaue auf mein Handy. Anscheinend habe ich bis zum nächsten Morgen durchgeschlafen, das waren fast sechzehn Stunden! Sophie liegt noch schlafend in ihrem Bett.

Leise stehe ich auf und beginne, meine Sachen zu packen. Ich will so schnell wie möglich weg und zu meinen Eltern. Obwohl ich versuche, so leise wie möglich zu sein, wecke ich Sophie.

Sie setzt sich auf und sieht mich besorgt an. »Guten Morgen, wie geht es dir heute?«

Ich stehe über meinem Koffer, in den ich alles nur hineingeworfen habe. Meine Kehle wird trocken, die Tränen brennen in meinen Augen. Als Sophie das sieht, klopft sie neben sich und ich kuschle mich zu ihr ins Bett.

Sophie ist oft eine überdrehte und laute Person, die ständig Aufmerksamkeit braucht, aber genauso oft zeigt sie mir, dass sie immer für mich da ist. Sie weiß genau, wann ich sie brauche.

Still liegen wir da, bis es an der Tür klopft und Tobi hereinkommt.

»Hey, ich dachte, du kuschelst nur mit mir«, sagt er gespielt eingeschnappt zu Sophie.

»Tut mir leid, du musst mich teilen«, antwortet Sophie frech.

Tobis Blick wandert zu meinem Koffer und er wird ernst. »Wir haben einen Flug gefunden, der heute Nachmittag von Tarent nach Wien geht. Max hat schon bei der Fluggesellschaft angerufen und sie buchen uns sogar kostenlos um.«

»Das ist doch perfekt«, sagt Sophie, springt auf und fällt Tobi um den Hals.

»Wo ist Max?«, frage ich leise.

Tobis Augen verengen sich. »In unserem Zimmer. Er hat gesagt, dass er dortbleibt, bis wir zum Flughafen fahren.«

Sophie klappt der Mund auf. »Wie bitte? Ich hole ihn jetzt. Er muss sich gefälligst bei Cleo entschuldigen!« Sie löst sich von Tobi.

Der hält sie am Arm fest. »Lass ihn lieber in Ruhe. Er wird sich schon beruhigen. Packt besser eure Sachen«, sagt er, um vom Thema abzulenken.

Sophie und ich geben nach. Ich hole alle meine Sachen wieder aus dem Koffer und schichte sie fein säuberlich hinein. Sophie wirft wie ich ihre Sachen in den Koffer und ich muss mich auf ihn setzten, damit sie den Reißverschluss zuziehen kann.

»Ich habe Hunger, wir könnten noch was essen gehen, bevor wir fliegen«, sage ich zu Sophie.

Sie stimmt zu und ruft Tobi an, um ihm zu sagen, dass wir in ein Restaurant gehen. Wir warten vor dem Hotel auf ihn und sind mehr als überrascht, als er mit Max im Schlepptau rauskommt.

»Ich dachte, du lässt dich erst wieder blicken, wenn wir zum Flughafen fahren?«, fragt Sophie spöttisch und streckt ihm kindisch die Zunge raus.

»Ich habe eben auch Hunger, ist das ein Problem? Ich kann auch ohne euch gehen.« Er macht Anstalten zu gehen.

»Bitte komm mit«, sage ich leise.

Er schaut mich an, als wäre ich ein ekeliges Insekt. Er will gerade was sagen, als Tobi ihn unterbricht.

»Komm einfach mit und danach fahren wir gleich zum Flughafen.«

Max nickt und wir gehen in das nächstbeste Restaurant. Dort schaut er mich so gut wie nie an, und wenn er es doch tut, dann mit diesem angewiderten Blick, bei dem ich eine Gänsehaut bekomme. Dass er mir nicht glaubt, kann ich ja verstehen, aber wieso muss er so gemein zu mir sein? Ich habe ihm doch nichts getan.

Als die Kellnerin kommt, um unsere Teller mitzunehmen, schaut sie meinen verwundert an und deutet auf ihn. »To go?«, fragt sie höflich.

Ich schüttle den Kopf und gebe ihn ihr. Max‘ Blicke haben mir den Appetit verdorben, davon habe ich mittlerweile sogar richtige Bauchschmerzen. Wir haben während des ganzen Essens kein Wort miteinander gesprochen. Auch die andern beiden wussten anscheinend nicht, was sie sagen sollten.

Schließlich durchbricht Sophie die Stille. »Weißt du schon, was du jetzt tun willst?«

Verwirrt blicke ich zu ihr. »Was meinst du?«

»Na, ob du auf diese Schule gehen wirst?« Sie wirkt aufgeregt und gleichzeitig traurig.

»Das will ich nicht. Ich werde bleiben – bei euch und meinen Eltern«, sage ich schnell. Ich habe bisher nicht eine Sekunde darüber nachgedacht, wirklich in diese Schule zu gehen.

Max schnaubt verächtlich und steht auf. »Ihr seid doch alle verrückt. Diese Schule gibt es nicht! Das hast du dir doch nur ausgedacht. Seit wann bist du so ein Freak?« Die Frage schreit er mir fast ins Gesicht.

Ich reiße die Augen auf und weiß vor Schreck nicht, was ich sagen soll. Er scheint auf eine Antwort zu warten.

»Wieso sollte ich mir den so was ausdenken?«, flüstere ich, damit uns keiner der anderen Gäste, die uns schon anstarren, verstehen kann.

Aber Max lacht nur, er kriegt sich nicht mehr ein. »Du bist echt ein Psycho«, sagt er, nachdem er sich beruhigt hat.

Tobi steht auf und schubst ihn zurück. »Lass sie endlich in Ruhe!«, fährt er ihn an.

Max reißt die Augen auf. »Ist das dein Ernst? Du glaubst ihr wirklich? Ich dachte, du tust das nur, weil deine neue Flamme das von dir will«, spottet er.

Tobi hebt schon seine Faust, doch Sophie springt auf und legt ihm die Hand auf die Schulter. »Schatz, bitte hör auf.« Sie schaut ihm in die Augen und er lässt die Hand sinken.

»Ich glaube, wir sollten gehen.« Ich deute auf die Gäste, die uns jetzt alle anstarren. »Unser Flug geht sowieso in zwei Stunden.«

In Wien müssen wir den Zug nach Hause nehmen, da wir beschlossen haben, unsere Eltern nicht anzurufen, um unnötigen Stress zu vermeiden.

»Ich finde, wir sollten Cleo heimbringen. Ich will nicht, dass sie irgendwo allein herumläuft, außerdem ist sie ja verletzt, oder, Tobi?«, fragt Sophie und sieht ihn so eindringlich an, dass er eigentlich keine andere Wahl hat, als zuzustimmen.

Max schnaubt wieder verächtlich, inzwischen kann ich das ganz gut ausblenden.

»Ich finde, du hast recht. Wir müssen auf Cleo aufpassen«, sagt Tobi.

Sie begleiten mich alle nach Hause, sogar Max kommt mit. Sophie hat mir angeboten, bei mir zu bleiben, wenn ich meinen Eltern erzähle, was passiert ist. Ich habe den ganzen Flug überlegt, ob ich es ihnen sagen soll oder nicht. Am Ende habe ich entschieden, dass ich mit ihnen darüber reden muss. Immerhin hat Mathias von dem Blut der Ahnen gesprochen. Wenn das stimmt, müssen meine Eltern etwas davon wissen. Immerhin muss einer von ihnen auch das Blut der Ahnen in sich tragen.

Ich zapple nervös herum. Wie soll ich meinen Eltern das alles nur erklären? Werden sie so reagieren wie Max? Hoffentlich nicht …

Je näher wir dem Haus kommen, desto ruhiger werde ich. Hier bin ich sicher, das ist mein Zuhause. In dieser Straße bin ich aufgewachsen, hier hat mein Papa mir das Fahrradfahren beigebracht und meine Mutter hat jeden Moment davon gefilmt.

Meine Schritte werden schneller. Ich will endlich zu meinen Eltern. Im Näherkommen sehe ich, dass die Tür weit offensteht. Ein ungutes Gefühl breitet sich in mir aus. Auch die anderen sehen es und werden schneller. Wir betreten den Vorgarten und hören plötzlich Schreie.

Ich humple in unser Haus, im Vorraum bleibe ich vor Schreck stehen. Es ist alles verwüstet. Unsere Familienfotos von der Kommode liegen zerbrochen auf dem Boden. Schranktüren wurden geöffnet, die Yucca Palme ist umgekippt und die Erde liegt im Vorraum verstreut.

Kurz stehe ich wie angewurzelt da und weiß nicht, was ich tun soll. Das ist nicht richtig. Das ist doch mein Zuhause.

Die Schreie meiner Mutter hohlen mich aus meiner Starre und ich stolpere die Treppe zu den Schlafzimmern nach oben.

»Mama! Mama, ich bin da!«

Oben liegt etwas Großes, das mir den Weg versperrt. Ich werde langsamer und nähere mich vorsichtig dem reglosen Körper. Papa? Seine Augen sind weit aufgerissen und er starrt an die Decke. Überall ist Blut. Er hat eine riesige Wunde in der Brust.

Ich knie mich zu ihm auf den Boden und versuche, die Wunde zuzudrücken. »Papa!«, schreie ich mit erstickter Stimme, Tränen rinnen über mein Gesicht. »Es wird alles wieder gut, Papa. Du musst durchhalten.«

Doch er antwortet nicht, sein Blick ist starr auf die Decke gerichtet.

Jemand legt mir die Hand auf die Schulter und ich höre Max' Stimme: »Cleo, es ist zu spät, er ist tot.«

Ich brauche ein paar Sekunden, bis ich begreife, was Max gerade gesagt hat. Ich schaue auf meinen Papa herab, meine zitternden Hände krallen sich in sein Oberteil. Ein Schrei steigt meine Kehle hinauf, dann lege ich meinen Kopf auf seine Brust und umarme ihn, so fest ich kann.

»Papa, ich habe dich lieb«, bringe ich mit erstickter Stimme hervor.

Da höre ich wieder die Schreie meiner Mama. »Cleo, lauf weg! Lauf-« Ihre Stimme bricht.

Max und Tobi rennen an mir vorbei in das Zimmer, aus dem ihre Schreie kommen. Ich höre das Geräusch von brechendem Glas. Mama!

Ich löse mich von dem toten Körper meines Vaters und hinke auf die Schlafzimmertür meiner Eltern zu. Eine maskierte Gestalt mit Flügeln kämpft gegen Tobi und Max. Als sie mich hört, dreht sie sich langsam zu mir um und löst sich im nächsten Moment in gleißendem Licht auf.

»Cleo, deine Mutter!«, ruft Sophie von der anderen Seite des Zimmers. Sie hat ihr Smartphone in der Hand und spricht abgehakt hinein.

Ich brauche einen Moment, bis ich meine Mama erkenne. Sie liegt zusammengekrümmt auf dem Boden, um sie herum ist überall Blut. Ich stürze auf sie zu. »Mama, was ist passiert?«

Ich betrachte sie jetzt genauer. Sie hat am ganzen Körper tiefe Wunden, aus denen sie stark blutet. Sie streckt die Hände nach mir aus, ihre Fingernägel sind teilweise ausgerissen worden.

Hektisch ziehe ich die Decke vom Bett und versuche damit, die schlimmsten Blutungen zu stillen. Doch meine Mama hebt träge eine Hand und legt sie auf meine.

»Liebling«, sagt sie mit viel zu schwacher Stimme. »Du musst mir jetzt zuhören.« Sie atmet tief durch und zuckt dabei vor Schmerzen zusammen. »Du bist etwas Besonderes«, sagt sie.

Ich unterbreche sie: »Mama, der Krankenwagen kommt gleich und sie werden dir helfen. Es wird alles wieder gut«, sage ich, während mir Tränen über das Gesicht laufen.

Doch sie redet weiter: »Ich und dein Papa … Wir sind nicht deine leiblichen Eltern. Du bist das Kind von Engeln.« Sie hustet und Blut spritzt mir entgegen. »Schatz, du musst auf dich aufpassen, es darf nicht umsonst gewesen sein. Sie dürfen dich nicht in die Finger bekommen, sonst ist alles verloren.«

»Mama, wovon redest du da?«

»Schatz, deine wahren Eltern waren Wesen aus einer anderen Welt und das stört einige Leute. Sie wollen deinen Tod.« Ihre Atmung wird flach und ihre Worte kommen erstickt. »Du musst sie aufhalten. Ich liebe dich, Cleo.«

Sie holt noch einmal tief Luft, ihre Lippen bewegen sich, doch kein Ton kommt heraus. Sie sackt in meinen Armen zusammen und ihre Augen schauen an die Decke. Ich umklammere ihren leblosen Körper und schluchze laut.

»Mama, bitte, bitte nicht. Mama!«

Da kommt Max auf mich zu und kniet sich zu mir auf den Boden. Er schließt vorsichtig die Augen meiner Mutter und fasst mich am Arm. »Cleo, wir müssen hier weg. Wenn das Ding zurückkommt, haben wir keine Chance.«

Ich umklammere meine Mama noch fester, schüttle den Kopf.

Sophie kommt zu uns. »Cleo, Max hat recht. Wir müssen so schnell wie möglich verschwinden«, drängt sie.

Ich küsse meine Mama zum Abschied und stehe wackelig auf. Tobi und Max helfen mir die Stufen hinunter. Als wir bei meinem Papa vorbeikommen, küsse ich ihn auf die Stirn.

Draußen hören wir schon die Sirenen.

»Wir sollten verschwinden«, sagt Max und sie beschleunigen ihren Schritt.

Ich lasse mich von ihnen tragen, kann nicht mehr selber laufen, dafür bin ich zu schwach und ausgelaugt.

Mit dem Blut meiner Eltern beschmiert sitze ich kurze Zeit später auf dem Rücksitz eines Taxis, das mich zu Harrys Stall bringt. Sophie hatte die Idee, mich dort unterzubringen. Ich habe nur genickt, als sie mich gefragt hat. Mir ist es egal, wo sie mich hinbringen. Ich starre nur aus dem Fenster, die Laternen ziehen an uns vorbei, flackernde Schatten tanzen über mein Gesicht.

Der Taxifahrer fährt viel zu schnell, wahrscheinlich will er uns möglichst bald loswerden. Das kann ich ihm nicht verübeln, ich würde auch nur ungern vier Teenies durch die Gegend fahren, von denen eine über und über mit Blut beschmiert ist.

Als wir den Stall erreichen, fährt er langsamer und fragt uns skeptisch: »Seid ihr sicher, dass die Adresse richtig ist?«

Max nickt und steckt dem Fahrer fünfzig Euro zu, dabei waren wir nur knapp fünfzehn Minuten unterwegs. Die Augen des Fahrers werden beim Anblick des Geldscheins groß und er steckt ihn schnell ein. Nachdem wir ausgestiegen sind, ergreift der Taxifahrer die Flucht.

Wir gehen auf das Haus neben dem Stall zu, da geht schon die Tür auf und Harry kommt heraus.

»Hey, was wollt ihr denn hier? Is' schon spät«, sagt er mit freundlicher, aber besorgter Stimme. Als er nah genug ist, um mich genauer betrachten zu können, fragt er bestürzt: »Kleine, was is'n mit dir passiert? Kommt rein.« Er deutet auf die Tür und wir treten in das gemütliche Haus.

Ich setze mich auf die Eckbank in der Küche und starre aus dem Fenster mir gegenüber. Draußen ist es bereits stockdunkel und ich kann nichts erkennen. Die anderen setzen sich zu mir. Sophie versucht, mit mir zu reden, aber ich kann jetzt nicht.

Harry macht uns Tee und stellt jedem eine Tasse hin. »Also, was is' passiert?«, fragt er erneut.

Aber ich schüttle nur den Kopf, habe selber noch nicht verstanden, was ich vorhin gesehen habe. Meine Eltern … Mein Körper beginnt, wieder zu beben, und ich ziehe die Beine an die Brust, um das Zittern zu unterdrücken.

Tobi antwortet für mich: »Wir waren in Tarent und dort ist Cleo plötzlich in eine andere Welt verschwunden. Anscheinend ist sie eine Nachfahrin von den Einwohnern dort. Als sie zurückkam, haben wir entschieden, wieder heimzufliegen. Wir wollten zuerst Cleo nach Hause bringen, doch dort …« Er stockt, räuspert sich. »Dort haben wir ihre Eltern gefunden. Sie sind beide tot. Wir … haben den Mörder noch gesehen, aber es war schon zu spät«, schließt Max. Seine Stimme wird bei den letzten Worten so leise, dass ich ihn fast nicht mehr verstehen kann.

Harry schaut uns vier stirnrunzelnd an. »Mhm, ich glaub, wir trink'n unsren Tee und dann geht ihr am best'n ins Bett. Oben lieg'n ein paar Matratzen, ich bringe euch noch Bettzeug. Morgen könnt ihr mir das dann noch mal genauer erzähl'n.«

Die anderen nicken, trinken ihre Tassen aus und reden noch eine Weile über alles, was passiert ist. Ich sitze still daneben, rühre meinen Tee nicht an und starre aus dem Fenster. Das Radio in der Küche dudelt vor sich hin, irgendwann ist ein Nachrichtensprecher zu hören.

»In der Wiener Vorstadt hat sich ein tragisches Ereignis abgespielt.«

Sophie verstummt mitten im Satz, wir starren alle auf das Radio.

»In einem Haus wurden zwei Leichen gefunden. Den Verletzungen zufolge wurden sie gefoltert. Von den Tätern fehlt jede Spur. Die Polizei bittet um Hinweise zu dem Vorfall. Die Tochter der Opfer ist verschwunden, die Polizei geht zum jetzigen Zeitpunkt von einer Entführung aus.«

Harry stellt das Radio aus und starrt mich mit großen Augen an.

In der Küche ist es totenstill, in meinem Kopf überschlagen sich jedoch die Gedanken.

Meine Eltern haben mich belogen. Mein ganzes Leben lang. Und jetzt, wo ich sie alles fragen will, sind sie tot. Wer waren sie, wenn nicht meine richtigen Eltern? Was haben sie mir noch alles nicht erzählt? Wussten sie von Anahera? Sie sagte, ich bin ein Engel aus einer anderen Welt. Meinte sie das ernst? Ein Engel mit Flügeln und dem ganzen Zeug? Bei dem Gedanken muss ich lachen. Ich lache so hysterisch auf, dass mich meine Freunde besorgt anschauen.

»Cleo, was ist los?«, fragt mich Sophie vorsichtig. Ich kann Angst und Verunsicherung in ihrer Stimme hören.

Ich verschlucke mein Lachen und entschuldige mich bei ihnen, dann gehe ich zu dem Matratzenlager. Hier liegen vier Matratzen nebeneinander. Harry bringt mir Decken und Kissen und wünscht mir eine gute Nacht. Ich lege mich auf die hinterste Matratze und rolle mich zusammen. Es dauert nicht lang, bis die Tränen kommen und mein Kissen durchnässen. Irgendwann schlafe ich erschöpft ein.

Am nächsten Tag stehe ich nicht mit den anderen auf. Ich will unter der warmen Decke liegen bleiben und meine Ruhe haben. Die anderen kommen nacheinander zu mir und wollen mich dazu überreden, aufzustehen, aber ich habe keine Kraft dazu.

Am Nachmittag höre ich sie reden. »Ich mach mir Sorgen um Cleo, sie liegt schon den ganzen Tag da oben und sagt kein Wort. Wir müssen doch irgendwas tun können«, sagt Sophie.

Dann höre ich Tobi: »Du hast recht, aber was sollen wir machen? Zur Polizei gehen?«

Ich presse die Augen zusammen, will das nicht hören. Wie können sie nur so was sagen? Ich verkrieche mich tiefer unter meiner Decke und lege ein Kissen über meinen Kopf. Doch ich höre sie trotzdem noch.

»Sie hat so viel durchgemacht, da is‘ es normal, dass sie’n bisschen durch’n Wind is‘. Sie bleibt hier und ich pass auf sie auf. Macht euch keine Sorgen, bald wird sie sich besser fühl’n«, höre ich Harrys dumpfe Stimme.

Tränen brennen in meinen Augen. Harry ist der Einzige, auf den ich mich verlassen kann.

Spät am Abend kommen die anderen wieder in das Zimmer und legen sich zu mir auf die Matratzen. Ich tue so, als würde ich schon schlafen. Ich will nicht mit ihnen reden oder sie auch nur ansehen.

Als ich das Schnarchen und regelmäßige Atmen der anderen höre, stehe ich auf. Ich will zu Rain. Er ist mein bester Freund und wahrscheinlich der Einzige, der mich trösten kann.

Langsam schleiche ich die Treppe hinunter zur Küche und gehe aus dem Haus. Im Stall laufe ich an den Boxen vorbei, bis ich bei der von Rain ankomme. Er schläft nicht und schaut mich an, als hätte er auf mich gewartet. Ich gehe in seine Box und lege meine Hand auf sein Fell. Es fühlt sich gut an, ihn zu spüren. Ich lege meinen Kopf neben meine Hand und sein Herzschlag, der kräftig und gleichmäßig in meinem Ohr pocht, beruhigt mich. Nach ein paar Minuten löse ich mich von ihm und streichle seine Nüstern.

Mit seinen großen Augen schaut er mich an, als würde er sagen wollen: »Alles wird gut.«

So stehe ich lange bei ihm und fühle mich mit der Zeit etwas besser. Ich beschließe, nicht mehr sauer auf meine Freunde zu sein. Für sie war das alles auch nicht einfach und ich wüsste auch nicht, wie ich mich an ihrer Stelle am besten verhalten sollte.

Ein Wiehern reißt mich aus meinen Gedanken und erst jetzt merke ich, dass die anderen Pferde um mich herum schnaufend in ihren Boxen hin- und herlaufen. Ich drehe mich um und sehe eine Gestalt in der Dunkelheit des Stalls. Sie ist maskiert und hat Flügel wie das Wesen, das meine Eltern getötet hat. Ich stelle mich schützend vor Rain. Es darf mir nicht auch noch ihn nehmen.

»Was willst du?«, frage ich mit zitternder Stimme.

Das Wesen kommt auf mich zu und hebt seine Hände. Seine Finger werden plötzlich von lodernden Flammen umschlossen. Durch einen Schlitz in der schwarzen Maske kann ich sehen, wie ein Grinsen seinen Mund umspielt, und er streicht mit einer Faust über einen Haufen Heu neben ihm. Das Heu fängt sofort Feuer, Hitze schlägt mir entgegen. Die Pferde treten gegen die Boxentüren, das Wiehern wird immer lauter.

»Nein, hör auf!«, schreie ich den Maskierten an.

Ich schnappe mir eine Satteldecke, um das Feuer damit auszuschlagen, aber er steht mir im Weg und ich will Rain nicht ohne Schutz lassen.

Das Wesen lächelt mich böse an und hebt die Fäuste in meine Richtung. Feuer schießt mir entgegen und ich schreie. Reflexartig reiße ich meine Arme hoch. Die Flammen verbrennen meine Haut. Ein unerträglicher Stich dringt bis tief bis zu meinen Knochen, einen Moment lang kann ich keinen klaren Gedanken fassen, doch der ohrenbetäubende Lärm der Pferde lässt mich handeln. Sie müssen dringend hier raus.

Ich fixiere das Wesen vor mir, ich muss es irgendwie ablenken und Rains Boxentür öffnen. »Wer bist du?«, frage ich laut und versuche, nicht zu verängstigt zu klingen.

Das Wesen kommt weiter auf mich zu.

»Hast du meine Eltern getötet?«, frage ich. Ich greife langsam mit der rechten Hand hinter mich. »Hast du meine Eltern getötet?!«, schreie ich das Ding an.

Während ich schreie, öffne ich mit einem Ruck die Box von Rain. Der rennt panisch gegen das Wesen und reißt es zu Boden. Ich ergreife die Chance und laufe in Richtung des Ausgangs. Auf dem Weg öffne ich alle Boxen. Die Pferde stürmen aus dem Stall, und als ich die letzte Box öffne, brennt das Gebäude schon bis zu den Dachbalken. Die Luft ist dick und das Atmen fällt mir schwer.

Ich kann meine Freunde über das Lodern der Flamen hören. Ich will weiter zur Tür laufen, doch da kracht ein Balken von der Decke und versperrt mir den Weg. Erschrocken springe ich einen Schritt zurück. Hinter mir ertönt ein Lachen. Ich drehe mich um und erkenne ihn durch die dicken Rauchschwaden. Der Rauch scheint vor ihm zurückzuweichen. Im Schein der Flammen sieht das Wesen furchterregend, aber dennoch schön aus, Schatten tanzen über die weiße Maske.

Hinter mir höre ich Max‘ Stimme: »Cleo, bist du da drin?!«

Panik überkommt mich. Wenn er versucht, mich herauszuholen, wird ihn das Wesen töten. »Max, lauf weg!«, brülle ich deshalb, so laut ich kann.

Das Wesen hebt wieder seine Hände und sagt mit klarer tiefer Stimme: »Jetzt bringen wir es zu Ende.« Er kommt auf mich zu und will mich am Arm packen, als Max hinter mir über den herabgestürzten Balken springt. Er läuft auf uns zu und rammt das Wesen mit vollem Körpereinsatz.

Das Wesen taumelt den Bruchteil einer Sekunde und schießt einen glühend heißen Feuerstrahl auf Max. Der fällt auf die Knie und krümmt sich vor Schmerz. Das Wesen hebt wieder seine Arme.

Hektisch sehe ich zwischen den beiden hin und her. Das darf nicht passieren! Angst und Wut überkommen mich. Ich hasse dieses Ding und alles, was damit zu tun hat! Es darf mir nicht auch noch Max nehmen.

Ein Rauschen durchfährt meinen Körper und instinktiv hebe ich die Hände, ein Wasserstrahl schießt aus meinen Handflächen auf das Wesen zu. Es reißt die Augen auf, als es vom Wasser erfasst und gegen die Wand gedrückt wird. Das Wesen starrt mir für einen Moment in die Augen, bevor es binnen einer Sekunde in gleißendem Licht verschwindet.

Das Wasser verebbt aus meinen Händen und ich laufe zu Max.

»Wir müssen schnell hier raus! Steh auf, bitte!«, flehe ich ihn an. Sein Gesicht ist vor Schmerz verzerrt. Ich schiebe meinen unversehrten Arm unter seinen Oberkörper und ziehe ihn hoch. Er stöhnt laut vor Schmerzen. »Ich weiß, tut mir leid, aber wir müssen weg. Das Gebäude kann jederzeit einstürzen«, rede ich auf ihn ein und ziehe ihn vorwärts.

Mein Knie tut wieder weh und zittert bei jedem Schritt. So werden wir hier nie rauskommen. Vor dem herabgestürzten Balken bleibe ich stehen. Wie sollen wir da nur drüber kommen? Max ist zuvor gesprungen, aber das wird er jetzt nicht schaffen. Wo sind nur die anderen? Ich schaue mich nach einem anderen Ausweg um, aber alle werden von dichten Flammen versperrt.

Ich schreie, so laut ich kann: »Hilfe! Ich brauche Hilfe!«

Nach einer gefühlten Ewigkeit erscheint Tobi auf der anderen Seite des Balkens. Er springt zu uns und legt Max eine nasse Decke um den Körper, um ihn vor dem Feuer zu schützen. Er nimmt ihn wie ein Baby in die Arme und versucht, eilig mit ihm über den Balken zu klettern. Dabei kommt er dem Feuer mit den Beinen gefährlich nah, aber er schafft es aus dem brennenden Gebäude. Ich bin ihnen dicht auf den Fersen.

Harry und Sophie nehmen uns in Empfang, sie haben schon Decken und Wasser geholt. Ich lege mich erschöpft auf den Boden und sehe kurz darauf zu, wie das gesamte Gebäude in sich zusammenstürzt.

Wir hören die Sirenen näher kommen. Fünf Löschfahrzeuge fahren in den Hof und dutzende Feuerwehrmänner steigen aus. Routiniert beginnen sie, den Brand zu löschen.

Das Ganze ist so surreal, als würde ich nur einen Film schauen.

Ein paar Feuerwehrmänner kommen zu uns und wollen uns Fragen stellen, aber keiner von uns kann ihnen wirklich erklären, was passiert ist. Und ich werde sicher nicht erzählen, dass ein Engel das Feuer gelegt hat. Die würden sofort die Leute mit den weißen Westen schicken.

Die Rettungssanitäter kümmern sich zuerst um Max. Er ist schwer verletzt und muss ins Krankenhaus. Mich bringen sie mit einem zweiten Krankenwagen dorthin. Sie röntgen und verarzten mein Knie. Meinen Arm cremen sie mit einem kalten Gel ein und verbinden ihn. Ich erkläre ihnen, dass das im Stall passiert ist, als ich versucht habe, die Pferde zu befreien. Das Knie ist zum Glück nur geprellt und ich soll es schonen, die Verbrennung wird noch länger brauchen, um zu verheilen.

Am nächsten Morgen werde ich entlassen. Bevor ich gehe, besuche ich noch Max, um mich zu verabschieden.

»Hi Max«, sage ich leise, als ich sein Zimmer betrete. »Wie geht es dir?«

Er liegt regungslos in seinem Bett, schaut aber direkt zu mir. »Also ich esse jetzt sicher lange nichts Gegrilltes«, sagt er und lacht. Dabei zuckt er sofort zusammen. »Au, ich sollte nicht lachen.«

Ich trete näher an sein Bett heran. »Max, es tut mir so leid. Das ist alles meine Schuld.« Tränen steigen mir in die Augen. Ich würde ihn so gerne in den Arm nehmen, aber sein gesamter Oberkörper ist bandagiert.

»Du kannst nichts dafür. Du hast mir sogar das Leben gerettet. Das war saucool«, sagt er begeistert. »Du kannst Wasserstrahlen aus deinen Händen feuern, wie abgefahren ist das denn?«

Ich senke den Blick. »Aber genau das alles ist doch der Grund, wieso das passiert ist.« Ich zeige auf seinen verbrannten Körper.

Max schüttelt den Kopf. »Dieser Engel ist schuld, nicht du. Du musst auf diese Schule gehen, Cleo«, sagt er eindringlich. »Du musst lernen, wie du das steuern kannst. Ich habe die halbe Nacht darüber nachgedacht und glaube, du musst herausfinden, wer deine Eltern sind und wieso dieser Engel dich töten will«, sagt er ernst.

Ich starre ihn mit offenem Mund an. »Bist du verrückt geworden?«, frage ich ihn.

Er schüttelt den Kopf. »Ich habe darüber nachgedacht, was deine Mutter gesagt hat. Und nach allem, was passiert ist, solltest du auch lernen, dich zu verteidigen. Das geht am besten an einer Schule, wo man dir beibringt, wie man mit den Elementen umgeht«, sagt er.

Ich will ihm widersprechen, aber er sieht mich so aufgeregt an, dass ich ihm nicht sagen kann, dass er verrückt ist, wenn er denkt, ich würde freiwillig dorthin gehen. Ich könnte nie meine Freunde und meine Heimat verlassen! Also sage ich nur: »Ich werde darüber nachdenken, okay?«

Er nickt. »Okay, aber du musst mir versprechen, dass du wirklich darüber nachdenkst«, sagt er eindringlich.

Ich verspreche es ihm hoch und heilig, dann verlasse ich sein Zimmer.

Harry wartet vor dem Krankenhaus in seinem Auto auf mich.

Kaum sitze ich im Auto, muss ich wieder weinen. »Harry, es tut mir so leid. Wenn ich nicht wäre, wäre das alles nicht passiert.«

Harry zuckt mit den Schultern und sagt: »Ach Mädl, du kannst ja nichts dafür, und solange den Pferden nix passiert is‘, is‘ alles gut. Wie geht’s Max?«, fragt er und schaut zum Krankenhaus.

»Er hat ziemlich starke Schmerzen«, antworte ich und senke betreten den Blick.

Harry legt mir die Hand auf die Schulter. »Er hat mir erzählt, dass du ihn gerettet hast, und gesagt, du kannst Wasser mit deinen Händen schießen.«

Ich nicke und schluchze noch mal. »Ich verstehe nicht, was mit mir los ist, Harry. Meine Eltern behaupten auf einmal, dass ich nicht ihre Tochter bin. Und am nächsten Tag kann ich Wasser aus meinen Händen abfeuern. Ich weiß nicht, wer oder was ich bin, was das soll oder was überhaupt los ist.« Ich verstecke mein verheultes Gesicht in meinen Händen und schluchze lauter.

»Wir fahren am besten zurück zum Stall, okay?«, fragt Harry unsicher.

Ich nicke und wir fahren schweigend zurück.

Am Stall stehen wir vor einem verkohlten Haufen aus Brettern und Dachschindeln. Mein Herz wird schwer bei dem Anblick. Wo sollen den nun die Pferde unterkommen? Die Pferde! Ich schaue mich suchend nach ihnen um, kann sie aber nirgends auf dem Hof sehen.

»Harry, wo ist Rain?«, frage ich ihn panisch.

Harry schaut mich verwirrt an, scheint dann aber zu verstehen. »Die Pferde hab ich abhol’n lass’n. Das Futter ist mit dem Stall abgebrannt und ich will sie nich‘ die ganze Nacht auf der Koppel lass’n. Hab sie zum nächst’n Hof gefahr’n, desweg’n war ich so spät im Krankenhaus. War verdammt viel Arbeit, die ganz’n Pferde zu verlad’n«, erklärt er mir.

Mir fällt ein Stein vom Herzen. Wir gehen zu Sophie und Tobi ins Haus und setzen uns zusammen in die Küche. Eine bedrückte Stille liegt im Raum, nachdem ich ihnen alles darüber erzählt habe, was letzte Nacht im Stall passiert ist. Harrys Blick ist traurig und nachdenklich, Sophie hat sich an Tobi gekuschelt.

Ich unterbreche die Stille. »Max hat gesagt, ich soll auf diese Schule gehen und lernen, das Wasser zu kontrollieren.« Ich schaue in ihre Gesichter, ich will wissen, was sie darüber denken.

Sophie hält den Atem an und schaut mich mit großen Augen an. »Der spinnt doch!«, entfährt es ihr. »Du gehst da nicht wieder hin, das ist viel zu gefährlich. Hätte dir dieser Kanubrityp nicht geholfen, wärst du jetzt wahrscheinlich längst tot. Außerdem kennst du dort keinen. Du bleibst hier«, sagt sie bestimmt.

Tobi drückt sie fest an sich. »Ich finde, Sophie hat recht. Du solltest am besten nicht einmal darüber nachdenken. Das wäre viel zu gefährlich, außerdem können wir dich dort nicht beschütze«, sagt er leise.

»Ich dachte zuerst auch, dass es verrückt ist, aber inzwischen finde ich den Vorschlag nicht so verkehrt. In einem Punkt hat Max recht: Ich muss lernen, wie ich mich verteidigen kann. Was, wenn das wieder passiert und dann kein Wasser aus meinen Händen kommt?« Ich halte meine Hände hoch. »Ich werde in diese andere Welt gehen«, sage ich.

Harry nickt. »Ich kümmere mich um Rain, während du weg bist«, sagt er und geht in die Küche, aus der bald darauf Geschirrgeklapper zu hören ist.

»Cleo, das kann nicht dein Ernst sein! Du kannst nicht weggehen.« Sophie steigen Tränen in die Augen.

»Wenn ich bleibe, taucht dieses Ding vielleicht wieder auf. Ich will nicht, dass euch etwas passiert. Meine Eltern sind tot,

Max liegt bereits mit schweren Verbrennungen im Krankenhaus. Ich will mir nicht ausmalen, was das nächste Mal passieren könnte.« Ich schlucke schwer. »Außerdem will ich wissen, wer ich bin«, sage ich jetzt leise. »Ich will wissen, wo ich herkomme und wer meine richtigen Eltern sind. Vielleicht kann ich herausfinden, wer meine Mama und meinen Papa getötet hat und wieso.«

Je mehr ich darüber nachdenke, desto mehr Gründe gibt es, um dorthin zu gehen – auch wenn ich panische Angst davor habe.

Harry kommt zurück zum Tisch und stellt ein paar Tassen mit Tee vor uns.

»Ich glaub auch, dass du geh'n solltest, Cleo. Jeder sollte wiss'n, wo er herkommt.« Er setzt sich und reicht einen Teller mit Keksen herum.

Sophie springt auf und schreit Harry an: »Wie kannst du hier so seelenruhig sitzen, Kekse verteilen und sie dabei auch noch unterstützen, Harry?«

»Ach Sophie«, sagt Harry ruhig. »Denk einfach mal drüber nach.«

Ich strecke mich und nehme Sophies Hand. »Ich habe panische Angst davor, zu gehen. Aber ich habe meine Familie verloren, mein Zuhause. Mein ganzes Leben steht auf einmal Kopf. Ich muss einfach herausfinden, wer ich bin, Sophie.«

»Du bist Cleo, meine beste Freundin! Und nur weil du Wasser beschwören kannst, bist du immer noch du!« Ihre Stimme bricht bei den letzten Worten und sie weint.

»Du wirst immer meine beste Freundin bleiben. Deshalb könnte ich mir nie verzeihen, wenn dir meinetwegen etwas zustoßen würde. Sophie, bitte versteh doch. Ich kann nicht bleiben und euch in Gefahr bringen.« Ich stehe auf und umarme sie fest.

Wir sitzen noch eine Weile am Tisch und reden über den Wiederaufbau des Stalls und über meine Reise nach Anahera. Sophie schaut mich immer wieder traurig an, aber ich glaube, sie versteht mich allmählich. Schließlich gehen wir ins Bett. Ich liege wach, mir gehen tausende Dinge durch den Kopf. Am schlimmsten ist, dass mir meine Eltern nie die Wahrheit gesagt haben. Nicht über mich, nicht über meine Kräfte. Ob sie es noch getan hätten? Ich würde sie gern so vieles fragen, stattdessen bin ich mit dem ganzen Mist allein.

Am nächsten Morgen hat Harry schon das Frühstück hergerichtet, als ich mich an den Tisch setze.

»Wie lang bleibst du noch?«, fragt Harry.

»Ich weiß es nicht, aber ich glaube, ich sollte so schnell wie möglich nach Tarent reisen und versuchen, noch einmal durch das Portal zu gehen.«

Harry nickt. »Nimm dir so viel Zeit, wie du brauchst«, sagt er und setzt sich zu mir.

Auch Sophie und Tobi kommen in die Küche und wir frühstücken zusammen.

Tobi beginnt, mich auszufragen, wie es in der anderen Welt war, und ich erzähle ihnen alles so genau, wie es geht. Ich beschreibe ihnen den Wald, in dem ich aufgetaucht bin, von den Dornen und dem Sumpf. Ich beschreibe das Kanubri, auf dem ich geritten bin und die Stadt. Alle hören gespannt zu.

»Wir müssen dich so gut wie möglich auf das alles vorbereiten«, sagt Tobi. »Du brauchst Proviant und Waffen.«

»Und ein supercooles Outfit«, sagt Sophie.

Darüber habe ich noch nicht nachgedacht, aber sie haben recht. Wenn ich schon die Möglichkeit habe, mich vorzubereiten, sollte ich das auch tun.

»Okay. Und wo bekommen wir das alles her?«, frage ich.

»Also ich kümmere mich um das Outfit«, sagt Sophie sofort.

»Ich besorge einen Rucksack, ein Seil, eine Taschenlampe und vielleicht noch Verbandszeug«, sagt Tobi und dreht sich zu Sophie. »Wir gehen am besten einkaufen.«

»Na gut, dann werd ich für dich kochen. Damit du genug zu essen hast«, sagt Harry.

Mir steigen Tränen in die Augen. »Ihr seid so toll.«

Sophie kommt schnell zu mir und umarmt mich. »Wir sind deine Freunde und immer für dich da«, flüstert sie mir ins Ohr.

Nach dem Frühstück gehen Sophie und Tobi einkaufen und Harry fängt an zu kochen. Ich sitze am Tisch und fühle mich nutzlos.

»Kann ich dir helfen?«, frage ich.

»Nein, nein. Ruh dich am besten aus. Wer weiß, wann du das das nächste Mal machen kannst«, sagt er.

Ich mache mir einen Kaffee und setze mich an den Tisch. Ich sollte einen Plan haben, was ich wann und wie mache, sobald ich in Anahera ankomme. Vermutlich werde ich in diesem Wald auftauchen. Von dort aus muss ich in diese Stadt gelangen. Die Wächter werden mich bestimmt in die Schule bringen. Das heißt aber, falls mir keiner dieser Wächter über den Weg läuft, muss ich allein durch den Wald und durch das Tal. Das wird mehrere Tage dauern. Ich hoffe, Sophie besorgt gute Schuhe.

Ich hole mein Handy hervor und suche eine Verbindung zwischen Wien und Tarent. Nach einigem Scrollen finde ich einen Flug heute Abend, Direktverbindung. Ungläubig starre ich auf den Bildschirm. Wir hatten für unseren Urlaub nach Direktverbindungen gesucht, aber man hat uns gesagt, dass keine Fluggesellschaft Flüge von Wien nach Tarent anbietet.

Kurz vor dem Mittagessen kommen Sophie und Tobi vom Einkaufen zurück und zeigen mir, was sie alles besorgt haben. Tobi hat einen Wanderrucksack gekauft, an dem ein langes Seil befestigt ist.

»Wofür ist das Seil?«, frage ich verwirrt.

»Na, in Filmen binden sich die Leute immer an den Ästen fest, wenn sie schlafen wollen. Um nicht runterzufallen«, erklärt er mir.

»Okay, verstehe. An meine Schlafsituation hab ich noch nicht gedacht. Und das hält mich?«, frage ich neugierig und betrachte das Seil.

»Klar. Außerdem kann man immer ein Seil gebrauchen«, sagt er und zuckt mit den Schultern.

Sophie packt nun ihre Tüten voller Klamotten aus.

»Also dein Waldoutfit ist das da.« Sie zeigt auf eine schwarze Hose aus festem Stoff mit vielen Taschen. Daneben liegen ein Rollkragenpullover und eine schwarze Jacke.

»Das sieht super aus«, sage ich verblüfft.

»Na klar, was hast du denn gedacht? Dass ich dir knallpinke Hotpants bringe, oder wie?«, entgegnet Sophie beleidigt.

»Nein, nein. Ich dachte nur nicht, dass es so praktische Sachen gibt, die auch noch gut aussehen«, sage ich schnell, um sie zu beruhigen.

Harry nimmt den Rucksack vom Tisch und geht damit in die Küche, während ich die schwarzen Boots anprobiere. Sie reichen mir über die Knöchel und fühlen sich beim Gehen fantastisch an. Jetzt habe ich alles, was ich brauche.

»Ich habe vorhin nach Flügen gesucht und einen passenden gefunden«, erzähle ich. »Er geht direkt von Wien nach Tarent.«

»Das ist doch super«, meint Tobi.

»Finde ich auch« sage ich langsam.

»Wann fliegst du?«, fragt Sophie scharf, sie hat mich ertappt.

»Heute um 19:00 Uhr.«

»Wow, das geht ja jetzt schneller als gedacht«, sagt Harry.

»Das kannst du nicht machen, Cleo!« Sophie wird laut.

»Ich glaube, es ist am besten so«, antworte ich. »Je länger ich warte, umso verrückter macht mich das Ganze. Vielleicht gehe ich nicht, wenn ich zu lange Zeit habe, darüber nachzudenken.«

»Damit bin ich nicht einverstanden«, sagt Sophie energisch.

»Ich habe den ganzen Vormittag darüber nachgedacht und finde, es ist das Beste so. Wenn ich um 19:00 Uhr fliege, bin ich um 22:00 Uhr in Tarent. In einem der Souvenirshops hole ich mir ein Taschenmesser und kann danach gleich durch das Portal gehen«, erkläre ich ihnen meinen Plan.

Tobi nickt. »Ich finde das vernünftig. Es gibt schließlich auch keinen Grund, zu warten.«

Sophie funkelt ihn böse an.

»Sophie, sie hat doch recht und das weißt du. Lass sie gehen«, sagt er sanft.

Sophies Augen glitzern, eine Träne rinnt über ihre Wange. »Ich weiß«, sagt sie und blickt mich an, »aber ich werde dich so vermissen.«

Ich umarme sie schnell. Auch mir kommen nun die Tränen. Nach einer gefühlten Ewigkeit lösen wir uns voneinander und setzten uns wieder.

»Dann hast du ja nicht mehr viel Zeit«, sagt Harry und stellt mir einen Teller Suppe vor die Nase. Sie riecht köstlich nach Petersilie.

Wir essen und reden über meine bevorstehende Reise. Tobi hat ein Erste-Hilfe-Set gekauft und in meinen Rucksack gepackt. Später erklärt er mir die besten Knoten, mit denen ich mich an einen Ast binden kann. Ich hoffe, ich schaffe das. Was, wenn ich in der Nacht vom Baum falle und mir alle Knochen breche? *Besser nicht darüber nachdenken.*

Am Abend bringt mich Harry zum Flughafen. Sophie und Tobi wollten mitfahren, aber ich wollte mich lieber beim Stall von ihnen verabschieden. Das war bereits schwer genug, Sophie konnte kaum aufhören, zu weinen.

Harry hat mich gefragt, ob ich mich auch noch von Rain verabschieden will, aber habe abgelehnt. Das kann ich einfach nicht.

Erst im Flugzeug wird mir bewusst, dass ich gerade alle zurückgelassen habe und von nun an auf mich alleine gestellt bin. Ich umklammere meinen Rucksack, als mir Tränen in die Augen schießen. Was habe ich mir nur gedacht? Mache ich gerade das Richtige oder ist das das Dümmste, was ich je getan habe? Während des ganzen Flugs zerbreche ich mir darüber den Kopf.

Der Flug geht schnell vorbei, meiner Ansicht nach zu schnell. Während der Zugfahrt bin ich so nervös, dass meine Hände nicht aufhören, zu zittern. Der Schaffner hat mich angesehen, als wäre ich drogenabhängig, als ich ihm mein Ticket bebend entgegengestreckt habe.

Am Bahnhof in Tarent gibt es etliche Souvenirläden und ich gehe in den, der am größten aussieht. In dem Laden gibt es alles, was man so erwartet: Taucherbrillen, Handtücher mit der italienischen Flagge, Magnete mit allen möglichen Motiven und Taschenmesser mit der italienischen Flagge darauf. Ich kaufe das größte Taschenmesser, das sie haben. Es besitzt mehrere Funktionen, neben dem Messer gibt es auch einen Löffel. Wenn man es richtig aufdreht, hat man sogar eine Gabel.

Ich bin überglücklich, dass ich so was gefunden habe. Gleichzeitig frage ich mich, wie runter ich mit den Nerven sein muss, damit mich ein Messer glücklich macht. Auch der Verkäufer starrt mich an, als wäre ich ihm nicht geheuer.

Ich verlasse das Bahnhofsgebäude und folge der ersten Marmorlinie, die ich zwischen den Pflastersteinen sehe. Sie wird mich zu dem Platz mit dem Portal führen.

Nach einer Weile erreiche ich die steinernen Bögen. Kurz zögere ich, in die Mitte zu treten. Was, wenn es nicht funktioniert? Vielleicht konnte ich es nur einmal benutzen?

Schließlich gebe ich mir einen mentalen Stups. Rumstehen wird mir auch nicht helfen. Ich gehe langsam auf die Bögen zu. Zum Glück bin ich die einzige Person auf dem Platz und niemand kann mich beobachten. Die wenigen Laternen beleuchten die Steine mit einem warmen Licht und der Geruch nach Salzwasser liegt in der Luft.

Mein Herz klopft vor Angst schneller, aber ich fühle mich auf eine besondere Art auch geborgen und ruhig. Es fühlt sich richtig an, hier zu sein. Ich stelle mich in die Mitte der Bögen. Meine Fingerspitzen berühren nur ganz leicht den Stein und plötzlich umhüllt mich wieder das blaue Licht. Ich schließe die Augen und rieche plötzlich keine Meeresluft mehr, sondern den Geruch von Wald und Feuchtigkeit.

Lucian

Ich stehe meinem Vater gegenüber. »Weshalb haben Sie mich herbestellt, mein Gebieter?«, frage ich kühl.

»Mir ist zu Ohren gekommen, dass du bei deinem letzten Auftrag versagt hast. Du wurdest von dem Mädchen gesehen und hast ihr deine Fähigkeiten gezeigt. Außerdem hast du dich in den letzten Tagen mehrfach in ihr Leben eingemischt. Was hast du dazu zu sagen?«

Sein Blick durchbohrt mich und die Kälte in seiner Stimme macht mir wieder einmal deutlich, dass er mir keine väterlichen Gefühle entgegenbringt. Seit dem Tod meiner Mutter hat er sämtliche Freude und Liebe verloren. Nicht einmal mir, seinem einzigen Sohn, konnte er noch Liebe zeigen.

»Ja, mein Gebieter, ich habe versagt. Ich verstehe allerdings nicht, wieso sie mich trotz der Magie um mich sehen konnte.« Ich senke beschämt den Blick. Noch nie ist einer meiner Aufträge gescheitert.

»Sie war in Anahera, seitdem hat sie die Magie in ihren Adern, vorher wurde sie von etwas blockiert. Das konntest du nicht wissen, es gab schon seit Jahrzehnten niemanden mehr aus der anderen Welt, der durch eines der Portale gehen konnte. Ich gebe dir keine Schuld, mein Sohn.«

Ich lasse mir die Überraschung nicht anmerken. In der Gegenwart des Gebieters bin ich immer um eine ausdruckslose Miene bemüht und versuche, ebenso kühl zu wirken wie er. Ich weiß, dass er das von mir als Soldat erwartet.

»Danke, mein Gebieter, das weiß ich sehr zu schä-«

Mein Vater unterbricht mich. »Mein Sohn, ich habe eine andere Aufgabe für dich. Du wirst von nun an an den Grenzen patrouillieren.«

»Was? Wieso? Ich habe den neunten Rang, ich muss keine Grenzpatrouille mehr machen. Das ist die Aufgabe der fünften und sechsten Ränge!«

Die Augen meines Gebieters funkeln mich zornig an. »Willst du etwa meine Anordnung infrage stellen, Soldat? Wenn du möchtest, kann ich dir auch einige Ränge entziehen. Dann wird dein Monatsobolus kleiner ausfallen und du kannst keinen armen Mädchen mehr zehn Kronen zustecken.«

Ich versuche, mich auf meine Ausdruckslosigkeit zu besinnen, und sage emotionslos: »Natürlich werde ich Ihren Anweisungen Folge leisten und den Dienst an den Grenzen antreten, mein Gebieter.«

Er wirkt besänftigt. »Gut, mein Sohn, du kannst nun zurück in deine Unterkunft gehen. Weitere Instruktionen werde ich dir zukommen lassen.«

Ich salutiere vor ihm, wende mich ab und gehe durch mein altes Zuhause.

Vor der Tür zu den Privaträumlichkeiten wartet Alec auf mich, um mich zurückzubringen. Als ich herauskomme, setzt er sich in Bewegung.

Nach einigen Schritten fragt er leise: »Ist alles in Ordnung, Lucian?«

Ich antworte flüsternd: »Nicht unbedingt. Du begleitest mich bis zu meiner Unterkunft?«

Alec nickt.

»Dann lass uns dort über alles reden.«

Wir nehmen den Weg zurück, den wir gekommen sind. Alle Wachen, an denen wir vorbeikommen, verneigen sich erneut vor mir. Für mich sind diese Soldaten nichts anderes als Spione meines Vaters, die mich auf Schritt und Tritt beobachten. Wenn er sogar wusste, dass ich kurz angehalten habe, um dem Mädchen die Kronen zu geben, will ich nicht wissen, wo er noch seine Augen hat. Langsam hab ich es satt. Alec ist der Einzige in diesem Land, dem ich vertrauen kann.

Wir erreichen meine Unterkunft und ich setze mich auf das Bett, Alec setzt sich widerwillig auf den unbequemen Schreibtischstuhl.

»Du solltest wirklich in ein Zimmer deines Rangs ziehen. Die sind nicht nur komfortabler, sondern auch näher am Rathaus, dann muss ich nicht immer so weit laufen, wenn du gerufen wirst.«

Das entlockt mir ein Lachen. »Also willst du nur, dass ich umziehe, damit du nicht mehr so weit gehen musst?« Ich verziehe das Gesicht. »Wenn er mich zur Grenze schickt, wirst du das Problem ohnehin nicht mehr haben.«

Alec wird auch ernst. »Er schickt dich zur Grenze? Das ist sehr unüblich.«

»Du meinst wohl eher absolut übertrieben und ungerechtfertigt. Ich weiß, ich habe meinen Auftrag vergeigt, aber diese Strafe ist maßlos übertrieben.«

Alec schaut zum Fenster und zur Tür und beugt sich vor. »Also, wenn der Gebieter dich an die Grenzen schickt, hat er bestimmt einen guten Grund dafür, Lucian.«

Wieder fliegt sein Blick zum Fenster. Ich verstehe genau, was los ist. Alec hat Angst, schlecht über den Gebieter zu reden. Das würde niemand wagen, der noch bei Verstand ist. So was kann nur ich mir erlauben. Wäre ich nicht sein Sohn, hätte er mich bestimmt längst erschießen lassen. Ich verstehe Alec, aber es frustriert mich, dass ich nicht einmal mit meinem besten Freund offen über meinen Vater sprechen kann.

»Es ist schon in Ordnung, du kannst gehen und deinen Dienst für heute beenden. Geh mit den anderen Soldaten in die Baracke und mach dir einen schönen Abend.«

In dem Moment klopft es an der Tür. Ich stehe auf und öffne sie nur so weit, dass Alec dem Besucher verborgen bleibt.

»Ja?«, frage ich kühl.

Vor mir steht ein Kadett. Anhand des Abzeichens mit zwei silbernen gekreuzten Schwertern auf seiner Brust erkenne ich, dass er ein Soldat des zweiten Rangs ist. Er kann nicht älter als zwölf Jahre sein.

»Guten Tag, Sir. Ich soll Ihnen diesen Brief bringen. Er ist von Ihrem Vater.« Er stockt mit geweiteten Augen. »Oh, Entschuldigung, ich meine, er kommt vom Gebieter. Bitte verzeihen Sie, ich wollte das nicht sagen, das ist mir herausgerutscht.«

Wenn es nach mir ginge, würde ich das Missgeschick übergehen, aber das wird ihm nicht helfen. So was darf ihm auf keinen Fall vor anderen oder gar vor meinem Vater herausrutschen, also spiele ich wieder einmal den bösen Lucian.

»Kadett!«, herrsche ich ihn an. »Ich werde das nicht verzeihen. Der Gebieter verdient unser aller Respekt. Sie haben Glück, das Ihnen das nur bei mir passiert ist, dennoch werde ich Sie bestrafen müssen. Ich hoffe, das wird Ihnen eine Lehre sein.«

Der Junge starrt mich mit großen Augen an und ich kann ein verräterisches Glitzern darin sehen, aber er nickt tapfer. Er senkt auch nicht den Kopf, sondern hält mir seine Wange hin. Er beeindruckt mich und erinnert mich an mich selbst, als ich in seinem Alter war.

Ich atme tief ein. Es führt kein Weg an der Bestrafung vorbei. Es ist zu seinem Besten. Mein Vater würde ihn verprügeln oder auspeitschen lassen. Also hole ich aus und schlage dem Jungen ins Gesicht. Er stolpert ein paar Schritte rückwärts und hält sich die Wange, Tränen lösen sich aus seinen Augen. Er braucht ein paar Sekunden, um sich zu sammeln, und streckt mir einen Brief entgegen. Ich nehme ihn entgegen.

»Danke, mein Herr.« Er verneigt sich und läuft weg.

Ich trete zurück in mein Zimmer und schließe die Tür.

Alec sieht mich verärgert an. »War das notwendig?«

Ich lasse mich wieder auf meinem Bett fallen und sage ausdruckslos: »Du weißt genau, was passiert wäre, wenn ihm das vor anderen Soldaten herausgerutscht wäre.«

Alec nickt ergeben. Wir sind beide schon unser ganzes Leben lang in diesem System und haben gelernt, dass man sich keine Fehler erlauben darf. Fehler haben Konsequenzen.

Ich drehe den Brief in meiner Hand hin und her. Ich kann mir schon denken, was darin steht, mein nächster Auftrag.

Alec drängt neugierig. »Mach ihn auf.«

Ich öffne den Brief und überfliege die Zeilen.

Kadett: Lucian Milan

Rang: 9

Einsatzort: Westliches Grenzgebiet

Einsatzzeit ab: sofort

Einsatzzeit bis: unbekannt

Ich schüttle den Kopf und fahre mir durch die Haare. Alec ist neben mich getreten und schaut auf den Zettel.

»Oh, ist das sein Ernst?«

Ich lege den Brief zur Seite, stehe auf und hole meine braune Tasche aus dem Schrank. Es ist anscheinend Zeit zu packen.

»Das passiert, wenn ich einen Fehler mache«, murmle ich.

Alec setzt sich wieder. »Es tut mir echt leid, damit hätte ich nicht gerechnet. Eine unbekannte Einsatzdauer habe ich noch nie gesehen.«

Ich packe meine wenigen Habseligkeiten in die Tasche, darunter meine Uniform, die ich so gut wie nie trage. Sie erinnert ich an meine Kindheit und an die Grundausbildung, die ich über mich ergehen lassen musste. Bei dem Gedanken daran zieht sich mein Magen zusammen. Ich schüttle die Gedanken ab, vermutlich wird man mich jeden Moment abholen.

»Tja, ich bin ja nicht aus der Welt, nur an der Grenze. Wir werden uns bestimmt bald wiedersehen«, sage ich mit gespielter Zuversicht.

Alec schaut auf den Schreibtisch, dort steht ein eingerahmtes Foto meiner Mutter. Er nimmt es und reicht es mir. »Das solltest du einpacken. Ich glaube nicht, dass du so bald zurückkommen wirst.«

Ich nehme das Foto, ohne es anzusehen, und stecke es in meine Tasche. Es ist das Einzige, was ich von meiner Mutter habe, gleichzeitig macht es mich jedes Mal traurig, wenn ich es ansehe.

»Danke für alles«, sage ich zu Alec.

Der wehrt ab: »Ich habe doch nichts getan, ich habe dir nie geholfen.«

Ich lächle ihn an. »Aber du bist bei mir, seit ich denken kann.«

Das Klopfen an der Tür, auf das ich schon gewartet habe, schallt nun durch den Raum und ich öffne sie wieder so, dass man Alec nicht sehen kann.

»Soldat, Sie werden abgeholt, um Ihren Dienst an der westlichen Grenze anzutreten.«

Ich ergreife meine Tasche und gehe, ohne noch mal zu Alec zu blicken.

Zusammen mit dem Soldaten gehe ich zum Transportplatz der Stadt. Ich könnte problemlos bis zum Grenzgebiet fliegen, aber das wäre den andern Kadetten gegenüber nicht fair. Ich bin der Einzige in diesem Land, der noch die Gabe besitzt, also muss ich wie die anderen reisen. Das bedeutet: marschieren. Wir müssen einige Tage in Richtung Westen gehen. Das wird hart und mühsam, aber an der Grenze erwartet uns Besseres. Es gibt weniger Vorgesetzte als in der Stadt und viel mehr Freiheiten. Dafür lebt man in der ständigen Gefahr, von Wesen des Waldes angegriffen zu werden.

Wir kommen am Transportplatz an und ich schaue in lauter junge Gesichter, lauter Fünfer. Ich nicke allen zu. Keiner von ihnen kann sein Staunen darüber, dass ich hier bin, verbergen. Super, sie sehen mich an, als wäre ich der Gebieter selbst, toll.

Hinter mir bricht Tumult aus. Ich drehe mich um und sehe, wie Alec gefolgt von zwei Soldaten auf mich zugelaufen kommt.

»Ich habe das Recht, mich freiwillig für diesen Dienst zu melden. Ich möchte in die westlichen Grenzgebiete und dort meinem Land und unserem Gebieter dienen.«

Ich kann es nicht glauben. Schnell unterdrücke ich meine Überraschung, gehe mit ernster Miene zu ihnen und frage die Soldaten: »Was gibt es hier für ein Problem?«

Auch wenn ich nicht bevorzugt behandelt werden darf, werde ich es immer. Mir wird viel mehr Respekt entgegengebracht als anderen mit meinem Rang. In Situationen wie diesen ist das durchaus nützlich. Sobald die Soldaten mich sehen, stehen sie strammer, gleichzeitig wirken sie, als wäre ihnen unbehaglich zumute.

Einer der Soldaten stottert: »Dieser Soldat möchte an die Grenzen, obwohl er den neunten Rang hat und deshalb nicht für die Grenzpatrouillen vorgesehen ist.«

Ich baue mich nahe vor dem Soldaten auf und funkle ihn an. »Auch ich habe den neunten Rang und bin auf dem Weg in die Grenzgebiete – auf ausdrücklichen Befehl des Gebieters. Wollen Sie damit sagen, dass der Gebieter bei mir einen Fehler gemacht hat, Soldat?«

Der Soldat beginnt zu zittern und senkt den Kopf. »Natürlich nicht. So etwas würde ich nicht einmal denken. Ich dachte nur, dass …«

Ich unterbreche ihn laut: »Was? Was haben Sie gedacht? Ich kann dem Gebieter gerne einen Besuch abstatten und ihn darüber in Kenntnis setzen, dass Sie seine Entscheidungen anzweifeln. Wie heißen Sie, Soldat?«

Die Panik in seinen Augen ist deutlich zu sehen. »Thomas White, Sir.«

»Gut, Soldat White. Ich werde mir Ihren Namen hoffentlich nicht allzu lange merken. Nun gehen Sie bitte und lassen diesen ehrenwerten Soldaten seinen Dienst an der Grenze antreten.«

Die beiden Soldaten nicken, drehen sich um und eilen davon. Wir schauen ihnen nach und Alec muss sich ein Lachen verkneifen.

»Das war gemein.« Er grinst.

Ich sagte nichts, drehe mich um und gehe zu der Gruppe junger Kadetten zurück.

»Lucian, bist du sauer?«

»Nein, aber ich denke, es ist besser, wenn wir so wenige Wörter wie möglich miteinander wechseln, solange wir noch in der Nähe der Stadt sind«, entgegne ich leise.

Alec nickt und fünf Minuten später setzt sich die Gruppe Männer in Bewegung. Sie sind motiviert und freuen sich auf ihren ersten Außeneinsatz. Ich kann mich noch gut an die Zeit erinnern, als ich an die Grenze gerufen wurde. Ich war aufgeregt und genau so euphorisch wie die Jungen hier, aber inzwischen weiß ich, was für eine zermürbende Reise uns bevorsteht. Die ersten Tage werden wir gut vorankommen, aber dann werden die Ersten schwächeln und das Wasser wird knapp. Bei meinem letzten Marsch an die Grenze sind zwei Jungen gestorben. Sie kamen aus armen Verhältnissen, waren abgemagert und nicht stark genug. Zu schwache Kadetten kann der Gebieter ohnehin nicht gebrauchen. Deswegen nimmt er es in Kauf, dass sie auf dem Weg zur Grenze sterben.

Wir gehen durch die Stadt und werden von den Bewohnern bejubelt und gefeiert. Das Volk weiß, dass die Arbeit in den Grenzgebieten der Grund dafür ist, dass sie seltener angegriffen werden. Aus diesem Grund ist ein Kadett erst dann ein Ehrenmann, wenn er an der Grenze stationiert war. Man sagt, die Kadetten ziehen als Jungen in die Grenzgebiete und kommen als Männer zurück.

Viele unterbrechen ihren Jubel, wenn sie mich in der Menge erblicken, und verneigen sich. Ich beachte diese Leute nicht und marschiere mit erhobenem Kopf durch die Straßen.

Wir nähern uns der Mauer der Stadt und steuern das kleinere Tor an, das gen Westen führt. Einige Soldaten sind an diesem Tor stationiert, um die Bewohner vor den Kreaturen aus dem

Tenebris zu schützen. Sie haben schon öfter versucht, in die Stadt zu kommen, um Beute zu ergattern.

Nachdem alle Kadetten durchgezählt wurden, öffnet sich das schwere Eisentor und wir marschieren hindurch. Die meisten dieser Jungen haben die Stadt noch nie verlassen, sie sehen die Natur hier draußen zum ersten Mal. Hätten sie das doch nur gesehen, bevor die Unterdrückung angefangen hat und die Minen noch nicht auf Hochtouren laufen mussten. Jetzt ist im Vergleich zu vorher alles tot oder kurz davor, zu sterben. Vielleicht haben die Fürsten gewusst, dass mit dem Verschwinden der Elemente auch das Land sterben wird. Die Wiesen, über die wir laufen, sind braun und vertrocknet, die wenigen Blumen, die wir sehen, sind von Asche bedeckt. Es hat nichts mit den Bildern gemeinsam, die meine Mutter gezeichnet hat.

Ein Junge vor mir stolpert über einen Stein und stürzt. Ein Kadett neben ihm hilft ihm wieder auf die Füße.

Alec geht zu den Jungen und fragt: »Alles in Ordnung, Kleiner?«

Der Junge starrt ihn mit großen Augen an und antwortet nach ein paar Sekunden: »Ja, Sir. Danke, Sir. Ich werde besser aufpassen. Das wird nicht mehr vorkommen.« Er salutiert und geht schnell weiter.

Alec grinst, aber ich schüttle nur den Kopf.

»Wo sind wir gelandet, dass sich ein Junge dafür entschuldigen muss, dass er gestolpert ist?«

»Das ist das System.« Alec zuckt mit den Schultern. »Wir mussten da auch durch und schau uns an: Wir sind in den oberen Rängen und man respektiert uns.«

Ich schnaube. »Genau, sieh uns an. Wir marschieren gerade als Bestrafung in das Grenzgebiet. Ich fühle mich, als wäre ich ein unartiges Kind, das seine Hausaufgaben nicht gemacht hat.«

Alec sieht sich nervös um.

»Alec, außer den jungen Kadetten ist niemand hier«, sage ich beruhigend.

Er nickt und fragt: »Was war das überhaupt für ein Auftrag, den du nicht erfolgreich beendet hast?«

Wir gehen weiter und ich erzähle Alec dabei, was in den letzten Tagen passiert ist.

Er hört aufmerksam zu. »Du hast wirklich nichts zu ihr gesagt, als sie vor dir stand?« Er lacht.

Ich schaue ihn finster an. »Was ist daran denn so amüsant?«

»Ich glaube ja, dass du dieses Mädchen magst.« Er zwinkert mir zu.

»Sie war ein Auftrag, mehr nicht«, wehre ich ab und setze mit fester Stimme, die keinen Widerspruch zulässt, nach: »Und ich will nichts mehr von diesem Thema hören, verstanden?«

Alec zuckt mit den Schultern und grinst noch immer. Schweigend gehen wir mit schnellen Schritten weiter. Unsere Unterhaltung hat uns von der Gruppe getrennt und wir müssen den Abstand aufholen. Da hören wir einen Jungen rufen: »Wir werden angegriffen!«

Das Klirren von dutzenden Schwertern ist zu hören.

Alec rennt los und zieht sein Schwert. Ich entfalte meine Flügel, erhebe mich in die Luft und fliege zu dem Kampfgeschehen. Zwischen den Kämpfenden erkenne ich schnell die vier Gorgonen. Diese hässlichen Kreaturen haben den Körper eines Menschen, aber statt Haaren giftige Schlangen auf dem Kopf, die zubeißen, wenn man ihnen zu nahe kommt. Ein Gorgone ist so stark wie zehn Männer, sodass die jungen Kadetten kaum gegen sie ankommen. Ein Gorgone wird von drei Kadetten umringt und hat einen von ihnen am Arm gepackt. Er will ihn gerade an seine Schlangen verfüttern. Ich ziehe mein Schwert und stürze mich auf ihn. Die Schlangen sind durch den Jungen abgelenkt und so treffe ich den Kopf des Gorgonen mit meinem Schwert, ohne von den Schlangen gebissen zu werden. Er fällt auf die Knie und lässt den Jungen los. Der stürzt zu Boden. Es ist der Junge, der vorhin über den Stein gestolpert ist. Er ist ganz bleich und zittert.

Ich schaue mich um und sehe, wie Alec allein gegen einen der Gorgonen kämpft. Da ich ihm zutraue, mit seinem Gegner fertig zu werden, laufe ich zu einer Gruppe Jungen, die einen Gorgonen umzingelt haben. Es sind zu viele Angreifer für den Gorgonen. Immer wenn er versucht, einen Jungen zu packen, wird er von einem Schwert getroffen. Ich positioniere mich hinter dem Gorgonen und schlage ihm mit einer schnellen Bewegung den Kopf ab.

»Da sind es nur noch zwei«, murmle ich und suche die nächste Gruppe von Kadetten, die versuchen, gegen einen Gorgonen anzukommen.

Aber es sind nur zwei, die alle Mühe haben, diese Kreatur abzuwehren. Der eine Junge wird von dem Gorgonen gepackt. Er schreit und zappelt, doch der Gorgone wirft ihn sich unbeeindruckt über die Schulter, wo die ersten Schlangen ihn beißen.

Ich erhebe mich eilig in die Luft und fliege hinüber. Die Bewegungen des Jungen werden langsamer, er verliert das Bewusstsein und hängt bald wie eine Puppe auf der Schulter der Kreatur.

Ich lande vor dem Gorgonen und hebe drohend mein Schwert.

Der Gorgone lacht tief und grunzend. »Futter.«

Ich stürze nach vorne und köpfe eine der Schlangen. Der Gorgone brüllt vor Schmerz, Blut spritzt aus dem zuckenden

Körper der Schlange. Er stürzt vor, um mich zu packen. Die Schlangen zucken und zischen mich an. Ich lasse mich davon nicht beeindrucken, sondern schlage dem brüllenden Gorgonen jede Schlange einzeln vom Kopf. Der Gorgone fällt kraftlos und verwundet auf die Knie, der Junge rutscht ihm dabei von der Schulter. Ich packe mein Schwert fester und stoße es dem Gorgonen durch das Herz.

Ein Kadett läuft zu dem bewusstlosen Jungen und weint. Ich wische das Blut der Monster von meinem Schwert und stecke es zurück in die Scheide. Mein Blick fällt auf den Jungen, der am Boden neben dem Verletzen kniet. Ich gehe auf ihn zu und knie mich neben ihn.

»Ist er dein Freund?«, frage ich.

Er schnieft und nickt.

»Wir werden ihn versorgen und alles tun, um sein Leben zu retten. Aber ich muss dir sagen, dass es sehr schlecht um ihn steht.«

Alec hat den letzten Gorgonen zur Strecke gebracht und kommt zu uns. »Hey, ist bei euch alles in Ordnung?« Sein Blick fällt auf den Jungen. »Oh, ich lasse sofort die Medizintasche vom Proviantwagen holen.«

Er ruft den anderen Kadetten etwas zu und beginnt vorsichtig, den Jungen zu untersuchen. Er sieht besorgt aus.

»Ich weiß nicht, ob wir da viel machen können. Es hat ihn übel erwischt. Selbst wenn wir die Blutungen stillen, bleibt das Gift, das ihn allmählich lähmt.«

Der junge Kadett weint noch mehr und drück die Hand seines Freundes.

Ich wende mich an Alec. »Es scheint nur seinen rechten Arm schwer getroffen zu haben. Wir könnten versuchen, ihn abzubinden, vielleicht befällt das Gift dann nicht seinen ganzen Körper.«

Alec nickt, und sobald die Medizintasche da ist, beginnt er damit, den Arm des Jungen abzubinden. Mit Verbänden stoppt er die Blutungen am Rest des zerschundenen Körpers.

Wir beschließen, unser Nachtlager hier aufzuschlagen, da es schon dunkel wird und wir den Verletzten noch nicht transportieren wollen. Alec kümmert sich um den Lageraufbau und lässt die Leichen der Gorgonen wegschaffen. Die Kadetten bauen die dunkelgrünen Zelte auf und machen Feuer. Ich erstelle einen Schichtplan für die Nachtwache.

Alec kommt aus dem Zelt des Verletzten und setzt sich zu mir an das Feuer.

»Wird er es schaffen?«, frage ich kühl.

»Ich denke ja. Deine Idee mit dem Arm war womöglich seine Rettung, auch wenn er den Arm nun für immer verloren hat«, erwidert Alec.

Ich nicke, damit habe ich gerechnet, aber es ist immer noch besser, seinen Arm zu verlieren als sein Leben. Ich schaue in die Flammen und sage: »Wir müssen noch besser auf diese Jungen aufpassen. Ich werde mein Leben daran hängen, dass keinem von ihnen etwas passiert – weder auf dem Marsch noch in den Grenzgebieten.«

Alec schüttelt den Kopf. »Du kannst das nicht verhindern. Du bist nicht immer da und kannst nicht alle beschützen, das weißt du genau. Außerdem gehört es zu ihrem Auftrag, hier draußen allein zurechtzukommen.«

Ich antworte ihm nicht.

Alec steht auf und geht in sein Zelt. Ich beobachte die Kadetten, die um das Feuer herumsitzen oder zwischen den

Zelten patrouillieren. Ich werde auf diese Kinder aufpassen und sie beschützen, komme, was wolle.

Kapitel 6

Cleo

Um mich herum sehe ich nichts als Bäume. Das Licht des Mondes schafft es kaum durch die Baumkronen, zum Glück habe ich eine Taschenlampe dabei. Die Bäume sind riesig, auf den ersten Metern bestehen sie nur aus Stamm, es gibt keine Äste, an denen ich hochsteigen könnte. Wie soll ich da hochkommen, um dort zu übernachten?

Ich sehe mich um. Es gibt keinen Baum, der in meiner Höhe schon Äste trägt. So viel zu diesem Plan. Vielleicht sollte ich erst einmal loslaufen, vielleicht kommen noch Bäume mit niedrigeren Ästen. Doch kaum habe ich einen Schritt getan, fällt mir ein, dass ich keine Ahnung habe, in welche Richtung ich überhaupt gehen muss.

Ich hole die Taschenlampe aus meinem Rucksack und leuchte in den Wald hinein, doch außer Wurzen und Bäumen kann ich nichts erkennen. Wenn ich doch wenigstens diesen Sumpf wiederfinden könnte, dann könnte ich bestimmt dem Pfad folgen, den das Kanubri in den Wald geschlagen hat.

Ich laufe wahllos in eine Richtung los und hoffe, etwas mir Bekanntes zu finden, aber ich werde enttäuscht. Habe ich den falschen Weg eingeschlagen? Soll ich vielleicht umdrehen und in der anderen Richtung suchen? Frustriert und gleichzeitig fassungslos, weil ich mir darüber bisher keine Gedanken gemacht habe, lasse ich mich an einem Baum nieder.

Meine ganze Planung war nutzlos. Wieso habe ich nicht überlegt, wie ich aus diesem Wald hinausfinden soll? Ich sitze auf dem feuchten Waldboden, Tränen rinnen wieder über meine Wangen und ich würde am liebsten nach Hause. Nur habe ich kein Zuhause mehr. Die Wesen aus dieser Welt haben es mir genommen.

Bei dem Gedanken werde ich wütend. Seit ich zum ersten Mal in diesem Land war, hat man mir alles genommen und jetzt sitze ich verzweifelt auf dem feuchten Waldboden und weine. Wütend über alles, was passiert ist, und wütend auf mich selbst springe ich auf und hole mein Messer aus dem Rucksack. Mit dem Handrücken wische ich mir die Tränen aus den Augen und halte das Messer vor mich, bereit, es im Notfall zu benutzen. *Ich schaffe das, ich werde aus diesem verdammten Wald herausfinden*, mache ich mir Mut.

Vorsichtig gehe ich in die Richtung, in der ich mir mehr Lichtstrahlen einbilde. Ich stolpere über Wurzeln und Äste. Gestrüpp schlägt mir ins Gesicht.

Laufe ich tiefer in den Wald hinein? Und wieso gewöhnen sich meine Augen nicht an die Dunkelheit? Ohne die Taschenlampe würde ich wahrscheinlich blind gegen einen der Bäume laufen.

Nach zwei Stunden lasse mich erschöpft auf den Boden fallen. Ich lehne mich gegen den Stamm. Die kühle Luft dringt langsam durch meine Kleidung. Aber Sophie hat die Sachen gut gewählt. Die dicke Wanderhose hat meine Beine vor den Ästen und Dornen der Büsche geschützt und die Schuhe haben keine Feuchtigkeit durchgelassen. Ich schließe die Augen, atme tief ein und ruhe mich einen Moment aus.

Erschrocken springe ich auf, ich bin eingeschlafen. Ich brauche einen Moment, bis ich realisiere, wieso ich am Boden gesessen habe. Nun ist Tag und ich erkenne die Umgebung um mich herum etwas besser. Die Sonne dringt nur schwach durch die Baumkronen, aber alles ist besser als Finsternis. Ich sehe nun, dass es doch einige Bäume gibt, die weiter unten Äste haben. Heute Abend muss ich mir einen davon suchen, um in der Nacht geschützter zu sein.

Die Baumkronen sehen anders aus als zu Hause, sie erinnern an Schirme, weil sie nur an den obersten Ästen Blätter tragen. Langsam gehe ich weiter durch den Wald. Irgendwann komme ich an Sümpfen vorbei. Sie wirken gruselig, der braune Schlamm blubbert und bildet Blasen, als hätte er gerade etwas verschluckt. Aber nicht alles ist gruselig hier, an manchen Stellen ist der Wald nicht grau und tot, sondern grün und ich sehe hier und da bunte Blumen, wo das Licht auf den Boden scheint.

Ich laufe schon lange durch diesen Wald, habe aber noch nichts von meinem letzten Besuch wiedererkannt.

Mit der Zeit werde ich immer langsamer. Ich habe das Gefühl, nicht voranzukommen. Laufe ich im Kreis? Ich brauche eine Pause und bleibe stehen. Ich suche mir einen der Bäume, an denen es am Stamm Äste gibt, stecke mein Messer in meinen Rucksack und greife nach den untersten Ästen. Ich steige den Baum hinauf wie eine Leiter. Der Baum ist so hoch, dass es einige Zeit dauert, bis ich oben angekommen bin. Das Laub in den Baumkronen ist so dicht, dass ich mir einen Kratzer im Gesicht zuziehe, als ich mich mit ganzer Kraft nach oben zwänge. Dort kann ich mich problemlos auf die Äste setzen, ohne dass sie brechen.

Der Kratzer im Gesicht brennt etwas, vorsichtig taste ich danach. Ich habe etwas Blut an den Fingern und hole ein Taschentuch aus meinem Rucksack, das ich mir ins Gesicht drücke.

Erst jetzt schaue ich mich um. Hier oben ist es wunderschön. Die Sonne scheint mir ins Gesicht und alles um mich herum leuchtet grün. Egal in welche Richtung ich mich drehe, das Meer aus grünen Baumkronen erstreckt sich bis zum Horizont. Bei dem Anblick überkommt mich ein mulmiges Gefühl. Wenn ich überall nur Baumkronen sehe, dann dauert es ewig, bis ich aus dem Wald raus bin. Ich würde nicht einmal merken, wenn ich mich verlaufe oder nur im Kreis gehe.

Die Bilder von meinem toten Vater und meiner Mutter blitzen vor meinen Augen und ich spüre wie mir Tränen über das Gesicht rollen, ich weine lautlos.

Die Sonne geht schon unter, als ich mich endlich beruhige. Ich taste in meinem Rucksack nach einer von Harrys Vorratsdosen, öffne sie und der Geruch von Speck und Kartoffeln dringt in meine Nase.

»Oh Harry, das ist genau das, was ich brauche«, sage ich lächelnd und wische mir mit dem Handrücken die Tränen aus dem Gesicht.

Ich verschlinge den Inhalt der Dose und esse danach noch einen Schokoriegel. Schließlich nehme ich das Seil und binde meine Beine damit an die Äste unter mir, so wie Tobi es mir erklärt hat. Ich denke zwar nicht, dass ich durch den Schirm aus Ästen und Blättern fallen könnte, aber sicher ist sicher. Ich schaue in den klaren Himmel und bin froh, dass ich hier heraufgeklettert bin.

Tausende Sterne erscheinen am Himmel und zwei Monde erleuchten das Land. Die Sterne scheinen in verschiedenen blassen Farben, von Zartrosa bis zu einem hellen Blau. Ich kann den Blick nicht vom Himmel abwenden, er zieht mich in seinen Bann. Die Monde verzaubern mich am meisten, es fühlt sich an, als würde Wärme und Kraft von ihnen ausgehen. Meine vom Mondschein erhellte Haut kribbelt. Ich schaue so lange in den Himmel hinauf, bis mir die Augen vor Müdigkeit zufallen.

Unter mir ertönt auf einmal ein lautes Grollen und die Bäume um mich herum beben. Ich schrecke bei dem Geräusch aus dem Schlaf, mein Herz rast in meiner Brust. Ich höre das Aufschlagen von dutzenden Hufen, die dem Geräusch zu urteilen, direkt unter mir zum Stillstand gekommen sind.

Behutsam drehe ich mich auf meinem Bett aus Blättern um, was durch das Seil, das ich mir eng um den Körper gebunden habe, nicht so einfach ist.

Unter mir sehe ich eine große Gruppe von Wesen, sie haben die Beine von Ziegen und den Oberkörper von Menschen, nur viel haariger. Die Arme, Hände und Gesichter sehen menschlich aus, auf ihrem Kopf haben einige von ihnen Hörner. Die Gestalt mit dem größten Horn hat etwas in der Hand, das wie ein Kriegshorn aussieht. Hat das diese grollenden Laute verursacht? Diese Wesen sehen aus wie die Faune aus der römischen Mythologie. Ich muss blinzeln. Kann das wirklich sein?

Ich beobachte die Gruppe bei ihrer Rast und sehe auch junge Faune unter ihnen mit kleinen oder gar keinen Hörnern. Es gibt auch ausgewachsene Faune ohne Hörner, vielleicht sind das die Frauen. Der Faun mit den längsten Hörnern geht mit hoch erhobenem Kopf durch die Gruppe. Er muss der Anführer sein. Keines der anderen Männchen schaut ihm in die Augen. *Wie bei einem König*, geht es mir durch den Kopf.

Ich beobachte die Gruppe, bis alle Faune ruhig daliegen und schlafen. Nur der Anführer ist noch wach, als auch mir die Augen zufallen.

Das Grollen des Kriegshorns ertönt unter mir und ich schrecke wieder hoch. Ich schaue auf die Gruppe und versuche, langsam und ruhig zu atmen, damit sich mein Herzschlag beruhigt. Alle Faune sind schon wach und brechen in Windeseile auf. Der Anführer läuft voraus und die anderen jagen ihm wie eine Herde aufgeschreckter Pferde hinterher. Ich runzle die Stirn über den schnellen Aufbruch. Wieso ziehen sie so früh weiter? Die Monde leuchten noch über mir, also können sie nicht viel Schlaf bekommen haben. Ich schaue ihnen nach, bis sie in der Ferne verschwinden.

Da höre ich auf einmal Stimmen. Laute Männerstimmen. Sie kommen näher. Erst als die Gruppe direkt unter mir vorbeigeht, erkenne ich, dass es sich nicht um Männer handelt. Die Jungen können nicht älter als vierzehn sein. Unter ihnen sind zwei Erwachsene, die die Gruppe wohl anführen. Ich kneife die Augen zusammen, um in der Dunkelheit mehr Details auszumachen. Vielleicht sind es Wächter und sie können mir aus diesem Wald helfen? Aufgeregt strecke ich meinen Kopf weiter durch die dichten Äste und suche nach einem Aufnäher auf der Kleidung der Erwachsenen.

Doch da sehe ich ihn: den Typ, der mir das Leben gerettet hat und in Tarent plötzlich vor meinen Augen verschwunden ist. Genau wie die Gestalt, die meine Eltern ermordet hat, wird es mir auf einmal klar. Ich reiße die Augen auf. Hat er meine Eltern ermordet? Mir wird heiß. Kann das wirklich sein? Wieso habe ich darüber nicht schon früher nachgedacht? Es können sich bestimmt nicht viele einfach in Licht auflösen und verschwinden.

Ich beginne zu zittern. Die Erinnerungen an diese schreckliche Nacht brechen über mich herein. Die Schreie meiner Mama und die toten Augen meines Papas. Mein Hals wird trocken, Tränen steigen mir in die Augen. Doch die Trauer wandelt sich schnell in Zorn. Am liebsten würde ich vom Baum steigen und ihm etwas antun, aber ich muss mich beruhigen. Vielleicht sollte ich diese Chance nutzen und der Gruppe folgen. Mit ihnen bin ich sicherer und sie haben bestimmt ein Ziel, das sie hoffentlich aus dem Wald bringt.

Nachdem sich die Gruppe einige Meter entfernt hat, binde ich mich los und steige von dem Baum. Ich folge ihnen mit einigem Abstand, sie sollen mich auf keinen Fall hören. Leider kann ich meine Taschenlampe nicht benutzen, das würde viel zu sehr auffallen, also muss ich genau darauf achten, wo ich hintrete. Die Jungen sind zu meinem Glück sehr laut und so muss ich nicht zu nah an die Gruppe heran, um sie nicht zu verlieren. Sie singen, als wären sie auf einem Ausflug.

Ich verfolge sie schon seit Stunden, bald hängt mir der Magen in den Kniekehlen. Die Gruppe macht keine Pause und ich komme fast nicht mehr hinterher. Mein Magen zieht sich vor Hunger und Durst zusammen. Wie können sie das Tempo nur so lange durchhalten? Immer weniger Licht dringt durch die Baumkronen, es muss bestimmt schon früher Abend geworden sein.

Endlich höre ich ihre Stimmen näher kommen, sie müssen also stehen geblieben sein. Ich nähere mich vorsichtig der Gruppe und beobachte die dunklen Schatten, wie sie ein Nachtlager aufschlagen. Sie bauen in Rekordzeit die Zelte auf und sammeln Äste, die sie zu einem Haufen in der Mitte des Lagers auftürmen. Erst jetzt erkenne ich, dass sie die Zelte um das Feuer aufgebaut haben und sie nicht kreuz und quer aufgestellt wurden. Was sind das für Kinder, die so strukturiert ein Lager aufbauen?

Ich verstecke mich hinter einem Baum. Es wäre zu gefährlich, jetzt auf einen hochzuklettern, sie würden mich hören und sofort entdecken. So leise wie möglich hole ich etwas zu essen aus dem Rucksack, bevor mich mein knurrender Magen verrät. Zum Glück hat Harry so viel eingepackt.

Langsam wird es still im Lager. Neugier packt mich. Ich will wissen, was sie hier im Wald tun und wo sie hinwollen. Vielleicht können sie mich ja aus dem Wald herausführen.

Nach dem Essen schleiche ich mich vorsichtig an. Um alles beobachten zu können, versuche ich, so nah wie möglich am Lager einen Baum hochklettern. Beim Näherkommen sehe ich, dass ein paar Jungen Wache halten und zwischen den Zelten entlanggehen. Ich steige so schnell wie möglich einen Baum hinauf. Mein Herz klopft mir bis zum Hals, die Rinde knackt unter meinen Füßen.

Ich bin an der Baumkrone angekommen, aber wie soll ich durch die Blätter und Äste kommen, ohne dass sie das Rascheln hören?

Ich beobachte die Wachen und erkenne, dass sie sich in keinem Muster bewegen. Es sind vier und es wirkt, als würden sie einfach kreuz und quer durch das Lager laufen. Ich warte einen günstigen Moment ab und schlüpfe durch die Baumkrone. Es raschelt laut um mich herum, ein Ast schlägt mir ins Gesicht. Ich beiße die Zähne zusammen, um nicht aufzustöhnen. In Windeseile lege ich mich auf den Bauch und halte den Atem an. Mit meiner dunklen Kleidung sollte ich in den dunklen Baumkronen unsichtbar sein, solange ich keine Geräusche mache.

»Da war was«, sagt ein Junge mit zittriger Stimme.

»Kommt, lasst uns nachsehen«, sagt einer und kommt auf meinen Baum zu.

»Das war sicher nur ein Tier«, sagt der mit der zittrigen Stimme.

Der Mutige geht ein paar Schritte in meine Richtung, entdeckt aber nichts Besonderes. Nach ein paar Minuten gehen beide wieder zurück auf ihre Posten und ich atme erleichtert durch. Zum Glück sind die Jungen beim Bewachen sehr unstrukturiert.

Etwas Feuchtes rinnt über mein Gesicht und ich taste danach. Wenn ich bei der Schule ankomme, ist mein Gesicht wahrscheinlich total zerkratzt. Ich hole wieder ein Taschentuch hervor und presse es auf die Wunde. Es brennt kurz, hört aber bald auf zu bluten.

Ich schaue hoch zum Himmel, er ist wieder von tausenden Sternen übersät. Wäre unter mir nicht der mutmaßliche Mörder meiner Eltern, könnte es hier sogar schön und romantisch sein.

Am Morgen weckt mich die aufgehende Sonne und taucht meine Umgebung in strahlendes Grün. Am Horizont sehe ich schemenhaft eine Stadt. Ein Lachen entfährt mir und ich schlage mir erschrocken die Hand vor den Mund. Dennoch schaue ich glücklich zu dem Schemen. Es sind bestimmt noch zwei Tagesmärsche, bis ich das Ende des Waldes erreiche, aber ich bin auf dem richtigen Weg.

Ich schaue zwischen den Ästen zu dem Lager unter mir. Die Wachen sind anscheinend auf ihren Posten eingeschlafen. Ich beobachte, wie das Lager langsam erwacht. Zuerst kommen die beiden Männer aus ihrem Zelt und unterhalten sich, dann gehen sie reihum und wecken die Jungen. In Windeseile sind alle um die glühenden Reste des Feuers versammelt und frühstücken. So wie es aussieht, bekommen sie nur Brot und Wasser. Am liebsten würde ich den Kindern etwas von meinem Essen bringen. Wie kann man Kinder so durch den Wald hetzen und ihnen dabei nur Brot zu essen geben? Ich werde wieder wütend. So mit Kindern umzugehen, ist für mich unbegreiflich. Wahrscheinlich ist das sogar ihre einzige Mahlzeit bis zum Abend.

Nach dem Frühstück bauen die Jungen das Lager ab. Sie müssen schon lange unterwegs sein, so routiniert wie sie arbeiten. In dem Gewusel fällt mir ein Junge auf, der alleine am Feuer sitzt. Sein Arm liegt in einer Schlinge und er schaut traurig in die Glut. Der Typ, der mich gerettet hat, geht zu ihm und redet mit ihm. Der Junge beginnt zu weinen und der Mann redet nun so laut, dass ich jedes Wort verstehen kann.

»Du bist ein Kadett! Du hast zu kämpfen oder zu sterben.«

Was für ein Arsch! Dem Jungen geht es offensichtlich nicht gut. Am liebsten würde ich zu ihm stürmen und ihm eine runterhauen. Da kommt ein anderer Junge zu den beiden und stellt sich neben den Verletzten. Er legt ihm eine Hand auf die Schulter und redet beruhigend auf ihn ein. Der Junge hört auf zu weinen und hilft den anderen beim Packen.

Ich nutze den Lärm, den die Gruppe bei ihrem Aufbruch verursacht, um schnell von meinem Baum zu steigen. Es hat funktioniert, das Rascheln hat niemand bemerkt, und ich folge ihnen wieder in großem Abstand. Ich weiß jetzt zwar, in welcher Richtung die Stadt liegt, aber hinter der Gruppe bin ich vermutlich sicherer vor den Wesen des Waldes.

Wir sind schon den halben Tag gelaufen und ich könnte eine Pause brauchen, doch die Jungen marschieren unermüdlich weiter. Langsam wird der Wald lichter, die Sonne dringt an manchen Stellen durch die dichten Baumkronen. Das bedeutet, dass sie mir wahrscheinlich nicht mehr so gut als Nachtlager dienen werden.

Ich bin total in Gedanken, als ich die Gruppe plötzlich laut vor mir höre. Sie müssen stehen geblieben sein. Schnell kauere ich mich hinter einen Baum und lausche.

»Wir sind bald da«, höre ich einen Mann sagen.

Ein lautes Klatschen ist zu hören und ein Kind weint. Ich schaue vorsichtig um den Baum und sehe, wie sich einer der Jungen die Wange hält. Hat der Typ ihn etwa geschlagen? Ich kann es nicht fassen. Was ist das für ein Mann, der Kinder schlägt? Ich spüre, dass etwas Böses von ihm ausgeht. Etwas, das ich nicht zuordnen kann. Wie eine böse Aura.

Er dreht sich plötzlich in meine Richtung. Scheiße. Hastig ducke ich mich hinter den Baum. Mein Herz klopft zu schnell und ich halte den Atem an. Mir wird übel vor Angst. Ich höre, wie seine Schritte näher kommen, sie klingen fast wie Donnerschläge in meinen Ohren. Das war's.

»Lucian, lass uns weitergehen!«, ruft der zweite Mann.

Die Schritte entfernen sich nach ein paar Sekunden wieder. Ich brauche ein paar Minuten, bis ich mich beruhigt habe. Das war eindeutig zu knapp.

Auf wackeligen Beinen schleiche ich ihnen hinterher. Ich habe den Anschluss verloren und bin jetzt weiter von der Gruppe entfernt, als ich es wollte.

Nach kurzer Zeit kommen wir an einem Lager an. Es besteht aus Dutzenden Holzhütten und es gibt einige Lagerfeuer, an denen junge Männer sitzen. Die Männer sind alle gleich gekleidet, sie tragen alle Uniformen aus dickem grünem Stoff, die an einigen Stellen Ledereinsätze haben – genauso wie bei den Polizisten und Wächter in Oryja. Zu den Uniformen tragen sie klobige schwarze Stiefel, die bei den meisten mit Schlamm überzogen sind. Jetzt erst fällt bei mir der Groschen. Es sind Soldaten. Das erklärt auch, weshalb die Gruppe so strukturiert und in so einem Tempo marschiert ist. Vielleicht sind die Jungen in der Ausbildung?

Als die Soldaten im Lager die Neuankömmlinge sehen, springen sie sofort von ihren Plätzen und begrüßen die Truppe freundlich und überschwänglich. Als sie dann aber diesen Lucian und seinen Kollegen sehen, ändert sich die Stimmung und Lucian wird kühl und mit viel Respekt willkommen geheißen. Ein Soldat, er scheint der älteste hier zu sein, kommt auf ihn zu und reicht ihm die Hand. Anschließend führt er ihn durch das Lager und redet auf ihn ein. Lucian nickt und der Soldat wirkt erleichtert.

Hinter einen Busch gekauert beobachte ich das Lager, bis es dunkel wird. Erst als die Nacht eingebrochen ist, hole mir etwas zu essen aus dem Rucksack. Ich will gerade in mein Sandwich beißen, als ich Schritte hinter mir höre.

Ich drehe mich langsam um und sehe einige Meter vor mir den Faun von gestern. Sein Blick ist auf mich gerichtet und er kommt langsam auf mich zu. Ich ziehe schnell mein Messer aus der Tasche und strecke es ihm entgegen.

»Geh weg und lass mich in Ruhe, du Monster!«, schreie ich und springe auf.

Das war eine schlechte Idee. Im Lager bricht augenblicklich Tumult aus. Das gehörnte Wesen lässt sich davon nicht beeindrucken. Es packt mich am Arm und reißt mich über seine Schultern. Das Messer fällt mir aus der Hand und mir entfährt ein Schrei. Rufe erklingen und schon stürmen die Soldaten in unsere Richtung.

Die Kreatur rennt mit mir los. Ich schlage mit meinen Fäusten gegen den Rücken des Faunes, aber das interessiert ihn nicht. Er läuft auf die Wiese hinter dem Lager. Auf einmal zischen Pfeile durch die Luft und der Faun stürzt. Ich falle von seiner Schulter und lande auf den Boden. Ich will mich aufrappeln, da holen uns die Soldaten ein. Sie betrachten ihre Beute.

Da tritt Lucian aus der Menge und baut sich vor mir auf. Er reißt die Augen auf. »Was willst du denn hier?«

Ich bin starr vor Angst, alles in mir will weglaufen, aber ich kann mich nicht bewegen. Mein Hals ist so trocken wie eine Wüste und ich bekomme kein Wort heraus.

»Ich habe dich gefragt, was du hier willst?«, schreit er mich an.

Ich öffne den Mund und will ihm gerade etwas antworten, da höre ich dumpfes Trommeln, das in unsere Richtung kommt. Ich erkenne es. Erleichterung macht sich in mir breit. Das sind Kanubris, die Wächter müssen das Ganze mitbekommen haben.

Auch die Soldaten haben das Geräusch erkannt und die jüngsten unter ihnen schauen erschrocken und verängstigt zum Tal, aus dem das Trampeln kommt. Die vier Kanubris stellen sich neben mir auf und die Wächter schwingen sich aus ihren Reitschalen. Sie halten ihre Hände vor ihre Körper wie Ninjas.

»Ihr habt euer Gebiet verlassen und die Grenze überschritten. Kehrt sofort um oder wir greifen an«, sagt einer der Wächter mit tiefer und beängstigend ruhiger Stimme. Ich bekomme Gänsehaut.

»Haben wir das?«, fragt Lucian und grinst schief. »Das tut uns überaus leid, nicht wahr, Männer?« Er wendet sich an seine Soldaten.

Eben haben sie beim Anblick der Wächter noch ängstlich gewirkt, aber mit Lucian werden sie mutig. Einige grinsen ebenfalls. Lucian zieht seine Jacke aus und zwei riesige rabenschwarze Flügel tauchen hinter seinem Rücken auf.

Schwarze Flügel? Das Wesen, das meine Eltern ermordet hat, hatte weiße Flügel. Der Hass, den ich gefühlt habe, wird weniger. Mir gehen tausend Dinge durch den Kopf, doch ich bekomme sie kaum zu fassen, so gefangen bin ich von seinem Anblick.

Auch die Wächter haben nicht damit gerechnet. Einer von ihnen hält hörbar den Atem an. Der Wächter, der bereits gesprochen hat, bleibt unbeeindruckt.

»Es ist egal, wer ihr seid, ihr dürft diese Grenze nicht übertreten. Geht zurück oder es wird Konsequenzen geben.« Der Wächter funkelt Lucian an, als würde er wollen, dass es zum Kampf kommt.

Auch Lucian wirkt, als würde er es nur zu gern darauf ankommen lassen, doch sein Freund legt ihm eine Hand auf die Schulter. Lucian schaut zu den Soldaten und sein Grinsen verschwindet. Er gibt ihnen ein Zeichen und sie ziehen sich zurück. Erst als alle im Wald verschwunden sind, wendet auch er sich ab. Im Weggehen schaut er mir tief in die Augen. Die Zeit bleibt stehen und ich sehe nur diese dunklen Augen. Mein Herz rast und ich merke zu spät, dass ich die Luft anhalte. Japsend schnappe ich nach Luft. Mein Kopf funktioniert erst wieder, als mir einer der Wächter vom Boden aufhilft.

»Ist alles in Ordnung, Ms?«, fragt er mich freundlich.

Ich nicke. »Ja, danke«, sage ich mit zittriger Stimme.

Ich schaue zu dem Faun, es ist der Anführer mit den langen Hörnern. Das Wesen lebt noch, es hat die Augen geschlossen, aber man kann es noch ganz flach atmen sehen. Einer der Wächter kniet über ihm und zieht ihm die Pfeile aus dem Körper. Ein anderer Wächter presst Tücher auf die Wunden, dann tragen sie das Wesen zu einem der Reittiere und legen es in die Schale.

Verwirrt und neugierig schaue ich ihnen dabei zu. Dann frage ich den Wächter, der neben mir steht: »Ist das ein Faun?«

Er nickt. »Ein gutes Wesen, das normalerweise in einer Herde lebt. Es ist unüblich, eines allein vorzufinden«, sagt der Wächter mit Bedauern in der Stimme.

Ein gutes Wesen? Ist das sein Ernst? Da habe ich andere Erfahrungen gemacht.

Ich hebe die Schultern. »Es hat mich geschnappt und wollte mich entführen. Die Soldaten von dem Lager haben mich vor dem Ding beschützt.«

Der Wächter schüttelt den Kopf. »Das kann nicht sein. Diese Soldaten sind böse. Außerdem hat ein Faun keinen Grund, einem Menschen etwas zu tun. Darf ich fragen, was Sie hier draußen machen, Ms?« Er schaut mich nun misstrauisch an.

»Ich bin ein Mensch und komme von der Erde … Ich meine, ich komme aus der anderen Welt. Ich war vor ein paar Tagen schon einmal hier, dann bin ich aber in meine Welt zurückgekehrt.« Ich zügle mich, als ich merke, wie ich abdrifte. Das interessiert ihn sicher nicht alles. »Jedenfalls habe ich mich nun dazu entschlossen, hier leben zu wollen, und bin wieder durch das Portal gegangen. Ich möchte in diese Schule, von der mir Mathias, der Oberkommandant des Polizeireviers in Oryja, erzählt hat«, rattere ich meinen einstudieren Text herunter.

Bei der Erwähnung von Mathias wird der Wächter aufmerksamer. Er nickt und geht zu einem anderen Wächter. Nach einigen Minuten kommt er zurück.

»Gut, wir haben beschlossen, dass wir Sie direkt auf den Campus bringen. Das ist am sichersten für Sie, Ms«, sagt er sachlich und bedeutet mir, auf sein Kanubri zu steigen.

Ich klettere die Leiter hinauf und mache es mir in der Sitzschale bequem.

Lucian

Es wird nicht mehr lange dauern, bis wir an unserem Grenzposten ankommen. Es wird auch langsam Zeit, die Kadetten sind schon erschöpft und kommen nur noch langsam voran. Alec und ich haben es geschafft, alle bis hierher durchzubringen, wir haben das Essen und das Wasser rationiert und so noch genug Vorräte für alle. Das ist bestimmt der erste Trupp Kadetten, der es vollzählig an einen der Grenzposten schafft.

Der Junge, der seinen Arm verloren hat, schlägt sich tapfer und macht den anderen Kadetten Mut, indem er auf sie einredet und ihnen zeigt, dass er sich von einem fehlenden Arm nicht unterkriegen lässt.

Sie bauen gerade das Nachtlager ab, um weiterzuziehen. Heute Abend sollten wir ankommen. Ich helfe den Kadetten bei den Abbauarbeiten. Alec kommt aus seinem Zelt und fragt mich verwundert: »Was machst du denn da?«

»Wonach sieht es denn aus?«, antworte ich harsch.

»Aber wieso tust du das? Das ist die Aufgabe der Kadetten und nicht deine.«

»Sieh sie dir doch mal an. Wenn wir ihnen nicht helfen, sind wir morgen noch hier. Willst du nicht langsam mal am Grenzposten ankommen?«, fahre ich Alec an.

Der nickt und geht zu den anderen Kadetten, um ihnen Anweisungen zu erteilen. Die Kadetten beschleunigen ihre Handgriffe. Ich höre nicht hin, sondern arbeite weiter.

Ich hasse, wie man in meinem Land als Junge behandelt wird, und packe lieber selbst an, als dass ich anfange, Befehle zu bellen. Alec ist da anders, er ist ein typischer Soldat. Er glaubt, dass es richtig ist, wenn die Ranghöheren tun können, was sie wollen, während die jungen Kadetten für die Drecksarbeit zuständig sind. Eins muss man Alec aber lassen: Die Kadetten sind wenige Minuten, nachdem er die Aufgaben verteilt hat, mit dem Abbau des Lagers fertig.

Wir setzen uns in Bewegung. Die Kadetten gehen voraus und Alec und ich gehen wenige Schritte hinter ihnen her. Da hören wir plötzlich lautes Grollen, das durch den Wald dröhnt. Der Boden beginnt zu zittern. Die Kadetten bleiben stehen und schauen sich ängstlich um.

»Faun!«, brülle ich. »Zu den Schwertern!«

Die Kadetten lassen alles fallen und ziehen ihre Schwerter. Aber sie sind schon müde und ausgelaugt, um nach diesem langen Marsch noch kämpfen zu können.

Ich drehe mich zu Alec. »Schaffen wir das zu zweit?«

Alec nickt und zieht sein Schwert.

Weiteres Grollen ertönt und wir können die ersten Faune sehen. Eine Herde von gehörnten Wesen stürmt auf uns zu. Mit erhobenem Schwert renne ich ihnen entgegen, problemlos töte ich zwei Faune, die anderen rennen an mir vorbei zu den Kadetten. Sofort mache ich kehrt, teile Hiebe zu allen Seiten aus. Ich sehe, wie die Kadetten versuchen, sich zu wehren, aber zu erschöpft sind, um gegen die Faune anzukommen. Alec wird von drei Faun angegriffen und kann sich nicht aus deren Mitte befreien.

Ich entfalte meine schwarzen Flügel und fliege in die Mitte des Kampfgeschehens. Meine Hände beginnen zu glühen, ich konzentriere mich stärker, bis meine Hände in Flammen stehen. Ich schleudere einen Feuerball in die Menge und plötzlich wird es still auf dem Schlachtfeld, alle Kämpfer schauen zu mir hoch. Ein Faun bläst in sein Horn und die Herde setzt sich in Bewegung. So schnell wie sie gekommen sind, verschwinden sie. Die Kadetten starren weiter zu mir in den Himmel. Sie wussten, dass ich mächtig bin und das Feuerelement steuern kann, aber sie haben es vorher noch nie gesehen.

Ich lande in der Menge der Kadetten und herrsche sie an: »Habt ihr nichts Besseres zu tun, als nur dumm herumzustehen? Geht weiter!«

Die Kadetten wenden sich schnell ab und der Trupp setzt sich wieder in Bewegung. Alec kommt zu mir und geht neben mir her.

»Nimm es ihnen nicht übel. Sie haben noch nie jemanden gesehen, der ein Element beherrscht.«

»Sie sollen sich auf die Mission konzentrieren und nicht auf Zaubertricks.«

»Zaubertricks?« Alec lacht. »Das ist mehr als nur ein Zaubertrick. Das ist echte Magie.«

Ich schüttle den Kopf. »Ich kann mit dem Element kaum umgehen. Mir hat immer ein echter Lehrer gefehlt.«

»Ich weiß.« Alec senkt den Blick.

Ich antworte nicht mehr und so gehen wir schweigend weiter. Der kurze Kampf hat den Kadetten mehr Kraft geraubt, als ich dachte, und so kommen wir heute nicht mehr bis zum Grenzposten. Am Abend müssen wir wieder ein Lager errichten, zumindest sind die Kadetten damit schon routiniert und brauchen kaum noch Anweisungen. Ich beschließe, mich um das Lagerfeuer zu kümmern. Also sammle ich Holz, staple es zu einem Haufen und versuche, es mit meinem Element zu entfachen. Ich konzentriere mich auf das Feuer in meinen Adern und halte die Hände vor das Holz, aber nichts passiert.

»Mist, bei den Monden!«, ertönt eine Stimme hinter mir.

Der Kadett, der schon zweimal auf der Reise gestürzt ist, liegt hinter mir am Boden. Er ist über einen Holzscheit gestolpert.

In meiner Wut über mich selbst und das Element kommt mir der Tollpatsch gerade recht.

»Was bist du für ein Kadett, der nicht mal zwei Meter gehen kann, ohne über seine eigenen Füße zu fallen? Du hast geschworen, dass es nicht mehr vorkommt. Bereits zwei Mal haben wir dir das Missgeschick durchgehen lassen, aber das dritte Mal werde ich bestrafen. Ein Kadett ist eine Person von Rang und Namen, das Volk soll zu dir aufschauen und nicht auf dich herab. Steh sofort auf.«

Alle Blicke sind auf uns gerichtet. Der Junge steht unbeholfen und mit wackligen Knien auf und steht verängstigt vor mir.

»Hast du noch was zu sagen, Kadett?«

Der Junge sieht zu Boden. »Es tut mir leid, Sir, es wird nie wieder vorkommen.«

Der Junge, der seinen Arm verloren hat, stellt sich neben den Kadetten und legt ihm den verbliebenen Arm um die Schulter. »Es tut ihm wirklich leid, Sir. Ich werde darauf achten, dass er besser aufpasst.«

Der Junge nickt eifrig, doch ich schüttle den Kopf. »Du bist ein Kadett, du hast zu kämpfen oder zu sterben. Du musst deine Kriege selbst ausfechten und solltest dir nicht von einem halben Kadetten aus der Patsche helfen lassen. Das war das allerletzte Mal, dass ich dir das durchgehen lasse. Wie willst du in einem Krieg bestehen, wenn du es nicht einmal schaffst, ein Bein vor das andere zu setzen?«

Ich drehe mich um und gehe zu dem Lagerfeuer, das ich nun mit Feuerpulver anzünde. Nach und nach verschwinden die

Kadetten in den Zelten, bis es im ganzen Lager still ist. Ich starre in das Lagerfeuer.

Mitten in der Nacht kommt Alec aus seinem Zelt und setzt sich neben mich.

»Musste das vorhin wirklich sein?«, fragt er mich.

»Er ist ein Kadett und sollte den aufrechten Gang beherrschen«, maule ich.

»Du solltest deine Wut nicht an den Jungen auslassen. Du weißt, wie sie sich fühlen, und du bist der einzige Hoffnungsschimmer in unserem Land. Du bist der Letzte, der noch Kräfte hat. Die Kadetten sehen deswegen zu dir auf.«

»Das sollten sie nicht.« Ich senke den Blick.

»Doch, das sollten sie. Du wirst noch lernen, mit deinen Kräften umzugehen. Vielleicht kannst du sie irgendwann richtig einsetzen – wie die Schüler der Akademie. Dann wirst du der mächtigste Mann in unserem Land sein, Lucian.« Alec klopft mir auf die Schulter. »Aber hör auf, deine Wut an den Kadetten auszulassen. So einer bist du nicht, verstanden?«

Ich nicke und schaue weiter ins Feuer. Ich weiß, dass es nicht in Ordnung war. Eigentlich habe ich mir auch geschworen, nie so ein Ausbilder zu werden, wie ich sie zu oft hatte: Alte Männer, die den Frust ihres gesamten Lebens an den jungen Kadetten auslassen, weil sie wissen, dass es keine Konsequenzen für sie geben wird. Nur allzu oft habe ich Schläge kassiert und mir Beschimpfungen anhören müssen. Und dabei war ich noch privilegiert, ich wurde besser behandelt als die meisten. Und obwohl ich das weiß, brodelt die Wut noch immer wie Lava in mir. Selbst jetzt, Stunden später, würde ich den Jungen gerne aus dem Zelt holen und ihm eine heftige Ohrfeige verpassen.

Alec wünscht mir eine gute Nacht, dann verschwindet er in seinem Zelt. Ich sitze bis zum nächsten Morgen vor dem Feuer und beobachtet die Flammen.

Die Kadetten stehen auf und beginnen sofort damit, die Zelte abzubauen. Hoffentlich kommt es heute zu keinen Zwischenfällen und wir erreichen endlich den Grenzposten. Diese Aussicht stimmt mich etwas fröhlicher. Dann haben es die Kadetten endlich geschafft. Nachdem wir gegessen und das Lager abgebaut haben, marschieren wir weiter.

Alec ruft: »Wir sind bald da!«

Das hat den tollpatschigen Jungen so sehr erschreckt, dass er das Zelt unter seinem Arm fallen lässt und darüber stolpert. Das ist mir nun endgültig genug. Wut steigt in mir hoch und ich stürme auf den Jungen zu. Ich packe seine Jacke, ziehe ihn hoch und hole zu einem kräftigen Schlag aus. Der Junge geht wie ein Sack Kartoffeln zu Boden und hält sich die gerötete Wange.

Ich wende mich von dem Jungen ab und versuche, mich zu beruhigen.

»Lucian, lass uns weitergehen!«, ruft Alec scharf.

Ich atme noch einmal tief ein und gehe zu ihm. Auf dem Weg sagt keiner der Kadetten ein Wort.

Der Grenzposten sieht genauso aus, wie ich ihn in Erinnerung habe: Ein paar Dutzend Holzhütten und einige Lagerfeuer, zwischen denen junge Soldaten ihren Aufgaben nachgehen.

Die Kadetten aus dem Lager kommen uns freudig entgegen und begrüßen die Neuankömmlinge. Als sie Alec und mich sehen, beginnen sie zu strahlen. Sie hoffen wohl darauf, dass einmal jemand von höherem Rang kommt, der ihnen bedeutende Aufgaben gibt. Hier gibt es nicht viel zu tun und das wird auf Dauer langweilig. Außerdem fühlt man sich hier draußen schnell im Stich gelassen.

Der älteste Kadett im Lager kommt auf mich zu und stellt sich als Steven vor. Zusammen gehen wir durch das Lager und er bringt mich auf den neuesten Stand der Dinge.

»Es gab in den letzten Monaten kaum Angriffe von Kreaturen aus dem Wald. Die Wächter der Fürsten haben sich schon lange nicht mehr blicken lassen. Die Kadetten hier sind unterfordert und benötigen dringend eine Aufgabe. Da Sie nun hier sind, werden Sie sicher mit einem großen Auftrag kommen.« Der Kadetten schaut mich hoffnungsvoll an.

»Da muss ich dich enttäuschen, ich bin aus anderen Gründen hier«, entgegne ich knapp. Dass es eine Bestrafung ist, erzähle ich ihm lieber nicht.

Der Kadett nickt ergeben. »Egal, Sie sind der Sohn des Gebieters, also ist es nur richtig, wenn Sie die Führung des Grenzpostens übernehmen.«

Damit habe ich gerechnet, obwohl ich diese Stelle eigentlich nicht antreten wollte. Aber ich will den Kadetten helfen und so erleichtert, wie der Junge gerade aussieht, weil er diese Stelle nun nicht mehr bekleiden muss, habe ich kaum eine Wahl. Er ist zu jung für so viel Verantwortung.

»Natürlich werde ich diesen Posten führen. Zeig mir bitte meine Unterkunft.« Mein Blick wird streng. »Und es ist nicht von Belang, wer mein Vater ist.«

Der Junge nickt und führt mich in seine Hütte, wo er schnell sein Hab und Gut zusammenpackt. Die Hütte ist sehr klein, es sind nur die notwendigsten Dinge darin: ein Bett, ein Schrank und ein Schreibtisch. Ich fühle mich fast wie zu Hause. Ein kleines Bad schließt an mein Zimmer an und macht die Unterkunft zu etwas Wertvollem. Die anderen Hütten haben kein eigenes Badezimmer, stattdessen gibt es mehrere Badehütten, die sich die Kadetten teilen müssen.

Am Abend sitzen alle an den Feuern und unterhalten sich, nur ein paar Kadetten patrouillieren um das Lager. Es ist ein ungezwungener gemütlicher Abend, die neuen Kadetten haben sich von den Strapazen der Reise erholt und sind ausgelassen und fröhlich.

Ich betrachte den Jungen, den ich heute Morgen geschlagen habe. Sein Auge ist dunkelviolett und seine Nase geschwollen. Ich habe nicht bemerkt, dass ich sie ihm gebrochen habe. Habe ich wirklich richtig gehandelt? Ein schlechtes Gewissen steigt in mir hoch. Der Junge, der zuvor zu ihm gehalten hat, sitzt neben ihm. Die beiden scheinen sich gut zu verstehen, sie unterhalten sich und lachen zusammen. Das erinnert mich an meine Zeit hier. Alec und ich haben uns hier getroffen und sind zu besten Freunden geworden. Wir haben viele Angriffe erlebt und uns gegenseitig das Leben gerettet. Diese Freiheit hatte ich nur hier. Die Zeit hätte ich gern zurück.

Plötzlich ist ein hoher Schrei zu hören. Die Kadetten springen auf und greifen zu ihren Waffen. Alec und ich ziehen unsere Schwertern und machen uns kampfbereit.

»Geh weg und lass mich in Ruhe, du Monster!«, ertönt es aus Süden.

Ein Schock fährt wie ein Blitz durch mich. Die Stimme kenne ich. War das das Mädchen? Das kann nicht sein! Wieso sollte sie hier sein?

Die Kadetten rennen in die Richtung, aus der der Schrei gekommen ist. Ein Faun springt aus dem Gebüsch, über seiner Schulter trägt er ein zappelndes Mädchen. Die Kadetten stürmen auf den Faun zu, aber der ist zu schnell.

»Zu den Bögen!«, rufe ich und einige der Kadetten laufen ins Lager, um ihre Bögen zu holen. Der Faun läuft auf die Wiese des anderen Reichs zu. Ich grinse und rufe Alec zu: »Auf der Wiese haben wir freie Schussbahn.«

Alec nickt und wir stürmen mit den Kadetten hinter dem Faun her. Als der Faun die Wiese erreicht, feuern die Kadetten Pfeile auf ihn ab. Zwei durchbohren seinen Körper. Der Faun geht zu Boden und das Mädchen stürzt neben ihm auf die Wiese. Ich gehe langsam auf sie zu und kann meinen Augen nicht trauen. Es ist wirklich Cleo.

»Was willst du denn hier?«, frage ich schockiert.

Das Mädchen zittert am ganzen Körper und starrt mich mit aufgerissenen Augen an. Da höre ich lautes Trampeln, das schnell näher kommt. Kanubris. Vier von ihnen tauchen am Horizont auf und sind in Windeseile bei uns. Wächter steigen von den Rücken ihrer Reittiere und gehen vor uns in Kampfstellung.

Sie alle beherrschen ein Element und können uns jederzeit damit angreifen. Einer von ihnen tritt vor.

»Ihr habt euer Gebiet verlassen. Kehrt sofort um oder wir greifen an.«

»Haben wir das?«, frage ich und grinse ihn böse an. »Das tut uns überaus leid, nicht wahr, Männer?«

Ich schaue zu meinen Kadetten. Sie haben Angst vor den Wächter, schließlich haben sie von klein auf schlimme Geschichten über diese Leute gehört. Umso wichtiger ist es jetzt, dass sie sich nicht von ihnen einschüchtern lassen. Mit meiner Verachtung den Wächtern gegenüber zeige ich den Kadetten, dass sie sich gegen diese Wächter wehren können und nicht tun müssen, was sie sagen. Ich beschließe, eine Show abzuziehen und den überlegenen Sohn des Gebieters raushängen zu lassen. Mithilfe meiner Magie lasse ich die rabenschwarzen Flügel erscheinen. Die Wächter halten den Atem an und auch die Augen des Mädchens werden größer.

Der Wächter von eben findet seine Fassung als Erster wieder. »Es ist egal, wer ihr seid. Ihr dürft diese Grenze nicht übertreten.

Geht zurück oder es wird Konsequenzen geben.« Er funkelt mich an.

Nur zu gerne würde ich ihm eine verpassen, aber das könnte den fragilen Frieden gefährden. Alec stellt sich neben mich und legt mir beruhigend die Hand auf die Schulter. Er weiß, dass ich kurz davor stehe, etwas Dummes zu tun. Ich nicke und gebe den Kadetten das Zeichen, sich zurückzuziehen. Sie setzen sich in Bewegung, aber ich bleibe an der Grenze, bis sie auf sicherem Boden sind. Im Gehen betrachte ich noch einmal das Mädchen und mache den Fehler, ihr wieder in diese wunderschönen blauen Augen zu sehen. Die Welt scheint, um uns herum zu verschwinden. Das Feuer brennt durch meine Adern. Ich muss mich konzentrieren, um es nicht freizusetzen und den Wächtern zu zeigen, dass ich ein Element beherrsche. Ich wende meinen Blick schnell von ihr ab und gehe.

Ich setze mich am Abend zu den Kadetten ans Feuer und rede mit Alec. »Wir müssen diese Kadetten besser ausbilden. Fast alle haben den Faun verfehlt.«

Alec nickt. »Die Ausbildung in der Kaserne hat in den letzten Jahren wirklich nachgelassen. Aber eigentlich ist das nicht unsere Aufgabe.«

Ich wische seinen Einwand beiseite. »Was willst du sonst die ganze Zeit machen? Kadett Steven hat erzählt, dass es kaum mehr Angriffe gibt und sich die Kadetten langweilen. Wir sollten aus diesem Grenzposten ein Ausbildungslager machen und den Kadetten zeigen, wie man richtig kämpft.«

»Gut, ich werde dir helfen«, gibt Alec nach und wir beginnen mit der Planung.

Kapitel 7

Cleo

Zufrieden lehne ich mich zurück. Bald habe ich es geschafft. Alleine hätte ich wahrscheinlich noch eine Ewigkeit gebraucht, bis ich die Schule erreicht hätte – falls ich es überhaupt geschafft hätte.

Von hier oben kann ich über das ganze Tal sehen. Auf der riesigen Ebene wächst weit und breit nur Gras. Sich hier zu verstecken, wäre unmöglich. Mein Blick richtet sich zum Horizont und ich erkenne die Umrisse eines Gebäudes in der Ferne. Von Weitem sieht es aus wie ein weißer Würfel.

Ich werde nervös. Das wird meine neue Schule. Ich weiß nicht, wie lange ich hierbleiben werde. Was, wenn ich eine schlechte Schülerin bin und mein Element im Vergleich zu den anderen nicht richtig ausgeprägt ist? Könnten sie mich wegschicken?

Wir kommen dem Gebäude nur langsam näher, ich merke wie sich die Umgebung verändert. Es wirkt alles freundlicher und schöner. Das Gras weicht Blumen und Büschen, auch vereinzelte Bäume sind zu sehen. Es wirkt alles so wunderschön, die Farben leuchten, als wären die Blumen frisch bemalt worden, und es duftet rosig und süß.

Wir erreichen einen breiten gepflasterten Weg, dem die Kanubris folgen. Die Steine sind schon so abgetreten, dass ihre glatte Oberfläche in der Sonne glänzt. Am Ende des Weges ragt ein majestätisches, strahlend weißes Gebäude empor. Es sieht aus wie ein überdimensionaler Herrensitz. Zwischen zwei langen Flügeln ragt ein Turm empor, an dem eine große Uhr angebracht ist, darunter befindet sich ein kleiner Balkon. Die riesige Eingangstür erreicht man über zwei große Steintreppen. Das ganze Gebäude ist mit in Stein gemeißelten Verzierungen überzogen. Das ist das schönste Gebäude, das ich je gesehen habe.

Als wir uns dem Schulgebäude nähern, verlangsamen die Kanubris ihre Geschwindigkeit und gehen nun im Schritttempo. Laternen säumen den Weg und leuchten warm in der Abenddämmerung. Alles hier wirkt wie in einem alten Film. Ich fühle mich sofort wohl und die Nervosität verschwindet fast komplett.

Da öffnet sich die Balkontür über dem Haupteingang und eine Frau tritt heraus. Ich versuche, sie genauer anzuschauen, aber sie ist zu weit weg. Als wir näher kommen, verschwindet die Frau.

Der gepflasterte Weg teilt sich und führt um einen Brunnen herum. Die Kanubris bleiben vor dem Brunnen stehen und die Reiter steigen ab. Ich folge dem Wächter und klettere die Strickleiter nach unten. Ich verheddere mich in der letzten Sprosse und falle auf die Knie. Schnell rapple ich mich auf. Hoffentlich hat das niemand gesehen. Mit glühenden Wangen hebe ich den Blick zu einem Wächter in meiner Nähe. Er schaut mich missbilligend an, bevor er zu dem Kanubri geht, von dem die anderen Wächter gerade den verletzten Faun herunterheben.

Die Eingangstür des Schulgebäudes öffnet sich und zwei Männer kommen auf uns zu. Sie gehen zu dem Faun und helfen den Wächtern, ihn in das Gebäude zu bringen. Der Wächter, der mir gestern Abend das Essen gebracht hat, bleibt bei mir.

»Wir warten, bis Sie abgeholt werden«, sagt er und starrt auf den Eingang.

Ich nicke und schauen mich um. In der Mitte des runden Brunnens befindet sich eine Statue. Ich erkenne eine Frau, die einen Mann in den Armen hält. Ich runzle die Stirn. Das sieht sehr nach dem Fliesenbild in Tarent aus. Ich starre verblüfft auf die Skulptur.

»Du musst Cleo sein. Mein Kind, was musstest du nicht alles erleben«, höre ich eine raue, alte Stimme hinter mir.

Ich drehe mich zu um und eine groß gewachsene ältere Frau kommt auf mich zu. Sie muss schon um die 70 Jahre alt sein. Sie trägt einen schwarzen Rock, der ihr bis zu den Füßen reicht, und eine hochgeschlossene weiße Bluse.

»Guten Tag, ja, ich bin Cleo«, grüße ich schüchtern.

Sie legt mir eine Hand auf den Arm. »Ich bin eine der Schulleiterinnen. Komm erst einmal herein, dort können wir alles bei einer Tasse Tee besprechen.« Sie lächelt mich freundlich an und führt mich über den Weg.

Zusammen gehen wir eine der weißen Marmortreppen hinauf und durch die Eingangstür. Sie ist so groß, dass selbst eines der Kanubris hindurchpassen würde. Wir kommen in eine gigantische Eingangshalle, von der aus viele Gänge in verschiedene Richtungen führen. Der Boden besteht aus weißen Fliesen und auch die Wände sind weiß gehalten. Alles wirkt sehr steril. Eine weiße Wendeltreppe führt in ein Zwischengeschoss mit einer Galerie, von der aus man in die Halle hinunterschauen kann.

Die Schulleiterin führt mich die Treppe nach oben in einen der Gänge. Vor einer der Dutzenden Türen bleibt sie stehen, öffnet sie und bedeutet mir, einzutreten.

Der Raum sieht ganz anders aus, als ich es mir bei so einem Gebäude vorgestellt habe. Er ist klein und gemütlich. In einer Ecke befindet sich ein Kamin, in dem ein Feuer brennt, den Mittelpunkt des Raums bildet ein massiver Holzschreibtisch, vor dem ein gemütlicher Ohrensessel auf einem dunklen Teppich steht. Die Schulleiterin setzt sich hinter den Schreibtisch in einen Ledersessel.

»Bitte setz dich«, sagt sie freundlich und deutet auf den Ohrensessel.

Ich setze mich und sinke in das weiche Polster ein. In dem Sessel fühle ich mich richtig geborgen, hier könnte ich den ganzen Tag sitzen und lesen.

»Tee?«, fragt mich die Schulleiterin.

Ich nicke und sie greift zu einem goldenen Glöckchen, das auf ihrem Schreibtisch steht. Ein hohes Klingeln ertönt und fast zeitgleich springt die Tür auf. Ich kann nicht sehen, wer hereingekommen ist, da mir die Lehne des Sessels die Sicht versperrt. Ich höre nur eine piepsige Stimme.

»Professorin, Ihr Tee.«

»Danke, Querx.« Sie wendet sich mir zu: »Welche Sorte Tee bevorzugst du?«

»Früchtetee?«, stottere ich von der Frage überrumpelt.

Die Schulleiterin nickt in Richtung der Stimme und ich höre das Klirren von Geschirr. Eine kleine Gestalt geht an meinem Sessel vorbei und mir bleibt vor Erstaunen der Mund offen stehen, als ich sie sehe. Die Gestalt sieht aus wie ein Mensch, nur ist sie breiter und kleiner, ein bisschen wie eine Kugel mit Kopf, Armen und Beinen. Bei jedem Schritt wackelt sie von einem zu kurzen Bein auf das andere. Sie trägt ein blaues Gewand aus Stoff. Die Gestalt lächelt mich freundlich an und verneigt sich vor mir.

Sie stellt ein Tablett auf den Schreibtisch und geht schwankend aus dem Raum.

Erst als sich die Tür schließt, frage ich die Schulleiterin neugierig: »Was war das?«

Die Schulleiterin lehnt sich in ihrem Stuhl zurück und meint freundlich: »Das war Querx, er ist ein Feeng. Feeng leben an dieser Schule und sind so etwas wie Angestellte. Sie übernehmen so viele Aufgaben, dass wir im nächsten Mond noch hier sitzen würden, wenn ich sie dir alle aufzähle.« Sie lacht, nimmt die Kanne vom Tablett und schenkt uns Tee ein.

Ich nehme mir meine Tasse und mache es mir in dem Sessel gemütlich. Nach der Reise tut es gut, in einem kuschelig warmen Raum mit einer Tasse Tee zu sitzen.

»Also, Cleo, mein Kind, erzähl doch. Was hast du bisher erlebt?«, fragt sie sanft.

Ich horche in mich hinein. Wo soll ich anfangen? Sollte ich die Wahrheit sagen? Nach kurzem Zögern erzähle ihr alles.

Von der Reise nach Tarent bis zu dem Mord an meinen Eltern, dem Feuer im Stall, dem Angriff auf mich und meiner Reise in diese Welt. Die Schulleiterin hört sich alles aufmerksam an und nickt hier und da.

»Das ist ja alles schrecklich, mein Kind. So viele schlimme Dinge in so kurzer Zeit. Du musst völlig erschöpft sein.« Sie schaut mich mitfühlend an. »Ich werde dich in deine Unterkunft bringen lassen, dort kannst du dich ausruhen. Morgen wird schon dein Unterricht beginnen. Du solltest schnell in den Alltag hier integriert werden, dann fällt dir die Umstellung leichter.«

Ich nicke nur, da ich nicht weiß, was ich dazu sagen soll. Ich dachte, dass sie noch Fragen hat oder mir irgendwelche Antworten geben könnte. Dass sie mich einfach in den Unterricht schickt, kommt mir seltsam vor.

Die Schulleiterin nimmt wieder das Glöckchen vom Tisch.

»Ja Professorin, was kann ich für Sie tun?«, höre ich Querx hinter mir.

Die Schulleiterin steht auf. »Querx, bitte zeige Ms Cleo den Weg in ihr Zimmer. Bring ihr etwas zu essen und ihren Stundenplan.«

»Aber natürlich, Professorin. Ms Cleo, würden Sie mir bitte folgen?«

Ich stehe schnell von meinem Sessel auf und stoße dabei mit dem Arm meine Tasse um. Der Tee rinnt über den Tisch und die Tasse fällt auf den Teppich. Verärgerung blitzt in den Augen der Schulleiterin auf, aber binnen eines Wimpernschlags wechselt ihr Blick wieder ins Warme.

»Oh nein, das tut mir leid!« Ich gehe in die Knie und hebe die Tasse auf.

»Steh auf, Kind. Querx wird sich nachher darum kümmern«, sagt die Schulleiterin.

»Danke Professorin …« Ich stocke. Erst jetzt fällt mir auf, dass sie sich mir nicht mit ihrem Namen vorgestellt hat.

Die Schulleiterin scheint ihr Versäumnis ebenfalls zu bemerken. »Luxeria, mein Name ist Professorin Luxeria. Und nun geh, mein Kind, und ruh dich aus.«

»Danke, Professorin Luxeria«, sage ich schnell und verlasse mit Querx den Raum.

Ich folge Querx durch den Flur eine Treppe hinauf in einen anderen Flur, dann geht es nach rechts, dann nach links und irgendwann laufen wir wieder durch einen Gang mit vielen Türen. Ich hatte Mühe, dem kleinen Querx zu folgen. Er ist zwar ziemlich pummelig und hat kurze Beine, aber er ist verdammt schnell unterwegs.

Schließlich hält er vor einer Tür. »Ms Cleo, das ist Ihr Zimmer, hier werden Sie die nächsten Jahre wohnen.« Er lächelt mich freundlich an und neigt den Kopf wieder zur Seite.

Die nächsten Jahre? Wird es so lange dauern, bis ich mein Element einigermaßen beherrsche? Mir wird schwindlig bei dem Gedanken, dass ich Rain und Sophie so lange nicht sehen werde.

Gibt es hier eigentlich Ferien? Dann könnte ich sie wenigstens besuchen.

Querx klopft an die Tür und holt mich aus meinen Gedanken. Sie wird geöffnet und ein Mädchen steht vor mir. Sie ist in meinem Alter, schlank und hat lange blonde Haare. In ihrem weißen Kleid sieht sie aus wie eine Fee. Ihre Augen strahlen hellblau.

Das Mädchen begrüßt mich freundlich: »Hallo, du musst Cleo sein, meine neue Mitbewohnerin. Komm doch rein.« Sie wendet sich Querx zu: »Danke, Querx, dass du sie hergebracht hast.«

Querx verneigt sich und geht. Das Zimmer bietet genug Platz für zwei Himmelbetten, zwei Schreibtische und zwei Schränke. Alles ist in Weiß und Rosa gehalten und sieht richtig süß aus.

»Hi, ich bin Lina. Ich werde dir alles hier zeigen.« Sie strahlt mich an und tänzelt fast durch den Raum. »Die rechte Seite des Zimmers ist deine. In dem Schrank sind schon einige Kleider für dich, aber ich denke, sobald wir Zeit haben, sollten wir dir ein paar neue Sachen in der Stadt besorgen. Die Kleider gehörten dem Mädchen, das vor dir hier gewohnt hat.« Sie wird blass bei den letzten Worten, aber ihr Strahlen kommt schnell zurück. Lina setzt sich auf ihr Bett und sieht mich freundlich an.

Ich setzte mich auf mein neues Bett. »Also, das hört sich toll an, aber ich glaube, ich muss erst mal ankommen.«

»Oh ja, natürlich. Für dich muss das alles ein totaler Schock sein. Du bist doch aus der anderen Welt und kennst das alles hier nicht, oder? Geht es dir gut?« Sie steht auf, setzt sich zu mir und nimmt mich in den Arm.

Zuerst versteife ich mich bei ihrer Berührung, doch dann bricht der Damm und ich beginne zu weinen. Lina drückt mich noch fester und streicht mir immer wieder über den Rücken.

Ein Klopfen an der Tür lässt Lina schnell aufstehen und die Tür öffnen. Querx reicht ihr ein Tablett, das voller Essen ist. Lina nimmt es entgegen und bringt es zu mir.

Ich betrachte das Essen und muss lachen. Auf dem Tablett befinden sich eine Salamipizza und eine Tafel Schokolade.

Lina nickt wissend. »Sie kennen unsere Lieblingsspeisen, unsere Kleidergrößen und auch alles andere, wenn man hier wohnt. Das kann oft beängstigend sein.« Sie schaut auf das Essen. »Was ist das?«

»Das ist eine Salamipizza, das kennt man hier doch, oder?«

Lina schüttelt den Kopf.

»Dann musst du sie unbedingt probieren, das ist in der anderen Welt eine Delikatesse«, sage ich lachend und schneide ein Stück ab. Lina beißt ein winziges Stück von der Pizza ab und kaut skeptisch, als wäre es das Ekeligste, das sie je gegessen hat. Dann steckt sie sich das ganze Pizzastück in den Mund.

»Oh, das ist wirklich lecker. So was sollte es öfter hier geben.«

»Was gibt es hier den sonst zu essen?«, frage ich besorgt.

»Wir bekommen selten Fleisch. Die Gerichte hier bestehen hauptsächlich aus Gemüse, Fleisch gibt es nur zu besonderen Anlässen wie beim Mondfest.«

»Was ist das Mondfest?«

»Oh, wird das in der anderen Welt nicht gefeiert?«, fragt sie, und redet ohne auf eine Antwort von mir zu warten weiter: »Das Mondfest findet an dem Tag im Jahr statt, an dem alle drei Monde in einer Linie stehen. Alles Weitere dazu wirst du im Unterricht lernen. Da fällt mir ein, dass dein Stundenplan schon hier ist. Willst du ihn sehen?«

Lina springt auf und läuft zu meinem Schreibtisch.

»Ich habe ihn mir schon einmal angeschaut, wir haben sogar ein paar Kurse zusammen: Elementarkünste, Analytik und Historie von Anahera. Du hast auch noch einige Einzelstunden in Historie, wahrscheinlich weil du aus der anderen Welt kommst und noch nichts kennst.« Sie reicht ihn mir.

Ich schaue mir den Stundenplan an und entdecke zu meiner Überraschung *Reiten*.

»Es gibt reiten an der Schule?«, frage ich aufgeregt.

»Natürlich, reiten ist ein wichtiger Bestandteil des jährlichen Parkourwettkampfs.«

»Was ist denn das schon wieder?« Die neuen Eindrücke überfordern mich, dennoch fühlt es sich gut und richtig an, hier zu sein.

»Das ist ein Wettbewerb der Schule. Die Schule ist ja in die Elementarkräfte aufgeteilt: Wasser, Erde, Feuer und Luft. Bei dem Wettbewerb treten die Elementarabteilungen gegeneinander an. Das ist jedes Jahr sehr aufregend und es darf jeder mitmachen. Es gibt dann auch immer einen Pokal, den natürlich jeder haben will«, erzählt sie aufgeregt.

»Was für Abteilungen?«, frage ich.

»Je nachdem, welches Element du besitzt, kommst du in eine der Abteilungen. Du musst das Element Wasser in dir tragen, sonst wärst du nicht in diesem Zimmer.«

»Ich habe zumindest schon einen Wasserstrahl auf jemanden gefeuert, aber das ist mir nur einmal passiert.« Ich betrachte meine Hände von allen Seiten.

Lina lächelt und nimmt meine Hände in ihre. »Das ist ganz normal und du wirst hier lernen, damit umzugehen. Iss jetzt auf, es ist schon spät. Morgen ist dein erster Tag an der Akademie.«

Das lasse ich mir nicht zweimal sagen und esse die Pizza in Rekordzeit. Die Tafel Schokolade teile ich mir mit Lina. Danach gehen wir ins Bett und ich falle in einen unruhigen Schlaf.

Am nächsten Morgen liege ich schon wach im Bett, als es an der Tür klopft und die Stimme von Querx erklingt. »Ms Lina und Ms Cleo, es ist Zeit, aufzustehen.« Er klopft noch zweimal, dann wird es still hinter der Tür.

Lina bewegt sich in ihrem Bett und setzt sich auf. »Querx weckt die ganze Abteilung jeden Morgen, er geht von Zimmer zu Zimmer.«

»Irgendwie ist Querx total niedlich, so wie er aussieht und redet«, sage ich vergnügt. Ich habe mir die ganze Nacht Gedanken darüber gemacht, wie der Tag heute werden könnte. Ich habe entschieden, positiv zu sein und den Tag zu meistern. Außerdem ist Lina supernett, da kann es hier nicht so schlimm sein.

Lina lacht. »Da hast du recht. Ich bin es schon so gewohnt, die Feeng um mich zu haben, dass es mir nicht mehr wirklich auffällt.«

Ich setze mich auch auf und mein Blick schweift durch das Zimmer. Bei Tageslicht wirkt es noch heller und freundlicher als zuvor. Ich stehe auf, weiß aber nicht, was ich jetzt machen soll.

»Im Kleiderschrank hängt eine Schuluniform und im Badezimmer ist alles, was du braucht«, sagt Lina, die bemerkt hat, dass ich planlos herumstehe.

Ich öffne den Schrank, mich begrüßt eine blaue Uniform.

»Blau ist die Farbe unserer Abteilung. Die anderen Abteilungen tragen die gleiche Uniform nur in ihren Farben: rot für Feuer, grün für Erde und weiß für Luft. Das war die Uniform von Tamara, deswegen ist sie schon ein bisschen abgetragen.

Fürs Erste sollte das aber gehen. Zieh dich schnell an, dann können wir frühstücken gehen.«

Ich ziehe mich um und betrachte mich im Spiegel. Die Uniform besteht aus einer schwarzen eng anliegenden Hose aus dickem Stoff mit dunkelblauen Ledereinsätzen an den Beinen und Knien, einer schlichten weißen Bluse und einer Jacke aus dem gleichen Stoff wie die Hose mit Ledereinsätzen an Schultern und Taille. Sieht nicht so schlecht aus, ich habe allerdings eher mit einer Uniform gerechnet, wie sie die Schüler in England tragen.

Meine dunkelbraunen Locken trage ich heute offen. Ich borge mir von Lina ein bisschen Make-up, heute ist mein erster Tag an einer neuen Schule und ich will gut aussehen.

Lina wirkt trotz der Uniform sehr zierlich und feminin, während ich darin aussehe wie eine Soldatin.

Zusammen gehen wir in den großen Speisesaal. Auf dem Weg kommen uns Schüler entgegen, alle starren mich an. Mir fällt auf, dass Lina von allen begrüßt wird. Sie lächeln sie schüchtern an und ein paar verneigen sich sogar vor ihr.

»Bist du hier das beliebteste Mädchen oder so?«, frage ich verunsichert.

Bei meiner Frage bekommt sie sofort rote Wangen. »Also das würde ich jetzt so nicht sagen, ich bin nur sehr freundlich zu allen … Und da mein Vater der Fürst von Oryja ist, sind alle sehr zuvorkommend mir gegenüber.«

»Wie, dein Vater ist der Fürst von Oryja?«, frage ich schockiert.

Lina wird verlegen. »Ein Fürst ist der Herrscher eines Landes in Anahera.»

»Heißt das, du wirst einmal dieses Land regieren?«, frage ich.

Sie schüttelt den Kopf, »Nein, das heißt, mein zukünftiger Ehemann wird einmal Fürst und das Land regieren.«

»Aber wieso dein zukünftiger Ehemann und nicht du?«, frage ich verwirrt.

»Eine Frau kann kein Fürst sein. Ich würde das Land gerne führen, aber das ist verboten. Wir sollten nicht einmal darüber reden. Wenn uns jemand hört und das meinem Vater erzählt, bekomme ich Ärger.« Ihr Blick ist traurig und sie schaut zu Boden.

»Das tut mir leid, aber vielleicht wirst du ja doch noch Fürstin«, sage ich.

Sie sieht sich mit großen Augen um. »Sag so was nicht und jetzt möchte ich nicht mehr darüber reden.« Lina sagt das so streng, dass ich lieber die Klappe halte.

Wir betreten den Speisesaal. Es ist ein großer Raum mit mehreren Tischreihen, die nebeneinanderstehen. Auch hier ist alles in einem strahlenden Weiß gehalten. An einer Seite des Raums ist ein üppiges Buffet aufgebaut. Lina führt mich schweigend hinüber und ich bestaune das Essen. Es gibt Eier in jeder Variation und Unmengen Obst, das meiste davon kenne ich nicht. Weiter hinten sehe ich warme Speisen wie Curry und eine Art Gemüseauflauf.

Ich nehme mir einen Teller und lege genau das Gleiche darauf wie Lina. Ich kenne fast nichts und vertraue darauf, dass Lina nur Sachen nimmt, die auch wirklich schmecken. Danach gehen wir zu einem leeren Tisch und beginnen zu frühstücken. Das Essen schmeckt köstlich, nur ein Kaffee wäre jetzt noch gut. Ohne Kaffee geht bei mir eigentlich nichts.

Ich schaue mich auf den Tischen der anderen Schüler nach Kaffee um, vielleicht habe ich ja eine Kanne übersehen. Die meisten scheinen Wasser zu trinken.

Lina mustert mich. «Was suchst du denn?«

»Kaffee«, sage ich leise.

»Gibt es das in deiner Welt immer früh zu essen?«

»Äh, das ist etwas zu trinken. Das hilft beim Wachwerden.«

»Wir können Querx fragen, ob er Kaffee besorgen kann, wenn du möchtest?«

»Würde das wirklich gehen?«, frage ich aufgeregt. Ich weiß nicht, wieso mir ausgerechnet der Kaffee so wichtig ist. Vielleicht weil es etwas Gewohntes von zu Hause ist. Normalerweise habe ich früh immer mit Mama einen Kaffee getrunken. Meine Kehle schnürt sich zu, Tränen schießen mir in die Augen.

Lina wedelt mit der Hand und da taucht schon Querx neben uns auf. Sie redet leise mit ihm und er verschwindet so schnell, wie er gekommen ist. Grinsend dreht sie sich wieder zu mir und sieht die Tränen in meinen Augen.

»Cleo, was ist denn?«, fragt sie besorgt.

»Ich vermisse nur mein Zuhause«, wehre ich ab. Ihr jetzt zu sagen, dass meine Eltern tot sind, schaffe ich nicht. Ich wische mir die Tränen aus den Augenwinkeln und frage: »Und, kann er Kaffee besorgen?«

»Er bringt uns gleich zwei Tassen, hat er gesagt. Ich bin gespannt, was das ist. Ist wirklich alles in Ordnung?«, fragt sie nach kurzem Zögern.

Ich nicke nur. Kurz darauf bringt uns Querx tatsächlich zwei Tassen und eine ganze Kanne voll Kaffee. Ich schenke Lina und mir ein. Der Duft verbreitet sich im ganzen Speisesaal und die anderen Schüler schauen sich neugierig nach uns um. Lina trinkt ihre Tasse fast in einem Zug aus, während ich nur genüsslich daran nippe.

»Lina, du musst aufpassen, da ist Koffein drin! Nicht, dass du nie wieder schlafen kannst!«, sage ich lachend.

Ich hole meinen Stundenplan aus meiner Tasche und studiere ihn.

»Ich habe als Erstes Kampftechniken, wo muss ich da hin?«, frage ich Lina.

»Zeig ich dir gleich.«

Lina führt mich nach dem Essen aus dem Speisesaal, dann geht es wieder durch einige Gänge, bis wir eine große Halle mit einer schönen alten zweiflügeligen Holztür erreichen. Als wir näher kommen, öffnet sich die Tür wie von selbst und ich kann in einen weitläufigen Garten schauen.

»Wir sind jetzt hinter der Schule. Wenn du dem Weg nach rechts folgst, kommst du zu den Stallungen, geradeaus kommst du zu der Kampfarena und zu den Trainingssälen. Und das da links ist der Tempel. Hier wird zum Mondfest immer das Mondritual abgehalten. Oh, und hinter der Halle liegt das Meer.«

»Wow, das ist ja alles riesig hier und da ist auch gleich das Meer? Das habe ich bei meiner Ankunft nicht gesehen.« Ich sehe mich um. Die Gebäude hier draußen erinnern an eine Tempelanlage.

»Es ist wirklich größer, als man denkt. So, ich muss jetzt los, sonst komme ich zu spät zu meinem Unterricht. Du musst einfach geradeaus dem Weg folgen.« Sie dreht sich um und eilt davon.

Ich folge ihrer Beschreibung und gehe auf ein frei stehendes Gebäude zu. Es sieht aus wie eine kleinere Version des Hauptgebäudes. Über dem Haupteingang steht *HONORIS ANIMO ET FIDE*. Keine Ahnung, was das heißt.

Unschlüssig stehe ich vor dem Gebäude und überlege, ob ich reingehen oder weglaufen soll. Während ich von einem Fuß auf den anderen wechsle, bleibt jemand ein Mädchen in meinem Alter neben mir stehen. Sie ist einen Kopf größer als ich und hat ihre langen schwarzen Haare zu einem Zopf geflochten. Sie funkelt mich argwöhnisch an.

»Oh, bist du ohne deine neue beste Freundin hier und traust dich nicht alleine rein?«

Sie ist groß und muskulös und sieht aus, als ob sie mich mit einem Schlag auf den Boden befördern könnte. Ihre schroffe Art überrumpelt mich und ich bekomme kein Wort heraus.

»Hat es dir die Sprache verschlagen? Dabei hast du noch nicht einmal gesehen, was dich da drinnen erwartet.« Sie lacht.

»Christine, lass die Neue in Ruhe.« Ein Junge kommt auf uns zu. Ein ziemlich gut aussehender Junge mit dunkelbraunen Haaren und durchdringend hellbraunen Augen.

Christine funkelt mich noch einmal böse an und verschwindet ohne ein weiteres Wort in dem Gebäude.

Der Junge sieht ihr kopfschüttelnd nach, bevor er sich mir zuwendet. »Hallo, ich bin Lukas und das war Christine. Lass dich von ihr nicht unterkriegen, sie ist nicht wirklich so gemein, wie sie immer tut.« Er zwinkert mir zu.

»Äh, trotzdem danke. Ich bin Cleo«, sage ich und werde rot. Oh Gott, wieso macht er mich nur so nervös?

Lukas grinst, er weiß wohl ganz genau, wie er auf andere wirkt. »Komm, lass uns reingehen, sonst bekommen wir noch Ärger mit Proelium für die Verspätung.«

Er öffnet die Tür und ich trete ein. Der Raum ist so riesig wie alles an dieser Akademie. Der ganze Boden ist mit Trainingsmatten ausgelegt und an den Wänden hängen Schwerter, Äxte, Morgensterne und Messer. Auf den Trainingsmatten wärmen sich bereits einige Schüler in Trainingsanzügen auf. Lukas will gerade durch eine Tür an der

Seite des Saals gehen, als er bemerkt, dass ich stehen geblieben bin.

»Du musst in die Mädchenumkleide und dich umziehen, bevor der Unterricht losgeht.« Er zeigt auf die Tür, aus der gerade Christine in neuen Klamotten herauskommt.

»Hast du überhaupt einen Trainingsanzug dabei oder kann sich das arme Menschenmädchen so was nicht leisten?«, fragt sie gehässig. Ein paar Mädchen in Hörweite lachen. Christine geht zu ihnen und sie tuscheln.

Ich senke den Blick. Nach allem, was passiert ist, hab ich keine Kraft mehr, mich gegen Mobbing zu wehren. Wieso kann sie mich nicht einfach in Ruhe lassen?

Ich will mich gerade umdrehen und aus der Sporthalle flüchten, als Lukas sagt: »Der erste Tag ist immer mies, aber du schaffst das, okay?«

Er legt seine Hand unter mein Kinn und hebt meinen Kopf so hoch, dass er mir in die Augen schauen kann. Meine Haut kribbelt, wo er mich berührt, und mein Herzschlag beschleunigt sich. Ich bin wie hypnotisiert.

»Kopf hoch, du schaffst das.«

Er nimmt seine Hand weg und geht in die Umkleide. Ich bleibe verdattert stehen und schaue ihm nach. Die Mädchen hinter mir kichern nun noch lauter.

Bis der Unterricht beginnt, stelle ich mich mit eingezogenem Kopf in eine Ecke des Saals und schaue den anderen zu, wie sie sich aufwärmen. Fast alle hier sind durchtrainierte Muskelpakete.

Die Tür zum Saal öffnet sich und ein kräftiger Mann mit Glatze kommt herein. Im Saal verstummen schlagartig alle Gespräche und die Schüler stehen stramm. Der Mann geht durch die Reihen und nickt allen zu. Als er bei mir ankommt, bleibt er stehen.

»Ms Cleo Gruber?«, fragt er mit einer tiefen Stimme.

»Ja Sir.« Ich werde wieder rot.

»Besitzen Sie etwa keine ordnungsgemäße Trainingskleidung?«

»Äh, nein, Sir, ich bin erst letzte Nacht angekommen.«

»Dann werden Sie den Unterricht heute nicht mitmachen, sondern nur beobachten. Das ist für jemanden wie Sie vermutlich generell besser.« Er mustert mich von oben bis unten.

Ich höre Christine lachen.

»Ja, Sir.«

Als er weitergeht, lasse ich die Schultern hängen. Ich wollte mich bemühen und einen guten Eindruck machen, aber der Professor scheint mich jetzt schon nicht zu mögen. Ich stelle mich wieder in die Ecke des Saals und beobachte das Treiben wie befohlen.

Zuerst wärmen sich alle auf. Sie joggen ein paar Runden im Kreis. Danach stellen sie sich wieder in Reih und Glied auf und machen im selben Takt Hampelmänner. *Verdammt sind die fit.* Ich fand mich nie unsportlich, aber mit denen werde ich doch nie mithalten können.

Danach nehmen sich alle eine Waffe von einer der Wände und teilen sich in Zweierteams auf, um gegeneinander zu kämpfen. Professor Proelium geht immer wieder von Schüler zu Schüler und korrigiert die Haltung oder zeigt ihnen, wie sie ihre Waffe führen sollen. Die Einzigen, die er nicht berichtigt, sondern lobt, sind Christine und Lukas.

Ich beobachte Christine eine Weile. Ihre Art zu kämpfen ist brutal. Sie hat keine Scheu, ihre Partnerin zu verletzen. Ihre

Freundinnen, mit denen sie vorher noch getuschelt hat, wirken ängstlich, wenn sie mit ihr trainieren sollen. Sie kämpft mit einer zweiblättrigen Axt, die ungeheuer schwer sein muss. Wenn Christine sie schwingt, sieht es aus, als wäre sie federleicht. Christine bemerkt irgendwann, dass ich sie beobachte, und lächelt mich hämisch an, nachdem sie ihre Partnerin mit ein paar Schlägen auf die Matte gezwungen hat.

Ich wende schnell meinen Blick ab und suche nach Lukas. Er kämpft mit einem Schwert. Seine Art zu kämpfen, ist ganz anders als die von Christine. Er bewegt sich elegant und schnell, während sie nur brutal auf ihre Gegnerin eingeschlagen hat. Erst jetzt bemerke ich die verschiedenen Farben der Anzüge. Lukas seiner ist weiß, also hat das Element Luft und Christine im braunen Anzug das Element Erde. Ich hätte bei Christine eher an Feuer gedacht – heiß, böse und wild. Die Luft scheint zu Lukas zu passen. Er wirkt gutmütig und seine Bewegungen wirken trotz seiner vielen Muskeln grazil.

Ich bemerkte erst, dass ich Lukas bereits eine Weile anstarre, als ich wieder das Lachen der Mädchen höre. Ich werde rot, als Lukas sich zu mir dreht und mich erwischt. Oh mein Gott, wie peinlich! Mein Gesicht glüht und ich wünschte, der Boden würde sich unter mir auftun.

Ich wende mich schnell ab, um so zu tun, als wäre nichts. Da fällt mein Blick auf einen schmalen Jungen mit Brille, der versucht, sich gegen seinen Partner zu wehren, der immer wieder auf ihn einschlägt. Der Junge will die Schläge abwehren, landet aber immer wieder auf der Matte. Professor Proelium steht neben den beiden und schüttelt den Kopf.

»Mr Corragio, Sie müssen das Schwert erheben. Sie dürfen sich nicht immer nur ducken und ausweichen. So werden Sie immer wieder verlieren. Sie sind wirklich ein ausgesprochen schlechter Kämpfer. Würde Ihr Großvater das sehen, würde er sich im Grabe umdrehen.« Der Professor wendet sich ab und geht zur großen Tür. »Sie können nun gehen.« Er verlässt den

Saal. Die Schüler laufen in die Umkleiden, um sich für den Rest des Tages fertig zu machen.

Ich bleibe allein zurück und weiß nicht, wie ich zum nächsten Kurs komme. Hoffentlich darf ich bei Analytik mitmachen und muss nicht wieder nur zusehen.

Als die ersten Schüler aus den Kabinen kommen und das Gebäude verlassen, beschließe ich, dem Strom zu folgen. Kaum habe ich die Tür aufgestoßen, höre ich Lina nach mir rufen. Erleichtert gehe ich zu ihr und würde ihr am liebsten um den Hals fallen.

»Oh Lina, das war gerade schrecklich da drinnen.«

Lina nickt und wir gehen los. »Um ehrlich zu sein, habe ich das befürchtet. Professor Proelium ist sehr streng, ihm ist es egal, wieso man nicht fit ist oder keine Trainingsuniform dabei hat. Deswegen ist es wichtig, dass wir in Stadt fahren und shoppen gehen. Wie wäre es, wenn wir das gleich an unserem nächsten freien Tag erledigen?«

Ich stimme zu. Vielleicht lenkt mich das etwas ab.

Gemeinsam gehen wir zurück zum Hauptgebäude. Ich habe keine Ahnung, wie Lina den Weg findet. Vermutlich werde ich mich hier nie zurechtfinden – selbst wenn ich Jahre hier wäre.

Wir bleiben vor einer unscheinbar wirkenden Tür stehen. Über dieser Tür steht *CEREBRUM*. Wir betreten den Raum. Auf der einen Seite stehen Tische und Bänke, auf der anderen Seite Apparaturen und sogar Schachbretter. Lina setzt sich an einen der Tische und ich nehme neben ihr Platz.

»Was ist das da drüben alles?«, frage ich sie.

»Das sind alles Dinge, die einem bei dem Erlernen und Verstehen von logischem Denken helfen. Dabei geht es um vorausschauendes Handeln und darum, Problemstellungen zu lösen.«

»Das hört sich spannend an, aber ich hoffe, ich blamier mich hier nicht.« Ich habe ein paar von Christines Freundinnen in der Klasse gesehen und will ihnen nichts zu tratschen geben.

Ein Feeng in brauner Kleidung schiebt eine kleine Apparatur in den Raum und geht dann wieder.

»Und was ist das?«

Lina zuckt mit den Schultern. »Keine Ahnung. Aber damit wir uns nicht an diverse Problemstellungen gewöhnen, kommen immer wieder neue Apparaturen hinzu.«

Eine Frau betritt den Raum und stellt sich neben die neue Apparatur. Sie ist groß und schlank, hat graue Haare, die zu einem kurzen Bob geschnitten sind. Sie hat einen weißen Hosenanzug an, der sie noch größer wirken lässt, als sie ohnehin schon ist.

Lina beugt sich zu mir. »Das ist Professor Jadea, sie ist streng, aber sehr freundlich«, flüstert sie.

Die nasale Stimme der Professorin ertönt: »Schülerinnen und Schüler, ich teile euch in vier kleine Gruppen. Jede Gruppe wird eine halbe Stunde Zeit haben, um dieses Rätsel zu lösen. Diejenigen, die das Rätsel in der vorgegebenen Zeit lösen, bekommen je fünf Punkte.«

Sie gibt einem Schüler in der ersten Reihe einen Zettel und der beginnt, alle in die vorgegebenen Gruppen zu unterteilen.

Ich komme mit dem dünnen Jungen aus Kampftechniken und mit zwei von Christines Freundinnen in eine Gruppe. Wir sind als Letztes an der Reihe. Ich bin ein bisschen enttäuscht, weil ich nicht mit Lina in eine Gruppe gekommen bin. Sie hätte mich nicht ignoriert wie Christines Freundinnen.

Lina ist in der ersten Gruppe und gerade dabei, das Rätsel zu lösen. Damit die anderen Gruppen sich nichts von dem Geschehen an der Apparatur abschauen können, haben zwei

Feeng Trennwände aus Stoff vor die Apparatur gestellt. Nach fünfundzwanzig Minuten kommt die Gruppe von Lina hinter dem Vorhang hervor.

Professor Jadea klatscht. »Gratulation, aber von Ihnen, Ms Lina, habe ich nichts anderes erwartet.«

Lina neigt den Kopf und setzt sich wieder an ihren Platz. Sie sieht traurig aus.

Die nächsten beiden Gruppen schaffen es nicht, das Rätsel zu lösen, sie kommen alle geknickt und frustriert auf ihre Plätze zurück. Nun ist meine Gruppe an der Reihe, wir gehen hinter den Vorhang und stellen uns vor eine Box, die mit vielen Mechanismen übersät ist, überall sind Hebel und Knöpfe. Die beiden Mädchen sehen verwirrt aus und starren nur untätig auf die Box.

Ich gehe einmal um die Box herum und schaue mir alles genau an. Der Junge tut es mir gleich. Die Box hat an jeder Seite einen Mechanismus, einen Hebel, einen Knopf, ein Rad und einen Griff. Doch man kann sie nicht alle betätigen, jeder wird von einem Holzbalken blockiert. Das erinnert mich an diese Mysteryboxen. Tobi und Max haben mir so eine mal zum Geburtstag geschenkt. Ich betätige den Hebel, das ist der einzige Mechanismus, der nicht blockiert ist. Man hört, dass sich etwas in der Box bewegt und der Balken, der den Hebel blockiert, verschwindet.

»Also, wenn ich da drücke, dann geht das auf«, murmle ich konzentriert. Das kann doch nicht so schwer sein.

Der Junge steht nun neben mir und fragt: »Was, wenn du hier drückst und ich sofort den Hebel ziehe?«

Ich schaue auf und grinse. So langsam habe ich das Rätsel verstanden. »Lass uns das versuchen.«

Ich drücke den Knopf und er zieht an einem Hebel an der gegenüberliegenden Seite der Box. Wieder ist ein Knacken in der Box zu hören und einer der Blockadebalken gleitet zur Seite.

Ich schaue zu den beiden Mädchen. »Hey ihr zwei. Eine von euch dreht bitte das Rad hier, nachdem der Knopf gedrückt wird.«

Der Junge ruft aufgeregt: »Genau, und die andere soll hier an dem Griff ziehen, nachdem das Rad gedreht wurde.«

Die beiden Mädchen schauen mich und den Jungen belustigt an.

»Ja klar, weil wir uns was von euch sagen lassen, oder wie? Von einem Nerd und einem Menschen«, sagt die eine und sie lachen.

Ich hole tief Luft und baue mich vor ihnen auf. »Jetzt passt mal auf. Das ist mein erster Tag hier, ich habe viel durchgemacht, bin müde und will nur einen guten Eindruck machen. Also werdet ihr uns jetzt verdammt noch mal helfen.«

Die beiden machen große Augen und gehen widerwillig zu der Box. Ich atme tief durch und stelle mich zu meinem Knopf.

»Gut, ich drücke den Knopf hier. Du«, ich zeige auf den Jungen, »betätigst den Hebel. Du«, ich zeige auf das eine Mädchen, »drehst das Rad und du«, ich schaue zu dem zweiten Mädchen, »ziehst am Griff. Okay?«

Alle nicken.

Wir betätigen die Mechanismen der Reihe nach. Ein lautes Knacken ist zu hören und die Box springt auf. Ich schaue hinein und finde nur einen Zettel und eine Uhr. Ich nehme den Zettel und der Junge die Uhr. Auf dem Zettel steht Hand geschrieben: *Wenn die drei Monde in einer Reihe stehen und die Sonne den höchsten Punkt erreicht, dann habt ihr das Rätsel gelöst.*

Ich kann mit der Information nichts anfangen und reiche den Zettel an die Mädchen, die ihn nach einem kurzen Blick an den Jungen weitergeben.

»Also, das mit der Sonne wäre doch 12:00 Uhr, oder? Aber was bedeutet das mit den Monden?«, frage ich den Jungen.

Der Junge zeigt mir die Taschenuhr. »Schau mal, die hat auch eine Datumsanzeige. Vielleicht müssen wir da das Datum vom Mondfest eingeben.«

Ich starre die Uhr an. »Die hat ja 24 Stunden«, sage ich verblüfft und betrachte das Ziffernblatt, auf dem vierundzwanzig Zahlen im Kreis angeordnet sind. Dort wo normalerweise eine 6 steht, steht hier die 12.

»Klar hat die 24 Stunden, so viele wie der Tag nun eben hat«, sagt eines der Mädchen herablassend.

Ich will ihr antworten, entscheide mich aber dagegen. Jetzt mit einer dieser Tussen zu diskutieren, bringt uns nicht weiter.

»An welchem Datum ist denn das Mondfest?«, frage ich stattdessen.

»Am 16. Oktober«, antwortet der Junge.

»Echt?«, stoße ich überrascht aus. Was für ein seltsamer Zufall. Da habe ich Geburtstag.

»Wieso?«, fragt der Junge, während er an der Uhr dreht, um das Datum zu ändern.

»Ach, nur so«, wehre ich ab und sehe zu, wie er die Zeiger auf 00:00 Uhr einstellt. Nichts passiert.

»War wohl doch falsch«, sagt eines der Mädchen süffisant.

Ich überlege. Wenn man den Mond sieht, kann doch die Sonne nicht am höchsten stehen. Da verstehe ich es, ich nehme die Uhr, stelle das Datum einen Tag vor und die Zeiger auf

12:00. Die Taschenuhr öffnet sich und ein erfrischender Luftzug kommt heraus.

Der Junge jubelt. »Super! Aber was hast du gemacht?«

»Na, wenn die Monde schon in einer Linie stehen sollen, aber die Sonne auf 12:00 Mittag stehen muss, dann ist es nicht 00:00 Uhr am 16. Oktober, sondern 12:00 Uhr am Tag davor. Sie können doch am Tag schon in einer Linie stehen, nur können wir es da noch nicht sehen. Ergibt das Sinn?«, frage ich.

Der Junge nickt glücklich. »Ah, das macht Sinn.«

Wir treten vom Vorhang hervor und Professor Jadea kann es nicht glauben, als wir ihr die geöffnete Taschenuhr zeigen.

»Ich gratuliere Ihnen! Sie haben nur sechzehn Minuten benötigt, um das Rätsel zu lösen. Sie bekommen alle fünf Punkte.«

Wir gehen zurück auf unsere Plätze. Ich bin stolz, dass ich es geschafft habe, und strahle bestimmt über das ganze Gesicht. Da spüre ich die Blicke. Jeder im Raum starrt mich an.

Ich ziehe den Kopf ein und raune Lina zu: »Was haben die denn?«

»Du hast das Rätsel gelöst, oder?«, fragt sie mich leise.

»Ja, wieso?«, flüstere ich zurück.

»Die anderen drei hätten es nie gelöst bekommen, man braucht eine bestimmte Herangehensweise für so was. Victor hätte den Mechanismus knacken können, aber wahrscheinlich hätte er die Mädels nicht dazu gebracht, ihm zu helfen. Die beiden Mädchen … Na ja, sie sind nicht die schlausten und nur hier, weil sie wichtige Eltern haben. Das bedeutet, dass nur du das hättest lösen können. Und das ist etwas Besonderes.«

Die Professorin erklärt nun noch einmal, wie das Rätsel funktioniert hat. Danach ist der Unterricht für diesen Tag vorbei und wir gehen auf unser Zimmer.

Lucian

Am nächsten Morgen verkünde ich, dass Alec und ich die Kadetten richtig ausbilden werden. Wir werden ihnen den Umgang mit dem Schwert und dem Bogen beibringen. Gleichzeitig werden wir auch Kraft und Ausdauer trainieren.

Die jungen Kadetten klatschen und wollen sofort mit der Arbeit beginnen, also teilen wir sie in zwei Gruppen und beginnen mit dem Aufbau der Trainingsplätze. Wir haben nicht viele Ressourcen in dem Lager und müssen versuchen, mit dem, was wir haben, auszukommen.

Am Waldrand malen wir rote Kreise auf die Bäume, die uns beim Bogenschießen als Ziel dienen sollen. Eine Gruppe von Kadetten geht in den Wald und sammelt größere Äste, mit denen wir den Schwertkampf üben können. Sie sollen anfangs nicht Gefahr laufen, sich gegenseitig zu erstechen. In einer Ecke des Lagers bauen wir einen Hindernisparcours mit Baumstämmen und Seilen auf.

Am Ende des Tages sind wir mit dem Aufbau fertig und die Kadetten gehen früh in ihre Zelte, um am nächsten Tag bereit für das erste Training zu sein.

Ich hole Steven und Alec ans Feuer, um den nächsten Tag zu besprechen.

»Worin könntest du die Kadetten ausbilden? Bogenschießen, Schwertkampf oder Parcours?«, frage ich Steven.

Steven überlegt nicht lang. »Ich kann Bogenschießen übernehmen.«

»Dann leite ich den Unterricht im Schwertkampf«, sagt Alec.

»Gut, dann mache ich Parcours«, sage ich.

Steven runzelt die Stirn. »Wofür ist der Parcours überhaupt? Ist es nicht wichtiger, wenn sie sich auf den Angriff konzentrieren?«

Ich schüttle den Kopf. »Es ist auch wichtig, schnell und wendig zu sein. Außerdem will ich versuchen, ihnen taktisches Vorgehen beizubringen. Nur mit einem Schwert loszustürmen, hat in einem Krieg noch nie weitergeholfen. Vor allem nicht unserem Volk«, sage ich bedrückt.

»Da hast du recht«, sagt Steven.

Alec steht auf. »Los, wir sollten es den Kadetten gleichtun und schlafen gehen. Gute Nacht.«

Am nächsten Morgen wache ich schweißgebadet auf. Ich habe von dem Mädchen geträumt. Sie lag auf einem Altar in einem Tempel, ihre leeren Augen starrten mich an. Ihr Mund war zu einem Schrei verzehrt, ihr Blut tropfte auf den Boden. Eine Gestalt stand über ihr und zog ein Messer aus ihrem leblosen Körper. Da begann jemand, zu singen, und plötzlich setzte ein Chor ein. Sie feierten ihren Tod.

Mein Puls schlägt zu schnell und ich atme schwer. Was war das denn für ein abartiger Traum? Ich schüttle mich und stehe wackelig auf. Draußen werde ich schon von Alec erwartet.

»Die Kadetten sind alle beim Frühstück.« Er mustert mich von oben bis unten. »Geht es dir gut?«

»Alles in Ordnung«, wehre ich ab. »Gut, dann können wir sofort nach dem Frühstück mit dem Training starten.«

Ich setze mich ans Feuer. Ein Junge reicht mir etwas zu essen, doch ich bekomme keinen Bissen runter. Mir ist sogar übel. Das Mädchen und der Traum gehen mir nicht aus dem Kopf. Irgendwas ist an ihr besonders, das spüre ich. Zuerst werde ich darauf angesetzt, sie zu beschatten, dann kann sie plötzlich das Portal benutzen, jetzt ist sie in Anahera und obendrein träume ich von ihr. Das kann alles kein Zufall sein.

Alec reist mich aus meinen Gedanken: »Können wir?«

»Äh, ja klar«, stottere ich und stehe auf. Alec mustert mich und meinen Teller.

»Keinen Hunger. Lass uns die Kadetten in drei Gruppen einteilen und anfangen«, sage ich schroff.

Alec zuckt nur mit den Schultern und nickt.

Die Gruppen für Bogenschießen und Schwertkampf sind voller Tatendrang, meine Gruppe ist hingegen weniger begeistert. Ich höre, wie ein Kadett sagt: »Ich will kämpfen lernen und nicht weglaufen.«

Ich will ihn schon rügen, aber der tollpatschige Junge, der jetzt eine schiefe Nase und ein blaues Auge hat, antwortet bereits: »Es ist wichtig, sich schnell bewegen zu können, ohne hinzufallen. Glaub mir«, sagt er zerknirscht. »Außerdem besteht unser gesamtes Grenzgebiet fast nur aus Wald, damit sollten wir klarkommen. Also ich finde das Training wichtig.«

Ich nicke dem Jungen zu. Der grinst breit. Gemeinsam geht die Gruppe zu dem Parcours und nach einer kurzen Einführung schicke ich einen nach dem anderen hindurch. Einem Jungen habe ich eine Uhr gegeben, mit der er die Zeit stoppt. Die Kadetten sind wirklich nicht in Form, die meisten stürzen ein paarmal, und wenn sie den ganzen Parcours absolviert haben, sind sie völlig außer Atem. Dass ihre Zeiten mies sind, ist da nicht verwunderlich. Das wird schwieriger, als ich dachte. Sie sollten doch in der Kaserne ausgebildet worden sein. So wie sie sich bewegen, scheint es, als hätten sie noch keine Ausbildung genossen.

Zur Mittagszeit setzten sich alle an die Feuer und ich kann mit Alec und Steven besprechen, wie es bisher gelaufen ist.

Alec berichtet, dass das Schwertkampftraining eine Katastrophe war. Steven ging es ähnlich.

»Ich bin schon froh, wenn sie überhaupt den Baum treffen«, meint er genervt.

»Was ist denn in der Kaserne los? In ihrem Rang hat man das doch schon alles gelernt«, sage ich und fahre mir frustriert durchs Haar.

Alec sieht mich betreten an, sagt jedoch nichts.

Ich stehe auf. »Wir müssen sie nur weiter trainieren. Wir machen aus diesen Jungen echte Soldaten, auf die das Volk stolz sein kann.«

Steven und Alec stehen ebenfalls auf und gehen mit ihren Gruppen wieder auf die Übungsplätze. Aber auch wenn alle motiviert an das Training gehen, am Ende des Tages sind keinerlei Fortschritte zu erkennen. Die Bogenschützen haben schmerzende Finger, die Schwertkämpfer sind von blauen Flecken übersät und meine Gruppe kann vor Anstrengung kaum mehr stehen. Am Abend gehen alle viel früher als sonst in ihre Hütten, um zu schlafen.

Mitten in der Nacht wache ich völlig verschwitzt auf. Ich hatte wieder denselben Traum wie letzte Nacht. Sie lag wieder auf diesem Altar und wurde geopfert. Diese starren Augen lassen mich nicht los. Ich setze mich auf und gehe aus der Hütte, mein ganzer Körper zittert. Ich spaziere durch das Lager und versuche, den Kopf freizubekommen und nicht an sie zu denken. Da höre ich plötzlich ein lautes Schnaufen. Neugierig geworden gehe ich in die Richtung des Geräusches und erkenne in der Dunkelheit einen Schatten. Er rennt durch den Parcours, über die Hindernisse und unter ihnen durch, er weicht allem aus, was ihm im Weg steht. Auf halbem Weg zum Ziel stürzt er über einen Baumstamm. Ich will schon zu ihm und ihm aufhelfen, aber der

Junge steht bereits auf, geht zurück zum Anfang des Parcours und rennt wieder los. Nach ein paar Schritten stürzt er wieder und beginnt von vorne.

Es dauert eine Weile, bis ich erkenne, wer das ist. Es ist der Kadett, der ständig über seine eigenen Füße stolpert.

Ich sehe ihm eine Weile zu, da höre ich weiter hinten am Wald ein stetiges Klopfen. Ich gehe hinüber und sehe den Jungen mit nur einem Arm, wie er mit einem Stecken gegen einen Baum kämpft. Er schlägt unerbittlich auf den Baum ein, er springt vor und zurück, als würde der Baum zurückschlagen.

Unbemerkt lächle ich in die Dunkelheit. Ich bin stolz auf die beiden, ich erkenne mich selbst in ihnen wieder. Sie haben es nicht leicht und trotzdem kämpfen sie weiter, kämpfen sogar härter als alle anderen.

Ich lasse sie in Ruhe trainieren und gehe zu einem der nur noch glühenden Lagerfeuer. Schon vor einiger Zeit habe ich es aufgegeben, mein Element zu rufen und es richtig steuern zu wollen. Ich habe es jahrelang versucht und alle haben auf mich gebaut und mir gesagt, dass ich mit meinem Element das Volk befreien würde. Doch ich konnte nie richtig damit umgehen, egal, wie sehr ich mich bemüht habe.

Ich schließe die Augen, konzentriere mich wieder auf meine Hände und auf die Hitze in meinem Körper. Dabei spüre ich, wie meine Handflächen warm werden. Ich öffne meine Augen und sehe, wie meine Hände rot glühen. Doch sie erlöschen sofort wieder. Frustriert lasse ich die Hände sinken.

Ich verstehe das nicht, ich schaffe es immer nur bis zum Glühen, richtige Flammen entstehen erst, wenn ich unter Druck stehe. Das hat mein Vater oft an mir ausgetestet, indem er mich als Kind gegen Kreaturen kämpfen ließ. Immer wieder hat er mich in Gefahr gebracht – nur wegen dieses Elements und weil ich zu schwach bin, es zu steuern. Hätte ich mein Element beherrscht, wäre ich sicher nicht weggeschickt worden. Dann müsste ich nicht an der Grenze meinen Dienst tun und Kinder beaufsichtigen. In seinen Augen bin ich anscheinend so nutzlos, dass er besser auf mich verzichten kann …

Doch dann höre ich, wie sich die Kadetten gegenseitig anspornen. »Nicht müde werden!«, höre ich einen rufen.

»Bestimmt nicht!«, ruft der andere zurück.

Das reißt mich aus meinen Gedanken und ich muss grinsen. Was sind das nur für ehrgeizige junge Männer. Ich erhebe mich und gehe zu dem Jungen, den ich geschlagen habe. Der schaut verängstigt zu mir hoch, als er mich hört.

»Du hast Ehrgeiz, das finde ich gut. Wie heißt du, Kadett?«, frage ich ihn.

»Jason, Sir.« Verlegen blickt er auf den Boden.

»Gut, Jason, ich werde dir helfen. Ich zeige dir, wie ich es machen würde.«

Jason nickt und ich gehe zum Start. Auch der andere Kadett kommt zu uns herüber, um mir zuzuschauen.

Ich renne los, springe problemlos über jedes Hindernis oder gleitet unter ihnen hindurch. Ich weiche allen Baumstämmen und herabhängenden Gegenständen aus und bin in kürzester Zeit am Ende angelangt. Den beiden Kadetten steht der Mund offen.

Ich gehe zu ihnen. »Ihr dürft keine Angst haben, zu stürzen oder gegen etwas zu laufen. Ihr könnt das, es erfordert nur viel Übung und Durchhaltevermögen.«

Die Kadetten nicken und Jason versucht es noch mal. Er schlägt sich schon besser als am Tag, aber er stürzt trotzdem wieder an derselben Stelle wie zuvor. Ich lächle ihn an. »Das wird schon noch.« Dann wende ich mich an den Schwertkämpfer. »Und wie heißt du?«

Der Junge ist kein bisschen schüchtern und sagt aufgeweckt: »Ich bin Ryan, Sir.«

»Du machst das mit dem Schwert wirklich gut, Ryan. Deine Beinarbeit ist hervorragend, aber dir fehlt die Kraft bei deinen Hieben.«

Ryan strahlt. »Danke, ich habe früher immer mit meinem großen Bruder geübt. Er war ein toller Schwertkämpfer und hat mir alles beigebracht. Und mein linker Arm wird sicher bald so stark wie mein rechter.«

Ich muss lächeln. »Dein Bruder muss ein hervorragender Soldat sein.«

Ryans Blick wird traurig und er sagt ganz leise: »Mein Bruder war ein großartiger Soldat. Er ist bei einem Auftrag gestorben.«

»Das tut mir leid«, sage ich betreten, »aber er hat dem Land gedient und seiner Familie Ehre gebracht.«

Ryan schaut mich nicht mehr an und sagt auch kein Wort. Ich kann ihn verstehen. Alle werden ihm dasselbe gesagt haben wie ich, aber was kann der kleine Bruder eines gefallenen Soldaten schon damit anfangen?

Ich lege Ryan die Hand auf die Schulter. »Ihr solltet jetzt in eure Hütten gehen. Wenn ihr keinen Schlaf bekommt, habt ihr morgen keine Kraft mehr, um zu trainieren.«

Die Kadetten nicken und wir gehen zurück in unsere Hütten.

Im Bett denke ich über den großen Krieg nach. Dabei sind viele gut ausgebildete Soldaten ums Leben gekommen, seitdem ist auch das Ausbildungsprogramm nicht mehr dasselbe. Wenn sich das nicht ändert und mein Gebieter die Ausbildungsstätten weiter in diesem Zustand lässt, werden wir uns nie befreien können.

Ich würde gerne einschlafen, aber als ich meine Augen schließe, liegt sie wieder vor mir und schaut mich mit toten Augen an. Mit klopfendem Herzen starre ich an die Decke. Ich liege bis zum Morgen wach in meinem Bett und warte darauf, dass die Sonne aufgeht.

Am nächsten Tag sitzen wir wieder alle an den Feuern und ich kaue auf fade schmeckendem Brot herum. Angewidert betrachte ich die Scheibe Brot in meiner Hand und werfe sie schließlich ins Feuer.

Alec sieht mich verständnislos an. »Was soll das denn?«

Ich schaue zu den Kadetten, die ihre Brote Bissen für Bissen runterwürgen.

»Es kann doch nicht sein, dass die Zukunft unseres Volkes nur Brot und Wasser bekommt. Ich weiß, die Ressourcen in unserem Land sind knapp, aber sie sind nicht so knapp, dass wir hier hungern sollten.«

Steven nickt. »Darüber hab ich auch schon nachgedacht.« Er betrachtet sein Brot. »Aber das ist besser, als kein Essen zu haben.«

Ich schüttle den Kopf. »Ich werde dem Gebieter eine Nachricht schreiben, so kann das nicht weitergehen.«

Ich stehe auf und gehe in meine Hütte. In einem langen Brief beschreibe ich die Situation an der Grenze und dass ich die Kadetten ausbilde. Anschließend falte ich das Papier und versiegle es mit Wachs und dem Stempel des Grenzpostenkommandanten. Alec kümmert sich darum, dass ein älterer Kadett die Nachricht zurück in die Stadt bringt.

Die nächsten Tage verbringen wir mit Training. Die Fortschritte stellen sich nur langsam ein und allmählich verlieren die Kadetten die Motivation. Die Erschöpfung lässt sie träge werden. Nur Ryan und Jason laufen voller Tatendrang zu den Waffen oder durch den Parcours. Anfangs waren sie die schwächsten Kadetten in der Runde, aber ihre Anstrengungen machen sich bezahlt. Sie meistern den Parcours und Ryan ist mit nur einem Arm besser im Schwertkampf als jeder andere Kadett.

Wir sitzen mit einem geschmacklosen Eintopf an den Feuerstellen, als der Kadett, der in die Stadt geschickt wurde, mit einer Nachricht von dem Gebieter, zurückkehrt.

Er rennt auf mich zu und übergibt mir den Brief. Ich lasse es mir nicht anmerken, doch diese Nachricht könnte für die Kadetten so vieles besser machen. Als ich den Brief öffne, sind alle Augen im Lager auf mich gerichtet.

Kadett!

Es werden Ihnen keine zusätzlichen Lebensmittel zur Verfügung gestellt. Allerdings bin ich Ihrem Bemühen, die Kadetten auszubilden, nicht abgeneigt, und schicke Ihnen für diesen Zweck Bögen, Schwerter und Schilde.

Der Gebieter

Ich kann es nicht glauben. Wie soll ich Kadetten ausbilden, die keine richtige Nahrung bekommen? Waffen sind schön und gut, aber Nahrungsmitteln wären um einiges wichtiger. Das ist die gleiche Ignoranz, die sein Volk ins Verderben geführt hat!

Waffen schwingen ohne Sinn und Verstand. So bildet man Kanonenfutter aus, aber keine Soldaten.

Ich bin so wütend, dass der Brief in meinen Händen Feuer fängt. Die Kadetten um mich herum halten den Atem an, als das Stück Papier zu Asche zerfällt.

Ein metallisches Geräusch ist aus dem Wald zu hören und die Kadetten und Alec gehen darauf zu. Das sind sicher die Waffen. Noch immer wütend wende mich ab und gehe in meine Hütte. Nach ein paar Minuten höre ich das Jubeln der Kadetten und das Klirren von Schwertern. Darüber kann ich nur den Kopf schütteln. Sie verstehen die Ignoranz dahinter nicht.

Es klopft und Alecs Stimme ist dumpf zu hören. »Lucian, was ist los? Komm raus und feier mit uns. Er unterstützt uns, das ist doch großartig.«

Ich öffne die Tür. »Wir bekommen keine Nahrungsmittel, stattdessen hat er uns Waffen geschickt. Wie sollen wir aus diesen Kadetten starke Soldaten machen? Da helfen die besten Schwerter nichts, wenn sie abgemagert und ausgehungert sind. Ich weiß, unser Volk ist es gewohnt, zu hungern, aber *er* hungert nicht. Er könnte uns bessere Nahrung schicken, aber er will es nicht.« Ich fahre mir ruppig durchs Haar.

Alecs Blick ändert sich schlagartig. »Er schickt uns nur die Waffen?«

Ich nicke, gehe nach draußen und schaue den Kadetten zu, wie sie sich über die glänzenden neuen Waffen freuen. Sie wedeln damit in der Luft herum und lassen das Licht auf den Klingen tanzen.

Ich schaue mich suchend um und sehe Steven, der mit großen Augen einen Bogen begutachtet, zwischen den Kadetten stehen. Ich gehe zu ihm. »Steven, habt ihr hier in der Gegend auf der Patrouille einen See oder wilde Tiere gesehen?«, frage ich.

Steven schaut verdutzt. »Nein, kein See, aber weiter im Westen liegen der Strand und das Meer. Und wilde Tiere … Hm … Die gibt es, denke ich, nur im Wald.«

»Gut, dann werde ich morgen mit einer Gruppe von Kadetten zum Meer gehen und versuchen, Fisch zu fangen. So sind die Pfeile und Bögen wenigstens für etwas gut.«

Alec und ich setzen uns an ein Feuer und beobachten die Kadetten, wie sie sich mit den neuen Schwertern gegenseitig angreifen und ausweichen. Man kann sehen, wie sie mit dem Gewicht der schweren Waffen zu kämpfen haben.

Ich beschließe, das Training am Nachmittag ausfallen zu lassen, die Jungen haben eine Pause verdient. Den Nachmittag will ich nutzen, um die nächsten Tage zu planen. Wir werden mindestens vier Tage brauchen, bis wir wieder im Lager sind. Bis zum Meer ist es ein Tagesmarsch und dort müssen wir so viele Fische fangen wie möglich. Ich muss ein paar Kadetten auswählen, am besten nehme ich die Bogenschützen, die durch ein paar Tage ohne Training nicht zurückfallen werden.

Nach kurzer Überlegung stehe auf und gehe zu dem ersten Kadetten, den ich mitnehmen werde. Er salutiert vor mir und hört mir aufmerksam zu. Danach rede ich mit den nächsten sechs Kadetten, die ich für diesen Auftrag ausgewählt habe. Die Blicke aller Kadetten sind nun auf mich gerichtet, jeder hofft, dass er mich begleiten darf.

Zuletzt gehe ich auf Jason zu. Er steht neben Ryan und beide sehen mich nervös an. Ich teile Jason den Auftrag mit und er salutiert mit einem breiten Lächeln. Dann drehe ich mich zu Ryan.

»Kadett, Sie werden uns bei diesem Auftrag nicht begleiten. Aber Sie sollen wissen, dass Sie einer unserer besten Schwertkämpfer sind.«

Ich wende mich ab und setze mich wieder ans Feuer. Enttäuschung breitet sich über dem ganzen Lager aus. Die nicht ausgewählten Kadetten haben verstanden, dass es an ihren Leistungen lag. Auch Ryan ist seine Enttäuschung anzusehen, er geht mit gesenktem Kopf in seine Hütte. Es tut mir leid um ihn, aber ein Soldat mit nur einem Arm kann nicht mit Pfeil und Bogen schießen. Auch beim Tragen der Fische wäre er keine Hilfe.

Die Stimmung im Lager wird den ganzen Nachmittag über nicht besser. Die Kadetten kämpfen nicht mehr spielerisch mit den neuen Schwertern, sondern sitzen um die Feuer herum und gehen gleich nach dem Abendessen in ihre Hütten.

Alec und ich sitzen hingegen noch lange am Feuer. Wir unterhalten uns über die Zeit, als wir noch Kadetten waren. Damals wollte auch immer jeder der Beste sein, gleichzeitig waren bei jedem Training alle Augen auf mich gerichtet. Ich musste immer der Stärkste sein, das hat mir auf Dauer zu schaffen gemacht. Nach jahrelangem Training bin ich nun der stärkste Soldat in meinem Land, da haben sich die ständigen Einzelstunden nach dem Grundtraining in der Kaserne wenigstens ausgezahlt. Doch dennoch bin ich für mein Volk und meinen Vater zu schwach. Ich muss mein Element beherrschen, nur so kann ich meinem Volk dienen und es befreien.

Alec ist der Einzige, mit dem ich über meine Sorgen reden kann. Er versteht mich und ist seit meiner Kindheit an meiner Seite.

Die zwei Monde stehen schon am Himmel, als wir in unsere Hütten gehen.

Am nächsten Morgen mache ich mich mit den acht Kadetten auf zum Meer, jeder trägt Pfeil, Bogen und ein paar Eimern. Jason geht voraus. Wir folgen einem Pfad, der uns direkt zum Meer bringen sollte. Er verläuft an der Grenze zwischen unserem Land und dem der großen Fürsten. Links von uns liegt der Wald, rechst das weite Tal.

Die Kadetten plappern aufgeregt und fröhlich miteinander. Ich würde sie eigentlich zurechtweisen, schließlich sind sie Kadetten und keine Kinder auf einem fröhlichen Ausflug, aber ich will ihnen die Freude nicht nehmen. Nur Jason wirkt bedrückt, er geht zwar mit erhobenem Kopf neben mir her, sagt aber kein Wort.

»Jason, ist alles in Ordnung?«, frage ich ihn.

Jason erschrickt kurz, hat sich aber schnell wieder im Griff und stolpert nicht einmal. »Ja Sir, es ist alles in Ordnung.« Er sieht starr nach vorne.

»Ist es, weil Ryan nicht für diesen Auftrag ausgewählt wurde?«, frage ich.

»Ja Sir.« Er senkt den Blick. »Es ist einfach unfair, dass er nicht mit darf. Er ist der Beste mit dem Schwert und das wissen Sie! Der einzige Grund, wieso Sie ihn nicht mitnehmen wollten, ist sein Arm. Da kann er noch so viel trainieren, wie er will, das kann er nie komplett ausgleichen.« Er tritt gegen einen Stein, der auf dem Weg liegt.

Ich nicke. »Du hast recht. Mit nur einem Arm kann er keinen Bogen benutzen und keine Fische schießen. Um den Fang zurück ins Lager zu bringen, können wir ihn auch nicht gebrauchen.«

Jason tritt gegen einen anderen Stein. »Das ist nicht fair.«

»Doch, das ist es. Er sollte nicht zu einem Auftrag mitgehen, wo er nicht gebraucht wird. Wenn es einmal einen Auftrag gibt, bei dem ich Schwertkämpfer brauche, werde ich Ryan sofort mitnehmen und dich im Lager lassen. Jeder hat nun mal seine Stärken und Schwächen. Ryan kann zwar nicht mehr Bogenschießen, dafür kann er exzellent mit dem Schwert umgehen. Du bist nicht gerade der Beste mit dem Schwert, dafür bist du schlau und kannst passabel schießen«, erkläre ich.

Jason denkt kurz über meine Worte nach. »Sir, ich denke, ich verstehe, was Sie meinen. Aber hätte Ryan seinen Arm noch, hätten Sie ihn sicher mitgenommen, weil er auch ein guter Bogenschütze war.«

»Das kann sein. Aber daran, dass er seinen Arm verloren hat, kann man leider nichts ändern.«

»Ich finde, Ryan hat das nicht verdient.»

Ich bleibe stehen und lege Jason eine Hand auf die Schulter. »Das hat niemand verdient, aber es bringt nichts, ewig darüber zu trauern. Er muss weitermachen und du musst ihn dabei unterstützen.«

Jason nickt zaghaft und wir gehen weiter.

Als wir am Strand ankommen, ist es schon fast dunkel, dennoch waren wir schneller, als ich gedacht hätte. Die Kadetten bauen ein kleines Lager auf. Ich nutze die Zeit, um mich in der Gegend umzusehen. Ich gehe ein Stück den Strand entlang. Von hier aus kann ich das strahlend weiße Gebäude der Akademie von Oryja sehen. Dort würde man mir zeigen, wie ich mein Element beherrschen könnte. Dort wäre ich nicht anders, kein Außenseiter. In Oryja sind alle wie ich, viele haben Flügel und beherrschen eines der Elemente. Als Kind war es mein größter Traum, auf diese Schule gehen zu dürfen. Aber seit dem Angriff der Fürsten ist sie für mein Volk unzugänglich.

Ein Streit meiner Kadetten reist mich aus meinen Gedanken. Ich gehe zurück zu dem provisorischen Lager und sehe, wie Jason auf die anderen einredet, die hören ihm aber nicht zu, sondern bauen sich vor ihm auf. Einer der Kadetten verpasst Jason einen Schlag ins Gesicht. Die anderen lachen und verhöhnen Jason.

Ich laufe mit energischen Schritten auf die Gruppe zu. »Was soll das, Kadetten?«, rufe ich.

Der Kadett, der Jason geschlagen hat, meldet sich zu Wort: »Wir haben beschlossen, die Zelte am Wasser aufzubauen, aber der da«, er zeigt auf den am Boden liegenden Jason, »lässt uns nicht in Ruhe. Er hat sogar die Heringe der Zelte wieder aus dem Boden gezogen.« Er schaut wütend zu Jason.

»Wieso hast du das getan?«, frage ich Jason ruhig. Ich will hören, was er zu sagen hat.

Jason rappelt sich auf. »Weil der Meeresspiegel steigen wird. Wenn wir morgen aufwachen, werden unsere Zelte unter Wasser stehen und das ganze Zeug wird weggespült sein. Das habe ich ihnen auch gesagt, aber sie wollen nicht auf mich hören«, rechtfertigt er sich.

Ich lächle. »Verstehe. Nun gut, alle, die ihm glauben, stellen ihre Zelte dort auf, wo er es sagt. Alle, die der Meinung sind, dass er unrecht hat, lassen ihre Zelte am Strand stehen.« Ich will mich gerade abwenden, doch dann fällt mir noch etwas ein. »Jason, kümmere dich darum, dass mein Zelt in ausreichendem Abstand zum Meer steht.«

Jason strahlt und beginnt sofort damit, sein und mein Zelt abzubauen und an einer höher gelegenen Stelle aufzubauen. Die meisten Kadetten tun es ihm gleich, nur der Kadett, der ihn geschlagen hat, und sein Freund bleiben mit ihren Zelten am Strand.

Ich beobachte das Ganze und schüttle den Kopf. Was für Idioten, da geht Stolz über Verstand. Morgen werden beide nasse Füße haben.

Ich gehe auf einen Stapel Holz zu, den ein Kadett gerade aufstapelt und anzünden will. Er erschrickt sich, als er mich bemerkt, doch ich bedeute ihm, dass er weitermachen soll, und setze mich.

Nach und nach kommen die anderen Kadetten und setzten sich ans Feuer. Sie unterhalten sich und lachen. Auch Jason wird in die Gespräche eingebunden und fühlt sich sichtlich wohl dabei. Nur die beiden, die ihre Zelte noch am Wasser stehen haben, sitzen abseits von den anderen und scheinen über etwas zu diskutieren. Nach einer Weile springt der eine auf, geht zu seinem Zelt und beginnt, es abzubauen. Der, der Jason geschlagen hat, bleibt sitzen und sieht seinem Freund mürrisch dabei zu, wie er das Zelt neben den anderen wieder aufbaut. Auch die anderen Kadetten haben das Schauspiel mitverfolgt und lachen, nur Jason steht auf und geht zu dem Kadetten am Feuer.

»Hey, du. Soll ich dir mit deinem Zelt helfen?«

»Ich brauche keine Hilfe von jemandem wie dir.«

Jason zuckt nicht einmal mit der Wimper, sondern setzt sich neben ihn. »Das Meer bewegt sich, weißt du? Es gibt Ebbe und Flut. Bei Ebbe geht das Wasser zurück und bei Flut steigt es. Das hat mit den Monden zu tun. Jetzt haben wir gerade Ebbe, aber in der Nacht wird das Wasser steigen. Du solltest dein Zelt auch lieber zu unseren stellen, sonst wird es in der Nacht überschwemmt.«

Der Kadett starrt einige Minuten schweigend ins Feuer. Doch dann steht er plötzlich auf, geht zu seinem Zelt und beginnt, es abzubauen. Jason hilft ihm ohne ein Wort. Nach dem Umbau setzt sich der Kadett mit Jason zu den anderen. Sie schauen alle auf das Meer hinaus und beobachten, wie das Wasser allmählich steigt.

Wieder wache ich verschwitzt und mit rasendem Puls auf. Hastig verdränge ich das Bild von ihr auf dem Altar. Ich steige aus dem Schlafsack und gehe nach draußen. Dort laufen einige Kadetten im Meer auf und ab und genießen das Wasser. Es ist gut, dass Jason an die Flut gedacht hat, sonst wären die Zelte jetzt einige Zentimeter mit Wasser gefüllt.

Ich schlage meine Hosenbeine hoch und nehme mir Pfeile und einen Bogen. Dann wate ich bis zu den Knien ins Wasser und suche mir eine Stelle, wo Fische schwimmen. Ich visiere einen der Fische an, lege einen Pfeil ein, spanne die Sehne und schieße. Der Fisch treibt an die Oberfläche des Wassers, er zieht eine Blutspur hinter sich her. Ich hebe ihn am Pfeil aus dem Wasser und hänge ihn an einen Haken, den ich an meinem Gürtel befestigt habe. Die Kadetten jubeln und laufen zu den Bögen.

Kurz darauf schießen die Ersten schon auf die Fische, doch sie erwischen keine. Ich hingegen erledige einen Fisch nach dem anderen. Irgendwann sehen mir alle Kadetten zu, anstatt selbst ihr Glück zu versuchen.

»Ihr müsst den Bogen so fest spannen, wie ihr könnt, und dürft euch im Wasser kaum bewegen. Stellt euch in Abständen zueinander auf und wartet ein paar Minuten, bevor ihr zu schießen beginnt.«

Ich ziele wieder auf einen Fisch und schieße. Die Kadetten tun, was ich gesagt habe. Ein paar von ihnen haben es geschafft und es sind vereinzelt Jubelrufe zu hören. Doch ich gebe ihnen ein Zeichen, dass sie still sein müssen. Sie konzentrieren sich wieder auf das Fischen und gemeinsam holen wir einen Fisch nach dem anderen aus dem Wasser.

Zum Mittag braten wir die ersten Fische. Im Vergleich zu den letzten Tagen ist es ein Festmahl und die Kadetten essen so viel, dass sie müde in ihre Zelte fallen und eine Mittagspause einlegen müssen. Ich tue es ihnen gleich. Wir haben schließlich keinen Stress, eine kleine Pause im Zelt haben wir uns verdient.

Statt zu schlafen, ruhe ich mich nur aus. Ich will Cleo nicht wieder so sehen. Das ganze Blut und den toten Blick kann ich kaum noch ertragen.

Auf einmal wird die Stille von einem Schrei durchbrochen. Ich höre einen Jungen rufen: »Ihr müsst aufstehen! Zu euren Waffen! Sie kommen!«

Ich hechte mit meinem Schwert in der Hand aus dem Zelt. Vor mir steht Ryan und gestikuliert aufgeregt mit seiner linken Hand herum, in der er sein Schwert hält. Ich will ihn gerade fragen, was los ist und was er hier macht, doch dann sehe ich sie: Die Wächter kommen auf uns zu.

»Geh zu den anderen Kadetten, Ryan«, sage ich und Ryan läuft davon. Ich straffe die Schultern, gehe auf die Wächter zu und bemühe mich um ein Lächeln. »Was kann ich für euch tun?« Ich baue mich vor ihnen auf, als wäre ich ihr Fürst und nicht der Sohn eines Gefallenen.

»Sie befinden sich nahe der Grenze. Wir wollen sichergehen, dass Sie nicht im Sinn haben, sie zu übertreten.« Ein großer Wächter nähert sich dem Grenzstein und bleibt knapp davor stehen.

Würden der Wächter oder ich die Grenze übertreten, könnte es zu einem Kampf kommen, der möglicherweise sogar zum Krieg führt. So nah an der Schule ihrer Kinder würden sie kein Auge zudrücken. Ich trete knapp an den Grenzstein heran, die Wächter beobachten jeden meiner Schritte.

»Also wollt ihr jetzt so lange hier stehen, bis wir zu unserem Posten zurückkehren?« Ich lache. »Ich hoffe, ihr habt Zeit, wir haben nicht vor, so schnell zurückkehren.«

Der Wächter starrt mich argwöhnisch an. »Was wollen Sie hier?«

»Wir wollen die Sonne genießen. Der Sohn eines Fürsten hat nun mal ab und zu Lust auf ein bisschen Sonne und Meer.« Ich lächle schief.

Die Augen des Wächters verengen sich zu Schlitzen und er macht ein paar Schritte auf mich zu.

»Sie sind nicht der Sohn eines Fürsten. Dieser Titel wurde ihm schon vor langer Zeit genommen. Es ist Ihnen verboten, ihn zu nutzen.«

Der Wächter ist so in Rage, dass er nicht bemerkt, wie er die Grenze übertritt. Ich schaue ihm in die Augen und dann hinab zu seinen Füßen. Er folgt meinem Blick und das Entsetzen steht ihm ins Gesicht geschrieben. Hastig macht er ein paar Schritte zurück.

Ich grinse hämisch. »War das gerade eine Kriegserklärung, Wächter?«

Der Wächter verliert nun völlig die Fassung und stottert: »Nein, Sir, es tut mir leid, Sir. Bitte, das war keine Absicht.«

Mein Blick wird düster. »Was, wenn einer meiner Kadetten unabsichtlich die Grenze übertreten hätte? Hättet ihr ihm dann verziehen?«

Ich trete über die Grenze und bleibe nur Millimeter vor dem Wächter stehen. Wir stehen uns so nahe gegenüber, dass ich seinen schnellen Atem in meinem Gesicht spüren kann.

Der Wächter weicht ein paar Schritte zurück. »Natürlich, so etwas kann ohne böse Absicht vorkommen. Verzeihen Sie«, sagt er schnell. Ihm ist nur zu bewusst, dass er gerade einen Krieg hätte anzetteln können.

Der Wächter wendet sich an seine Kollegen und sie setzten sich wieder auf ihre Reittiere. Ich bleibe auf ihrer Seite der Grenze stehen, bis sie nicht mehr zu sehen sind.

Zurück im Lager werde ich von den Kadetten bejubelt und gefeiert, doch ich bringe sie sofort zum Schweigen.

»Nehmt eure Bögen und fangt noch mehr Fische«, befehle ich.

Sie streben auseinander, nur Ryan bleibt allein am Feuer zurück und schaut mich verlegen an.

Ich ignoriere ihn vorerst, da ich nicht weiß, was ich zu ihm sagen soll. Er hätte uns nicht heimlich folgen sollen, allerdings habe ich ihn ins Herz geschlossen. Also ist es vorerst das Einfachste, so zu tun, als ob er nicht da ist. Das scheint für Ryan auch die schlimmste Strafe zu sein.

Wir fangen den ganzen Nachmittag so viele Fische, wie wir können. Am Abend haben wir ein Dutzend Eimer voll. Wir haben Salz mitgenommen, sodass Jason und Ryan damit beginnen können, die Fische darin einzulegen.

Wütend schaue ich den beiden zu. Ryans Blick wandert immer wieder zu mir. Ich weiß, dass Ryan es nicht böse gemeint hat, aber es war gefährlich, dumm und gegen meine Anordnungen. Ich beschließe, den heutigen Abend in meinem Zelt zu verbringen, ich will mich nicht mehr mit Ryan herumschlagen. Ich gehe in mein Zelt und lege mich hin.

Die Begegnung mit den Wächtern hat mich überrascht. Mich wundert, dass sie mir immer noch so viel Respekt entgegenbringen, obwohl sie es nicht wollen. Vielleicht spüren sie mein magisches Blut.

Wieder wache ich schweißgebadet mitten in der Nacht auf. Wenn das so weitergeht, bekomme ich gar keinen Schlaf mehr. Mürrisch stehe ich auf und beschließe, am Meer spazieren zu gehen. Ich bin noch nicht weit gekommen, da sehe ich Ryan am Wasser sitzen.

Ich gehe hinüber und setze mich an seine Seite in den Sand. »Du weißt, dass du gegen meine Anweisungen gehandelt hast?«, frage ich streng.

»Ja, Sir, es tut mir leid.« Ryan senkt den Blick, seine Stimme zittert.

»Wenn dir etwas auf dem Weg passiert wäre, hätte dir niemand helfen können. Du hättest umkommen können und wir hätten es nicht bemerkt.«

Ryan schnieft und nickt.

Ich rede weiter: »Ich suche nie unbedacht Kadetten für Aufträge aus und dieses Mal wurdest du eben nicht ausgewählt.«

»Ja, Sir.« Ryan schnieft noch mal.

»Es wird andere Aufträge gegeben, bei denen ich dich brauchen werde«, sage ich.

»Und was für welche?«

Ich deute auf das Schwert an Ryans Seite. »Ich brauche dich für jeden Auftrag, bei dem ein Schwertkämpfer notwendig wird.« Ich lächle Ryan aufmunternd an, bevor ich ernst und streng fortfahre: »Wenn du dich noch einmal meinen Anweisungen widersetzt, werde ich nicht mehr nachsichtig sein und du wirst aus dem Dienst der Kadetten entlassen.« Mit diesen Worten stehe ich auf und gehe.

Zurück im Zelt lege ich mich wieder hin, obwohl ich gar nicht erst versuchen will, wieder einzuschlafen. Die Sache mit Ryan beschäftigt mich. Ich bin nicht streng genug. Als sein Ausbilder muss er mich respektieren und meine Befehle ausführen. Zumindest sollte er das, wenn er Kadett bleiben will. Egal wie gern ich diesen Jungen mittlerweile habe, ich darf ihn nicht anders behandeln. Das könnte seine Ausbildung beeinflussen und ihm Probleme mit höherrangigen Kadetten einbringen.

Als die Sonne langsam aufgeht, stehe ich auf und schnappe mir Pfeil und Bogen. Arbeit hat mich schon immer abgelenkt.

Ich habe schon dreizehn Fische geschossen, als die ersten Kadetten aus ihren Hütten kommen. Sie machen Anstalten, sich Pfeil und Bogen zu holen und zu mir ins Wasser zu kommen. Bestimmt bedeute ich ihnen, dass sie zuerst frühstücken sollen. Also setzen sie sich alle mit einem Brot in der Hand an den Strand und schauen mir zu. Jedes Mal, wenn ich einen Fisch schieße, jubeln die Kadetten. Nachdem sie fertig gefrühstückt haben, kommen sie nach und nach zu mir ins Wasser. Sie sind voller Elan und haben Spaß dabei. Hin und wieder lachen sie sogar.

Irgendwann ziehe ich mich zurück und schaue ihnen zu. Am späten Nachmittag beginnen wir, die Zelte abzubauen, auch jetzt sind die Kadetten noch gut gelaunt. Auf dem Weg zum Grenzposten machen sie Scherze, ein paar singen vor sich hin. Ich erwische mich dabei, wie ich eine Melodie vor mich hinsumme. Nach einer kurzen innerlichen Debatte beschließe ich, dass es in Ordnung ist, auch einmal Spaß zu haben. Wer weiß, wie lange wir dazu noch die Möglichkeit haben.

Wir marschieren die ganze Nacht und kommen am nächsten Morgen am Posten an. Im Lager ist es ruhig und außer ein paar Wachen ist noch keiner auf. Ich gebe den Kadetten Anweisung, die Vorräte in eine Hütte zu bringen und sich danach auszuruhen. Als ich auf meine Hütte zugehe, wartet schon Alec auf mich.

»Wir müssen reden«, sagt er ernst.

Wir setzen uns an eines der Feuer. Es war ja klar, dass sofort etwas Unerfreuliches passiert, wenn ich auch nur kurz einmal gute Laune habe.

»Der Gebieter hat eine Nachricht geschickt.« Alec streckt mir einen Brief entgegen.

Ich nehme ihn, öffne ihn aber nicht, sondern starre in die Flammen. Ein Brief vom Gebieter bedeutet nie etwas Gutes. Wenn ich ihn öffne, ist alles Schöne hier vermutlich zerstört.

»Willst du ihn nicht öffnen?« Alec schaut mich ungeduldig an

Ich breche das Siegel und breite das dicke Papier aus.

Kadett: Lucian Milan

Rang: 9

Einsatzort: Oryja

Einsatzzeit ab: sofort

Einsatzzeit bis: zwei Wochen

Auftrag: Begleitung von Cleo Gruber von Oryja nach Reinga.
Mit oder ohne Zustimmung der Person.

Eine Verlängerung der Einsatzzeit wird nicht geduldet.

Der Gebieter

Ich lasse den Brief fallen, als hätte ich mich daran verbrannt. Was soll das denn heißen? Mit oder ohne ihre Zustimmung? Soll ich sie entführen, oder was? Das kann nicht sein Ernst sein! Ich springe auf und gehe hin und her. Alec hebt den Brief auf und liest ihn ebenfalls.

»Was ist denn los? Das ist doch nur ein Auftrag. Es klingt zwar gefährlich, aber deswegen hat er dich ausgewählt. Du bist der Beste.«

»Du versteht das nicht!«, schreie ich. »Wieso sie?«

»Wieso spielt es eine Rolle, wen du entführen sollst?« Alec stellt sich mir in den Weg und schaut mir forschend in die Augen.

Ich balle die Hände zu Fäusten. Kann ich es ihm erzählen? Alec ist mein bester Freund seit der Kindheit, ich vertraue ihm und trotzdem habe ich ihm noch nichts von Cleo erzählt. Lässt es mich schwach wirken, wenn mich ein Mädchen so aus der Fassung bringt?

Am Ende beschließe ich, ihm alles zu sagen. Auch meine Träume und das Gefühl, dass sie und ich irgendwie verbunden sind, lasse ich nicht aus. Alec hört mir aufmerksam zu.

»Das ist doch gut«, meint Alec, nachdem er alles gehört hat. »Dann soll sie wohl wirklich zu uns. Der Gebieter wusste vermutlich schon von Anfang an von eurer Verbindung und hat dich deswegen zu ihr geschickt.«

Ich schüttle den Kopf. »Ich denke nicht, dass er es weiß. Ich glaube, dass sie etwas Besonderes ist, irgendwie wichtig, keine Ahnung. Wann ist das letzte Mal jemand durch die Portale zu uns gekommen? Sie muss von jemandem hier abstammen, sonst könnte sie es nicht benutzen.« Ich lasse mich wieder vor dem Feuer nieder und starre in die Flammen.

Alec setzt sich neben mich. »Da hast du recht«, meint er. »Doch das alles spielt im Grunde keine Rolle. Du musst seinen Befehl ausführen«, sagt Alec voller Überzeugung.

Für Alec ist jedes Wort des Gebieters heilig und er würde jeden Befehl ohne Zögern ausführen. Auch ich habe bisher alles getan, was der Gebieter angeordnet hat, aber sie entführen? Ich weiß nicht, ob ich das kann. Ich habe das Gefühl, als ob hier etwas Größeres passiert. Größer als ich und Alec es uns im Moment vorstellen können – und sie ist der Grund.

Kapitel 8

Cleo

»Ms Lina. Ms Cleo. Es ist Zeit, die Welt der Träume zu verlassen«, weckt mich die piepsige Stimme von Querx.

Heute habe ich den ersten Elementarunterricht und bin schon ganz kribbelig. Zum einen habe ich Angst, dass ich die Einzige bin, die ihr Element nicht steuern kann. Zum anderen will ich so schnell wie möglich lernen, mein Element einzusetzen.

»Guten Morgen.« Lina schiebt ihre rosa Schlafmaske hoch und schaut mich mit müden Augen an.

»Guten Morgen«, sage ich glücklich und eile schon zu meinem Schrank.

»Wieso bist du denn so fröhlich?«, fragt Lina und schaut mich mit einem superlieben Lächeln an. Bevor ich antworten kann, geht ihr ein Licht auf. »Ach ja, dein erster Elementarunterricht. Daran habe ich nicht gedacht. Hast du dein Element schon mal benutzt?«, will sie wissen.

»Einmal. Ein Freund von mir wurde angegriffen und ich wollte ihm helfen. Da habe ich einen Wasserstrahl auf das Ding losgelassen«, erzähle ich leise.

Lina setzt sich zu mir aufs Bett und legt mir einen Arm um die Schulter. »Oh nein, ist alles gut gegangen?«, fragt sie besorgt.

Ich schüttele den Kopf. »Mein Freund wurde mit schweren Verbrennungen ins Krankenhaus gebracht. Ich weiß nicht einmal, wie es ihm inzwischen geht.« Tränen laufen mir über die Wange.

Lina nimmt mich in den Arm. »Oh Cleo, das tut mir so leid. Aber wieso wurdet ihr angegriffen?«, fragt sie mich schockiert.

Wieder zögere ich und überlege, ob ich ihr wirklich alles erzählen soll. Vielleicht kann sie mir helfen, einige Fragen zu beantworten? Immerhin kennt sie sich hier aus und ist die Tochter des Fürsten.

Ich beginne beim Tod meiner Eltern und erzähle, wie die Gestalt später im Stall aufgetaucht ist. Ab und zu schüttelt sie den Kopf oder hält sich entsetzt die Hand vor den Mund. Zwischendurch drückt sie mich immer wieder fest. Als ich zum Ende komme, geht im Zimmer auf und ab.

»Das ist alles sehr merkwürdig«, meint sie nach kurzem Schweigen. »Dir sind einige Dinge passiert, die keinen Sinn ergeben. Es gibt niemanden, der jemanden wie uns angreifen würde. Wir haben keine Feinde«, meint sie und schaut mich an.

Ich zucke mit den Schultern. »Für mich ergibt das alles schon lange keinen Sinn mehr.« Ich seufze und stehe auf. Mein Blick fällt auf Linas Uhr. »Verdammt, das Frühstück!«, rufe ich.

Wir haben völlig die Zeit vergessen. Aufgeregt laufen wir im Zimmer herum, um unsere Sachen für den Unterricht zu packen und uns anzuziehen.

Auf dem Weg in den Speisesaal meint Lina: »Wir müssen unbedingt herausfinden, wer dich angegriffen und deine Eltern get-« Sie verstummt abrupt. »Tut mir leid, Cleo. Das muss so schwer für dich sein.«

Ich nicke betroffen, bevor ich mich zusammenreiße, um nicht wieder loszuheulen. »Aber, dass ich dich hier kennengelernt habe, ist einfach toll«, sage ich und wir umarmen uns.

»Also seid ihr schon Busenfreundinnen, oder wie?«, ertönt eine Stimme hinter uns. Ich schließe kurz genervt die Augen, bevor wir uns zu Christine umdrehen.

»Guten Morgen, Christine, können wir dir irgendwie helfen?«, fragt Lina zuckersüß.

Christines Augen werden schmal. »Ach Prinzesschen, jetzt hast du endlich wieder eine beste Freundin. Pass diesmal nur besser auf sie auf«, sagt sie, knickst vor Lina und geht.

Lina schaut ihr hinterher und senkt den Blick.

»Was war das denn?«, hake ich nach.

»Ach nichts«, sagt sie. »Wir sollten zum Unterricht gehen, für das Frühstück haben wir sowieso keine Zeit mehr.«

Lina sagt kein Wort mehr, bis wir das Klassenzimmer erreichen. Es nagt an mir, dass sie nicht sagen will, was los ist. Ich habe ihr schließlich alles erzählt, was mir passiert ist, da würde ich mir die gleiche Offenheit von ihr wünschen. Vielleicht sollte ich ihr doch nicht vertrauen, wenn sie mir nicht einmal erzählen will, was mit ihrer Mitbewohnerin passiert ist. Hat Lina vielleicht etwas damit zu tun?

Auf einmal laufe ich in Lina hinein. Ich war so in Gedanken vertieft, dass ich nicht bemerkt habe, wie sie vor dem Klassenzimmer stehen geblieben ist.

»Aua, Cleo!« Sie stolpert gegen die Wand und stößt sich den Arm.

»Oh nein, Lina. Das tut mir leid. Geht es dir gut?«, frage ich besorgt.

»Wie kann man nur so tollpatschig sein?«, fragt sie lachend und reibt ihren Arm an der Stelle, wo sie sich gestoßen hat.

»Ich bin überhaupt nicht tollpatschig«, sage ich gespielt wütend und stimme in ihr Lachen ein. Mein Argwohn ihr gegenüber verschwindet. Ich glaube nicht, dass ich ihr misstrauen muss.

»Na, was ist denn so komisch?«

Lukas, den ich seit Kampftechniken nicht mehr gesehen habe, bleibt neben uns stehen. Ich höre auf zu lachen und will ihm antworten, bin aber so außer Atem, dass ich kein Wort herausbekomme.

»Hallo Lukas. Das war nur Mädchenkram. Kennst du schon Cleo? Sie ist meine neue Mitbewohnerin«, sagt Lina freundlich.

Ich schaue zu ihm hoch. Mein Gesicht wird heiß. Ich öffne den Mund, bekomme aber kein Wort heraus.

»Wir haben uns in Kampftechnik kennengelernt. Du solltest dir bis zum nächsten Mal besser Trainingskleidung zulegen«, sagt er.

Ich nicke und mein Mund öffnet sich wieder, doch wie vorhin kommt kein Ton heraus. Was ist nur los mit mir? Das ist so peinlich. Er verabschiedet sich und geht in die Klasse.

»Cleo, was ist los?«, fragt mich Lina überrascht.

»Ich habe ihn im Unterricht vielleicht ein bisschen beobachtet«, rücke ich mit der Sprache heraus. »Und vielleicht war es nicht nur ein bisschen. Ich habe ihn angestarrt. Das haben alle mitbekommen – auch er«, gebe ich zu.

Lina muss so laut lachen, dass ihr ein Grunzen entwischt. Sie hält sich die Hand vor den Mund, kichert aber weiter.

»Das ist nicht komisch!«, sage ich. »Das war mir wirklich peinlich und jetzt lachst du mich auch noch aus.«

»Tut mir-«, fängt sie an, prustet aber gleich wieder los. »Tut mir echt leid. Das muss dir nicht peinlich sein. Alle Mädchen sind oder waren in ihn verknallt. Das ist er gewohnt, du musst dir deswegen keine Gedanken machen«, sagt sie, nachdem sie sich endlich beruhigt hat.

»Also ist er der Traumprinz der Schule, oder was?«, hake ich nach. War ja klar, dass ich mich gleich beim beliebtesten Schüler der Schule zum Affen mache.

»Kann man so sagen. Und er ist auch der Sohn eines Fürsten, also liegst du mit *Prinz* nicht so falsch«, sagt sie und grinst breit, bevor sie sich bei mir unterhakt.

Wir betreten die Klasse und alle Augen sind wieder mal auf uns gerichtet. Die meisten hier habe ich schon in den Gängen oder in den anderen Fächern gesehen. Lina und ich erwischen zwei Tische, die nebeneinanderstehen. Einer steht am Fenster, der andere neben Lukas. Lina setzt sich schnell ans Fenster, sodass ich den neben Lukas nehmen muss.

Gerade als ich mich setze, sagt er: »Doch noch in die Klasse gefunden? Ich dachte schon, ihr kommt nicht mehr herein.«

Mein Gesicht wird verräterisch warm, aber ich reiße mich zusammen, um nicht als stummer Fisch abgestempelt zu werden. »Tja, man muss andere auch mal warten lassen.« Ich will kokett und frech wirken, wie Sophie es immer ist, aber aus meinem Mund klingt das einfach nur dämlich.

Lukas sieht das wohl ähnlich, denn er grinst belustigt. »Vor allem einen Raum voller Schüler.« Er zwinkert mir zu.

Er macht sich über mich lustig. Das wird sicher keine Romanze, wie sie sich Sophie immer vorstellt, dabei wäre er sogar ein Prinz. Sie würde ausflippen, wenn sie von ihm wüsste. Sie wüsste genau, wie sie mit ihm reden müsste, um ihn um den Finger zu wickeln. Ich vermisse sie so, mit ihr würde mir hier alles viel leichter fallen.

»Hast du dich schon etwas eingelebt?«, fragt mich Lukas jetzt ernster.

Die Frage holt mich aus meinen Gedanken und überrascht mich. »Es ist hier zwar alles ganz neu und anders, als ich es gewohnt bin, aber dank Lina komme ich gut zurecht.«

Er lächelt mich an. »Das freut mich. Wenn du irgendwann mal etwas brauchst, kannst du dich gern an mich wenden«, sagt er ernst.

»Oh danke. Das ist nett von dir.« Jetzt werde ich schon wieder rot.

Lukas dreht sich lächelnd nach vorne. Da kommt ein Wesen in den Raum, das wie ein Mensch aussieht, allerdings acht Arme hat. Ich halte die Luft an und starre das Ding an. Lukas bemerkt meine Reaktion und legt mir einen Arm auf die Schulter.

»Cleo, das ist Professor Waru. Keine Angst.«

Ich schaue nach vorne, wo das Wesen zur Tafel geht und etwas darauf schreibt. Schnell setze ich mich wieder normal hin. Ich hoffe, niemand sonst hat bemerkt, dass ich Angst vor dem Professor habe. Aber ich bekomme mit, wie Lina mich mitleidig ansieht, und höre Gekicher hinter mir.

»Guten Morgen«, sagt das Wesen, »wir haben heute eine neue Schülerin unter uns. Da sie aus der anderen Welt kommt, bin ich der Meinung, wir sollten ihr eine Kostprobe davon geben, was wir alles können. Danach wird sie uns zeigen, wie gut sie ihr Element beherrscht.«

Alle Augen sind auf mich gerichtet. Ich werde ganz klein in meinem Stuhl. Was soll das? Ich will nicht so vorgeführt werden und mich vor allen blamieren. Woher soll ich wissen, wie ich mein Element beherrschen kann? Bis vor Kurzem wusste ich doch nichts davon. Ich habe mich auf den Unterricht gefreut, aber jetzt würde ich am liebsten gehen.

Der Professor ruft Christine zu sich und sie funkelt mich im Vorbeigehen böse an. Sie formt mit ihren Fingern einen Kreis und richtet ihn auf den mit Steinplatten belegten Boden. Ihr Blick ist hochkonzentriert. Plötzlich hebt sich eine der Steinplatten in die Luft und schwebt ein paar Zentimeter darüber. Sie lässt die Platte kreisen. Dann zieht sie einen Finger ein und die Platte bricht in der Mitte durch.

Mit offenem Mund schaue ich ihr zu. Das ist echte Magie.

»Das reicht Ms Christine, setzten Sie sich bitte wieder. Mr Lukas, bitte kommen Sie«, sagt der Professor.

Lukas steht auf und geht hinter mir vorbei. Im Gehen streicht er mir über den Rücken, meine Haut kribbelt, wo er mich berührt hat. Alle Härchen an meinem Körper stellen sich auf.

Wieso hat er das getan? Um mich zu beruhigen? Hat er gemerkt, wie mich Christine eingeschüchtert hat?

Lukas legt Zeige- und Mittelfinger der rechten und linken Hand aneinander, dann streift er mit den Fingern der einen über die der anderen Hand. Ein Luftzug fegt durch den Raum. Dann bildet er schnell ein Kreuz mit den Fingern und aus dem Luftzug wird ein Wirbelsturm, der durch das Klassenzimmer wandert.

Er bleibt vor meinem Tisch in der Luft stehen, begeistert schaue von dem Wirbelsturm zu Lukas. Er schaut mir direkt in die Augen. Als sich unsere Blicke treffen, verebbt plötzlich der Wirbelsturm. Im ganzen Raum wird es totenstill.

Die Stimme des Professors durchbricht die Stille: »Sie können zurück auf Ihren Platz gehen, Mr Lukas. Ms Lina, bitte treten Sie vor.«

Lukas geht zurück zu seinem Tisch. Auf dem Weg geht Lina an ihm vorbei. Sie schauen sich an und er senkt den Blick, als könne er ihr nicht in die Augen sehen. Lina geht mit erhobenem Kopf nach vorn, als wäre er ihrer nicht würdig. Was soll das jetzt? Vorhin haben sie sich doch noch gut verstanden.

Lukas setzt sich neben mich und beachtet mich nicht.

Lina kneift konzentriert ihre Augen zusammen, ihr Blick ist auf ein Wasserglas gerichtet. Sie formt mit ihren Fingern einige Figuren, doch nichts passiert. Kichern ist im Klassenraum zu hören und ich kann den Ärger in Linas Augen sehen.

Der Professor sagt: »Ms Lina, Sie müssen lernen, Ihr Element zu steuern. Gerade Sie müssen das können. Setzen Sie sich.«

Lina nickt und lässt ihre Hände sinken, dann geht sie mit gesenktem Kopf zurück auf ihren Platz.

»Mr Victor, kommen Sie bitte nach vorne.«

Der Junge, der in Analytik in meiner Gruppe war, geht nach vorne. Er stellt sich breitbeinig hin und schnippt mit den Fingern. Feuer flammt in seinen Händen auf.

Mir entfährt ein Schrei und ich ducke mich reflexartig unter den Tisch. Meine Arme schlingen sich wie von allein fest um meine Beine. Alles kommt wieder hoch. Jede schreckliche Erinnerung. Ich sehe den brennenden Stall vor meinen Augen und höre das angsterfüllte Wiehern der Pferde. Ich rieche, wie Max' Haut unter dem Feuerstrahl verbrennt. Sehe meine Mutter, übersät mit Brandblasen und Schnitten. Tränen laufen mir über die Wangen. Alle im Raum reden wild durcheinander, doch sie können das Knistern des Feuers in meinen Ohren nicht übertönen. Ich zittere am ganzen Körper. Lina kommt zu mir und setzt sich neben mich auf den Boden.

»Cleo, was ist los?« Sie hält meine Hand.

Ich will ihr antworten, aber ich kann nur schluchzen.

»Ist es das Feuer?«, fragt sie vorsichtig und ich nicke schwach.

Der Professor ruft alle zur Ordnung und es wird still im Raum. Nur ich kann mich nicht beruhigen.

Der Professor kommt zu uns. »Ms Lina, was ist los?«, fragt er.

»Cleo wurde von jemandem mit dem Element Feuer angegriffen, bevor sie hergekommen ist. Ich glaube, sie braucht noch Zeit, um das zu verarbeiten, Professor«, antwortet sie.

Professor Waru nickt. »Bringen Sie sie auf ihr Zimmer, dort soll sie sich beruhigen. Ich werde sie für die nächste Stunde freistellen.«

Lina nickt und versucht, mich auf die Beine zu ziehen, doch ich kann mich kaum rühren. Schluchzer schütteln mich. Da spüre ich starke Arme, die mich hochheben. Blinzelnd schaue ich zu Lukas auf, bevor ich das Gesicht in den Händen vergrabe.

Er trägt mich durch die Flure. Lina öffnet uns alle Türen auf dem Weg. Im Zimmer legt mich Lukas auf mein Bett und deckt mich mit meiner Tagesdecke zu. Ich schließe die Augen, aus denen noch immer unaufhörlich Tränen rinnen. Dann spüre ich Finger sanft über mein Gesicht streichen. Mir wird warm und ich fühle mich sofort geborgen. Ein Räuspern ertönt und die Finger verschwinden schlagartig.

Schritte entfernen sich, Lina und Lukas verlassen das Zimmer. Vor der Tür beginnen sie zu streiten.

»Wie kannst du mir das antun?«, höre ich Lina, danach dringen nur noch Wortfetzen wie »Pflicht« und »Volk« durch die Tür. Lukas entschuldigt sich mehrfach. Ich kann mir keinen Reim darauf bilden.

Nach dem Streit kommt Lina in unser Zimmer zurück, setzt sich auf mein Bett und legt mir eine Hand auf die Stirn. »Hey, wie geht es dir jetzt?«, fragt sie mich zaghaft.

Ich unterdrücke mein Zittern, um zu antworten. »Schon etwas besser. Wieso hast du mit Lukas gestritten?«

Lina schaut mich nun traurig an. »Ich habe dir ja erzählt, dass in Anahera nur Männer regieren.«

Ich nicke.

»Lukas wird einmal der Fürst von Oryja werden«, sagt sie leise.

Ich verstehe nicht gleich, was sie mir damit sagen will, doch dann macht es Klick. »Du und Lukas werdet einmal heiraten?«

Lina nickt. »Genau, das wurde kurz nach unserer Geburt beschlossen«, sagt sie traurig.

»Wieso hast du mir nicht gesagt, dass ihr ein Paar seid?«

»Das sind wir nicht. Ich weiß nicht. Ich habe einfach keine Gefühle für ihn. Aber alle Blicke sind ständig auf uns gerichtet. Alle erwarten, dass wir ein unglaubliches Traumpaar werden, aber wie sollen wir das sein, wenn wir uns nicht lieben?«

Ich setze mich auf und wische mir die Tränen aus den Augen. »Oh Lina, das tut mir leid. Du kannst wohl nicht einfach sagen, dass du das nicht möchtest?«

»Das geht nicht. Mein Volk erwartet das von mir.« Sie steht auf und geht im Zimmer hin und her. »Du hast gesehen, dass ich nicht einmal mein Element richtig beherrsche. Ich schaffe es einfach nicht. Als Prinzessin von Oryja ist es aber meine Pflicht, das Beste für mein Volk zu tun. Das heißt, ich *muss* mein Element beherrschen und Lukas heiraten«, sagt sie.

»Aber Lina, wenn es dich nicht glücklich macht, solltest du es nicht tun.«

Sie bleibt stehen und schaut mich nachdenklich an, dann breitet sich ein Lächeln auf ihrem Gesicht aus. »Wir werden erst getraut, nachdem wir die Schule abgeschlossen haben, also haben wir noch vier Jahre, in denen wir frei sind und machen können, was wir wollen«, sagt sie bestimmt. »Triff dich mit ihm.«

»Was?«

»Triff dich mit ihm. Er hat sich in dich verknallt und du dich doch auch in ihn. Das sieht man«, sagt sie und lächelt wieder. »Bis wir mit der Schule fertig sind, sollten wir die Zeit genießen, so gut es geht«, sagt sie entschlossen.

»Wenn es dir nichts ausmacht, wieso habt ihr dann gestritten?«, frage ich.

Zögernd sagt sie: »Weil es mich beschämt. Von klein auf sind wir einander versprochen und ich habe es nicht geschafft, die Aufmerksamkeit bei ihm zu erregen, wie du es in zwei Tagen geschafft hast. Und dann bekommt es auch noch jeder mit. Aber wenn ihr euch einfach trefft und mich dieses Thema einmal nicht belastet, kann ich mich auf mein Element konzentrieren. Das ist gerade das Wichtigste, heiraten werden wir sowieso. Außer, er entscheidet sich um. Männer dürfen ihre Frau frei wählen», sagt sie und zwinkert mir zu.

Ich runzle die Stirn. »Also bin ich dein Ausweg aus einer Zwangsheirat? Lina, wir kennen uns doch noch gar nicht richtig«, sage ich bestürzt. Das kann nicht ihr Ernst sein.

»Nein. Das wäre ja schrecklich«, sagt sie schnell. »Ich will nur, dass du weißt, dass das mit euch eine Zukunft haben könnte.«

Ich nicke wieder. »Schauen wir erst mal, was passiert, okay?«, weiche ich aus.

»Gut, ich werde zurück in den Unterricht gehen. Ruh dich aus, Cleo«, sagt sie und geht aus dem Zimmer.

Ich bleibe im Bett und starre an die Decke. In meinem Kopf kreisen die Gedanken. Anscheinend habe ich mich in den zukünftigen Ehemann meiner Freundin verknallt, der außerdem der Fürst von diesem Land wird. Und sie gibt mir die Erlaubnis, mich mit ihm zu treffen. Das ist doch verrückt!

Ich bin froh, als Lina wieder in unser Zimmer kommt und mein Gedankenkarussell aufhört, sich zu drehen.

»Hey, geht es dir schon besser?«, fragt sie mich.

Ich setzte mich nickend auf. »Ist es schon Zeit für den nächsten Unterricht?«

»Historie von Anahera wird für dich wahrscheinlich ziemlich interessant«, sagt sie fröhlich und setzt sich zu mir.

»Äh, ja. Wahrscheinlich. Dort geht es um Geschichte, oder? Muss ich jetzt deinen Stammbaum auswendig lernen?«, frage ich vorsichtig lächelnd. Ich habe irgendwie Angst, dass sich zwischen uns etwas verändert hat. Es muss doch seltsam für sie sein, wenn ich und ihr Zukünftiger …

»Cleo, bitte hör auf damit. Ich kann die Rädchen in deinem Hirn fast hören. Es ist alles in Ordnung zwischen uns. Sogar mehr als das«, sagt sie fröhlich.

Ich nicke, bin mir aber noch immer nicht sicher, ob das gut gehen wird. Außerdem glaube ich nicht, dass er wirklich Interesse an mir hat. Vielleicht hat sich Lina das nur eingebildet?

»Jetzt komm, sonst sind wir zu spät«, drängt sie mich.

Wir eilen durch die Gänge und bleiben vor einer braunen Holztür stehen. Es ist die erste Tür, die ich hier sehe, die nicht strahlend weiß ist. Das macht mich direkt neugierig.

Wir betreten den Raum mit einer großen Tafel auf der einen Seite und mehreren Sitzreihen auf der anderen. Es sieht aus wie ein Hörsaal in einer Universität.

Es sind schon fast alle Plätze belegt. Als wir die Klasse betreten, starren uns alle an. Ich sehe Christine, die mit ihren Freundinnen tuschelt und lacht. Und ich sehe Lukas. Er sitzt in der ersten Reihe neben seinen Freunden und starrt mich an. Ich versuche, den Blick von ihm abzuwenden, aber Lina und ich müssen direkt an ihm vorbeigehen, um die oberen Reihen zu erreichen. Er streckt seine Hand aus und hält mich am Unterarm fest. Mein Herz bleibt einen Moment stehen.

Seine hellbraunen Augen schauen besorgt zu mir auf. »Wie geht es dir?«, fragt er mich mit sanfter Stimme.

»Schon besser«, sage ich leise.

»Ich habe mir Sorgen um dich gemacht.« Er sagt das wieder so sanft, dass ich dahin schmelzen könnte.

»Das musstest du nicht, wirklich«, sage ich schnell. Mir wird bewusst, dass uns alle in der Klasse beobachten.

Lina räuspert sich leise und Lukas‘ Hand löst sich von meinem Arm.

Das Tuscheln ist unüberhörbar.

»Spannt ihrer Freundin den Mann aus.«

»Flittchen.«

»Wieso sie?«

Am liebsten würde ich im Boden versinken.

Lina spürt mein Unbehagen und legt einen Arm um meine Schulter. »Das hört auf. Versprochen«, flüstert sie mir zu.

Die Holztür öffnet sich und das Geflüster im Raum verstummt. Madam Luxeria tritt ein.

Ich raune Lina zu: »Sie ist unsere Professorin?«

Lina nickt. »Kennst du sie schon?«, fragt sie leise.

»Mhm, als ich angekommen bin, hat sie mich begrüßt und mit mir gesprochen.«

Lina hebt die Augenbrauen, sagt aber nichts mehr.

»Heute reden wir über den großen Krieg und den Angriff der Wairua. Ms Lina, Sie können uns bestimmt etwas über die Vorkommnisse erzählen«, fragt die Professorin.

Lina steht auf. »Vor 16 Jahren hat das Volk der Wairua beschlossen, nicht mehr Teil des Zusammenschlusses zu sein. Sie haben Spione in unsere Länder eingeschleust und versucht, uns zu infiltrieren, aber die Fürsten haben das schnell bemerkt. So kam es zu einer Schlacht zwischen dem Tenebris und den Mauern von Oryja. Wir haben die Wairua geschlagen, allerdings haben sie es geschafft, das ganze Volk der Kahua auszulöschen.« Als Lina fertig ist, setzt sie sich wieder.

Professor Luxeria nickt und fragt die Klasse: »Was für Konsequenzen hatte das für das Volk Wairua?«

Lukas meldet sich und wird aufgerufen. »Sie haben bekommen, was sie verdient haben. Sie sind nun gefangen in ihrem eigenen Land. Wir bewachen die Grenzen und keiner von ihnen darf sie übertreten«, sagt er stolz.

»Sehr gut, Mr Lukas. Wie haben wir es geschafft, sie so schnell in ihr Land zurückzudrängen?«

Christine kommt an die Reihe. »Wir haben im Vorfeld einen großen Teil des Tenebris beseitigt. So ist das große Tal zwischen dem Tenebris und Oryja entstanden. Die Wairua hatten keine Möglichkeit mehr, sich zu verstecken und waren uns ausgeliefert«, sagt sie mit einem bösen Grinsen im Gesicht.

»Sehr gut, Ms Christine«, sagt die Professorin.

Danach erzählt sie uns von den fünf Fürstentümern, die es vor dem Krieg gab. Eines liegt in den Bergen, es steht für das Element Luft. Auf einer Insel befindet sich das Fürstentum, das dem Element Wasser zugetan ist. Dann gab es das Fürstentum der Wairua in den Mienen unter dem Tenebris, wo das Element Feuer seinen Ursprung hat, und zuletzt gibt es noch Oryja, wo das Element Erde herrscht. Bei dem ausgelöschten Fürstentum herrschte das Element Geist. Mit dem Untergang des Volks ging auch das Element Geist als Gabe verloren.

Ich fühle mich, als würde ich im Kino sitzen. Magie, Krieg, Untergang von Reichen. Der Unterricht ist fesselnd, allerdings tue ich mich schwer damit, mir alles zu merken. Als die Stunde vorbei ist, schwirrt mir der Kopf. Ich muss Lina bitten, mir das alles später noch einmal zu erzählen.

Wir gehen zusammen in den Speisesaal zum Abendessen. Und natürlich starrt uns auch hier jeder an.

»Wird dir das nicht zu viel? Ich halte das langsam nicht mehr aus«, flüstere ich Lina am Buffet zu.

Lina nimmt sich einen Salat. »Du bist neu, bringst frische Storys. Dadurch bist du zurzeit das Interessanteste hier. Aber so was hält meistens nicht lange. Bis zum Turnier in ein paar Wochen bist du Schnee von gestern. Da haben die anderen nur noch das Training im Kopf«, sagt sie leise.

Wir setzten uns an einen freien Tisch und essen. Dabei reden wir über den Unterricht, über die Schüler und Lina erzählt mir etwas über Oryja. Sie liebt ihre Stadt, das hört man bei jedem Wort. Sie erzählt mir von den Einkaufsstraßen, die es hier überall gibt, und von kleinen Läden, die alles Mögliche verkaufen.

»Wegen des Mondfests gibt es gerade noch mehr Auswahl bei den Dingen, die man für Mondrituale braucht. Du wirst begeistert sein, wenn du es erlebst. Überall gibt es Kristalle und Kräuter. Schöne Kerzen und Räucherstäbchen mit den herrlichsten Gerüchen«, sagt sie fröhlich.

Ich will sie gerade fragen, was es mit dem Ritual auf sich hat, als Victor an unseren Tisch kommt. Er lässt die Schultern hängen und sein Blick ist auf den Boden gerichtet.

»Victor, brauchst du etwas?«, fragt Lina höflich.

»Ähm … ja, ich wollte mich für heute entschuldigen, Cleo«, sagt er schüchtern. »Hätte ich gewusst, dass du mit Feuer schlechte Erfahrungen gemacht hast, hätte ich es nicht beschworen. Tut mir leid.«

»Das konntest du doch nicht wissen«, entgegne ich schnell.

»Trotzdem, du hattest solche Angst, das tut mir leid«, sagt Victor noch einmal.

Lina zieht den Stuhl neben sich zurück. »Setzt dich doch zu uns«, lädt sie ihn freundlich ein.

»Wirklich?«, fragt er verwundert.

Ich nicke. »Klar, setz dich und iss mit uns.«

Er rutscht auf den Stuhl, sagt aber kein Wort.

»Also, du kannst das Element Feuer steuern?«, frage ich ihn, um das unangenehme Schweigen an unserem Tisch zu durchbrechen.

»Ähm, genau«, nuschelt er.

»Nicht so schüchtern! Er ist der beste Elementnutzer der ganzen Schule. Du müsstest ihn mal sehen, wenn er richtig kämpft. Da hat keiner eine Chance gegen ihn«, sagt Lina.

Victor wird rot.

»Wirklich?«, frage ich. »Kannst du uns vielleicht dabei helfen, unser Element zu kontrollieren?«

»Gute Idee! Das wäre wirklich fantastisch«, sagt Lina aufgeregt. »Würdest du das tun, Victor?« Sie strahlt ihn dabei so sehr an, dass er knallrot anläuft.

»Klar, kann ich euch helfen. Ich habe es auch lange lernen müssen. Das ist viel Arbeit«, sagt er ernst.

»Dann treffen wir uns am besten zwei- oder dreimal die Woche am Abend?«, fragt Lina.

Er nickt. »Dreimal wäre wohl am besten. Vielleicht können wir am Strand üben, das wäre für euch wahrscheinlich am besten, dort ist euer Element am stärksten.«

Wir stimmen alle zu und beschließen, uns schon heute Abend zu treffen.

Lina redet danach von nichts anderem mehr. In unserem Zimmer holt sie alte Bücher heraus, in denen lauter Handstellungen abgebildet sind, um mir die Basics zu schildern.

»Mit diesen Formen beschwören wir unser Element. Je nachdem, wie wir unsere Finger formen, formt sich das Element. Ich kann alle Formen aus den Büchern auswendig, aber das bringt mir nichts, solange ich das Element nicht lange genug halten kann. Erst wenn man es lange genug beschwören kann, kann man es formen«, erklärt sie mir.

Ich schaue mir die Bilder an und irgendwie kommt mir das bekannt vor. Es erinnert mich an die Zeichensprache, die ich und Sophie immer in der Schule benutzt haben. Ich beginne, die Formen aus dem Buch nachzuahmen, es fühlt sich seltsam natürlich für mich an.

»Ich hoffe, Victor kann uns helfen«, sagt Lina und wir studieren die Bücher, bis es Zeit wird, zum Strand zu gehen.

Victor wartet schon auf uns. »Hey, seid ihr bereit?«, fragt er gut gelaunt.

Lina strahlt über das ganze Gesicht. »Sind wir!«

Victor geht mit uns so weit ins Meer, bis wir bis zu den Knien im salzigen Wasser stehen. Das warme Wasser schlägt in sanften Wellen gegen meine Beine und das kühle Licht der Monde fühlt sich unglaublich gut auf meiner Haut an.

Lina beginnt, mit ihren Händen verschieden Figuren zu formen, doch Victor stoppt sie.

»Du kannst es nicht erzwingen«, sagt er sanft. »Zuerst müsst ihr lernen, es zu rufen, danach geht es darum, es zu halten. Als Letztes lernt ihr, es zu steuern.«

Lina lässt die Hände sinken.

»Cleo, ich werde jetzt mein Element rufen, ist das für dich in Ordnung?«, fragt er mich.

Ich nicke aufgeregt, habe allerdings keine Angst. Ich weiß nur, ich vertraue ihm.

Er stellt sich breitbeinig hin und schließt die Augen. Dann hebt er seine Hände mit den Handflächen nach oben und konzentriert sich. Ein leises Knistern ist zu hören und in seinen Händen beginnen, kleine Feuer zu zucken.

Er öffnet seine Augen und bildet mit seinen Händen Fäuste, um die Flammen zu löschen.

»Das ist die erste Übung. Ihr müsst euch auf euer Element konzentrieren. Ihr müsst das Gefühl haben, dass es euch durchströmt. So könnt ihr eins mit dem Element werden und es dann in euren Händen fokussieren«, sagt er.

Lina und ich stellen uns breitbeinig auf, wie er es gemacht hat, und heben unsere Hände nach oben. Ich denke an Wasser. Wie es im Stall aus meinen Händen geschossen ist. Ob Harry ihn schon wieder aufbauen konnte? Ich hoffe, die Versicherung ist für die Kosten aufgekommen.

»Konzentrier dich, Cleo«, ermahnt mich Victor.

Ich nicke kurz und versuche, mich auf das Wasser unter mir zu konzentrieren, auf die Bewegung der Wellen, die zwischen meinen Beinen hin und her schwappen. Mich überkommt wieder ein Gefühl wie damals auf dem Platz in Tarent. Ich bin beflügelt und Glück durchströmt meinen Körper. Ich würde am liebsten tanzen, doch ich versuche, mich auf dieses Gefühl zu konzentrieren.

Ich stelle mir vor, wie das Glück von meinen Beinen durch meinen Körper bis in meine Hände fließt. Wie das Wasser selbst, wenn es meinen Körper durchströmen würde. Ich hebe meine Hände vor meinen Körper und forme sie zu einer Schale, als würde ich warten, dass jemand etwas hineinlegt. Plötzlich spüre ich Feuchtigkeit in meinen Handflächen. Ich öffne die Augen und sehe, dass sich eine Kugel aus Wasser zwischen meinen Handflächen gebildet hat.

Ich schreie auf vor Freude. In dem Moment zerfließt die Wasserkugel in meinen Händen und verschwindet.

Victor klatscht und Lina sieht mich bewundernd und gleichzeitig traurig an.

»Das war großartig, Cleo!«, sagt Victor. »Als Nächstes musst du lernen, es länger bei dir zu halten.«

Ich nicke eifrig. »Ich war nur so aufgeregt«, gebe ich zu. »Nächstes Mal werde ich mich besser konzentrieren.«

Ich bin noch so voller Glücksgefühle und so euphorisch, dass ich es gleich noch einmal versuche. Ich stelle mich wieder breitbeinig hin und halte mein Gesicht ins Mondlicht. Ich konzentriere mich wieder auf das Wasser unter mir und gleichzeitig auf das Licht in meinem Gesicht. Ich spüre, wie ich das Licht der Monde in mich aufnehme und es mich bis zum letzten Winkel meines Körpers ausfüllt.

Lina schreit erschrocken auf. »Cleo, du hast … Grundgütiger!«

Ich mache die Augen auf. »Was ist denn?«, frage ich. Als sie nichts sagt, schaue ich zu Victor, dem der Mund offen steht. »Jetzt sagt schon, was ist los?«

»Du hast Flügel«, sagt sie nun gefasster.

Ich versuche, hinter mich zu schauen, aber ich kann nichts erkennen. »Nein, die habe ich eindeutig nicht«, sage ich pragmatisch. Ich drehe mich vor ihnen im Kreis und sage: »Seht ihr? Keine Flügel.« Dann muss ich lachen. Die Energie hat mich schrecklich aufgedreht und ich brauche einen Moment, um mich zu beruhigen.

Lina und Victor wechseln einen Blick.

»Cleo, du hattest Flügel. Als du dich auf dein Element konzentriert hast, sind sie auf deinem Rücken erschienen«, erklärt Victor ernst.

»Er hat recht. Du hattest weiße Flügel. Nur ganz kurz, aber sie waren da«, sagt Lina.

»Das kann doch nicht sein. Wenn ich Flügel hätte, wäre mir das schon früher einmal aufgefallen, meint ihr nicht?« Ich werde sauer. Ich habe mich gerade so gut gefühlt und jetzt kommen die beiden mit so einem Blödsinn daher.

»Du hast dich gerade extrem stark auf dein Element konzentriert. Vielleicht hat dein Element deine Flügel zum Vorschein gebracht«, überlegt Victor.

»Weißt du, was das bedeutet?«, fragt mich Lina mit bedeutungsvoller Stimme.

»Was denn?«, entgegne ich genervt.

»Es bedeutet, dass du in direkter Linie von einer Fürstenfamilie abstammst.«

»Was?« Verwirrt starre ich sie an. Ich komme nicht mehr mit.

Victor schaltet sich ein. »Das heißt, dass du mit einem der Fürsten direkt verwandt bist. Dass du vielleicht das Kind oder die Nichte eines Fürsten bist. Du gehörst zum Adel von Anahera«, erklärt er mir.

»Wieso muss ich deswegen zum Adel gehören?«

»Weil nur der Adel die Gabe hat, Flügel zu bilden«, erklärt Lina.

»Ich soll vom Adel abstammen? Wie du?«, frage ich, »Heißt das, wir können so vielleicht herausfinden, wer meine Eltern waren?«

Sie nickt. »Bestimmt, so viele Möglichkeiten gibt es da ja nicht mehr«, sagt sie und nimmt meine Hand.

»Wieso deine Eltern?«, will Victor wissen.

Ich schaue zu Lina und sie nickt. Dann erzähle ich Victor alles, was mir in den letzten Tagen passiert ist. Er hört mir aufmerksam zu und gibt dabei keinen einzigen Laut von sich.

»Jetzt verstehe ich, wieso du in der Klasse solche Angst vor mir hattest«, sagt er. »Aber vieles von dem, was du erzählt hast, ergibt keinen Sinn. Wieso hätte man dich angreifen sollen? Normalerweise ist es gut, wenn man jemanden von uns in der anderen Welt findet. Eigentlich hätte man dich holen müssen, wenn man von dir wüsste. Dass man dich töten wollte, passt nicht«, sagt Victor nachdenklich. »Auch, dass dich dieser Faun angegriffen hat, gibt mir zu denken. Diese Wesen sind normalerweise friedlich und nicht feindselig. Das ist alles sehr mysteriös. Wie kann es sein, dass du in der anderen Welt gelebt hast, wenn du von einer Fürstenfamilie abstammst? Normalerweise wissen die Familien, wo ihre Verwandten sind, und kümmern sich um sie.«

Ich schaue Victor genervt an. »Wenn du noch einmal das Wort *normalerweise* benutzt, dusche ich dich mit einem Wasserstrahl ab«, sage ich schroff.

Lina und Victor lachen.

»Das ist nicht witzig!« Es fehlt nicht mehr viel und ich hätte wie ein Kleinkind mit dem Fuß aufgestampft. Was ist denn auf einmal los? Ich weiß nicht, wieso ich auf einmal so sauer bin. Das ständige Auf und Ab der Gefühle macht mich völlig fertig.

Lina scheint zu merken, dass ich Ruhe brauche. »Komm, wir gehen in unser Zimmer. Heute war ein langer Tag, du solltest ins Bett«, sagt sie und nimmt meine Hand.

Ich widerspreche nicht und wir verabschieden uns von Victor.

»Cleo, steh auf!«

Eine sanfte Stimme holt mich aus meinem Traum, in dem ich eine Prinzessin und Lukas mein Prinz war. Ich versuche, daran festzuhalten.

»Cleo, komm doch. Wir wollen heute in die Stadt. Hast du das vergessen?«, sagt die Stimme.

Nur langsam wird mir bewusst, wer da redet und wo ich bin. Ich schlage die Augen auf und sehe Linas Gesicht über mir.

»Ich steh doch schon auf«, nuschle ich, dreh mich auf die andere Seite und ziehe mir die Decke bis unters Kinn.

Das Bett ist so kuschelig und unter der Decke ist es so schön warm. Ich hab keine Lust, aufzustehen. Da zieht mir Lina plötzlich die Decke weg. Das warme wohlige Gefühl verschwindet sofort.

»Was soll das?«, fahre ich Lina an und setze mich auf.

Sie lächelt nur ihr Prinzessinnenlächeln. »Na siehst du, jetzt bist du wach.« Sie lacht.

Mürrisch schnappe ich mir mein Kissen und werfe es ihr entgegen. Sie weicht mit einer eleganten Bewegung aus und hebt es vom Boden auf, um es zu mir zurückzuwerfen. Federn fliegen durch die Luft und wir lachen beide. Eine Feder landet direkt vor mir auf dem Bett. Ich nehme sie in die Hand und schaue sie mir genauer an.

»Habt ihr gestern wirklich Flügel an mir gesehen?«, frage ich Lina leise. Ich bin mir nicht sicher, ob ich die Antwort hören will.

Lina sieht mich ernst an. »Du hattest für einen Moment wunderschöne weiße Flügel.«

Mein Hals wird trocken und ich muss schlucken.

»Das ist etwas Gutes, Cleo. Alle in Anahera würden gerne zum Adel gehören. Und so können wir auch leichter herausfinden, wer deine Eltern waren«, sagt sie aufmunternd.

Da fällt mir dieser Mann wieder ein, Lucian. Er hatte wunderschöne schwarze Flügel.

»Lina, ich habe dir doch von diesem Lucian erzählt, der mich in Tarent gerettet hat und dem ich im Tenebris gefolgt bin.«

Lina nickt. »Das war wahrscheinlich der Sohn des Fürsten von Wairua. Ich habe gehört, dass man ihn Lucian nennt«, erklärt sie.

»Ach so, das ergibt Sinn. Ich habe mich total erschreckt, als ich seine schwarzen Flügel gesehen habe.«

Lina reißt die Augen auf und ist wie versteinert, dann fragt sie mit schriller hoher Stimme: »Was sagst du da? Er hatte Flügel? Schwarze Flügel?«

Ich kann Panik in ihren Augen sehen, verstehe aber nicht, was los ist. »Ja, aber du hast doch gerade gesagt, dass er der Sohn eines Fürsten ist. Ist es dann nicht normal, dass er Flügel hat?«

Sie schüttelt den Kopf und bewegt sich immer noch nicht.

»Lina? Was ist denn?« Langsam macht sie mich wirklich nervös.

»Der Hohe Rat der Fürsten hat dem Volk Wairua seine Kräfte entzogen. Als Strafe für das, was sie den Kahua angetan haben. Das bedeutet, sie sollten auch nicht mehr die Gabe haben, Flügel zu erzeugen. Das ist nämlich etwas, das wir durch unser Element können. Wenn es stimmt, was du sagst, und er schwarze Flügel hatte, bedeutet das, dass sie noch Kräfte besitzen«, sagt sie schockiert.

»Vielleicht habe ich mich getäuscht und es war niemand von den Wairua«, sage ich verunsichert.

Lina schüttelt den Kopf. »Nach allem, was du erzählt hast, muss es einer von ihnen gewesen sein. Ich muss das meinem Vater erzählen«, sagt sie entschieden. »Wenn wir gleich in die Stadt fahren, werden wir meinen Vater im Palast besuchen.«

Ich stimme zu und wir machen uns für den Tag fertig. Lina ist angespannt und redet beim Frühstück kein Wort mit mir. Als Victor sich zu uns setzt, hebt sie nur kurz den Kopf und starrt dann weiter auf ihren Teller.

Victor schaut zuerst zu ihr und dann zu mir. »Was ist denn mit ihr?«, flüstert er mir zu.

Ich weiß nicht, ob ich ihm erzählen kann, was Lina gesagt hat, doch sie nickt mir leicht zu. Also weihe ich Victor ein.

»Wir werden gleich zu meinem Vater gehen und es ihm erzählen, dann kann er die notwendigen Schritte einleiten«, sagt Lina kühl.

»Oh. Ich denke auch, dass ihr das tun solltet. Soll ich euch begleiten? Vielleicht wird es dann nicht so schlimm?«, fragt er Lina schüchtern.

Sie schaut zu ihm. »Das wäre schön«, antwortet sie leise.

Ich schaue verwirrt zu Lina, doch Victor antwortet mir: »Der Fürst von Oryja kann etwas einschüchternd sein. Egal wem gegenüber«, fügt er hinzu.

War Lina deswegen so seltsam. Ich dachte, sie war schockiert wegen dem, was ich über Lucian gesagt habe, aber vielleicht hat sie Angst vor ihrem Vater. Das würde erklären, wieso sich Lina so unter Druck setzt, alles richtig zu machen und sich vollkommen für ihr Volk zu opfern.

Nach dem Frühstück verlassen wir zu dritt die Schule und erst jetzt fällt mir ein, dass die Schule und Oryja nicht gerade nebeneinanderliegen. Auf mein Nachfragen hin, wie wir in die Stadt kommen, erklärt mir Victor, dass wir von Wächtern abgeholt werden.

Kurze Zeit später höre ich schon das Trampeln der Tiere und sehe die größer werdenden Umrisse der Kanubris. Es sind drei, aber nur zwei von ihnen tragen Wächter. Die beiden Wächter steigen ab, als sie bei uns ankommen, und verneigen sich vor uns.

»Mr Corragio, Ms Brillare. Wir sind hier, um Sie in die Stadt zu begleiten.«

Es ist seltsam, dass sich die Wächter vor Lina und Victor verbeugen. Da komme ich mir wie ein Mensch zweiter Klasse vor.

»Das ist Ms Cleo Gruber, meine beste Freundin. Sie wird uns nun öfter begleiten«, sagt Lina in so einem strengen Ton, dass ich zusammenzucke.

Die Wächter verbeugen sich diesmal vor mir. Ich mache unbeholfen einen Knicks. Hinter mir höre ich ein Kichern. Ich drehe mich um und sehe Christine auf der Treppe stehen.

»Das war ja ein süßer Knicks. Lernt man das in deiner Welt?«, fragt sie spöttisch.

Die Wächter schauen zu ihr hoch und verneigen sich vor ihr. »Prinzessin Forte«, sagen sie.

Sie wedelt nur mit der Hand und die beiden richten sich auf. Perplex schaue ich zwischen den Wächtern und Christine hin und her. Christine ist eine Prinzessin? Ich versuche, mir mein Erstaunen nicht anmerken zu lassen, schaffe es aber anscheinend nicht.

Christine grinst nun noch breiter. »Da bist du sprachlos, was? Ja, ich bin eine Prinzessin, genauer gesagt die Tochter des Fürsten von Maunga«, sagt sie mit erhobenem Kopf, als wäre ich ihre Untertanin.

Lina wendet sich an Christine. »Wir müssen jetzt los. Wir wollen in die Stadt«, sagt sie betont freundlich und steigt auf eines der Kanubris.

Ich und Victor folgen ihr, ohne noch mal zu Christin zu schauen. Als wir es uns in der Sitzschale bequem machen, setzt sich das Tier in Bewegung.

»Diese blöde Kuh, ich hasse sie«, schimpft Lina, als wir außer Hörweite sind.

»Dann sag ihr das doch und sei nicht ständig so höflich zu ihr«, sage ich.

»Wir werden einmal beide ein Land anführen. Es ist wichtig, dass wir uns wenigstens ein bisschen verstehen«, sagt sie traurig.

»Das Land tut mir jetzt schon leid«, sage ich spöttisch.

Lina sieht mich wütend an. »Sag so etwas nicht. Christine ist vielleicht nicht die netteste Person auf der Welt, aber sie wird bestimmt alles tun, um für ihr Volk da zu sein.«

Ich muss schlucken. Das Gespräch ist von einem Moment auf den anderen so ernst geworden. Gleichzeitig kann ich die Sache nicht auf sich beruhen lassen. Ich bin nicht der Meinung, dass Christine einen Funken Gutes in sich trägt.

»Ich kann mir nicht vorstellen, dass sie andere gut behandeln oder ihnen sogar helfen würde«, sage ich genervt. »Mir hilf sie jedenfalls nicht. Bei dem ganzen Stress in meinem Leben kann ich auf blöde Zicken echt verzichten.«

Lina mustert mich eingehen und sagt ruhig: »Du kannst nicht in sie hineinschauen, sie hat es bestimmt nicht leicht und benimmt sich vielleicht gerade deswegen so daneben. Aber ja, du hast recht, ich finde sie auch fürchterlich.« Sie grinst.

Victor lacht. »Ich habe auch keine Lust, ihr im Dunkeln zu begegnen. Gruseliges Mädchen«, sagt er und wir lachen.

Den restlichen Ritt reden wir über den anstehenden Tag. Lina und ich wollen shoppen gehen. Victor ist davon wenig begeistert, verspricht aber, mit uns zu kommen und es zu ertragen.

Vor der Stadt reiten wir an einem wunderschönen Park vorbei und ich kann den Blick kaum abwenden. Ich habe noch nie so wunderschöne Blumen gesehen. Sie leuchten in allen Farben, die es gibt. Überall stehen alte Bäume, unter denen die Bewohner der Stadt flanieren.

Wir sind leider viel zu schnell an dem Park vorbei und betreten die Stadt. Sie sieht noch genauso aus, wie ich sie in Erinnerung habe. Wir durchqueren enge Gassen, in denen sich kleine Geschäfte aneinanderreihen. An der Hauptstraße steigen wir von dem Kanubri.

Die Gebäude sehen alle sehr alt aus, sind aber gut erhalten. Am liebsten würde ich Fotos mit meiner Kamera machen. Beim Umsehen fällt mir auf, dass jedes Haus anders aussieht. Sie sind bunt und auf eine gewisse Art und Weise fröhlich. Auch die Menschen und Wesen, die zwischen den Geschäften hin und her huschen, machen die Straße zu etwas Besonderem. Überall sieht man Flügel, Feeng und andere Wesen.

Lina reißt mich aus dem Staunen, als sie meinen Arm packt und mich hinter sich herzieht. Lachend gehen wir die Straße entlang und betreten ein Geschäft, das von außen am langweiligsten aussieht. Drinnen verstehe ich, wieso ich nicht das Bedürfnis hatte, hineinzugehen. Es ist langweilig eingerichtet, überall stehen Kleiderständer, an denen Trainingsanzüge in verschiedenen Farben hängen. Lina und ich gehen zu den Anzügen in Blau, ich suche einen in der Größe 38 und betrachte das Preisschild. Da steht nur die Zahl sechzig. Ich nehme den Anzug und drehe mich zu Lina und Victor.

»Ähm, Leute? Ich habe doch kein Geld, ich kann das nicht bezahlen.« Enttäuscht und beschämt schaue ich zu Boden. Ich habe nicht einmal darüber nachgedacht, dass ich kein Geld habe. Alles, was ich hatte, habe ich zurückgelassen. Mit dem letzten Geld, das ich hatte, habe ich das Flugticket bezahlt.

Lina nimmt mir den Anzug aus der Hand.

»Ich zahl das. Das ist einer der Vorteile, eine Prinzessin zu sein: Ich habe genug Koura. Und nimm besser noch einen Anzug zum Wechseln mit.«

Ich will ihr widersprechen, allerdings brauche ich die Trainingsanzüge für den Unterricht. Ich will nicht noch länger ausfallen.

»Danke Lina. Wirklich, danke«, sage ich und umarme sie. Sie geht zu einem Ständer mit blauen Schuluniformen. »Du brauchst auch normale Uniformen, damit du nicht weiter in Tamaras herumlaufen musst«, sagt sie und ihr Blick wird traurig, doch sie drückt mir eine Uniform in die Hand und schiebt mich zur Umkleidekabine. Auch Victors Blick wirkt nun betrübt. Ich muss Lina bald fragen, was mit dieser Tamara passiert ist.

Nachdem ich die Uniform anprobiert habe, gehen wir zur Kasse und Lina legt die Anzüge auf den Tresen. Die Verkäuferin, eine kräftige Frau mit Pferdeschwanz und in einem braunen Trainingsanzug, nimmt Lina die Anzüge ab und packt sie in eine Schachtel. Danach gibt sie sie Lina zurück und wir gehen. Ich hebe die Augenbrauen, sage aber nichts. Victor nimmt Lina die Schachteln ab und trägt sie für uns.

»Du hast nicht bezahlt«, stelle ich überrascht fest.

»Sie schicken die Rechnung zum Rathaus, dort kümmert man sich darum«, sagt sie fröhlich und zieht mich schon in das nächste Geschäft.

Es ist ein fröhlicherer Laden mit einem großen Geschäftsraum, in dem lauter Puppen stehen, die wunderschöne Kleider tragen.

Victor seufzt genervt. »Ich habe ja gewusst, dass ich mit euch beiden Uniformen für Cleo einkaufen gehe, aber Ballkleider kaufen, ist zu viel«, sagt er.

Lina ignoriert ihn und geht auf eine der Puppen zu, die ein bodenlanges hellrosa Kleid mit viel Spitze und einem Hauch von Glitzer trägt. Es sieht wunderschön aus.

Lina bedeutet einer Verkäuferin, dass sie dieses Kleid gerne hätte. Dann dreht sie sich zu mir. »Cleo, du musst dir auch eins aussuchen«, sagt sie glücklich und aufgeregt.

»Wofür brauche ich so ein Kleid?« Ich streiche mit den Fingern über eins mit viel zu vielen Rüschen. So etwas Kitschiges. Sophie würde es hier lieben, sie würde bestimmt jedes Kleid anprobieren und mich zwingen, es auch zu tun. Es fühlt sich an, als wäre es ewig her, dass wir sorgenfrei waren.

»Für den Ball natürlich«, sagt Lina euphorisch und wendet sich dem nächsten Kleid zu.

Ich schaue verwirrt zu Victor.

»Am Abend vor dem Turnier gibt es einen großen Ball, der das Turnier eröffnet«, erklärt er mir.

»Cleo, komm schnell her! Ich habe das perfekte Kleid für dich gefunden!« Linas Stimme schalt durch den ganzen Laden.

Ich gehe wenig begeistert in die Richtung, aus der ihre Stimme kommt. Sie steht neben einer Puppe, die ein nachtblaues Kleid trägt. Es ist am Oberkörper eng anliegend und mit schwarzen Steinen verziert. Der Rock besteht aus vielen Lagen Tüll und fällt ausladend bis zum Boden. Ich habe noch nie ein so schönes Kleid gesehen.

Lina scheint zu merken, wie gut es mir gefällt. Sie ruft sofort eine Verkäuferin, damit ich es anprobieren kann.

Wir verschwinden beide in den Kabinen und ziehen uns um, während Victor es sich in einem Samtstuhl vor den Kabinen gemütlich macht. Ich bin als Erste fertig und komme aus der Kabine. Victor bleibt der Mund offen stehen, als er mich sieht.

»Wow, Cleo, du siehst super aus. Wie eine Prinzessin«, sagt er staunend.

Ich gehe zu einem bodentiefen, goldverzierten Spiegel und betrachte mich. Die Farbe bringt meine Augen zum Leuchten. Ich drehte mich etwas hin und her, schwinge den Rock und verliebe mich immer mehr in dieses Kleid.

»Ich komme jetzt raus«, verkündet Lina und schiebt gleichzeitig den Vorhang zur Seite.

Victor hält die Luft an und starrt Lina an. Sie trägt das eng anliegende rosa Kleid, es umschmeichelt ihre zarte Figur wie eine zweite Haut.

»Wow!«, entfährt es Victor, der seine Augen nicht von ihr lösen kann.

Lina wird rot und wendet sich schnell von ihm ab. »Was sagst du Cleo?«, fragt sie unsicher und streicht den Stoff um ihre Hüfte glatt. »Ist es zu figurbetont?«

Ich schüttle den Kopf. »Lina, du bist wunderschön«, sage ich ernst.

»Du bist süß«, sagt sie und wird noch röter. Dann betrachtet sie mich. »Cleo, dieses Kleid ist der Wahnsinn. Das ist wie für dich gemacht. Es sieht wunderschön aus«, sagt sie.

»Danke. Wie viel kostet es denn?«, frage ich unsicher. Ich will nicht, dass Lina zu viel Geld für mich ausgibt.

»Das ist doch egal, es passt dir perfekt, also musst du es zum Ball tragen. Lukas wird es super finden«, sagt sie und zwinkert mir zu.

»War ja klar, dass du auch auf ihn stehst«, mischt sich Victor genervt ein und steht auf. »Habt ihr dann alles?«, fragt er wütend.

Lina nickt und geht in die Kabine zurück.

»Ich warte draußen!«, ruft Victor uns zu.

»Was war das denn?«, frage ich Lina durch die Kabinenwand.

»Victor ist Lukas' Bruder. Alle vergleichen die beiden ständig miteinander. Ich glaube, Victor ist wütend, weil Lukas immer im Mittelpunkt steht, während er eher ein Außenseiter ist«, sagt sie so leise, dass ich sie fast nicht verstehe.

»Die beiden sind Brüder? Wirklich? Das hätte ich nicht gedacht«, gebe ich zu.

Lina und ich verlassen gleichzeitig die Kabinen. Sie trägt ihr Kleid über dem Arm, während meines am Haken hängt.

»Sprich es lieber nicht an. Er redet nicht gerne darüber«, sagt sie ernst. »Wo ist dein Kleid? Wir müssen es zur Kasse bringen.«

»Ich werde Victor nicht darauf ansprechen«, schwöre ich. Es muss schwer für Victor sein, immer in Lukas‘ Schatten zu stehen. »Und das Kleid ist zwar wunderschön, aber ich kann es nicht annehmen.« Ich hätte das Kleid wirklich gerne behalten, aber das ist zu viel. Bei Dingen, die ich dringend für den Unterricht brauche, ist es in Ordnung, wenn sie es bezahlt, aber ein Ballkleid wäre übertrieben.

Lina belässt es dabei und wir gehen mit ihrem Kleid zur Kasse.

Vor dem Geschäft tritt Victor gerade frustriert gegen einen kleinen Stein.

»Wir sollten jetzt zu meinem Vater«, beschließt Lina, ohne Victors Stimmung zu kommentieren.

Er nickt und wir gehen die Hauptstraße entlang.

Victor sagt auf dem ganzen Weg kein Wort und stampft uns nach. Die Stimmung ist wieder am Tiefpunkt. Lina will das überspielen, aber das macht das Ganze nur noch schlimmer. Vielleicht ist sie nervös, sie redet ohne Punkt und Komma über das Turnier, den Ball und den Unterricht.

Wir laufen auf eine Kirche zu, sie ist fast so groß wie die Schule. Der Platz, auf dem sie steht, wirkt viel zu klein, als hätte man das Gebäude auf Biegen und Brechen unbedingt auf diesen Platz stellen wollen. Auf dem höchsten Turm der Kirche befindet sich eine Uhr, sie ist so groß, dass man die sechs goldenen Zeiger bestimmt von überall in der Stadt ablesen kann.

»Wow, das ist ja eine schöne Kirche«, sage ich zu Lina.

»Danke, wir mögen sie auch sehr«, sagt sie steif.

Ich rechne damit, dass wir an der Kirche vorbeigehen, aber Lina steuert direkt auf sie zu. Sie geht zur Eingangstür, wo zwei Wachen stehen. Sie verneigen sich vor uns. Die Tür öffnet sich und ein zierlicher Mann erscheint vor uns.

»Triox, wir möchten zu meinem Vater«, sagt Lina mit ihrer Prinzessinnenstimme.

Er verneigt sich. »Ms Lina, Sie haben sich gar nicht angekündigt«, sagt er, ohne Anstalten zu machen, uns hereinzulassen.

»Ich habe meinem Vater etwas Wichtiges zu sagen. Das möchte er sicher hören«, sagt sie bestimmt.

Triox schaut auf sie herab. »Ich werde den Fürsten fragen, ob er Zeit für Sie findet. Aber Sie wissen ja, dass er sehr beschäftigt ist«, sagt er tadelnd. Dann dreht er sich um und geht.

»Was war das denn?«, frage ich Lina.

Sie senkt den Kopf. »Triox. Er ist der Hofmeister meines Vaters.«

Ich wollte eigentlich nicht wissen, wer dieser Mann ist, sondern wieso er sie behandelt, als hätte sie hier nichts zu suchen. Aber anscheinend will sie es mir nicht erzählen.

Triox kommt einige Zeit später zurück und führt uns, ohne ein Wort zu ihrem Vater. Dieser sitzt in einem holzvertäfelten Zimmer, das größer ist als mein und Sophies Hotelzimmer in Tarent. An seinem massiven Schreibtisch könnte eine fünfköpfige Familie bequem zu Abend essen. Linas Vater ist breit gebaut und hat graue Haare. Er sieht uns emotionslos an, bis Lina zu sprechen beginnt.

»Vater, gut das du uns empfängst«, sagt sie und neigt den Kopf. Victor neigt ebenfalls den Kopf und ich senke hastig den Blick.

»Hallo, mein Kind«, sagt er mit tiefer Stimme. »Was gibt es denn so Dringendes, dass du mich unbedingt bei meiner Arbeit stören musst?«

Lina lässt sich von seinen Worten nicht verunsichern. »Vater, das ist Cleo. Sie kommt aus der anderen Welt und hat vor ein paar Tagen die Akademie erreicht«, erklärt Lina.

Ihr Vater nickt.

»Auf dem Weg hierher ist sie durch das Land der Wairua gereist, wo sie eine Gruppe Soldaten beobachtet hat. Einer von ihnen konnte Flügel beschwören.« Sie schaut ihren Vater erwartungsvoll an. Doch der scheint zu warten, ob Lina noch etwas von Belang erzählt.

Als sie nichts mehr sagt, wendet er seine stechenden grauen Augen auf mich. »Hallo, Cleo. Schön, dass du nach Hause gefunden hast«, sagt er sanft. »Deine Fantasie hat dir wohl einen Streich gespielt. Die Wairua haben keine Kräfte mehr und können auch keine Flügel beschwören«, sagt er in einem Ton, der keine Widerworte duldet.

Linas Blick ist erschrocken und enttäuscht, aber sie sagt kein Wort mehr.

»Mein Kind, es freut mich, dass du dich um dein Volk sorgst, aber die Wairua sind keine Bedrohung mehr für uns. Und nun geh diesem Thema nicht weiter nach, sondern konzentriere dich darauf, endlich dein Element zu steuern. Das Volk nennt dich schon die *Prinzessin ohne Element*. Das ist peinlich für unsere Familie. Du solltest deine wenigen Aufgaben ernst nehmen und dich nicht in Geschichten stürzen, die dich nichts angehen«, sagt er ruhig und gleichzeitig so böse, dass ich eine Gänsehaut bekomme.

Lina nickt stumm und wendet sich von ihm ab. Victor und ich verneigen uns vor ihm und zusammen verlassen wir den Raum.

Vor dem Zimmer wartet Triox auf uns. »Prinzessin, ich habe Ihnen gesagt, dass Ihr Vater viel zu tun hat und sich nicht um unsinnige Belange kümmern kann«, sagt er mit einem gemeinen Grinsen im Gesicht.

Lina ignoriert ihn und wir folgen ihm bis zur Eingangstür. Erst als wir das Gebäude verlassen haben, rinnt Lina eine Träne über die Wange. Ich will etwas sagen, doch Victor bedeutet mir, still zu sein. So gehen wir ohne ein Wort zurück zu den Kanubris und lassen uns schweigend zur Schule bringen.

In der Schule verabschiedet sich Victor und ich gehe mit Lina auf unser Zimmer.

Dort legt sich Lina ins Bett und dreht sich zur Wand, wo ich sie leise schluchzen höre. Ich setze mich zu ihr und streiche ihr über den Rücken. Dabei spüre ich, wie sie zittert.

»Es wird alles wieder gut.« Ich weiß, das ist nur eine blöde Floskel, aber mir fällt nicht ein, was ich sonst sagen soll. Ihr Vater war gemein und fies zu ihr, ich kann nur zu gut verstehen, dass sie traurig ist.

»Ich versuche alles, um es ihm recht zu machen, aber ich kann es einfach nicht«, schluchzt sie mit erstickter Stimme.

»Aber das brauchst du doch nicht. Du bist toll, so wie du bist. Alle hier mögen dich und du liebst dein Land. Du wirst eine fantastische Herrscherin werden«, sage ich.

Sie schüttelt den Kopf. »Darum geht es nicht. Ihm ist egal, wie beliebt ich bin«, sagt sie, setzt sich auf und wischt sich die Tränen aus den Augen. »Ich habe nur zwei Aufgaben: Ich soll mein Element beherrschen, um den anderen Fürstentümern zu zeigen, wie stark Oryja ist. Und ich soll Lukas heiraten und unser Bündnis damit stärken. Aber ich schaffe es weder mein Element zu beherrschen noch empfinde ich etwas für Lukas. Ach Cleo, was soll ich nur tun?«, fragt sie verzweifelt, wieder steigen ihr Tränen in die Augen.

Ich denke einen Moment nach. »Wir werden weiter zusammen trainieren, dann wirst du dein Element bestimmt bald beherrschen«, sage ich und bin mir sicher, dass es so sein wird. »Victor ist schließlich ein guter Lehrer. Und das mit Lukas kannst du nicht erzwingen. Außerdem solltest du niemanden heiraten, den du nicht liebst. Ich finde, das müssen dein Volk und dein Vater akzeptieren, immerhin müsstest du dein ganzes Leben mit ihm verbringen. Wie soll das denn gehen?«, frage ich ernst. »Und das sage ich nicht nur, weil ich ihn absolut süß finde«, füge ich grinsend hinzu.

Das bringt mir ein schwaches Lächeln von Lina ein, aber sie wird sofort wieder ernst.

»Du bist lieb, aber du verstehst das nicht. Hier in Anahera ist es anders als in deiner Welt. Ich muss mich meinem Vater fügen, auch wenn das bedeutet, mein Leben mit einem Mann zu verbringen, den ich nie lieben werde.«

Dicke Tränen rinnen über ihre Wangen und ich umarme sie fest. Ich will sie aufmuntern, aber ich weiß nicht, wie. Also sitzen wir eine Weile in ihrem Bett und sagen kein Wort, bis es an der Tür klopft und wir Victors Stimme hören.

»Lina, Cleo? Seid ihr da?«, fragt er.

Lina springt wie von der Tarantel gestochen aus dem Bett und wischt sich hastig die Tränen aus dem Gesicht.

Ich gehe zur Tür. Bevor ich sie öffne, schaue ich zu Lina. Sie flüstert »Okay« und ich lasse Victor herein. »Was gibt's?«, frage ich ihn.

Er schaut sich in unserem Zimmer um. »Ganz schön rosa«, bemerkt er und deutet auf die Zimmereinrichtung. »Wow, davon bekommt man ja Kopfweh.« Er hält sich die Augen zu, als würden ihn die Möbel blenden.

Lina lacht und schnappt sich eines der rosa Kissen von ihrem Bett, um es nach ihm zu werfen. Er fängt es aus der Luft, begutachtet es und lässt es plötzlich mit einem Schrei fallen, als wäre es gefährlich. »Oh nein! Nicht noch mehr davon!«

Das vertreibt die schlechte Stimmung endgültig und wir müssen alle lachen. Lina wirft noch ein paar Kissen nach Victor. Der versucht, ihnen auszuweichen, als wären es Geschosse, die ihn sofort töten, wenn er sie berührt.

Irgendwann sagt er: »Eigentlich wollte ich euch zum Training abholen, ich dachte, heute wäre ein guter Tag dafür, es ist Neumond.«

»Was ist am Neumond so besonders?«, frage ich.

»Der Neumond symbolisiert den Neuanfang. Wir können ein Neumondritual durchführen«, sagt Lina euphorisch.

Sie packt eilig einige Dinge zusammen, bevor wir uns auf den Weg machen. Als wir das Gebäude verlassen, leuchtet mir das kühle Licht einer kaum zu erkennenden Mondsichel entgegen, ich fühle sofort Geborgenheit. Es kommt mir vor, als würde mir jemand eine warme Decke umlegen.

Am Strand angekommen, beobachte ich Lina dabei, wie sie ein Pentagramm in den Sand zeichnet. Danach zeiht sie allerhand seltsame Dinge aus einem Stoffbeutel. Ein Bündel Kräuter legt sie in die Mitte des Pentagramms. Auf die Zacken legt sie nacheinander eine große Muschel, eine Feder, einen dunklen Stein, eine schmale Kerze und einen Kristall. Sie bedeutet uns, zu ihr zu kommen.

»Der Neumond steht für den Neuanfang, wir können unsere Wünsche manifestieren und uns die Kraft holen, sie wahr werden zu lassen«, sagt Lina ruhig.

Sie nimmt die Kräuter und zündet sie mit einem Streichholz an. Der Rauch des Bündels duftet nach Lavendel und Zitrone. Sie geht das ganze Pentagramm damit ab. Dann nimmt sie die Feder und hält sie in die Höhe.

»Luft, die Gabe, die uns erhebt, die unsere Träume trägt. Komm zu uns und gib uns deine Kraft!«, ruft Lina und legt die Feder wieder in den Sand.

Sie geht weiter und hebt die Muschel in die Höhe, »Wasser, die Gabe, die uns belebt, die unsere Träume trägt. Komm zu uns und gib uns deine Kraft.«

Bei diesen Worten spüre ich ein Kribbeln in meinen Händen und ein Tropfen Wasser rinnt meinen Finger hinunter. Wie gebannt schaue ich zu Lina.

Sie geht weiter und nimmt nun die Kerze in die Hand, Victor geht zu ihr und schaut ihr in die Augen, während er mit seiner Gabe den Docht der Kerze anzündet. Ich kann die Funken zwischen den beiden spüren. Er tritt zurück.

»Feuer, die Gabe, die uns erhellt und unsere Träume festhält. Komm zu uns und gib uns deine Kraft.«

Ich kann kleine Funken in Victors Händen sehen und ein Lächeln breitet sich in seinem Gesicht aus.

Lina steckt die brennende Kerze in den Sand und geht weiter zum Stein, um auch ihn hochzuheben. »Erde, die Gabe, die uns stärkt und unsere Träume vermerkt. Komm zu uns und gib uns deine Kraft.« Sie legt den Stein zurück und nimmt zuletzt den Kristall in die Hand. »Geist, die Gabe, die uns bewegt und unsere Träume erhebt. Komm zu uns und gib uns deine Kraft.« Sie legt den Kristall zurück und stellt sich in die Mitte des Pentagramms. »Ich rufe die fünf Elemente zu uns, um uns zu unterstützen, uns zu stärken und uns den Weg zu weisen.« Nach diesem Satz geht sie zu Victor, verbeugt sich mit gefalteten Händen, vor ihm und sagt: »Der Mond sei mit dir.« Danach tut er dasselbe bei ihr. Dann kommen beide zu mir und Lina verneigt sich auch vor mir.

»Der Mond sei mit dir«, sagt sie.

Ich hätte gedacht, dass ich nicht ernst bleiben kann, aber ohne den Funken eines Lächelns verbeuge ich mich und sage, als wäre es das natürlichste der Welt: »Der Mond sei mit dir.«

Danach umarmen wir uns und gehen ins Meer. Die sanften Wellen schlagen mir entgegen, sie lassen das Licht des Mondes schimmern und verzaubern mich. Ich wate bis zu den Knien hinein und drehe mein Gesicht zur Mondsichel. Lina und Victor blende ich vollkommen aus, da sind nur ich, das Wasser und der Mond.

Ich schließe meine Augen und hebe meine Hände, als würde ich eine Kugel tragen. Mein Herz schlägt im Takt der Wellen. Das Rauschen des Wassers und das Klopfen meines Herzens verbinden sich zu einem einzigen Geräusch. Ich fühle mich plötzlich leicht, schwerelos und frei. Ich spüre, wie sich Feuchtigkeit in meinen Händen sammelt, als wäre die Mitte meiner Handfläche eine Quelle.

Hinter mir höre ich, wie Lina scharf die Luft einzieht, und öffne die Augen. Im selben Moment falle ich. Auf einmal schlage ich auf dem Wasser auf. Salzwasser dringt in meine Nase, ich muss husten und spüre, wie mich jemand aus dem Wasser zieht.

»Geht es dir gut?«, fragt Victor, der meinen Arm hält.

Ich huste wieder. »Was ist passiert?«, frage ich keuchend.

Er hat die Augen weit aufgerissen und sein Mund steht offen.

»Was ist denn?«, fahre ich ihn an. Ich hasse es, wenn man mich so anstarrt. »Sind die Flügel wieder da?«

»Du bist geflogen. Nicht wirklich geflogen. Du hast dich vom Wasser tragen lassen. Mit einer Wassersäule, die du unter deinen Füßen beschworen hast«, flüstert Lina so leise, dass ich sie kaum hören kann.

»Das ist doch gut, oder?«, frage ich aufgeregt.

Victor nickt. »Schon, aber das ist auch seltsam«, meint er grübelnd.

Ich wische mir den Sand vom Körper. Als ich fertig bin, starren mich die beiden immer noch an, als wäre ich ein seltenes Tier im Zoo.

»Was?«, frage ich.

Lina fängt sich wieder und sie kommt auf mich zu. »Du hast eine starke Verbindung zu deinem Element. Eine sehr starke Verbindung. Das ist sehr ungewöhnlich«, antwortet sie fasziniert.

»Wieso?«, frage ich erneut, nur diesmal unsicher.

Victor nickt wieder. »Ich würde auch gerne wissen, wieso. Es ist nicht normal, dass jemand, der sein Element noch nicht richtig rufen kann, schon so etwas zustande bringt«, erklärt er mir.

»Wie hast du das gemacht?«, fragt mich Lina.

»Wie habe ich was gemacht?«, frage ich jetzt genervt.

»Du hast ohne jegliche Bewegung deiner Hände das Wasser gesteuert«, erklärt Victor.

»Ich weiß es nicht«, gebe ich zu. »Ich hab mich auf das Meer und die Wellen konzentriert. Dann habe ich versucht, irgendwie eins mit den Wellen zu werden. Und als der Mond dann mein Gesicht angestrahlt hat, wurde ich irgendwie leicht«, versuche ich, zu erklären, was gerade passiert ist. »Aber ich habe nicht mitbekommen, dass ich nicht mehr im Wasser stand«, sage ich.

»Du standest ja auch noch im Wasser«, sagt Victor. »Oder eher zwei Feeng darüber.« Er zwinkert mir zu.

»Idiot«, sage ich und strecke ihm die Zunge raus.

Lina geht ins Wasser und schaut zum Mond hinauf. Victor und ich beobachten sie schweigend.

Nach einigen erfolglosen Minuten dreht sie sich zu mir und ich kann Tränen auf ihren Wangen schimmern sehen. »Wie hast du das gemacht?«, fragt sie mit Verzweiflung in der Stimme.

Ich gehe zu ihr und stelle mich neben sie. Ich schließe die Augen und atme tief ein.

»Die Wellen, spürst du sie?«, frage ich Lina ruhig.

»Mhm«, macht sie.

»Versuch, dich nur auf den Takt der Wellen zu konzentrieren. Vergiss den Druck und deine Sorgen, denk nur an das Wasser. Stell dir vor, die Welle fährt durch deinen ganzen Körper.« Während ich das sage, durchdringt das Glücksgefühl wieder jede Zelle meines Körpers. »Spürst du das Licht des Monds auf deiner Haut, die kühle Brise und die Ruhe? Du darfst alles loslassen, alles, was dich festhält. Jeden Gedanken, der dich blockiert.«

Sie antwortet mir nicht. Ich schaue zu ihr. Sie steht im Mondlicht, ihre Augen sind geschlossen und eine Wasserkugel schwebt vor ihr.

»Lina!«, rufe ich erstaunt.

Im selben Moment zerplatzt die Wasserkugel vor ihrem Gesicht und spritzt sie nass. Einen Moment lang ist sie perplex, doch dann strahlt sie.

»Ich habe es geschafft!« Sie staunt, als würde sie es selbst nicht glauben.

Victor läuft zu uns. »Lina, das war super. Ich habe dir doch gesagt, dass du es kannst!«

Sie lächelt Victor an und wird rot.

Erst jetzt fällt mir auf, wie sich die beiden ansehen. Victor tritt von einem Bein aufs andere und sieht aufs Wasser, während Lina ihn weiter mit roten Wangen anstrahlt. Ich muss sie nachher unbedingt fragen, was da zwischen ihnen ist. Der Moment beim Ritual war ja auch heftig.

Lina will weiterüben, aber wir können sie überreden, es für heute sein zu lassen. Es war ein langer Tag, und wie um das zu unterstreichen, muss ich gähnen. Gut gelaunt gehen wir auf unsere Zimmer.

Lucian

Meine wenigen Habseligkeiten habe ich eingepackt und bin bereit, nach Oryja zu gehen. Ich weiß nur nicht, wie ich den Kadetten sagen soll, dass ich sie schon verlasse. Sie sind mir ans Herz gewachsen, besonders Ryan und Jason werde ich vermissen.

Mit meinem Gepäck verlasse ich meine Hütte.

Einige Kadetten sind schon wach und sitzen am Feuer. Sie sehen verwundert zu mir. Ich habe ihnen noch nicht erzählt, dass ich gehen werde. Ich wollte es gestern Abend tun, aber sie waren so ausgelassen und gut gelaunt, dass ich die Stimmung nicht zerstören wollte.

Ich habe beschlossen, ohne viele Abschiedsworte zu gehen. Von Alec habe ich mich gestern Abend verabschiedet, damit ich heute Morgen so früh wie möglich aufbrechen kann.

Ich verlasse langsam das Lager und nicke den Kadetten zu, die mir auf dem Weg begegnen. Sie schauen mich alle mit großen Augen an, aber keiner sagt etwas.

»Wo willst du hin?», höre ich jemanden hinter mir. Ich drehe mich der Stimme zu.

Ryan und Jason stehen in ihren Schlafshorts vor mir und schauen mich wütend an.

»Der Gebieter hat mir einen Auftrag erteilt. Ich bin auf dem Weg, ihn auszuführen«, antworte ich kühl.

Tränen steigen in Ryans Augen. »Also lässt du uns im Stich?«, fragt er vorwurfsvoll und ein Klumpen bildet sich in meiner Kehle.

Ich seufze schwer. »Ich lasse euch nicht im Stich. Steven und Alec werden sich weiter darum kümmern, dass ihr eine gute Ausbildung erhaltet. So wie ich diese Welt kenne, weiß ich, dass wir uns wieder begegnen werden«, sage ich, doch Ryan macht auf den Absatz kehrt und läuft zurück in seine Hütte.

»Er mag Sie«, sagt Jason. »Ich glaube, er hat Angst, Sie zu verlieren, so wie er seinen Bruder verloren hat. Sein großer Bruder ist gegangen, ohne sich zu verabschieden, und nie zurückgekommen«, sagt er.

Schweigend schaue ich Ryan nach.

»Ich wünsche Ihnen viel Glück bei Ihrem Auftrag«, sagt Jason und salutiert vor mir.

»Danke, Jason«, sage ich zum Abschied und wende mich vom Lager ab.

Ich betrachte das Tal, das zwischen mir und Oryja liegt. Sie wussten, was sie tun, als sie alle Bäume aus der Erde gerissen haben. Aus dem schönen Wald wurde ein kaltes leeres Tal, in dem ich keine Möglichkeit habe, mich zu verstecken. Durchschleichen fällt also weg. Der Weg über das Meer wäre genau so gefährlich wie über das Tal, sie würden mich schnell entdecken. Ich habe gestern lange darüber nachgedacht, wie ich am besten bis zur Stadt komme, und ich denke, die beste Möglichkeit besteht darin, zu fliegen.

Solange ich hoch genug bin, wird man mich von unten nur als Punkt wahrnehmen. Schade, dass ich mich nicht wie in der anderen Welt einfach unsichtbar machen kann.

Im Tal gibt es keine Lebewesen, die es wagen würden, sich in der Nähe der Stadt in die Luft zu erheben. Ich werde vorsichtig sein und ständig den Boden unter mir beobachten müssen. Das Gute am Tal ist, dass auch sie sich nicht vor mir verstecken können.

Ich erhebe mich in die Luft und fliege, so hoch ich kann. Das Lager hinter mir wird so klein, dass ich die Kadetten nur noch als sich bewegende Punkte wahrnehme. Ich reiße meinen Blick davon los und konzentriere mich auf das Tal. Ich sehe vereinzelte Kanubris mit ihren Wächtern, die auf Patrouille sind. Ein Kanubri wäre jetzt ganz praktisch, aber man hat uns diese Reittiere nach dem Krieg entzogen, damit wir nicht unbemerkt über das Tal reiten können. Dabei brauchten wir sie für den Kohle-Transport. Seitdem wir die Kanubris nicht mehr haben, müssen die Männer in den Minen noch härter arbeiten. Die Tiere haben uns mit ihrer Kraft viel Arbeit abgenommen.

Ich werde zuerst den kurzen Weg zur Stadt fliegen und von dort aus schauen, wie ich zur Schule komme.

Ich fliege langsam los und komme über das Tal. Nach wenigen Minuten sehe ich die Stadt Oryja vor mir. Sie ist nicht zu übersehen, das strahlende Weiß der Gebäude leuchtet im hellen Sonnenlicht. Ich sehe einige Wächter und entscheide mich dazu, schnell zu landen.

Kurz vor der Stadt gibt es eine Parkanlage. Hier ist alles grün und die Blumen leuchten in allen Farben. Sogar ein See ist zu sehen.

»Sir, wer sind Sie und was machen Sie hier?«, fragt eine Stimme hinter mir.

Ich fahre herum. Um meine Flügel zu verbergen, ist es jetzt zu spät, also hebe ich die Faust und verpasse dem Wächter einen Schlag ins Gesicht. Der Wächter geht sofort zu Boden und bleibt bewusstlos liegen. Ich schleife ihn schnell in ein Gebüsch und ziehe mir seine Kleider an. Die Uniform ist grün und sitzt unförmig an meinem Körper. Hoffentlich fällt es nicht zu sehr auf. Mit einem Wächteranzug sollte ich ohne Probleme in die Stadt kommen.

Ich schlendere durch den Park in Richtung der Stadttore. Die Wächter am Stadttor winken mich tatsächlich durch und schon bin ich in der Stadt meines Feindes.

Sie ist hell und sauber, die Gassen werden nicht von armen Lauten gesäumt. Hier kommt kein armes Mädchen auf mich zu, um mich anzubetteln.

Wut steigt in mir hoch. Wie können sie hier so ein Leben führen, während das Volk in meinem Land hungert? Wie können sie so fröhlich sein und unser Leid komplett ignorieren?

Eine Flamme bildet sich in meiner Hand, aber hier kümmert das niemanden. Es achtet nicht einmal jemand darauf. Sie sind es so gewöhnt, Elemente zu besitzen, dass es ihnen nicht einmal auffällt, wenn ein Wächter im grünen Anzug einen Feuerball beschwört. In meinem Land würden alle zu mir gelaufen kommen und die Flammen bewundern.

Ich schüttle die Flamme aus und gehe die Straße entlang. Obwohl ich diese Stadt hassen will, ist sie wunderschön. Mir gefallen die kleinen Läden überall und die Wesen, die geschäftig hin- und herlaufen. Die Stadt ist richtig lebendig.

Ich schüttle den Kopf, ich muss mich auf meinen Auftrag konzentrieren und unbemerkt zur Schule gelangen.

Ich sehe mich um, aber außer vielen Geschäften kann ich nichts entdecken, was mir weiterhilft. Also beschließe ich, mich in das Getümmel von Wesen zu stürzen und die Augen offen zu halten. Als Wächter werde ich auch weiterhin nicht groß beachtet. Vielleicht kann ich ein Kanubri entwenden und damit zur Schule reiten.

Ich gehe die Straße entlang und schaue mich um, als ich auf einmal eine vertraute Stimme höre. Ich drehe mich in die Richtung, aus der die Stimme gekommen ist, und sehe gerade noch, wie Cleo in einem der Geschäfte verschwindet. Das kann doch nicht sein! Habe ich mir das eingebildet? Ich bin gerade erst in Oryja angekommen und schon läuft sie mir über den Weg. Sie sollte nicht in der Stadt sein, sondern in der Akademie.

Ich gehe langsam auf das Geschäft zu und versuche, durch das Schaufenster hineinzusehen. Ich erkenne sie, sie steht mit einem Mädchen und einem Jungen vor einer rosa gekleideten Puppe und unterhält sich mit ihnen. Sie strahlt über das ganze Gesicht und deutet auf das Kleid der Puppe. Ihre Freundin winkt die Verkäuferin zu sich und die zieht der Puppe das Kleid aus.

Ist das etwa für sie? Dieses Kleid passt nicht zu Cleo, es ist zu süß und kitschig. Sie beginnt, mit dem Jungen zu reden, während das andere Mädchen zwischen den Kleidern im Geschäft verschwindet. Sie scheinen sich gut zu verstehen. Ich schürzte die Lippen. Der geht sicher mit ihr auf die Akademie. Ich hasse Kerle wie ihn, sie kommen aus einer guten Familie und mussten noch nie etwas für ihr Glück tun.

Jemand geht in das Geschäft und ich kann kurz die Stimme des Jungen hören, aber ich verstehe nur das Wort *Ball*. Sind sie deshalb hier? Um Kleider für einen Ball zu suchen?

Sie geht weiter in das Geschäft hinein und ich verliere sie aus den Augen. Einige Sekunden später kommt sie mit einem Ballen Stoff zurück und die beiden Mädchen verschwinden in den Umkleidekabinen.

Als sie aus der Kabine tritt, trägt sie ein nachtblaues Kleid, das mit vielen glitzernden Steinen besetzt ist. Mein Herzschlag beschleunigt sich und ich merke, wie mein Mund offen steht.

Sie sieht aus wie eine Mondprinzessin. Meine Mutter hat mir früher immer Geschichten von den Mondprinzessinnen vorgelesen. Das sind wunderschöne Wesen, die die Macht des Mondes in sich tragen und von innen heraus leuchten. Ich weiß, das sind nur Märchen, aber genau wie Cleo habe ich mir Mondprinzessinnen immer vorgestellt.

Sie tritt vor einen großen Spiegel und ihre Augen strahlen, während sie ihr Spiegelbild betrachtet. Sie schwingt den Rock des Kleides hin und her und fährt mit der Hand über den dunklen

Stoff. Ich kann meinen Blick erst wieder von ihr abwenden, als ihre Freundin zu ihr kommt. Die beiden fangen an zu quietschen.

Ich schaue zu dem Jungen, der mich im selben Moment ansieht. Schnell wende ich meinen Blick ab und schlendere die Straße entlang. Hoffentlich hat er nicht bemerkt, dass ich schon länger am Fenster stehe. Ich rechne damit, dass er mir nachläuft, mir jeden Moment auf die Schulter klopft und mich fragt, was ich von ihnen will. Aber nichts dergleichen passiert. Ich drehe mich zum Geschäft um und sehe, wie der Junge vor dem Geschäft steht und sich umsieht. Aber er folgt mir nicht. Erleichtert atme ich aus. Das muss an der Uniform liegen.

Ich beschließe, auf der anderen Seite der Straße auf die drei zu warten. Es dauert nicht lange, bis sie das Geschäft verlassen und weiterbummeln. Ich folge ihnen mit einigem Abstand, um nicht aufzufallen. Ich möchte nicht, dass der Junge mich entdeckt, sonst wird er vielleicht doch noch misstrauisch.

Die drei gehen auf die Kirche zu. Das Gebäude sieht genauso aus wie auf den Bildern in den Büchern von Mutters Bibliothek. Ein majestätisches Gebäude aus strahlend weißen Steinen und einem großen Uhrenturm. Es wird von mehreren Wächtern bewacht. Bei dem Gedanken an den Fürsten von Oryja würde ich das Gebäude am liebsten niederbrennen. Ich balle meine Hände zu Fäusten. Uns wurde alles genommen, nun will ich ihnen auch alles nehmen, was ihnen lieb und teuer ist. Ich muss mich zusammenreißen, um nicht gegen die Hausmauer neben mir zu schlagen. Das würde nur auffallen. Also atme ich tief ein und aus und versuche, mich zu beruhigen, während ich in der Nähe der Kirche darauf warte, dass die drei herauskommen.

Was machen sie überhaupt dort? Eine Schülerin der Akademie hat doch keinen Grund, den Fürsten aufzusuchen. Oder hat er sie zu sich gebeten?

Nach einer gefühlten Ewigkeit kommen sie aus dem Gebäude. Ihre Freundin schaut zu Boden und ich kann Tränen auf ihrem Gesicht erkennen. Der Junge legt dem Mädchen einen

Arm um die Schulter und Cleo geht ihnen schweigend hinterher bis zu den Toren der Stadt.

Was wohl passiert ist? Alle drei schauen traurig und wütend aus, während sie auf den Rücken eines Kanubris steigen. Auf dem Weg zur Akademie werden sie von zwei weiteren Wächtern flankiert. Ich muss ihnen hinterher, aber wie? Ich schaue mich um und sehe die Kanubris der Wächter. Wenn ich mir einfach eines nehme und der Besitzer es bemerkt, habe ich ein Problem. Ich überlege gerade, welches Kanubri ich stehlen könnte, ohne dass es jemandem auffällt, da höre ich einen Tumult vor den Toren.

Der Wächter, den ich bewusstlos geschlagen habe, ist anscheinend zu sich gekommen und schlägt Alarm. Das Tor wird langsam geschlossen und mir bleibt nicht mehr viel Zeit. Also steige ich auf das erstbeste Kanubri, an dem ich vorbeikomme. Sein Wächter sitzt noch in der Schale, aber darauf kann ich keine Rücksicht nehmen. Ich packe den Mann und werfe ihn vom Rücken des Tieres. Hastig treibe ich es an, wir rennen auf das Tor zu, dessen Flügel beinahe geschlossen sind. Ich lasse die Zügel knallen und wir schaffen es knapp durch das Tor. Auf der anderen Seite warten schon Wächter auf uns.

Ich rase an ihnen vorbei und treibe das Tier so schnell an, wie ich kann, aber die berittenen Wächter sind mir dicht auf den Fersen. Ich wollte in Richtung Schule reiten, aber wenn ich das tue, wissen sie, dass die Schule mein Ziel ist. Abrupt drehe ich um und steuere genau auf die Wächter zu. Ich habe einen Plan, aber er ist nicht ungefährlich.

Die Wächter haben nicht mit dem Richtungswechsel gerechnet und reagieren nur langsam. Ich bin schon an ihnen vorbei, als sie wenden. Ich reite, so schnell ich kann, auf den Park vor der Stadt zu. Dabei versuche ich, mich auf mein Element zu konzentrieren.

Ich komme am Park an, gerade als ich die Hitze in meinen Händen spüre. Wieder wende ich das Kanubris und schleudere eine Flammenkugel in den Park. Sofort reite ich wieder auf die Wächter zu, aber dieses Mal folgen sie mir nicht. Sie eilen zu dem Park, der nun teilweise in Flammen steht. Ich habe es geschafft und kann flüchten, während die Wächter versuchen, den Brand zu löschen.

Ich reite auf die Akademie zu und lenke das Kanubri vom Weg, um kurz vor der Schule abzusteigen. Hier gibt es wenigstens Bäume und ich kann mich einigermaßen vor den Wächtern verstecken, die zurück nach Oryja reiten, sobald sie Cleo und die anderen abgesetzt haben.

Ich gehe den Weg zu Fuß weiter, um nicht aufzufallen. Irgendwie muss ich auf das Gelände gelangen, ohne dass man mich sieht.

Die Akademie wird von drei Seiten von einer hohen Mauer umgeben, die vierte Seite grenzt ans Meer.

Im Gegensatz zur Stadt wird die Akademie nicht bewacht, es gibt normalerweise keinen Grund, unerlaubt in die Schule einzudringen.

Ich warte, bis es dunkel wird, und klettere über die Mauer. Wenn ich mich flach mache, wird man mich nicht so leicht erkennen.

Der Mond steht am Himmel und ich erklimme den ersten groben Stein. Er ist rau und ich kann mich gut daran festhalten, es ist in Kinderspiel darüber zu klettern.

Ich steige auf der anderen Seite der Mauer hinab und sehe ich um. Ich muss im Garten der Akademie sein. Es ist ruhig und niemand scheint hier draußen zu sein. Ich schaue mich vorsichtig um, bis ich am Strand ankomme. Ich lasse mich in den Sand fallen und genieße die Ruhe.

Auf einmal dringen Stimmen in meine Richtung und ich stehe schnell auf, um hinter einem Gebäude in der Nähe des Strandes in Deckung zu gehen.

Die Stimmen kommen näher und ich erkenne eine von ihnen. Cleo. Sie ist mit ihren Freunden unterwegs. Das kann nun wirklich kein Zufall mehr sein. Aus irgendeinem Grund kreuzen sich unsere Wege immer wieder.

Ihre Freundin packt einige Gegenstände aus und zeichnet ein Pentagramm in den Sand. Ich schaue zum Himmel und erkenne, dass heute Neumond ist. Sie halten ein Neumondritual ab.

Sie ruft nach und nach alle Elemente. Beim Element Feuer knistert eine Flamme in meinen Händen und ich spüre, wie sich die Wärme in mir ausbreitet.

Nach dem Ritual stellt sich Cleo, ohne zu zögern bis zu den Knien in die Wellen. Das Mondlicht scheint ihr ins Gesicht und ihre Haut schimmert blau. Sie hebt ihre Arme in die Höhe, als würde sie warten, dass man etwas hineinlegt. Da fängt das Wasser unter ihr auf einmal an, sich zu drehen.

Das Wasser wirbelt immer schneller um ihre Beine und beginnt, sie wie hochzuheben. Sie schwebt immer höher und höher, bleibt dabei aber starr in Richtung Mond gerichtet stehen.

Ihre Freundin stößt einen bewundernden Laut aus und im selben Moment löst sich die Wassersäule unter Cleo auf und sie fällt ins Wasser. Ich zucke reflexartig vor, um ihr zu helfen, stoppe mich aber gerade noch rechtzeitig.

Noch nie habe ich jemanden mit so einem ausgeprägten Element gesehen. Hat sie das in dieser Akademie gelernt? In so kurzer Zeit?

Ihre Freunde helfen ihr aus dem Wasser und reden aufgeregt auf sie ein. Also ist es wohl auch für sie etwas Besonderes, wenn jemand so mächtig ist.

Ihre Freundin stellt sich genau dorthin, wo Cleo zuvor gestanden hat, und dreht sich auch zum Mond. Ihre Hände hebt sie in die Luft und ich kann fast spüren, wie angestrengt sie sich auf das Wasser unter ihr zu konzentrieren versucht. Nichts passiert. Da stellt sich Cleo neben ihre Freundin und redet leise auf sie ein.

Irgendwann bildet sich eine Kugel aus Wasser vor dem Mädchen. Doch sobald sie die Augen aufmacht, verliert sie die Konzentration und die Kugel zerplatzt vor ihrem Gesicht. Mädchen lächelt und umarmt Cleo fröhlich. Dann gehen die drei in die Akademie und ich bleibe draußen zurück. Ich wollte ihnen folgen, aber in der Wächteruniform wäre das zu auffällig. Ich muss den perfekten Moment finden, um sie zu entführen.

Ich hocke noch immer hinter diesem Gebäude. Vielleicht wäre das ja ein passender Unterschlupf. Ich betrachte es näher und erkenne, dass es sich um einen Tempel handelt. In der Nacht kommt hier sicher niemand vorbei.

Ich öffne vorsichtig die große Tür und halte den Atem an. Das Mondlicht erhellt den Raum durch eine Öffnung im Dach und ich erkenne den Ort. Das ist der Tempel aus meinem Traum! Diesen Altar würde ich sofort wiedererkennen. Darauf wurde Cleo wieder und wieder getötet.

Ich stolpere zwei Schritte rückwärts nach draußen. Mir wird übel und ich muss in die Knie gehen, während mir die Galle hochkommt. Sie brennt sich meinen Rachen hinauf und meine Muskeln verkrampfen sich.

Nach einiger Zeit beruhige ich mich, richte mich auf und entferne mich von dem Tempel. Ich kann unmöglich die ganze Nacht dort verbringen, das würde ja selbst im wachen Zustand zu Albträumen führen. Also gehe ich in das einzige andere Gebäude abgesehen vom Haupthaus. Es sieht ebenfalls wie ein Tempel aus, aber darin befindet sich ein Trainingsraum. Erleichtert gehe ich hinein. Ich hebe ein paar der Turnmatten vom Boden auf und trage sie nach oben auf die Galerie, um sie dort übereinander zu einem Bett zu stapeln. Ich lege mich auf die Matten, komme jedoch kaum zum Schlafen. Ich möchte nicht entdeckt werden und sehe mich pausenlos um. Das Gute daran, nicht zu schlafen, ist, dass man nicht träumt.

Kapitel 9

Cleo

Der bevorstehende Unterricht macht mich nervös. In Kampftechniken muss ich sicher kämpfen. Ich bin froh, als der Professor die Halle betritt und mich nicht gleich ermahnt. Er nickt mir sogar zu, als er an mir vorbeigeht. Ich grinse und schaue zu Victor, der auf der anderen Seite der Halle steht, doch er sieht nicht zu mir, sondern hinauf zur Galerie über uns. Ich folge seinem Blick, kann aber nichts Besonderes erkennen.

Ich schaue mich weiter in der Turnhalle um und entdecke Lukas. Er lächelt mich direkt an und mein Gesicht beginnt sofort zu glühen. Ich lächle zurück. Das muss für ihn eine Einladung sein, denn er kommt zu mir herüber geschlendert.

»Guten Morgen. Wie geht's dir?«, fragt er mich flüsternd.

»Morgen. Nur etwas nervös wegen des Unterrichts«, gestehe ich.

»Professor Proelium kann schon einschüchternd sein, aber eigentlich ist er in Ordnung«, sagt er aufmunternd. »Hey, vielleicht können wir Trainingspartner werden. Dann kann ich dir helfen!« Er wirkt von seiner Idee vollkommen überzeugt.

»Das wäre toll, aber du bist doch viel zu gut, um mit mir zu trainieren. Du würdest dich mit mir bestimmt langweilen«, winke ich ab.

Er schüttelt den Kopf. »Wir fragen ihn einfach, wenn er vorbeikommt.« Er knufft mir leicht in die Seite und lässt seine Schultern kreisen, um sich für den Unterricht aufzuwärmen. Ich beobachte ihn und versuche, die Bewegungen nachzuahmen. Bei mir sieht das bestimmt nicht so gut aus wie bei ihm.

Als sich der Professor uns nähert, fragt Lukas ihn tatsächlich, ob wir zusammen trainieren können. Der Professor sieht uns grimmig an und schickt Lukas zurück zu seinem Trainingspartner von der letzten Stunde und mich zu Victor. Mir ist das sogar lieber, ich möchte nicht, dass Lukas sieht, wie schwach und unfähig ich bin.

Der Professor pustet in eine Pfeife und die andern beginnen damit, aufeinander einzuschlagen. Ich stehe Victor gegenüber und schaue ihn unsicher an. Soll ich ihn jetzt angreifen und meine Fäuste auf ihn fliegen lassen? Doch der Professor kommt zu uns, bevor Victor mir sagen kann, was ich tun soll.

»Ms Cleo, haben Sie eine Art der Kampfausbildung genossen, dort wo sie herkommen?« Das *dort wo sie herkommen* sagt er so verächtlich, dass ich mir nur zu gut denken kann, was er von meiner Welt hält.

Ich verneine und erzähle ihm nicht einmal von unserem Turnunterricht in der Schule, das fände er bestimmt lächerlich.

Er nickt, als hätte er nichts anderes erwartet. »Sie müssen die Grundlagen trainieren: ausweichen, blocken und einfache Schläge. Mr Corragio kennt sich mit den Grundlagen gut aus.« Er schaut missbilligend zu Victor. »Zeigen Sie Ihr alles, Mr Corragio«, befiehlt er und geht.

»Was war das denn?«, frage ich Victor.

»Ich bin nicht so gut in Kampftechnik«, gibt er zu, »aber ich habe lange versucht, besser zu werden. Darum beherrsche ich die Grundlagen jetzt besser als jeder andere hier. Nur weiter habe ich es nicht geschafft. Jedes Mal wenn ich es mit Waffen oder speziellen Kampftechniken versucht habe, ist es schlecht ausgegangen und ich habe mich verletzt«, erklärt er und grinst. »Ich bin mehr der Mann, der mit seinem Element kämpft als mit einer physischen Waffe.« Er zuckt mit den Schultern.

Dann zeigt er mir, wie ich seine leichten Schläge mit den Unterarmen abblocken oder ihnen mit einem Satz zur Seite ausweichen kann. Mit Victor zu trainieren, macht Spaß. Er ist geduldig und wiederholt alle Bewegungen so langsam, dass ich problemlos folgen kann und schnell einen Rhythmus finde.

Er holt für einen kräftigeren Schlag mit der Faust aus und will gerade zuschlagen, als er das Gleichgewicht verliert und auf die Matte fällt. Ich kann mir das Lachen nicht verkneifen. Alle in der Turnhalle sehen zu uns herüber, einige lachen mit mir. Professor Proelium blickt genervt zu Victor und schüttelt den Kopf.

Ich strecke Victor meine Hand hin und helfe ihm auf.

Er grinst mich an. »Ich habe mich damit abgefunden, dass ich das nicht kann«, flüstert er mir zu. »Das war nicht einfach, aber seitdem geht es mir besser.« Er grinst wieder.

Wir trainieren weiter. Das Blocken klappt schon ganz gut, ab und zu schaffe ich es sogar, Victor aus dem Gleichgewicht zu bringen. Da fällt mir ein, dass ich noch etwas wissen wollte.

»Läuft da was zwischen dir und Lina?«, frage ich.

Seine Gesichtsfarbe wechselt zu einem dunklen Rot und er schaut mich ertappt an. »Nein, wieso?«, sagt er nicht gerade glaubwürdig.

»Victor«, sage ich ermahnend, »ich habe eure Blicke gestern bemerkt. Und heute grinst du so breit wie ein Kind, das gerade einen Lolli bekommen hat.«

»Was ist ein Lolli?«, fragt er verwirrt.

»Sie sollen trainieren und sich nicht unterhalten«, bellt der Professor in unsere Richtung und wir verstummen sofort.

Nach drei Stunden Schläge blocken und ausweichen bin ich völlig k. o. In der Umkleide springe ich schnell unter die Dusche und ziehe meine Uniform an. Draußen vor dem Gebäude warte ich auf Lina. Sie hat gesagt, dass sie mich wieder abholen will.

Lukas steht draußen und scheint ebenfalls auf jemanden zu warten.

»Hey Cleo«, begrüßt er mich. »Du warst super in Kampftechnik. Hast du schon in der anderen Welt trainiert?«, fragt er neugierig.

Ich schüttle den Kopf und spüre, wie mein Gesicht warm wird.

»Also war das heute dein erstes Mal?«, fragt er mit großen Augen.

»Ja, leider. Aber ich gebe mir wirklich Mühe, aufzuholen.« Ich senke den Kopf. Mir ist es peinlich, dass ich im Vergleich zu den anderen hinterherhinke. Ich habe zwar zweimal mein Element gerufen, aber das kommt mir jetzt eher wie ein Zufall vor.

»Wenn du so weitermachst, wirst du noch die Klassenbeste«, sagt er und lächelt mich aufmunternd an. »Hast du heute am Abend schon etwas vor?«

»Nein, wieso?«

»Hast du Lust, dich mit mir zu treffen? Ich besorge uns etwas zu essen und dann können wir spazieren gehen und vielleicht ein Picknick machen«, sagt er und sein Lächeln verzaubert mich schon wieder.

Nervös stottere ich: »Sehr gerne.«

Da kommt Lina auf uns zu. »Hallo!«, ruft sie uns entgegen.

Wir grüßen zurück.

»Ich freu mich schon auf heute Abend, ich hole dich nach dem Unterricht in deinem Zimmer ab«, sagt er zu mir und geht winkend davon.

»Was ist denn heute Abend?«, fragt Lina neugierig, sobald sie mich erreicht.

»Das würde mich auch interessieren«, kommt Victors Stimme von hinten.

»Ach, ihr seid so blöd«, sage ich lachend.

Auf dem Weg zu Geschichte erzähle ich Lina von meinem anstehenden Date mit Lukas. Sie ist genauso aufgeregt wie ich, sodass wir den ganzen Weg zum Klassenzimmer über Frisuren und Klamotten reden und darüber, wie süß Lukas ist.

Victor geht uns nur schweigend hinterher. Im Klassenraum setzen wir uns nebeneinander und Lina und ich tratschen weiter, bis Professor Luxeria den Raum betritt. Die ganze Klasse verstummt, als sie hereinkommt, alle Blicke sind auf sie gerichtet. Sie geht zu dem Pult vor einer großen Kreidetafel.

»Da das Turnier immer näher rückt, werden wir heute über das Mondfest sprechen, das kurz danach stattfinden wird«, sagt sie und ihr Blick schweift suchend durch den Raum. »Wer kann mir sagen, wann wir das Mondfest feiern?«

Voller Begeisterung, auch mal etwas zu wissen, hebe ich meinen Arm. Alle starren mich an.

»Ja, Ms Cleo«, sagt die Professorin.

»Das Mondfest findet am 16. Oktober statt«, antworte ich und versuche, nicht zu zeigen, wie nervös ich bin, vor der ganzen Klasse zu sprechen. Lina legt mir eine Hand auf die Schulter.

»Richtig. In dieser Nacht stehen die drei Monde in einer Reihe. Wir feiern dieses Fest zu Ehren der Mondprinzessinnen«, sagt die Professorin. »Kann mir jemand sagen, wer die Mondprinzessinnen waren?«

Victor steht auf. »Die Legende besagt, dass die Mondprinzessinnen alle fünf Elemente in sich trugen und in Anahera gelebt haben. Doch über Jahrhunderte hinweg wurde ihnen langweilig, deswegen sind sie über die fünf Portale in die Welt der Menschen gereist. Dort haben sie sich mit Sterblichen eingelassen. Wir sind die Kinder, die daraus entstanden sind. Daher kommen unsere Elemente«, erklärt Victor.

Ich höre gespannt zu. Erst als er sich wieder setzt, beuge ich mich zu Lina und flüstere ihr ins Ohr: »Stimmt das? Hat es die Mondprinzessinnen wirklich gegeben?«

Lina flüstert zurück: »Es glauben viele Leute in Anahera daran. Ob es wirklich stimmt, weiß ich nicht.«

Ich setzte mich aufrecht hin und höre der Professorin zu, die nun von der Zeremonie im Tempel erzählt. Als die Stunde vorbei ist, kann ich nicht glauben, wie schnell die Zeit vergangen ist, so sehr hat mich der Unterricht heute in seinen Bann gezogen.

Bei dem Thema habe ich sogar vergessen, dass ich gleich ein Date mit Lukas habe. Aufgeregt laufe ich mit Lina in unser Zimmer. Ich stelle mich unter die Dusche. Lina hat mir ihre Pflegeprodukte gegeben, was mich kurz überfordert. Wie viel Seife und Shampoo kann ein Mensch haben? Ich habe gefühlt tausend Tuben in der Dusche stehen. Wenn ich alles benutze, rieche ich bestimmt wie eine ganze Parfümabteilung, also nutze ich die Produkte lieber sparsam. Als ich die Dusche verlasse, dufte ich dennoch wie eine Blumenwiese und mein Gesicht glänzt rosig. In einem dicken weißen Bademantel verlasse ich das Bad.

»Ich habe dir das perfekte Outfit rausgesucht«, sagt Lina und steht vor einem Haufen Klamotten.

»Das soll ich alles anprobieren?«, frage ich entsetzt.

Sie hält mir einen rosa Rock und eine weiße Bluse entgegen. »Nein, nur das. Es wird perfekt aussehen«, sagt sie fröhlich.

Ich nehme die Sachen und gehe damit zurück ins Bad. Der Rock ist hübsch und die Bluse auch, aber irgendwie passen die Sachen nicht zu mir. Lina klatscht glücklich in die Hände, als sie mich in dem Outfit sieht.

»Du siehst toll aus!«, sagt sie.

Ich zupfe am Saum des Rocks herum. »Bist du sicher?«, frage ich sie. Ich drehe mich unschlüssig vor dem Spiegel. Sophie würde den Rock genauso lieben wie Lina.

»Ja wirklich, er wird so begeistert sein«, quietscht Lina und klatscht wieder.

»Du willst ja nur, dass er mich mag, damit du ihn nicht heiraten musst«, sage ich und zwinkere ihr gutmütig zu.

»Ich will, dass du glücklich bist«, sagt sie ernst, dann zuckt sie mit den Schultern. »Aber ich will ihn auch nicht heiraten, also los, schnapp ihn dir.«

Wir lachen.

Sie schmiert mir noch einen Haufen Make-up ins Gesicht und ich bin gerade fertig, als es an der Tür klopft.

Mein Herz rast vor Aufregung. Ich öffne die Tür und Victor steht vor mir.

»Was machst du denn hier?«, frage ich vorwurfsvoll.

»Wow, Cleo, du siehst aus wie eine Puppe«, sagt er und lacht mich aus. »Und ich bin hier, weil ich mir das nicht entgehen lassen wollte. Immerhin redet ihr zwei schon den ganzen Tag über nichts anderes.« Er kommt in unser Zimmer und setzt sich auf mein Bett.

»Du bist so ein Idiot und außerdem seh ich nicht aus wie eine Puppe«, fahre ich ihn an.

»Hallo«, höre ich Lukas‘ Stimme hinter mir und schnelle zu ihm herum. Ich habe die Tür nicht geschlossen und jetzt schaut sein Kopf ins Zimmer herein. Ich werde schlagartig rot. Zum Glück hat mir Lina so viel Schminke ins Gesicht geschmiert, dass es vermutlich kaum auffällt.

»Hallo, Lukas. Cleo ist schon fertig. Ihr könnt sofort los«, trällert Lina und schiebt mich zur Tür. Dann flüstert sie mir ins Ohr: »Ich wünsche euch viel Spaß.«

Ich winke noch kurz, dann gehen wir.

Im Korridor deute ich auf den Korb in seiner Hand. »Also machen wir ein Picknick?«, frage ich ihn schüchtern.

Er wirkt gut gelaunt und überhaupt nicht verlegen wie ich. »Ich dachte, wir setzen uns dazu an den Strand.«

»Mhm«, murmle ich schüchtern und freue mich, dass wir an einen Ort gehen, den ich schon kenne und an dem ich mich wohlfühle.

»Du siehst wunderschön aus, rosa steht dir wirklich gut«, sagt er und ich werde rot.

»Danke, das sind Linas Sachen. Ich war mir nicht sicher, ob es wirklich zu mir passt«, sage ich leise und zupfe wieder am Saum des Rockes herum.

»Ich finde, es steht dir super«, sagt er und lächelt. »Ich habe dir heute beim Sport zugesehen«, redet er weiter. »Du hast es echt drauf.«

»Ich bin doch nur Victors Schlägen ausgewichen, wie er es mir gezeigt hat.« Ich verstehe nicht, wieso er so erstaunt deswegen ist.

»Schon, aber für das erste Mal war das wirklich super«, entgegnet er ernst. »Ich weiß, ich habe dich das schon gefragt, aber hast du das wirklich vorher noch nie geübt?«

Ich schüttle den Kopf. »Victor hat mir alles ganz genau und langsam erklärt und ich habe mich bemüht. Nachdem ich letztes Mal keinen Anzug hatte und Professor Proelium sauer war, wollte ich heute unbedingt einen guten Eindruck machen«, erkläre ich.

Er nickt. »Das hast du auf jeden Fall geschafft«, sagt er und lächelt wieder.

Ich liebe sein Lächeln. Wäre ich aus Wachs, würde ich bestimmt schmelzen.

Am Strand legt er eine Decke auf den Boden und wir setzten uns. Es ist nicht einfach, mit dem kurzen Rock bequem auf einer Decke zu sitzen, ohne zu tiefe Einblicke zu gewähren. In einer Hose würde ich mich viel wohler fühlen.

»Es ist wunderschön hier, oder?«, fragt mich Lukas und schaut auf das von den Monden beschienene Meer.

Ich stimme zu und beobachte das Glitzern auf dem Wasser.

»Willst du was essen?«, fragt er und holt Erdbeeren aus dem Korb.

Ich nicke und nehme mir eine. Vielleicht macht es mich lockerer, wenn ich mit Essen beschäftigt bin.

»Bist du schon lange auf der Schule?«, frage ich ihn nach ein paar Sekunden der Stille.

»Schon seit zwei Jahren«, antwortet er. »Ich war damals ziemlich aufgeregt und kann mir gut vorstellen, wie das für dich sein muss.« Dabei schaut er mir tief in die Augen.

Mein Herz hört auf, zu schlagen, und ich brauche einen Moment, um ihm zu antworten. »Es ist wirklich nicht so einfach«, gestehe ich, »aber ich finde es schön hier.«

»Der Unterricht ist toll, oder?«

»Geschichte habe ich bis jetzt am liebsten. Ich finde die Entwicklung des Landes total spannend. Vor allem die Legende mit den Mondprinzessinnen heute war cool«, sage ich.

»Die Geschichte mochte ich als Kind immer am liebsten», sagt er lächelnd. »Zu Hause haben mir die Lehrer oft davon erzählt.«

»Du kommst aus einem anderen Land, oder? Nicht aus Oryja?«, hake ich nach.

Er nickt. »Aus Moana. Sag es nicht Lina, aber ich finde Moana viel schöner als Oryja.« Er zwinkert mir zu. »Vielleicht bin ich aber auch etwas voreingenommen«, gibt er lächelnd zu.

Dann erzählt er mir von seiner Heimat. Sie besteht aus mehreren Inseln, die in der Luft schweben wie gigantische Felsen. Ich liege auf der Decke und höre ihm zu, wie er die Dörfer und Städte beschreibt. Es klingt großartig, aber auch so, als ob er es sehr vermisst.

»Wie ist es in der anderen Welt?«, fragt er irgendwann.

»Es ist irgendwie ganz anders als hier und doch auch ziemlich gleich«, sage ich und sehe in seinen Augen, dass er mich nicht versteht. »Wir haben auch Schulen und Städte. Das Leben hier ist, denke ich, eigentlich genau wie das bei mir zu Hause, nur dass wir keine Elemente nutzen können. Aber ich habe noch nicht so viel von Anahera gesehen, um das wirklich beurteilen zu können«, sage ich schnell, weil ich das Gefühl habe, dass er verärgert darüber ist.

Seine Lippen bilden wieder ein Lächeln und ich freue mich, die richtigen Worte gefunden zu haben.

»Das war der Grund, weshalb du im Elementarunterricht plötzlich so Angst bekommen hast. Weil du es von zu Hause nicht kanntest?«, fragt er schließlich.

Ich schlucke. Es ist mir peinlich, dass ich in Panik geraten bin. »Das mit den Elementen ist zwar neu für mich, aber das war nicht der Grund, wieso ich so überreagiert habe«, sage ich und ziehe wieder nervös an meinem Rock.

»Was war dann der Grund?«, fragt Lukas mit sanfter Stimme.

»Meine Freunde und ich wurden in meiner Welt von einem Feuernutzer angegriffen. Einer meiner Freunde wurde dabei fast getötet.« Ich merkte erst, dass ich weine, als mir Lukas eine Träne von der Wange wischt.

»Du bist jetzt hier, Cleo, ich werde auf dich aufpassen«, sage er leise. Er nimmt mich in den Arm und streicht mir über den Rücken, während ich versuche, mich zu beruhigen. So habe ich mir das Treffen sicher nicht vorgestellt – auch wenn es ganz tröstlich ist, so in seinen Armen zu liegen.

Ich spüre seinen Atem auf meiner Haut, erst jetzt merke, wie nah er mir gerade ist. Unsere Gesichter sind nur Millimeter voneinander entfernt und seine blauen Augen leuchten im Mondlicht. Er nimmt mein Gesicht in seine Hände und küsst mich sanft.

Mir wird schwindelig, als ich seine warmen Lippen auf meinen spüre, mein Herz schlägt wild in meiner Brust. Als er sich von mir löst, schaut er mir tief in die Augen.

»Ist das in Ordnung?«, fragt er und nimmt meine Hand in seine.

Ich bin nicht in der Lage, zu sprechen, also nicke ich nur. Da küsst er mich noch mal, diesmal intensiver. Seine Hände umfassen meine Hüfte und er küsst mich gierig.

Ich sinke zurück auf die Decke und er beugt sich über mich. Meine Finger vergraben sich in seinen Haaren, ich ziehe ihn zu mir. Auf einmal spüre ich eine seltsame Wärme an meinem Bein. Ich will sie ignorieren und den Moment mit Lukas genießen, aber es wird immer heißer. Ich versuche, mein Bein wegzuziehen, während Lukas mich weiterküsst, aber ich kann mich unter seinem Gewicht nicht richtig bewegen. Da springt er plötzlich auf und schreit vor Schmerz. Jetzt sehe ich, dass die Decke brennt.

Ich springe auf, schnappe sie mir und werfe sie ins Meer, wo die Flammen zischend erlöschen.

Lukas kommt fluchend zu mir. »Was war das?«, fragt er mich zornig.

»Ich habe keine Ahnung. Hast du dich verletzt?«, frage ich und betrachte sein angekokeltes Hosenbein.

Sein Gesicht wird weich und er nimmt meine Hand. »Es geht schon. Lass uns reingehen. Es ist schon spät«, sagt er.

Wir packen alles zusammen und gehen in das Gebäude zurück, nur die Decke überlasen wir im Meer ihrem Schicksal. Auf dem Weg zu meinem Zimmer reden wir nicht viel. An meiner Zimmertür bleiben wir stehen. Ich sehe zu ihm auf, um mich zu verabschieden, da legt er seine Hand an meine Wange, beugt sich zu mir und küsste mich. Mein Herz macht einen Sprung.

Er löst sich von mir und haucht zärtlich: »Gute Nacht, meine Prinzessin.« Dann dreht er sich um und verschwindet.

Überwältigt von dem Kuss starre ich ihm nach und lehne mich an die Tür. Er ist so zärtlich und einfühlsam. Und er hat mich seine Prinzessin genannt. Erst als er um die nächste Ecke biegt, beruhigt sich mein Herzschlag.

Ein klickendes Geräusch hinter mir holt mich aus meinen Gedanken. Plötzlich gibt die Tür nach, an die ich mich lehne. Ich schreie auf und falle rücklings in Linas und mein Zimmer.

»Oh nein, Cleo. Geht es dir gut?«, fragt Lina freundlich, doch ich kann sehen, dass sie sich ein Lachen verkneifen muss.

»Zum Glück bin ich nicht hart gelandet«, sage ich und streiche über den rosa Teppichboden. Dann fange ich an zu lachen und Lina stimmt mit ein. Ich rapple ich mich noch immer lachend auf und setzte mich schwungvoll auf mein Bett.

Lina setzte sich neben mich und schaut mich neugierig an. »Jetzt erzähl schon!«, drängt sie.

»Es war toll!«, platze ich heraus. Ich setze mich in den Schneidersitz und drücke mir mein Kopfkissen an den Bauch. »Wir waren am Strand und es war total romantisch. Am Anfang war ich nervös und es war komisch, aber dann haben wir über alles Mögliche geredet und-« Ich breche ab. Ich weiß nicht, ob ich Lina überhaupt alles erzählen kann, immerhin ist sie Lukas' Verlobte. »Macht es dir wirklich nichts aus, wenn ich ihn treffe?«, frage ich sie vorsichtig.

Lina lächelt mich liebevoll an. »Das macht mir überhaupt nichts aus, ich finde es sogar super!«, entgegnet sie. »Also, was ist dann passiert?«

Ich werde rot. »Er hat mich geküsst.« Ich lächle verlegen.

»Oh, und wie war es?«, fragt sie aufgeregt.

»Es war toll und romantisch. Er kann so gut küssen! Wir haben dann eigentlich nichts anderes mehr gemacht.« Ich lasse mich nach hinten auf mein Bett fallen und starre an die Decke. »Aber es ist was Seltsames passiert.« Erst jetzt, während ich nicht von Hormonen überflutet werde, fällt mir auf, wie seltsam der Brand war. »Unsere Decke hat plötzlich Feuer gefangen.«

»Was?! Sie hat gebrannt?«, fragt Lina entsetzt und betrachtet mich von Kopf bis Fuß. »Bist du in Ordnung?«

»Mir ist nichts passiert, aber ich glaube, Lukas hat sich das Bein verbrannt. Danach hat er mich gleich hergebracht«, erzähle ich weiter.

Lina nickt. »Das war wahrscheinlich nur ein Scherz von einem anderen Schüler, aber mit so was ist nicht zu spaßen. Sein Element gegen andere zu richten, ist gefährlich und an der Schule verboten«, sagt sie ernst.

»Es war trotzdem ein toller Abend«, schwärme ich. »Seine Augen sind so … und sein Lächeln erst.«

Lucian

Stimmengewirr reißt mich aus meinem Albtraum. Mist, ich muss doch eingeschlafen sein. Vorsichtig schaue ich über das Geländer in die Halle. Einige Schüler der Akademie stehen in Trainingskleidung unter mir. Hoffentlich kommt keiner von ihnen nach oben. Ich kauere mich hinter das Holzgeländer und beobachte die Schüler durch die Streben. Sie scheinen eine Art Kampfunterricht zu haben. Einige greifen sich Waffen und schwingen sie vor sich her.

Die Tür öffnet sich und ein Schwung neuer Schüler kommt herein. Ich erkenne ihre lockige braune Mähne sofort und ducke mich noch tiefer. Sie darf mich nicht sehen.

Ich schiele wieder über das Geländer und sehe, dass sie mit einem kräftigen Jungen redet. Dabei knufft er sie in die Seite. Bei dem Anblick der Vertrautheit wird mir schlecht. Sie ist noch nicht lange auf der Schule und hat sich schon einen Freund angelacht?

Nachdem sie mit dem Trainer geredet haben, geht sie zu dem Jungen, mit dem sie in Oryja war. Ein lautes Pfeifen ist zu hören und die Schüler beginnen, sich gegenseitig anzugreifen. Cleo steht unschlüssig im Raum und sieht sich um. Nachdem sie mit ihrem Trainingspartner geredet hat, beginnen sie, sich zu bewegen. Sie kann nicht kämpfen. Sie weicht den Schlägen ihres Partners nicht aus, sondern stolpert eher an ihnen vorbei. Die anderen im Raum sind viel sicherer und bringen ihr Gegenüber immer wieder auf die Matte. Der Typ, der vorher mit ihr geredet hat, ist ein richtiger Kämpfer. Er führt sein Schwert fast so gut wie ich. Auch ein Mädchen fällt mir auf, sie ist groß und kräftig gebaut. Sie greift mit so einer Wucht an, dass man die Panik ihrer Partnerin fast spüren kann.

Der Typ, der mit Cleo trainiert, scheint ihr gerade die Grundlagen beizubringen – ducken, ausweichen und parieren. Nach einer Stunde Training hat sie wirklich schon Fortschritte gemacht und stolpert nicht mehr von einer Seite zur anderen. Nur ihr Partner versagt vollständig, als er versucht, zuzuschlagen. Dabei fällt er auf die Matte. Ich höre ihr Lachen durch den ganzen Saal: hell, klar und glücklich.

Bis der Unterricht vorbei ist, bleibe ich auf einer der Matten sitzen und höre den Kämpfenden zu. Danach schleiche ich mich aus dem Saal, um ein besseres Versteck zu finden. Überall laufen Schüler herum, vielleicht fällt es nicht auf, wenn ich einfach über den Campus gehe.

Ich öffne die Tür ins Freie und sehe vorbeispazierende Schüler in Uniform. Verdammt, ohne Uniform falle ich bestimmt auf. Schnell gehe ich in Deckung. Ich warte, bis alle in den Gebäuden verschwunden sind, und gehe schnell in das Hauptgebäude.

Die Schule sieht von innen aus wie ein Palast. Die Böden glänzen weiß und nirgendwo ist ein Staubkorn zu sehen. Eine perfekte kleine Welt.

Ich schleiche durch die Gänge, bis ich laute Stimmen hinter einer Tür höre. Eine Frau redet gerade auf jemanden ein.

»Wir wissen nicht, wer dieses Mädchen ist. Vermutlich das Kind eines Freudenmädchens.«

»Sie könnte eine Gefahr für unser Vorhaben sein. Wäre sie ihre Tochter, würde es erklären, wieso unser Plan nicht funktioniert hat«, ertönt eine tiefe wütende Stimme. Sie könnte von meinem Vater stammen, so kalt wie sie klingt.

»Eure Majestät, glauben Sie wirklich, sie hat noch ein Kind geboren?«, fragt die Frauenstimme entsetzt.

»Möglich wäre es. Es wäre klug von ihr gewesen, wenn sie das Kind im Menschenreich versteckt hätte, bevor wir ihr Volk ausgelöscht haben«, entgegnet er kühl.

»Was sollen wir jetzt tun?«, fragt die Frau.

»Beobachten Sie das Mädchen, sie ist eine Wasserelementnutzerin. Sollte sie auch nur ein Anzeichen für ein weiteres Element zeigen, werden wir sie sofort töten.«

Ich mache ein paar Schritte zurück. Haben sie gerade über das Volk Kahua geredet? Ging es um Cleo? Denkt der Mann wirklich, Cleo ist vielleicht die Tochter von Aurelia, der Fürstin von Kahua? Kann das sein? Aber wieso sollte sie eine Affinität zu einem anderen Element sein?

Ich höre schwere Schritte und verstecke mich in einer Wandnische. Ein großer Mann geht an mir vorbei. Er ist in einen schweren goldenen Umhang gehüllt und wird von einem dünnen Mann begleitet, der mich an einen Vogel erinnert. Ist der in Gold gehüllte Mann der Fürst von Oryja?

Nach ein paar Minuten komme ich aus meiner Nische und gehe in die entgegengesetzte Richtung des Mannes. Ich laufe durch die Gänge und sehe mich um. Ich will um eine Ecke biegen, da stoße ich mit jemandem zusammen.

»Pass doch auf, du Idiot«, beschwert sich mein Gegenüber. Es ist der Typ, mit dem Cleo beim Training geredet hat.

»Wie war das gerade?«, frage ich gefährlich.

»Ich habe gesagt, du sollst aufpassen. Idiot!«, sagt er so langsam, als wäre ich dämlich.

Sofort durchzuckt Hitze meinen Körper, das Feuer pulsiert durch meine Ader, doch ich muss ruhig bleiben. Ich darf hier nicht für Aufsehen sorgen, sonst ist meine Mission vorbei, bevor sie richtig begonnen hat.

»Verpisst du dich jetzt endlich?«, legt der Arsch noch mal nach.

»Wer bist du, dass du glaubst, mir sagen zu können, was ich zu tun habe?«, frage ich leise und funkle ihn an.

Das scheint ihn zu verwirren, er starrt mich so fassungslos an, als ob ihm selten jemand die Stirn bietet. »Ich bin Lukas Corragio, der zukünftige Fürst von Oryja und Moana!«, fährt er mich an. »Wieso weißt du nicht, wer ich bin?«

Scheiße. War ja klar, dass ich ausgerechnet einem Fürstenkindchen in die Arme laufe.

Ich will ihm antworten, da bleibt ein anderer Typ bei uns stehen und klopft ihm auf die Schulter. »Hey, Alter. Ich hab gehört, du legst die Neue heute flach?«

»Sie heißt Cleo«, sagt Lukas genervt, »vergiss das nicht. Ich kann es nicht brauchen, dass du sie am Ende noch in ihrer Gegenwart so nennst.«

»Sorry Bro, aber was ist jetzt? Geht da was?«, fragt der Typ noch mal.

Lukas grinst. »Wir machen ein romantisches Picknick, wer weiß, wie es ausgeht.« Er zwinkert ihm süffisant zu.

Ich muss mich beherrschen, um diesem Arschloch keine zu verpassen. Schnell laufe ich an ihnen vorbei und schaue mich nicht zu ihnen um. Das Feuer brennt so stark in mir wie ein Vulkan, der kurz vor dem Ausbruch steht. Ich marschiere aus dem Gebäude und in den Garten. Am Meer setze ich mich in den Sand und lasse meine Füße ins Wasser gleiten. Das kühle Nass hilft gegen die Flammen in mir.

Ich sitze den ganzen Nachmittag am Meer und schmiede einen Plan. Die Akademie veranstaltet jedes Jahr ein Turnier mit einem Ball als Auftakt. Dort sollte ich eine Gelegenheit bekommen, sie zu entführen.

Das blaue Kleid kommt mir wieder in den Sinn. Es war wie für den Ball gemacht, aber ich habe nicht gesehen, dass sie damit das Geschäft verlassen hat. Wird sie vielleicht nicht zu dem Ball gehen? Ich werde morgen zurück in die Stadt gehen und dieses Kleid holen. Wenn sie ein Kleid hat, muss sie zum Ball.

Die Sonne geht langsam unter, als ich Stimmen höre. Natürlich ist es das Arschloch von vorhin. Das kann nur eines bedeuten: Cleo ist auch da.

Ich drehe mich um. Er kommt mit einer Decke unter dem Arm und einem Korb in der Hand an den Strand und Cleo folgt ihm. Na toll. Muss ich den beiden jetzt bei ihrem Date zusehen?

Ich gehe hinter dem kleinen Tempel in Deckung und beobachte die beiden. Er breitet die Decke aus und sie setzten sich darauf. Sie trägt viel zu viel Make-up, ihr Rock ist zu kurz und die weiße Bluse passt überhaupt nicht zu ihr.

Sie unterhalten sich eine Weile, aber ich bin zu weit weg, um etwas verstehen zu können. Nach einiger Zeit wirkt sie aufgewühlt. Hat der Typ was Dummes zu ihr gesagt? Hat er sie verletzt? Alles in mir spannt sich an, um dazwischenzuplatzen.

Doch da lässt sie sich von ihm trösten. Verwirrt sehe ich zu, wie er ihre Tränen wegwischt. Dann beugt sich das Arschloch zu ihr und küsst sie. Er packt sie an der Hüfte und drückt sie auf die Decke. Die Hitze in meinem Körper wird wieder stärker. Dieses Arschloch nutzt sie nur aus, spielt mit ihr. Vermutlich sammelt er Eroberungen. Weiß er nicht, was sie in den letzten Tage alles durchgemacht hat? Sie kann ein Arschloch wie ihn gerade nicht gebrauchen.

Meine Handflächen beginnen zu glühen, und bevor ich mich beherrschen kann, schießt eine Flamme in ihre Richtung. Das Arschloch ist so damit beschäftigt, über sie herzufallen, dass er nicht bemerkt, wie die Decke auf einmal in Flammen steht. Aber sie bemerkt es und windet sich unter ihm. Als das Feuer sein Hosenbein erreicht, springt er endlich auf. Allerdings hilft er

Cleo nicht, sondern steht nur verdattert daneben, während sie die Decke nimmt und ins Meer wirft. Sie reden noch kurz miteinander und gehen dann zurück ins Gebäude. Ich kann mir ein Lächeln nicht verkneifen.

Kapitel 10

Cleo

Am nächsten Morgen reden Lina und ich beim Frühstück immer noch von meinem Date mit Lukas. Victor verzieht ständig sein Gesicht zu dämlichen Grimassen, um uns zu verspotten.

Da kommt Lukas zu uns und setzt sich auf den leeren Stuhl neben mir. Er beugt sich zu mir und küsst mich. Ich spüre, dass uns jeder anstarrt, und werde rot.

»Guten Morgen«, sagt er, als er sich von mir löst, und stibitzt einen Apfel von meinem Tablett.

»Guten Morgen«, sage ich erstickt.

»Guten Morgen, Lina«, wendet er sich höflich an Lina. »Victor«, sagt er und nickt ihm zu. Dann sieht er wieder mich an und ich schmelze bei diesem Blick. »Hast du gut geschlafen?«, fragt er mich.

»Ja und du?«, antworte ich schüchtern.

Er lächelt »Ich habe fast kein Auge zugemacht«, sagt er und legt mir eine Hand auf den Oberschenkel.

»Wie geht es deinem Bein?«, erkundige ich mich schnell, bevor ich rot werden kann.

Er winkt ab. »Man sieht es kaum. Keine Sorge.«

Victor schaut mich fragend an und ich erzähle ihm von dem Feuer, das gestern Abend so schnell unser Date beendet hat.

Auch er wirkt besorgt. »Das solltest du melden, Lukas.«

»Das war nur ein Streich, sonst nichts«, sagt Lukas scharf.

»Und wenn es kein Streich war? Cleo ist aus der anderen Welt, du weißt, wie einige hier darüber denken.«

Ich runzle die Stirn. Wovon reden die beiden? »Wer denkt was über mich?«, frage ich.

Victor schaut mich mitleidig an. »Es gibt einige Familien, die nicht wollen, dass hier-«

Lukas unterbricht ihn. »Mach ihr keine Angst. Es ist nichts passiert. Lass gut sein, kleiner Bruder«, sagt er und steht auf.

Lina meldet sich zu Wort: »Ich bin Victors Meinung. Auch wenn es nur ein Streich war, ist es verboten, sein Element gegen jemanden zu richten.«

Lukas schaut von Lina zu Victor und schließlich zu mir, nun wirkt auch er besorgt. »Ihr habt recht. Wenn es noch mal vorkommt, werde ich es melden.« Er nimmt meine Hand, als ich ebenfalls aufstehe. »Gehen wir zusammen zum Unterricht?«, fragt er mich sanft. Ich nicke und er lässt meine Hand nicht mehr los, bis wir im Klassenraum sind.

Der Unterricht macht dieses Mal sogar richtig Spaß. Professor Waru möchte, dass wir unsere Elemente rufen, also konzentriert sich jeder auf sich selbst. Überall sieht man kleine Flammen, Wasserkugeln, Steine und Windhosen auftauchen.

Ich schließe die Augen und versuche, mein Training mit Victor anzuwenden. Ich denke an die Wellen im Meer, an die Ruhe, die ich dabei gespürt habe. Es ist, als könnte ich das kühle Wasser auf meiner Haut spüren.

»Ms Cleo!«, höre ich den Professor aufgeregt rufen.

Ich öffne die Augen und bemerke, dass eine Wassersäule um meine Beine tanzt. Alle in der Klasse starren mich wieder einmal an. Ich schließe erneut die Augen und konzentriere mich darauf, wie es sich anfühlt, wenn sich das Wasser zurückzieht, als würde die Ebbe kommen. Das Wasser unter mir verschwindet.

»Es tut mir wirklich leid«, sage ich.

Professor Waru sieht mich mit großen Augen an. »Das muss Ihnen nicht leidtun. Es ist nur sehr erstaunlich«, sagt er. »Denken Sie, Sie können das noch mal?«

Ich schließe wieder die Augen und wiederhole meine Meditation.

»Erstaunlich«, höre ich ihn flüstern. »Gut, Ms Cleo, bitte ziehen Sie Ihr Element zurück, damit die andern weiterüben können.«

Ich tue, was er sagt, und das Wasser verschwindet. Dann kommt er zu mir und legt mir ein Buch auf den Tisch.

»In diesem Buch finden Sie Abbildungen von Handstellungen. Mit diesen Formen können wir das gerufene Element formen und nutzen. Da Sie erstaunliche Kräfte haben und das Element ohne Problem bei sich behalten können, sollten Sie nun lernen, es zu kontrollieren.«

Lukas kommt zu mir und küsst mich. »Ich wusste gar nicht, dass du das kannst«, sagt er bewundernd.

»Bitte konzentrieren Sie sich, Mr Lukas«, rügt ihn Professor Waru.

Ich öffne schnell das Buch. Auf jeder Seite ist eine Geste gezeichnet und danebensteht, was sie bewirkt.

»Ms Lina, ich bin überrascht«, höre ich die Stimme des Professors und schaue zu Lina hinüber. Vor ihr schwebt eine große Wasserkugel und Lina strahlt voller Stolz.

»Danke, ich habe geübt«, sagt sie. Dann sieht sie zu mir herüber, lächelt mich an und formt »Danke« mit ihren Lippen.

»Ab heute Nachmittag kann man sich für das Turnier anmelden«, erzählt mir Lina auf dem Weg zu den Ställen.

Ich bin so aufgeregt, dass ich heute endlich nach Ewigkeiten wieder reiten kann. Rain fehlt mir so, hoffentlich geht es ihm gut.

»Cleo, hörst du mir überhaupt zu?«, fragt sie.

»Hm? Was?«, frage ich verwirrt zurück.

»Ich hab dir gerade erzählt, dass man sich für das Turnier anmelden kann. Ich glaube, ich werde es tun«, sagt sie selbstbewusst.

»Wenn du das willst, ist es sicher gut. Aber ich weiß ehrlich gesagt nicht, worum es da genau geht. Was muss man da überhaupt machen? Welche Disziplin gibt es?«

»Beim Turnier musst du verschiedene Aufgaben bestehen, alle haben etwas mit dem Unterricht zu tun. Also ist von Analytik bis Kampf alles dabei«, erklärt sie mir.

»Das hört sich spannend an«, gebe ich zu.

»Ich wollte schon immer mitmachen, aber da ich mein Element bisher nicht einsetzen konnte, habe ich mich nie angemeldet. Man muss sein Element wirklich beherrschen, wenn man beim Turnier antritt. Und ich finde, du solltest auch mitmachen«, fügt sie schnell hinzu.

»Was? Ich? Du bist doch verrückt. Ich kenne mich überhaupt nicht aus, außerdem kann ich weder kämpfen noch mein Element steuern«, wehre ich ab.

Lina bleibt stehen und schaut mir ernst in die Augen. »Cleo, ich glaube, du bist wirklich etwas Besonderes. Ich meine, dein Element ist so stark ausgeprägt, du musst vom Adel abstammen.«

»Das wissen wir doch gar nicht sicher«, wehre ich ab.

»Du hast Flügel«, sagt Lina eindringlich. »Zwar kannst du sie noch nicht ausgeprägt manifestieren, aber es beweist, dass du adelig bist.«

Schweigend und in Gedanken verloren gehen wir weiter.

Der Stall liegt weit hinter der Schule neben dem Meer. Ich sehe keine Koppel und auch keine Pferde. Im Gebäude gibt es zwar viele Boxen, aber sie sind alle leer. Mir schlägt ein fischiger und salziger Geruch in die Nase. Ich gehe näher an eine Box heran und sehe hinein.

»Was ist das?«, frage ich Lina verwirrt.

»Was meinst du?«

»Darin ist alles voller Wasser!«

»Natürlich, sonst könnten sie ja nicht zu uns schwimmen.« Sie zieht mich weiter zu den anderen aus der Klasse, die sich um unseren Professor versammelt haben.

Ich will sie fragen, was sie meint, da beginnt der Professor zu sprechen: »Schönen Nachmittag. Heute beginnt die Anmeldung zum Turnier. Da dieses Mal auch das Reiten auf den Hippocampi eine Rolle bei dem Turnier spielen wird, rate ich Ihnen, die Bindung zwischen Ihnen und Ihrem Hippocampus so gut wie möglich zu stärken«, sagt er ernst. »Gut, bitte gehen Sie zu Ihrem Hippocampus und bereitet ihn auf einen Ausritt vor.«

Als er fertig ist, zerstreut sich die Gruppe und jeder geht zu einer der Boxen.

»Ms Cleo«, sagt der Professor und kommt auf mich zu. »Da Sie neu sind, werde ich Ihnen ein Tier zuweisen.« Er geht auf eine Box zu und ich folge ihm. »Das wird Ihr Hippocampus für Ihre restlichen Jahre an dieser Schule. Ihre Aufgabe ist es, sich um ihn zu kümmern, ihm genügend Bewegung zu verschaffen und seine Schuppen zu pflegen.«

Bei dem Wort *Schuppen* klappt mir der Mund auf, aber ich schließe ihn schnell wieder. Ich will mir nicht anmerken lassen, dass ich keine Ahnung habe, wovon er redet.

»Nun, ich muss Ihnen leider sagen, dass dieser Hippocampus aus einem bestimmten Grund noch keinem Schüler zugeteilt wurde. Er ist ein schwieriger Fall und die wenigstens schaffen es, ihn zu bändigen. Leider haben wir außer ihm kein verfügbares Tier mehr.«

Er führt seine Finger zum Mund und das laute Pfeifen klingelt in meinen Ohren. Es vergehen ein paar Sekunden und der Professor pfeift noch mal lauter.

»Wie es aussieht, möchte er heute nicht kommen«, sagt der Professor. Er wirkt weder enttäuscht noch wütend. »Ich versuche, den Hippocampi auf dem Gelände so viel Freiheit wie möglich zu geben. Das bedeutet aber auch, dass sie nicht immer kommen, wenn man sie ruft«, sagt er und lächelt dabei. »Das wird Ihre heutige Aufgabe sein: Versuchen Sie, ihn zu rufen. Pfeifen Sie in seiner Box, so laut Sie können, vielleicht haben Sie mehr Glück als ich«, sagt er lächelnd und geht.

Ich stehe vor der Box und starre einige Minuten auf das Wasser. Schließlich tue ich, wie geheißen und pfeife laut, aber das war nichts im Vergleich zu dem Pfeifen des Professors. Ich versuche es immer wieder, warte ein paar Minuten und pfeife erneut. Nach einer Stunde wird es mir zu blöd und ich öffne die Tür zur Box. Darin befindet sich ein schmaler Holzsteg neben einem großen Becken. Ich will in das Becken steigen, kann aber den Grund nicht erkennen. Das ist vermutlich das Meer. Ratlos stehe ich vor dem Wasser und überlege, ob ich hineinsteigen soll.

Ich ziehe meine Jacke aus und setze mich an den Rand des Beckens, meine Füße lasse ich in das kalte Wasser gleiten, dann warte ich. Vielleicht merkt das Tier, dass ich hier bin, und es kommt, wenn ich mich ihm langsam nähere. Ich pfeife noch einmal, doch nichts tut sich.

Ich lasse meine Beine eine Zeit lang im Wasser baumeln, dann gleite ich bis zur Taille hinein und halte mich am Rand des Beckens fest. Ich tauche langsam unter. Das Salzwasser brennt in meinen Augen, aber das vergeht schnell. Ich sehe mich unter Wasser um und erkenne, dass das Gebäude zum Großteil auf Stelzen im Meer steht. Überall unter dem Gebäude gibt es Korallen und Muscheln und alles leuchtet mir bunt entgegen. Die Luft wird knapp, also tauche ich wieder auf und komme zu Atem. Kurz darauf tauche ich wieder und sehe mich weiter um. Da bewegt sich etwas in meinem Augenwinkel und ich dreh mich schnell um.

Ein Pferd schwimmt langsam auf mich zu. Aber Pferde schwimmen doch nicht? Ich betrachte das Wesen genauer. Es hat den Kopf und die Vorderhufe eines Pferdes, aber der Rest des Körpers sieht aus wie ein Fischschwanz. Er ist mit hell schimmernden Schuppen überzogen und mündet in eine große Flosse.

Ich muss wieder auftauchen und schnappe nach Luft, bevor ich mich erneut hinab wage.

Es schwimmt langsam und vorsichtig auf mich zu. Es öffnet sein Maul und ein ohrenbetäubendes Wiehern dröhnt in meinen Ohren. Hastig tauche ich auf und verlasse das Becken und die Box.

»Ms Cleo. Waren Sie etwa gerade im Wasser?«, fragt mich der Professor aufgebracht.

»Ich dachte, so könnte ich mich ihm nähern, und habe gehofft, dass er vielleicht auf mich zukommt«, sage ich kleinlaut.

»Man darf nicht in die Becken der Hippocampi steigen! Das ist ihr Rückzugsort, den darf niemand betreten!«, ermahnt er mich streng.

»Tut mir leid. Bei meinem Pferd hat das immer funktioniert, wenn es verschreckt war. Da dachte ich, dass es hier auch klappt«, entgegne ich mit gesenktem Blick.

Er sieht mich wieder freundlicher an. »Sie haben ein Pferd, wo Sie herkommen?«, fragt er interessiert.

Ich nicke. »Rain. Ich habe ihn seit fünf Jahren und vermisse ihn so sehr. Er war mein bester Freund in meiner Welt. Deswegen habe ich mich schon so auf das Reiten heute gefreut, schade, dass er nicht möchte«, sage ich und deute auf das Becken.

»Ich glaube, Sie sind die Richtige für Druna«, sagt der Professor sanft und geht zu einem anderen Schüler.

Ich schließe die Boxentür und setze mich drinnen neben das Becken von Druna und hoffe, dass er sich blicken lässt. Ab und an glaube ich, einen Schatten vorbeischwimmen zu sehen, aber er taucht nicht auf.

Als der Unterricht vorbei ist, kommt Lina zu mir und schaut mich mitleidig an. »Dieses Tier ist unzähmbar. Tut mir leid, dass du ihn bekommen hast. Ich weiß, wie sehr du dich auf das Reiten gefreut hast«, sagt sie. »Komm, wir gehen essen.« Sie öffnet mir die Tür zur Box.

»Nein, ich möchte bleiben«, sage ich. »Ich habe auch noch keinen Hunger. Wir sehen uns später im Zimmer, okay?«

Lina zuckt nur mit den Schultern und geht. Nach einer Weile bin ich alleine im Stall.

Ich setze mich noch näher an den Rand des Beckens und summe das Lied *All I Want For Christmas Is You*. Es ist zwar nicht Weihnachten und ich glaube, hier feiert man das auch nicht, aber es ist das Erste, was mir eingefallen ist. Langsam lasse ich meine Finger in das Wasser gleiten und fahre mit ihnen hin und her, während ich die Melodie summe.

Ich habe keine Angst davor, dass Druna mich angreift oder beißt. Würde er das wollen, hätte er das bereits getan, als ich im Wasser war. Ich spüre eine Bewegung im Wasser, die Wellen bewegen sich anders, aber ich summe ruhig weiter.

Als etwas meine Fingerspitzen berührt, muss ich mich zusammenreißen, um nicht zu erschrecken, aber ich schaffe es, und mache ruhig weiter. In einiger Entfernung taucht plötzlich ein Pferdekopf vor mir im Wasser auf und beobachtet mich.

»Hallo, bist du Druna?«, frage ich vorsichtig.

Das Tier sieht mich nur weiter an.

Ich summe weiter und warte, bis sich Druna nahe genug an mich heranwagt, um ihn zu streicheln. Es dauert nicht lange, bis er neugierig zu mir schwimmt. Als er nicht einmal eine Armlänge von mir entfernt ist, bewege ich meine Hand langsam in seine Richtung. Kurz vor ihm lasse ich sie auf dem Wasser ruhen. Er schwimmt darauf zu und stupst sie mit seinen Nüstern an. Langsam streichle ich ihn und er schwimmt immer näher. So sitze ich eine Stunde da, streichle ihn und summe.

Wir sitzen zu viert am Frühstückstisch und reden über die letzten Wochen. Die Zeit ist schnell vergangen. Lina, Victor und ich haben nahezu jeden Abend trainiert, um unser Element zu steuern, und an den freien Abenden habe ich mich mit Lukas getroffen.

»Cleo?«, fragt er mich und nimmt meine Hand.

Meine Haut prickelt sofort und bei seinem Blick klopft mein Herz schneller.

»Willst du morgen mit mir zum Eröffnungsball gehen?«, fragt er mich.

»Natürlich, ich habe schon gedacht, du fragst mich nicht mehr«, sage ich.

Der Ball ist zurzeit neben dem Turnier das Gesprächsthema Nummer eins, aber ich hatte nicht vor, hinzugehen. Ich habe nicht einmal ein Kleid. Doch Lukas strahlt mich so fröhlich an, dass ich nicht ablehnen kann. Vielleicht kann ich mir eines von Lina leihen.

Er steht auf. »Ich muss vor dem Unterricht noch mal in mein Zimmer, wir sehen uns später.« Er küsst mich, bevor er geht, und eilt durch die Cafeteria.

»Dass ihr alle so auf meinen Bruder abfahrt, ist echt nervig«, mault Victor.

»Ich interessiere mich nicht für deinen Bruder«, stellt Lina klar.

Victor mustert sie und ich sehe, dass er am liebsten etwas Blödes sagen will, aber er reist sich zusammen und fragt sie stattdessen: »Mit wem gehst du eigentlich zum Ball? Ich dachte, du gehst mit Lukas – wegen der Verlobung und so.«

Lina wird rot und senkt den Blick. »Also ich gehe wahrscheinlich alleine. Wegen Lukas traut sich vermutlich niemand, mich zu fragen«, sagt sie leise.

»Wir könnten zusammen hingehen«, schlägt Victor ebenso leise vor. »Also nicht als Paar, sondern als Freunde«, fügt er schnell hinzu.

Lina nickt. »Das wäre schön«, sagt sie und schaut zu Victor auf.

Die beiden tun mir leid. Lina ist eindeutig dem falschen Bruder versprochen. Sie und Victor würden so viel besser zueinander passen, aber vielleicht wäre sie ihm gegenüber auch anders, wenn sie wüsste, sie muss ihn einmal heiraten.

Die beiden stehen auf und reißen mich damit aus meinen Gedanken.

»Wir müssen zum Unterricht«, sagt Lina und drängt mich zum Gehen.

Victor und ich laufen zu Kampftechniken. Mittlerweile mag ich Kampftechniken sogar. Ich habe mit vielen Waffen trainiert und kann mittlerweile mit dem Schwert am besten umgehen. Christine beobachtet mich oft und verzieht das Gesicht, wenn ich einen Treffer lande.

Wir ziehen uns um und wärmen uns auf, während wir auf Professor Proelium warten.

»Du gehst also wirklich mit dem Verlobten deiner besten Freundin zum Ball?«, ruft Christine durch den Saal.

Damit erregt sie die Aufmerksamkeit aller. Ich sehe, wie Lukas‘ Blick versteinert.

»Und du gehst mit der Verlobten deines Bruders? Was sagt denn dein Vater zu der Sache?«, ruft sie Victor zu.

Victor zieht den Kopf ein, aber ich bestimmt nicht.

»Ich wüsste nicht, was dich das angeht«, fauche ich Christine an.

»Mich geht das im Gegensatz zu dir schon etwas an. Ich bin die Prinzessin von Maunga und kein dahergelaufener Mensch aus der anderen Welt. Die Bündnisse der Fürstentümer werden nun mal mit Hochzeiten geknüpft«, sagt sie. »Außerdem würde nur ein Flittchen mit dem Mann der besten Freundin zusammen sein«, sagt sie in so einem abfälligen Ton, dass mich Scham überkommt.

»Meine Damen, meine Herren«, greift der Professor ein. Seit wann ist er da? Er hat unser Gespräch bestimmt mitbekommen. »Da hier wohl einige Spannungen herrschen, halte ich einen Partnerwechsel für angebracht. Ms Cleo, Ms Christine. Ich möchte, dass Sie heute Partnerinnen sind. Ich denke, vor dem großen Turnier wäre das genau das Richtige«, sagt der Professor.

Mir wird übel. Wie soll ich gegen Christine ankommen? Das kann nicht sein Ernst sein!

Christine grinst mich hämisch an und greift zu ihrer Axt. Sie weiß, dass ich keine Chance gegen sie habe.

Wir stellen uns auf, Christine mit ihrer Doppelaxt und ich mit meinem Schwert. Ich schlucke und verstärke meinen Griff. Sie könnte mich heute umbringen.

Alle Blicke im Raum sind auf uns gerichtet, und als der Professor »Los!« ruft, schlägt Christine schon auf mich ein. Mir bleibt nichts anderes übrig, als mich zu ducken und ihren Schlägen auszuweichen.

Ewig geht das so und ich komme nicht dazu, selbst anzugreifen, die Axtblätter kommen mir unangenehm nah.

Christine schlägt unnachgiebig auf mich ein, ihr verbissener Blick ist mir unheimlich. Nach einigen Minuten geht mir allmählich die Puste aus und ich merke, dass ich nicht mehr lange durchhalten werde. Ich stolpere und stürze auf die Matte. Schnell drehe ich mich zu Christine, die grinsend mit ihrer Axt über mir steht. Sie holt aus.

»Scheiße!«, schreit Christine auf einmal und springt von mir weg. Das Hosenbein ihres Trainingsanzugs hat Feuer gefangen und sie schlägt wild um sich. Panik blitzt in ihren Augen auf.

Schnell rufe ich das Wasser zu mir. Mit einer knappen Bewegung meiner Finger schicke ich einen Wasserstrahl zu dem brennenden Hosenbein.

Als die Flamme erlischt, applaudiert mir der ganze Kurs. Ich schaue hoch und bemerkte, dass mich der Professor stolz anlächelt. Nur Victor schüttelt den Kopf und streckt mir die Zunge raus. Lukas kommt zu mir und küsst mich, während mich Christine wütend anfunkelt.

»Du bist der Wahnsinn, Babe«, sagt er.

»Ach, das war doch nichts«, winke ich ab.

Er schüttelt den Kopf. »Sie hat dich beleidigt und wollte dich fertigmachen, aber als sie in Gefahr war, hast du ihr trotzdem geholfen. Außerdem ist es stark, dass du dein Element so schnell rufen kannst. Du bist die einzige Nicht-Adelige, die das so gut drauf hat«, sagt er und küsst mich noch einmal.

Ich habe ihm nicht erzählt, dass Lina und Victor meine Flügel gesehen haben und ich vermutlich vom Adel abstamme. Allerdings weiß er, dass ich meine wahren Eltern nicht kenne. Dass er nicht einmal in Erwägung zieht, ich könnte adelig sein, verletzt mich.

Ich küsse ihn schnell und gehe zu Victor.

»Na, gibt es Probleme im Paradies?«, fragt er sarkastisch.

Ich knuffe ihn in die Seite. »Er hat gesagt, dass ich toll war … Für jemanden, der nicht zum Adel gehört«, flüstere ich frustriert.

»Lukas ist eben so. Er hält viel von sich und unseren Familien. Wir sind so erzogen worden«, sagt er und zuckt mit den Schultern. »Außerdem gehörst du zum Adel, also ist es doch egal, oder?«

»Es ist nicht egal!«, fahre ich ihn an. »Es sollte nicht von Bedeutung sein, ob man dazugehört oder nicht.«

Er nickt. »Der Meinung bin ich auch, aber du solltest sie nicht zu laut durch die Gegend schreien«, ermahnt er mich.

Den Rest des Unterrichts trainiere ich still mit Victor. Ich lasse meiner Frustration bei jedem Schlag freien Lauf.

Nach dem Unterricht wartet wie immer Lina vor dem Trainingssaal, um uns für Elementarkünste abzuholen.

Sie sieht mir anscheinend sofort an, dass etwas nicht stimmt. »Was ist los?«, fragt sie einfühlsam.

Ich antworte ihr nicht, sondern gehe stur in Richtung Klassenraum.

»Warten wir nicht auf Lukas?«, fragt sie besorgt.

»Ich glaube nicht, dass sie auf Lukas warten will«, entgegnet Victor leise.

Ohne miteinander zu reden, laufen wir zum Hauptgebäude. Uns überholt eine Gruppe Schüler. Sie klopfen mir auf die Schulter und sagen, wie toll das vorhin mit Christine war.

Lina bleibt stehen. »So, jetzt erklärt mir bitte jemand, was in Kampftechniken passiert ist«, fordert sie wie eine echte Herrscherin.

Ich mache seufzend kehrt und erzähle ihr von Christine und dass Lukas der Meinung ist, ich entspreche nicht seinem Rang.

»Warte, warte. Ihr Anzug hat Feuer gefangen?«, fragt Lina schockiert.

»Das ist doch egal. Lukas hat gesagt, dass ich nicht zum Adel gehöre. Er findet offenbar, dass ich unter seiner Würde bin. Wie Scheiße ist das denn?!«

Sie macht eine wedelnde Handbewegung, als würde sie eine Fliege verscheuchen. »Dass Christines Anzug gebrannt hat, ist viel schlimmer! Das bedeutet, dass jemand sein Element gegen sie gerichtet hat. Das ist schon das zweite Mal in deiner Gegenwart passiert, beide Male war es Feuer«, sagt sie eindringlich.

Ich mahle mit dem Kiefer. Dass sie Lukas' Aussage so abtut, geht mir gegen den Strich, allerdings scheint sie wegen des Feuerangriffs wirklich besorgt zu sein. »Und? Jeder hier hat ein Element und die wenigsten haben es wirklich unter Kontrolle. Passiert so etwas nicht öfter?«, frage ich unsicher.

Sie schüttelt energisch den Kopf. »Das tut es nicht. Das letzte Mal ist es bei Tamara passiert«, sagt Lina leise.

Victor legt ihr einen Arm auf die Schulter. »Du kannst nichts dafür. Sie hatte ihre Kräfte nicht unter Kontrolle«, sagt er.

»Meinst du deine frühere Mitbewohnerin?«, frage ich verwirrt.

Lina schaut mich mit traurigen Augen an. »Genau, Tamara war damals meine Freundin.« Tränen steigen ihr in die Augen. »Sie hat ununterbrochen mit ihrem Element geübt und war auch super darin. Mich hat es genervt. Ständig stand unser Zimmer unter Wasser. Jeden Tag zu sehen, wie gut sie ihr Element beherrscht, hat mich frustriert. An einem Abend hat sie wieder einmal alles geflutet und ich wurde wütend. Wir haben uns gestritten und auf einmal hat sie die Kontrolle über ihr Element verloren, weil sie sich so aufgeregt hat«, erzählt sie so leise, dass ich sie kaum noch verstehen kann. »Sie hat mich angegriffen. Es war, als wäre sie plötzlich eine andere Person. Nicht mehr die Tamara, die ich kannte.« Jetzt weint sie.

Victor streicht ihr tröstend über den Rücken.

»Da es verboten ist, einen anderen Schüler anzugreifen, und ich auch noch die Prinzessin von Oryja bin, hat man sie umgehend der Schule verwiesen. Ich habe sie nie wiedergesehen.«

»Das tut mir leid«, sage ich lahm. Mehr fällt mir dazu nicht ein. Das erklärt, wieso sie wollte, dass Lukas den Vorfall bei unserem ersten Date meldet. »Denkt ihr, dass es Angriffe waren?«, frage ich besorgt und muss an Harrys brennenden Stall denken.

»Ich glaube, es sind nur Streiche, aber Lina denkt, da steckt mehr dahinter«, sagt Victor.

»Aber was sollen wir tun?«, frage ich ihn.

Er zuckt mit den Schultern. »Wir sollten es beobachten. Selbst Professor Proelium scheint es nicht ernst genommen zu haben.«

Lina beißt die Zähne zusammen, sagt aber nicht.

Wir gehen weiter zum Unterricht und ich versuche, Lina mit einem Gespräch über den Ball, Kleider und Frisuren abzulenken. Das funktioniert so gut, dass sie, als wir im Klassenraum ankommen, schon wieder etwas lächeln kann.

Der Professor betritt kurz nach uns den Raum.

»Ich bitte Sie, mit nach draußen zu kommen. Für die heutigen Übungen benötigen wir mehr Bewegungsfreiraum«, sagt er schmunzelnd und geht zur Tür hinaus.

Draußen sollen wir uns auf einer großen Wiese aufteilen und einigen Platz zwischen uns freihalten. Ich bin gespannt, was wir heute lernen werden.

Der Professor stellt sich vor uns. »Ms Cleo. Bitte kommen Sie zu mir«, sagt er.

Ich gehe nervös nach vorne und stelle mich neben ihn.

»Sie haben das Buch, das ich Ihnen gegeben habe, studiert?«, fragt er mich.

Ich nicke. »Ja, Sir.«

»Gut, dann zeigen Sie uns etwas.«

Verwirrt schaue ich zu Lina. Ich soll etwas vorführen? Vor der ganzen Klasse? Doch Lina nickt mir aufmunternd zu.

Ich stelle mich breitbeinig auf und konzentriere mich auf das Gefühl von Wellen, die durch meinen Körper brausen. Ich habe so viel geübt, dass es mir inzwischen recht leicht fällt, mein Element zu rufen. So bildet sich sofort ein Wasserball vor mir. Danach hebe ich die Hände und lege sie aneinander, als würde ich beten. Langsam reibe ich die Handflächen kreisförmig aneinander. Der Wasserball beginnt, vor mir in der Luft zu kreisen, und ich bewege meine Hände immer schneller. Der Wasserball zieht sich in die Länge und wirbelt wie eine Spirale vor uns in der Luft, bis sich ein Wirbel aus Wasser daraus bildet.

Ich höre das Staunen der Schüler und auch des Professors. Ich verlangsame das Kreisen und der Wirbel formt sich langsam zurück zu dem Wasserball, den ich am Boden zerplatzen lasse.

»Ms Cleo hat eine außergewöhnliche Begabung. Ihr aller Ziel soll es diese Stunde sein, Ihr Element für ein paar Augenblicke in einer Form zu halten. Das ist übrigens die Voraussetzung, um am Turnier teilzunehmen. Also bemühen Sie sich«, sagt er und schickt mich zurück auf meinen Platz.

Lukas steht neben meinem Platz. Er muss die Position getauscht haben, als ich vorne war. Ich ignoriere ihn und rufe mein Element erneut.

»Hey, bist du wütend auf mich?« Lukas schaut mich mit seinen wunderschönen Augen an.

»Ja«, antworte ich leise.

»Wieso? Was habe ich falsch gemacht?«, fragt er jetzt bestürzt.

»Du hast gesagt, dass ich gut bin, obwohl ich nicht mal zum Adel gehöre. Dabei wissen wir das nicht.«

»Stimmt schon, aber wir können davon ausgehen. Immerhin wüssten wir, wenn eine der Familien ihr Kind vermissen würde«, sagt er sanft und nimmt meine Hand.

Ich warte auf das Kribbeln, das ich immer auf meiner Haut spüre, wenn er mich berührt, aber jetzt bleibt es aus. Ich ziehe meine Hand weg.

»Ich weiß auch nicht, dieses ständige ‚Wer gehört zum Adel und ist wichtig'-Gehabe nervt mich. Ich finde, wir sollten alle gleichbehandelt werden.«

Lukas schaut mich mit großen Augen an, wechselt aber schnell zu seinem strahlenden warmen Lächeln. »Ich denke, du hast recht. Es sollte keine Unterschiede zwischen Adel und Volk geben. Wenn ich einmal Fürst bin, werde ich alles dafür tun, um für die Gleichstellung zu kämpfen.« Er küsst mich und geht zurück auf seinen Platz, um zu trainieren.

Während ich übe, beobachte ich die Klasse und stelle fest, dass Victor der Beste ist. Viel besser als Lukas. Ich frage mich, wieso nicht Victor auserwählt wurde, um Lina zu heiraten. Vermutlich war es ihren Eltern egal, welchen Sohn sie mit ihr vermählen, Hauptsache einer schafft ein Bündnis.

Ich bin so in meine Gedanken vertieft, dass ich erst bemerke, dass der Unterricht vorbei ist, als Lina mich am Arm packt und zum Hauptgebäude zieht.

»Hast du das gesehen?«, fragt sie mich aufgeregt. »Ich habe es gesteuert.«

»Oh, nein, tut mir leid«, entgegne ich schuldbewusst.

»Ich habe es gesehen und es war fantastisch. Du hast die Kugel in zwei gleichgroße Kugeln geteilt und konntest beide steuern«, sagt Victor genauso aufgeregt wie Lina.

»Das ist ja toll!«, sage ich und umarme Lina.

»Du hast mit Lukas geredet, oder?«, fragt mich Lina.

Ich lächle sie an und nicke. »Ich habe ihm gesagt, was ich davon halte, dass der Adel als etwas Besseres dargestellt wird. Er hat gesagt, wenn er einmal Fürst ist, wird er für die Gleichstellung kämpfen.«

Lina und Victor schauen sich skeptisch an.

»Was denn? Das ist doch super«, sage ich glücklich.

»Ja schon«, schaltet sich Victor ein, »aber das passt nicht zu meinem Bruder. Er liebt es, besser behandelt zu werden als die anderen. Er lässt seinen Titel ständig raushängen, um sich zu profilieren.«

»Vielleicht überdenkt er seine Einstellung, weil er durch Cleo lernt, dass es egal ist, woher man stammt«, überlegt Lina.

Victor hebt zweifelnd eine Augenbraue, doch bevor er etwas einwenden kann, sage ich: »Ist auch egal. Ich freue mich darüber. Und jetzt muss ich zum Stall. Ich muss es schaffen, auf Druna zu reiten, bevor das Turnier übermorgen beginnt.« Damit gehe ich los.

Druna lässt sich zwar von mir streicheln, aber er hat mich noch nicht aufsitzen lassen. Wenn mich Druna nicht bald aufsteigen lässt, habe ich ein Problem beim Turnier. Ich dachte, ich würde Schwierigkeiten beim Kampftraining oder beim Elementarunterricht haben, aber dass ich es nicht schaffe, auf mein Reittier zu steigen, hätte ich nicht erwartet.

Ich setze mich wieder an das Becken in Drunas Box und stecke meine Hand in das kalte Meerwasser. Druna stupst meine

Hand mit seinen Nüstern an und ich streichle darüber. Die letzten Tage war ich oft hier und habe ihn gestreichelt. Ich habe gehofft, dass er mich mit der Zeit näher als eine Armlänge an sich heranlassen würde, aber er vertraut mir noch nicht genug. Am liebsten würde ich in das Becken springen, aber das würde ihn sicher verschrecken und die Arbeit der letzten Tage zunichtemachen. Er muss von selbst auf mich zukommen und mir erlauben, aufzusteigen.

Ich sitze eine gefühlte Ewigkeit am Wasser und denke über den heutigen Tag nach. Ich hoffe, ich konnte Lukas wirklich dazu bewegen, seine Meinung über den Adel und das Volk zu überdenken. Ich finde, es sollte keine Unterschiede geben. Auch Lina und Victor haben gewirkt, als wären sie meiner Meinung.

»Druna hat mich wieder nicht aufsteigen lassen. Das Turnier kann ich dann wahrscheinlich vergessen«, sage ich frustriert zu Lina, als ich in unser Zimmer komme.

Sie sieht mich mitleidig an, sagt aber frech: »Du kannst halt nicht überall die Beste sein.«

Ich nehme mein Kissen vom Bett und werfe es ihr an den Kopf.

Sie lacht und wir beginnen, über das Turnier und den Ball zu reden.

»Du brauchst noch ein Kleid!«, ruft sie entsetzt.

»Ich weiß, ich hätte das Blaue nehmen sollen.« Ich habe selber schon darüber nachgedacht.

»Wir reiten morgen früh in die Stadt und holen es«, beschließt Lina und ich stimme ihr dankbar zu.

Ich will nicht von ihren Almosen leben, aber ich kann nicht ohne Kleid auf den Ball. Vor allem nicht, wenn ich mit Lukas hingehe.

Am nächsten Tag haben wir frei. Die Professoren wissen, dass wir alle auf den Ball und das Turnier konzentriert sind. Wir wachen erst auf, als es an unserer Tür klopft.

»Ich dachte, Querx lässt uns heute ausschlafen«, murmle ich verschlafen.

Lina steht auf und öffnet die Tür.

»Was ist denn das?«, fragt sie.

Ich setzte mich auf und reibe mir die Augen. »Wer ist es denn?«, frage ich.

»Niemand.«

»Wie niemand? Irgendwer muss doch geklopft haben.«

»Der- oder diejenige hat nur ein Geschenk vorbeigebracht«, sagt sie und kommt mit einer Schachtel im Arm zurück.

Neugierig betrachte ich die Schachtel. Lina legt sie auf ihr Bett und öffnet sie. Erstaunt hält sie den Atem an. »Cleo, es ist das Kleid. Das Kleid aus dem Laden!«

Ich springe aus dem Bett und schaue in die Schachtel. In Seidenpapier gehüllt liegt darin das blaue Kleid.

»Wow, wer hat das hergebracht? Liegt irgendwo ein Zettel?« Ich nehme das Kleid aus der Schachtel.

»Vielleicht hat Victor Lukas davon erzählt und er wollte dich überraschen?«, überlegt Lina.

»Glaubst du wirklich?«, frage ich und strahle. Das wäre unglaublich süß von Lukas.

Wir beschließen, uns heute in unserem Zimmer zu verbarrikadieren und uns den ganzen Tag für den Abend herzurichten. Wir bitten sogar Querx, uns das Mittagessen aufs Zimmer zu bringen. Der Tag ist jetzt schon perfekt.

Nach Gesichtsmasken und einem Schaumbad drehen wir uns Lockenwickler in die Haare, schminken uns aufwendig und wischen uns das Make-up wieder vom Gesicht, bis wir zufrieden sind. So verbringen wir den ganzen Tag, bis es an der Tür klopft und Victor und Lukas vor der Tür stehen, um uns abzuholen.

»Wow«, entfährt es Lukas, als er mich sieht. »Du bist wunderschön.«

Ich werde rot und streiche verlegen über den Stoff. »Danke und danke für das Kleid. Es ist einfach wunderschön.«

Er sieht verwirrt aus, sagt aber nichts dazu. Stattdessen beugt er sich zu mir und küsst mich.

Ich will Victor begrüßen, aber er nimmt mich nicht wahr, er hat nur Augen für Lina, die in ihrem zartrosa Kleid wie eine Prinzessin aus einem Märchenbuch aussieht. Er nimmt ihre Hand und küsst sie. Lina wird rot und senkt den Kopf. Die Jungs halten uns die Arme hin, sodass wir uns bei ihnen einhaken können, und so gehen wir zum Trainingssaal, in dem der Ball stattfindet.

Auf dem Weg fühle ich mich wie ein amerikanischer Teenie aus einem dieser High-School-Filme. Ich hätte nie gedacht, dass ich mal zu einem Schulball gehen würde.

Victor erzählt lustige Geschichten aus seiner und Lukas' Kindheit. Lukas hat anscheinend mit dem Porzellan seiner Eltern sein Element geübt. Victor hat ihm Teller zugeworfen und Lukas hat versucht, sie mit der Luft zu fangen. So haben sie fast das gesamte Porzellan der Familie zerstört. Lina und ich müssen über die Geschichten lachen, doch Lukas findet es nicht so lustig wie wir. Seine Miene wird immer verkniffener. Ich streichle über seinen Arm und sein Gesicht wird wieder weicher.

Der Saal wurde in hellen Farben dekoriert, überall hängen Lampions, die den Saal warm beleuchten. Als wir ihn betreten, sind alle Augen auf uns gerichtet – oder besser gesagt auf mich. Sie starren mich alle an, als hätten sie mich noch nie gesehen, und einige knicksen sogar. Auch Lina und Victor scheinen das merkwürdig zu finden, nur Lukas gibt sich unbeeindruckt.

Am anderen Ende des Raums sehe ich Christine, die sich gerade mit einem unserer Mitschüler unterhält. Sie trägt ein dunkelgrünes Kleid und sieht zu meiner Überraschung heute sehr feminin aus.

»Wollt ihr etwas trinken?«, fragt Victor.

Auf unser Nicken geht er mit Lukas zur Bar, um uns Getränke zu holen.

»Ihr zwei passt so gut zusammen«, sage ich zu Lina.

Sie lächelt schon den ganzen Abend, als wäre es der schönste Tag ihres Lebens. »Findest du? Ich hab ihn wirklich gern«, flüstert sie und seufzt.

»Und er dich auch«, flüstere ich zurück, da die beiden schon wieder auf uns zukommen.

»Willst du tanzen?«, fragt mich Lukas.

»Sehr gerne«, antworte ich und wir gehen auf die Tanzfläche. »Ich kann nicht besonders gut tanzen«, gebe ich zu.

Er lacht. »Das ist egal, solange ich gut führen kann.« Er zwinkert mir zu und bringt meine Arme in Position.

Die Band spielt ein langsames Lied und Lukas dreht mich im Takt durch den Raum. Am Anfang macht es noch Spaß, aber nach dem zweiten Lied wird es anstrengend, ständig gedrückt oder gezogen zu werden. Ich fühle mich alles andere als elegant.

»Können wir eine kurze Pause machen?«, frage ich erschöpft.

Er nickt und bringt mich an den Rand der Tanzfläche, dann geht er zu ein paar Freunden, um sich mit ihnen zu unterhalten. Ich beobachte Lina und Victor dabei, wie sie miteinander tanzen. So glücklich wie gerade habe ich die beiden noch nie gesehen. Sie wirbeln über das Parkett und unterhalten sich dabei, als hätten sie nie etwas anderes gemacht. Wenn ich tanzen könnte, hätte es bei mir und Lukas bestimmt auch so ausgesehen.

»Nur damit du es weißt: Ich werde dir jetzt nicht dankbar vor die Füße fallen oder so. Ich kann dich immer noch nicht leiden«, sagt auf einmal jemand hinter mir.

Ich wirble verwirrt herum. »Hallo Christine, schöner Abend heute, nicht wahr?«, sage ich genervt.

»Ich will das nur klarstellen. Ich werde dich morgen trotz deiner kleinen Rettungsaktion beim Turnier fertigmachen. Du und deine Prinzessin haben keine Chance gegen mich.«

»Können wir dir helfen?« Lina taucht mit Victor neben mir auf und funkelt Christine an.

»Ich wollte nur, dass Cleo weiß, worauf sie sich morgen einlässt«, faucht Christine und geht.

»Du hast ihren Stolz verletzt«, sagt Victor. »Das wird sie dir nie verzeihen.«

»Also ist es meine Schuld, dass sie Feuer gefangen hat? Hätte ich sie brennen lassen sollen?«, frage ich bestürzt.

»Natürlich nicht«, mischt sich Lina ein. »Aber es war wirklich blöd, dass es ausgerechnet ihr passiert ist. Wo ist eigentlich Lukas?«

Ich deute auf die Gruppe von Typen, bei denen er steht. Sie lachen zusammen.

»Dann müssen wir jetzt tanzen«, beschließt sie und zieht mich auf die Tanzfläche. Zum Glück spielen sie jetzt keine Walzer mehr, sondern schnellere Musik. Wir tanzen ausgelassen ohne festgelegte Schrittfolge und nach einer Weile stößt auch Victor mit Lukas zu uns. Wir tanzen den ganzen Abend ausgelassen. Ich habe richtig Spaß. So habe ich mir den Ball vorgestellt.

Immer wieder kommen Mitschüler auf uns zu und unterhalten sich mit uns. Das ist das erste Mal, dass sich andere auch mit mir unterhalten, und ich genieße es.

Wegen des Turniers geht der Ball schon früh zu Ende. Wir müssen in die Betten und uns ausruhen.

Victor bringt Lina zu unserem Zimmer und ich schlendere ihnen hinterher. Ich habe Lukas nur noch kurz gesehen, dann war er plötzlich verschwunden. Vielleicht wollte er früh ins Bett und hat vergessen, sich zu verabschieden? Das Seltsame ist, dass es mir eigentlich egal ist.

Ich gehe in unser Zimmer, damit Lina und Victor sich ungestört voneinander verabschieden können.

Ein paar Minuten später öffnet sich die Tür und Lina schwebt herein. Ihr Gesicht glüht, ihre Augen leuchten.

»Was habt ihr denn noch so lange gemacht?«, frage ich lachend.

Ihr Gesicht wird noch einen Ton dunkler. »Er hat mich geküsst«, sagt sie so leise, dass ich sie fast nicht verstehe.

»Was?!«

Da bricht es aus ihr heraus und sie schreit durch das ganze Zimmer: »Er hat mich geküsst! Cleo, er hat mich geküsst!« Sie springt wie ein Flummi durchs Zimmer und hält sich die Finger an die Lippen, als würde sie den Kuss noch auf ihnen spüren.

»Das ist ja fantastisch!«, rufe ich und nehme sie in den Arm.

»Ich war noch nie so glücklich«, sagt sie leise.

»Ich freue mich so für euch!«

Lucian

Sie liegt auf dem Altar, das weiße Kleid blutrot. Ein Dolch steckt in ihrer Brust, ihre toten Augen starren mich an. Über ihr steht der Mann, den ich in der Akademie gesehen habe: der Fürst von Oryja. Er schaut zu mir und lächelt mich böse an.

Schweißgebadet wache ich im Trainingssaal auf. Er ist es, er ist derjenige, der sie töten wird! Ich rapple mich auf und wische mir den Schweiß von der Stirn.

Der Traum verfolgt mich seit Wochen unverändert. Es wird passieren.

Cleo muss hier weg. Ich sehe mich noch immer schlaftrunken im Saal um. Seit Wochen krieche ich hier jede Nacht unter und tagsüber schleiche ich über das Gelände.

Ist es wirklich eine gute Idee, auf den Ball zu warten, oder verschwende ich nur Zeit damit? Frustriert packe ich meine wenigen Habseligkeiten in meinen Beutel und spüre das Bild meiner Mutter darin. Ich ziehe es heraus und betrachte es. Sie hatte dunkelbraune Haare und warme gütige Augen, ich hätte sie gerne kennengelernt. Ich vermeide es meistens, mir das Foto anzusehen, aber immer wenn ich mich alleine fühle, betrachte ich das Bild. Es fühlt sich dann immer an, als wäre sie bei mir und würde mir helfen.

Ich schüttle den Kopf über meine dummen Gedanken und stecke das Bild zurück in den Beutel. Ich muss nach Oryja und dieses Kleid stehlen, damit mein Plan aufgeht.

Draußen ist es noch dunkel, als ich aus dem Gebäude trete. Perfekt. Dann sind noch keine Schüler oder Lehrer auf dem Campus unterwegs. Ich schleiche zum hinteren Teil des Campus und klettere die groben Steine der Mauer empor. Auf der Mauer halte ich Ausschau nach dem Kanubri, das ich bei meiner Anreise zurückgelassen habe. Ich erkenne es schemenhaft in der Ferne. Toll, also erst mal ein Fußmarsch.

Ich gehe über die offene Wiese. Als mich das Kanubri sieht, höre ich ein tiefes erleichtertes Seufzen und es kommt mit langsamen Schritten auf mich zu.

»Hallo Großer, hast du mich etwa vermisst?«, frage ich ihn und kraule ihm den Kopf. Auf dem Kanubri bin ich in Windeseile in der Stadt und kann das Kleid holen. Dass es zu meinem Plan gehört, ein Ballkleid zu stehlen, würde mir Alec nie glauben. Beim Ball werden so viele Leute sein, niemand wird merken, wenn sie verschwindet.

An den Toren der Stadt ist noch die Verwüstung zu sehen, die ich angerichtet habe. Der Park ist fast vollständig niedergebrannt und wird sich wohl nicht so schnell erholen. Ein schlechtes Gewissen habe ich deswegen nicht. Sie haben von unserem Land auch nicht viel mehr als Asche übrig gelassen.

Kurz vor dem Tor werde ich langsamer. Ich trage zwar meine Wächteruniform, aber ich habe die Befürchtung, dass sie mich suchen und vielleicht sogar eine Beschreibung von mir haben. Auf der Mauer am Tor kommt ein Wächter in meine Richtung und betrachten mich. Ich versuche, locker zu bleiben und mir nichts anmerken zu lassen. Aus den Augenwinkeln versuche ich, die anderen Wächter in meiner Umgebung auszumachen. Auf der Mauer kann ich noch vier zählen, aber wie viele hinter dem Tor warten, wenn sie alarmiert werden, kann ich nicht einmal schätzen.

Ich blicke zu dem Wächter hoch, der mich immer noch mustert. »Öffnet mir das Tor!«, rufe ich ihm zu.

»Woher kommst du? Ich habe dich noch nie gesehen«, fragt er.

Fuck.

»Natürlich hast du mich noch nie gesehen, ich komme aus Maunga. Ich wurde einem Trupp hier in Oryja zugeteilt.«

Er nickt. »In letzter Zeit werden die Truppen hier immer mehr vergrößert. Weiß die Göttin, wieso«, sagt er und öffnet das Tor.

Ich passiere und stelle mein Kanubri zu den anderen an eine Tränke.

Einige Wächter, die das Gespräch mitgehört haben, begrüßen mich freundlich. Man bietet mir sogar warmen Met an, den ich freundlich ablehne. Aber schon habe ich einen in der Hand und sie prosten mit mir auf meinen neuen Dienstort an. Die Wächter hier sind freundlich und erinnern mich an meine Kadetten am Grenzposten. Sie scheinen uns nicht so unähnlich zu sein.

Nach zwei großen Met und vielen Geschichten über Oryja, mache ich mich auf den Weg zu dem Laden mit den Kleidern.

Ich finde ihn schnell und dank der Wächter am Tor ist auch genug Zeit vergangen, sodass der Laden bereits geöffnet hat. Beim Eintreten ertönt eine kleine Klingel, die über der Tür hängt. Eine gut gelaunte Frau kommt auf mich zu und strahlt mich an. »Wie kann ich Ihnen helfen?«

»Ich suche einen Mann. Er ist vor einigen Tagen in die Stadt eingedrungen. Er kommt aus Wairua und muss unbedingt gefunden werden, bevor etwas passiert«, sage ich kalt.

Das Lächeln der Frau verschwindet. »Dieser Abschaum. Ich habe davon gehört, dass einer von denen hier war, aber ich dachte, er ist aus der Stadt geflohen«, sagt sie verwundert. »Dieses Pack hätten wir damals ausrotten sollen, wenn Sie mich fragen.«

Ich beiße die Zähne zusammen, um mir nichts anmerken zu lassen. »Das dachten wir auch, aber ein Augenzeuge meint, diese Person gestern in der Stadt gesehen zu haben. Nun müssen wir noch mal alles nach ihm absuchen«, sage ich immer noch kühl.

»Das ist der, der unseren schönen Park niedergebrannt hat, oder? Das ist doch purer Neid auf unser Land«, sagt sie aufgebracht.

»Genau diesen Mann suchen wir«, sage ich ruhig, innerlich brenne ich vor Wut.

»Also bei mir im Laden ist er bestimmt nicht, Sie haben doch das Glöckchen gehört. Mir entgeht kein Kunde, der hier hereinkommt«, sagt sie stolz.

»Ich muss Ihr Geschäft trotzdem durchsuchen, Sie wollen doch nicht, dass er womöglich eine Ihrer Kundinnen angreift oder die Kleider anzündet«, sage ich bestimmt.

Sie stottert: »N-Nein, natürlich nicht, Sir.«

Ich gehe durch das Geschäft und suche jeden Winkel nach dem vermeidlichen Abschaum ab. Sie folgt mir und beobachtet jeden meiner Schritte. Super, wie soll ich das Kleid einstecken, wenn mir die Verkäuferin ständig über die Schulter blickt? Das Glöckchen ertönt und eine Kundin kommt herein.

»Ma'am, ich denke, es ist am besten, wenn Sie mit Ihrer Kundin draußen warten, bis ich fertig bin. Ich möchte keine Zivilisten in Gefahr bringen, falls sich der Gesuchte in Ihrem Geschäft aufhält«, sage ich.

Sie erschrickt bei meinen Worten und begleitet die Kundin nach draußen. Endlich habe ich Zeit, das Kleid zu suchen. Ich finde es schließlich und packe es in eine Tüte am Tresen. Plötzlich höre ich das Glöckchen bimmeln. Ist sie etwa zurück? Schwere Schritte kommen näher.

»Wächter? Was tun Sie hier?«, fragt eine männliche Stimme. »Zwei Damen haben mir erzählt, dass Sie hier ein Geschäft durchsuchen.»

Ich drehe mich zur Tür und stehe einem echten Wächter gegenüber. Scheiße.

»Ich habe den Auftrag, die Geschäfte in dieser Straße nach dem Flüchtigen aus Wairua zu durchforsten«, erkläre ich sachlich und verberge die Tüte hinter meinem Rücken.

»Der Flüchtige wurde seit Tagen nicht mehr gesehen. Wie kommen Sie auf die Idee, er wäre hier?«, fragt er mich.

»Ich habe den Auftrag von unserem Oberkommandanten bekommen. Ich führe nur seine Befehle aus.«

Der Mann lächelt mich schief an. »Von unserem Oberkommandanten? Das ist ja interessant.«

Mir schwant Übles.

»Wissen Sie nicht, wer ich bin, Wächter?«, fragt er, »Sie haben vor mir einen Schwur geleistet, als Sie in den Dienst eingetreten sind. Haben Sie das vergessen oder haben Sie damals diesen Termin versäumt?«

Verdammte Scheiße. Ich sehe mich nach einer Fluchtmöglichkeit um, aber der einzige Weg aus diesem Laden führt durch die Eingangstür und die wird von dem Wächter blockiert.

»Sie brauchen nicht zu versuchen, zu entkommen. Das ist der einzige Weg aus dem Gebäude und das wissen Sie«, sagt er. »Ich nehme Sie mit aufs Revier. Dort können wir eingehender darüber reden, was Sie hier tun.«

Ich überlege fieberhaft, was ich machen soll. Langsam gehe auf ihn zu, mache ruckartig einen Schritt zur Seite, um mich an ihm vorbeizuzwängen, aber ich habe keine Chance. Der Mann packt mich am Arm.

»Probieren Sie das lieber nicht noch einmal«, sagt er harsch.

Auf dem Revier führt mich der Oberkommandant in sein Büro. Es ist klein und nur mit einem Holzschreibtisch und ein paar Stühlen ausgestattet. Er bedeutet mir, mich zu setzen. Wie habe ich mich nur in diese Situation gebracht?

»Also, was wollten Sie wirklich in diesem Geschäft und wo haben Sie diese Uniform her?«, fragt der Kommandant neugierig.

Ich runzle die Stirn. Er wirkt nicht wütend, sondern tatsächlich nur neugierig.

»Also?«, drängt er.

Ich weiß nicht, was ich sagen soll, also überlege ich mir hastig eine Geschichte. »Meine Freundin und ich wollten so gern auf den Eröffnungsball gehen, deshalb wollte ich ihr ein schönes Kleid kaufen. Mein Vater ist enttäuscht von mir und gibt mir keine Koura mehr. Aber sie wünscht sich das Kleid so sehr. Ich wollte es ihr unbedingt schenken – als romantische Geste. Da ist mir nichts Besseres eingefallen, als es zu stehlen«, versuche ich, ihm zu erklären.

Der Oberkommandant sieht mich enttäuscht an. »Das soll ich Ihnen glauben? Für ein Kleid haben Sie eine Uniform gestohlen und sind dann unter einem Vorwand in das Geschäft eingedrungen?«, fragt er.

»Ja Sir, es tut mir leid«, sage ich gespielt schuldbewusst.

»Sie sind nicht aus Oryja und gehen auch nicht auf die Akademie«, sagt er und schaut mich erwartungsvoll an.

»Doch natürlich«, beharre ich.

»Ich kann mir denken, wer Sie sind, aber ich verstehe nicht, wieso Sie es wegen eines Ballkleides in Kauf nehmen, gefasst zu werden, Lucian, Sohn des Gebieters von Wairua«, sagt er.

Fuck, damit hat er mich so überrumpelt, dass ich fast aus meiner Rolle falle. Ich habe mir zwar gedacht, dass er nicht dumm ist, aber dass er mich von Anfang an durchschaut hat, habe ich nicht erwartet.

»Ich weiß nicht, wovon Sie reden«, wehre ich ab und versuche, Verwirrung vorzutäuschen.

»Gut«, sagt der Oberkommandant. »Nehmen Sie Ihre Beute und gehen Sie. Ich glaube nicht, dass wir uns heute ein letztes Mal gesehen haben. Ich bin schon sehr auf unser nächstes Treffen gespannt.« Er steht auf, gibt mir den Beutel mit dem Kleid, öffnet die Tür und bedeutet mir, zu gehen.

Verwirrt verlasse ich das Polizeirevier. Bevor er es sich anders überlegt, mache ich mich aus dem Staub. Ich habe nachher noch genug Zeit, mir Gedanken darüber zu machen, was da gerade passiert ist.

Ich gehe schnell zurück zum Tor, den Wächtern erzähle ich, dass ich zu den Grenzgebieten geschickt werde. Sie verziehen gequält ihre Gesichter und wünschen mir viel Glück.

Ich reite mit dem Kanubri im Schritttempo zur Akademie zurück. Bis morgen habe ich nichts mehr zu tun und es fühlt sich gut an, frei reiten zu können. Außerdem muss ich auf die Dunkelheit warten, bis ich wieder über die Mauer klettern kann. Bei Tag wäre das zu auffällig.

Auf dem Weg zurück zur Akademie geht mir die Geschichte mit dem Oberkommandanten nicht mehr aus dem Kopf. Wieso hat er mich nicht ins Gefängnis gesperrt? Er wusste schließlich, wer ich bin. Also wusste er auch, dass ich mich auf der falschen Seite der Grenze aufhalte. Allein dafür hätte er mich festnehmen können. Oder für den Diebstahl. Warum dann nicht für beides zusammen? Wollte er keinen Krieg auslösen? Wenn er mich gemeldet hätte, hätten die Wächter von Oryja meine Heimat angegriffen. Mein Volk wäre von Wächtern überrollt worden. Insgeheim bin ich dem Oberkommandanten dankbar.

Nach einem stundenlangen Ritt kommen wir schließlich in Dunkelheit gehüllt an der Akademie an. Ich stelle mein Kanubri in einiger Entfernung ab.

»Tschüss mein Großer, ich weiß nicht, wann wir uns wiedersehen werden«, sage ich und streichle ihm ein letztes Mal über den Kopf.

Ich schleiche mich zurück in den Trainingssaal und schlage dort fast schon selbstverständlich mein Lager auf. Der Schlaf in dieser Nacht ist genauso unruhig wie in den Nächten davor. Die toten Augen von Cleo bekomme ich wohl nie wieder aus meinem Kopf.

Ich höre, wie die Tür zum Saal geöffnet wird und Schüler hereinkommen. Neugierig schaue ich über das Geländer, wer kommt so früh hierher?

»Du gehst also wirklich mit dem Verlobten deiner besten Freundin zum Ball?«, ruft das starke Mädchen durch den Saal Cleo zu. »Und du gehst mit der Verlobten deines Bruders? Was sagt denn dein Vater zu der Sache?«, ruft sie dem Jungen, mit dem Cleo befreundet ist, entgegen.

»Ich wüsste nicht, was dich das angeht«, faucht Cleo das Mädchen an.

Wow, ich hätte ihr nicht zugetraut, sich gegen das Mädchen zu behaupten. Bisher hat sie die Sticheleien eher still ertragen.

»Mich geht das im Gegensatz zu dir schon etwas an. Ich bin die Prinzessin von Maunga und kein dahergelaufener Mensch aus der anderen Welt. Die Bündnisse der Fürstentümer werden nun mal mit Hochzeiten geknüpft«, sagt sie. »Außerdem würde nur ein Flittchen mit dem Mann der besten Freundin zusammen sein«, sagt sie abfällig.

Sie ist die Prinzessin von Maunga? Dann passt sie zu ihrem Volk: rau und grob.

»Meine Damen, meine Herren«, schalt die Stimme des Professors durch den Raum. »Da hier wohl einige Spannungen herrschen, wäre ein Partnerwechsel angebracht. Ms Cleo, Ms Christine. Ich möchte, dass Sie heute Partner sind. Ich denke, vor dem großen Turnier wäre das genau das Richtige.«

Cleo soll gegen dieses Monster kämpfen? Das kann sie nicht gewinnen. Doch Cleo holt sich tapfer ein Schwert und tritt der Kämpferin entgegen. Sie beginnen zu kämpfen – wenn man das so nennen will. Cleo duckt sich nur und weicht den Schlägen ihrer Gegnerin aus. Ich zucke bei jedem Beinahetreffer zusammen.

Nach nur ein paar Minuten liegt Cleo mit dem Rücken auf der Matte, eine Axt schwebt über ihr in der Luft. Ich bekomme Panik. Will der Professor nicht eingreifen? Das Mädchen macht nicht den Eindruck, jetzt aufzuhören.

Sie holt mit der Axt aus und im gleichen Moment schieße ich einen Feuerball auf das Mädchen. Ich ducke mich schnell hinter das Geländer und höre ihre Schreie.

Was hab ich getan? Wieso habe ich mich nicht besser unter Kontrolle? Und wieso ist mein Element in ihrer Nähe so präsent? Normalerweise kostet es mich irrsinnige Kraft und Mühe, es hervorzulocken.

Erst als ich Applaus höre, spähe ich wieder in den Saal hinunter. Die Hose des Axtmädchens ist durchnässt und alle applaudieren Cleo. Hat sie etwa das Feuer gelöscht?

Den restlichen Tag tue ich nichts mehr, sondern genieße die Stille im Trainingssaal. Das Kleid habe ich einem Feeng gegeben, um es schön zu verpacken und ihr am Morgen vor die Tür zu legen. Aus irgendeinem Grund bin ich deswegen nervös.

Am nächsten Morgen sitze ich immer noch im Trainingssaal, unter mir sind Dutzende Feeng dabei, alles hübsch zu dekorieren. Ob sie das Kleid schon bekommen hat? Leise schleiche ich mich aus dem Saal, bevor mich die Feeng entdecken, und gehe in das Hauptgebäude hinüber. Dort sind nirgendwo Schüler zu sehen. Wahrscheinlich machen sich alle für den Abend fertig.

Ich schlendere vorsichtig durch das Gebäude, es ist tatsächlich niemand zu sehen. Schließlich finde mich in einer riesigen Bibliothek wieder. Die vollgestopften Regale ragen viele Stockwerke in die Höhe, überall stehen Sofas und große Stühle, die zum Lesen einladen.

Ich stöbere in der Bibliothek, bis ich an einem Buch hängen bleibe. *Die Schlacht gegen die Wairua*. Ich nehme das Buch und setze mich auf einen der Stühle. Ich kann mir schon denken, was in dem Buch steht. Nach kurzem Blättern bestätigt sich mein Verdacht. Man könnte es genauso gut *Die große Lügengeschichte der Fürsten* nennen. Das Fürstentum Wairua hat sich aufgelehnt und einen Krieg angezettelt, sie haben das Fürstentum Kohua ausgelöscht. Was für ein Blödsinn. Das Fürstentum Kahua war auf unserer Seite. Sie wurden von Oryja und den anderen Fürstentümern vernichtet.

Ich sitze lange in der Bibliothek, starre auf das Buch und hänge meinen Gedanken nach. Irgendwann schaue ich auf eine der Uhren, die überall im Raum hängen, und mache mich schnell auf zum Trainingssaal.

Ich erreiche den Trainingssaal, als noch fast keine Schüler anwesend sind, und kann mich ungesehen in der oberen Etage verstecken. Ich werde Cleo bei der erstbesten Gelegenheit schnappen. Mit meiner Wächteruniform werde ich in dem Getümmel hoffentlich nicht auffallen.

Der Saal ist schon sehr voll, als sie eintrifft. Mir stockt der Atem. Sie trägt das Kleid und ihre Haare fallen in sanften Wellen über ihre Schultern. Sie strahlt über das ganze Gesicht. Ich schlucke hart, sie ist wunderschön.

Erst als ich ihre Begleitung sehe, komme ich wieder richtig zu mir. Es ist das Arschloch. Als Nächstes muss ich zusehen, wie er sie über die Tanzfläche wirbelt. Glücklich wirkt sie dabei allerdings nicht. Das Strahlen ist aus ihren Augen verschwunden.

Nachdem sie zwei Tänze über sich hat ergehen lassen, stellt sie sich allein an den Rand der Tanzfläche und sieht den anderen Tänzern zu, wie sie sich schwungvoll im Takt der Musik bewegen. Der perfekte Moment, um mit ihr zu verschwinden.

Ich will gerade die Treppe hinuntergehen, da kommt die Prinzessin von Maunga auf sie zu. Sie scheinen sich zu streiten. Erst als Cleos Freunde zu ihnen stoßen, zieht die Prinzessin ab. Zusammen gehen sie auf die Tanzfläche und verlassen sie für den Rest des Abends nicht. Sie ist den ganzen Abend über in Gesellschaft, lauter Schüler sammeln sich um sie und ihre Freunde und feiern mit ihnen.

Als der Ball vorbei ist, lege ich mich frustriert auf meine Schlafmatte und überlege mir einen neuen Plan.

Kapitel 11

Cleo

Querx weckt uns schon sehr früh, damit wir uns für das Turnier fertig machen und ausgiebig frühstücken können. Lina strahlt noch immer über das ganze Gesicht und redet nur über Victor. Seine schönen Augen, seine tollen Haare, wie gut er sein Element steuern kann und wie freundlich und gütig er ist. Ich bin froh darüber, dass sie so viel redet, das lenkt mich von meiner Nervosität ab. Das Turnier macht mir wirklich Angst. Ich bin neu hier und eine absolute Anfängerin und jetzt soll ich mich mit meinen Mitschülern messen? Ich hätte mich nie für das Turnier anmelden dürfen, ich bin eine Idiotin.

Wir sitzen beim Frühstück, Lina und Victor strahlen sich verliebt an, während ich in meinem Porridge rühre. Ich bekomme keinen Bissen herunter, mir ist sogar übel.

»Wir müssen los zum Turnier«, sagt Victor. An seiner Stimme kann man hören, wie glücklich er ist.

Händchenhaltend gehen die zwei voraus. Das entlockt mir ein Lächeln, ich freue mich so für die beiden.

Das Turnier beginnt in der Bibliothek, ich gehe ihnen zögerlich hinterher. Das ist so eine dumme Idee.

Beim Betreten des riesigen Raumes mache ich große Augen. Hier stehen Bücherregale, die sicher drei Stockwerke hoch sind. An ihnen lehnen Dutzende Leitern, damit man an die oberen Regale kommt. Die Sofas und Stühle lassen den Raum gemütlich wirken und laden zum Verweilen ein. Doch jetzt ist im ganzen Raum Hektik zu spüren, die nicht so recht hierherpassen will. Die Turnierteilnehmer warten aufgeregt in der Mitte des Raums darauf, dass es losgeht. Ich stelle mich zu ihnen.

Die Professoren kommen herein. Einige kenne ich aus dem Unterricht, aber es sind auch viele dabei, die ich noch nie gesehen habe. Ich würde Lina gerne fragen, wer das alles ist, aber es wird mucksmäuschenstill in der Bibliothek. Man kann unsere Aufregung förmlich in der Luft spüren.

Die Professoren stellen sich vor uns in einer Reihe auf und scheinen auf etwas zu warten. Selbst sie wirken nervös und schauen zur Eingangstür. Nach ein paar Augenblicken öffnet sie sich und der Fürst von Oryja tritt ein. Lina zieht scharf die Luft ein und verkrampft sich neben mir.

Er stellt sich vor die Reihe der Professoren. »Liebe Teilnehmer und Teilnehmerinnen dieses Turniers. Ich freue mich, heute das Turnier zu eröffnen. Vor mir stehen die klügsten, stärksten und machtvollsten Schüler und Schülerinnen dieses Landes. Großes liegt vor Ihnen. Dieses Turnier wird Ihnen weit mehr abverlangen als Kraft und Geschick. Sie werden über sich hinauswachsen.« Er schaut zu Lina. »Und ich gehe davon aus, dass Sie mich nicht enttäuschen werden.« Er wendet seinen Blick von ihr ab. »Die erste Aufgabe bedarf Analytik. All jene, die die erste Aufgabe nicht lösen können, werden sofort von dem Turnier ausscheiden. So wird das ganze Turnier ablaufen. Wird eine der Aufgaben nicht richtig oder überhaupt nicht gelöst, können Sie nicht länger antreten. Professor Luxeria, bitte übergeben Sie den Teilnehmenden nun die erste Aufgabe.«

Professor Luxeria nickt und beginnt, Papierrollen auszuteilen.

Die ersten, die eine bekommen, wollen sie sofort öffnen, doch die scharfe Stimme des Fürsten zischt durch den Raum: »Die Rollen dürfen erst geöffnet werden, wenn alle Teilnehmenden eine ausgehändigt bekommen und wir den Raum verlassen haben.«

Seine Stimme klingt so bedrohlich, dass ich eine Gänsehaut bekomme.

Professor Luxeria überreicht mir eine Rolle. Das Papier fühlt sich schwer und fest an, die Rolle ist mit einem blauen Wachsiegel verschlossen. Ich muss mich beherrschen, um das Siegel nicht sofort zu brechen und die Rolle zu öffnen. Mich überkommt der Drang, unbedingt hineinsehen zu wollen. Meine Finger beginnen zu zittern, als würden sie von mir verlangen, die Rolle sofort zu öffnen.

Ein Schrei durchbricht die Stille im Raum. Entsetzt sehe ich mich zu dem schreienden Schüler um. Er liegt am Boden und krümmt sich vor Schmerz. Neben ihm liegt die geöffnete Papierrolle.

Ich will zu ihm eilen, um ihm zu helfen, da spricht der Fürst wieder: »Dieser junge Mann hat die erste Aufgabe bereits nicht bestanden. Er hat es nicht geschafft, dem Bann der Rolle zu widerstehen. Somit ist seine mentale Stärke dem, was noch alles auf euch zukommt, nicht gewachsen.« Sein Blick wirkt auf eine grausame Art belustigt und er macht keine Anstalten, dem schreienden Jungen zu helfen.

Niemand hier traut sich, sich zu rühren. Auch ich bleibe stocksteif stehen und beiße die Zähne zusammen, um das Zittern meines Körpers zu unterdrücken.

»Sie haben nun alle Ihre Aufgabe bekommen. Wir werden uns jetzt zurückziehen. Sobald die Tür hinter uns zufällt, beginnt die zweite Aufgabe.« Er wendet sich ab und geht hinaus.

Die Professoren tun es ihm gleich und gehen nacheinander aus dem Raum, nur wenige von ihnen schauen mitfühlend zu dem Jungen am Boden.

Sobald die Tür hinter ihnen zufällt, laufe ich zu dem Jungen. Lina und Victor kommen zu mir und wir helfen ihm, sich aufzusetzen.

»Was verdammt noch mal war das?!«, frage ich Lina entsetzt.

»Mein Vater«, entgegnet sie trocken.

Der Junge atmet viel zu hektisch und Victor versucht, beruhigend auf ihn einzureden. Ich sehe mich im Raum nach weiterer Hilfe um, doch alle Schüler haben ihre Papierrollen geöffnet, niemand von ihnen interessiert sich für den Jungen. Sogar Lukas ist in das Pergament vertieft.

Der Junge wird fast ohnmächtig, also rufe ich das Wasser und überschwemme ihn mit einer eiskalten Welle. Als ihn das Wasser umspült, hält er die Luft an und beruhigt sich langsam.

»Geht es dir gut?«, fragt Lina ihn.

Er nickt. »Danke, dass ihr mir geholfen habt. Aber ihr solltet euch um eure Aufgabe kümmern. Ich will nicht, dass ihr wegen mir verliert.« Er steckt den Kopf zwischen die Knie und atmet tief ein und aus. Die Tür öffnet sich wieder und Professor Luxeria kommt mit zwei Feeng, die eine Krankentrage in die Bibliothek bringen. Wir helfen ihnen, den Jungen auf die Trage zu legen, dann verlassen sie eilig den Raum.

»Los jetzt«, sagt Victor und zeigt auf die Rolle, die vor mir auf dem Boden liegt. Ich nehme sie und stehe auf. Das Siegel knackt unter meinen Fingern und ich entrolle das Pergament.

Wo mit aller Macht

die Kraft des Krieges erwacht.

Wo das Werkzeug singt,

wenn es durch die Leiber schwingt.

Mit List und Tücke

reißen wir unsre Gegner in Stücke.

Für den Frieden werden wir siegen.

Verwirrt starre ich auf die Worte. Was soll das bedeuten? Wo erwacht der Krieg? Bei der Politik? Das Werkzeug könnten die Waffen sein, die schwingen durch Leiber und reißen Gegner in Stücke. Aber wo könnte das auf dem Schulgelände sein? Der einzige Ort mit Waffen, den ich kenne, ist der Trainingsraum.

»Lina? War der Trainingsraum schon immer nur ein Trainingsraum?«, frage ich sie leise, damit uns sonst niemand hören kann.

Sie schaut mich mit weit aufgerissenen Augen an. »Nein, er war früher der Ort, wo sich die Fürsten vor dem Krieg getroffen haben und Pläne für die Schlacht geschmiedet haben. Cleo, du bist ein Genie!«

Auch Christine scheint das Rätsel gelöst zu haben, sie rennt zur Tür. Wir gehen zu Victor und flüstern ihm die Lösung zu. Ich will sie auch Lukas sagen, aber er ist schon verschwunden. Zu dritt eilen wir zu dem Trainingssaal. Dort treffen wir Lukas und Christine.

»Hey Babe«, begrüßt mich Lukas. »Ihr konntet das Rätsel also auch lösen?«

»Cleo hat es gelöst«, sagt Victor und mustert seinen Bruder argwöhnisch. »Hast du schon herausgefunden, was wir hier tun müssen?«

Lukas zieht sein Schwert und deutet auf die Wand hinter uns. Dort steht in Großbuchstaben: *EIN DUELL BEZWINGEN, NUR SO KANN MAN DEN SIEG ERRINGEN.*

»Was soll das bedeuten?«, fragt Lina.

»Das bedeutet, das sich hier die Anzahl der Turnierteilnehmer halbieren wird«, sagt Victor trocken und nimmt ein Schwert von der Wand.

»Du bist klug, kleiner Bruder. Aber leider nicht stark«, sagt Lukas und lässt das Schwert auf Victor hinabsausen. Der springt zurück und kann dem Schlag gerade noch ausweichen.

»Lukas, bist du verrückt? Das kannst du doch nicht tun!«, schreie ich entsetzt.

Lukas lächelt mich an. »So ist das Turnier, Babe. Hier kommen nur die Besten ans Ziel.« Er holt noch mal aus und zwingt Victor im Bruchteil einer Sekunde auf die Matte. Der lässt sein Schwert fallen.

Von oben höre ich plötzlich Applaus. Ich schaue hoch zur Galerie und erkenne die Professoren und den Fürsten. Der Fürst lächelt.

»Danke, kleiner Bruder«, sagt Lukas. Er kommt zu mir, küsst mich und rennt aus dem Gebäude. Geschockt schaue ich ihm nach.

Lina läuft zu Victor, um sicherzustellen, dass es ihm gut geht. Ich löse mich aus meiner Starre und will zu ihnen, doch Christine stellt sich mir in den Weg.

»Jetzt bin ich dran«, sagt sie und wirbelt ihre Axt in der Luft. »Hol dir eine Waffe.«

Ich schaue zu Lina und Victor. Beide nicken mir zu. Also nehme ich ein Schwert von der Wand und stelle mich Christine gegenüber. Ich muss es irgendwie schaffen, sie zu besiegen. Meine Chancen auf einen Sieg sind zwar niedrig, aber ich darf nicht von vornherein aufgeben.

Sie stürmt auf mich zu und holt mit der Axt aus. Ich springe zur Seite und kann gerade noch ausweichen. Ich weiß, wie Christine kämpft, und mache mich sofort auf den nächsten Schlag gefasst. Wie erwartet lässt sie nicht locker und schlägt gleich noch mal zu. Ich weiche vor ihr zurück.

In einem Film würde ich sie so lange auf mich einschlagen lassen, bis sie müde wird. Dann könnte ich irgendwann den vernichtenden Schlag ausführen. Doch Christine wird nie müde, sie gerät bei einem Kampf nicht mal ins Schwitzen. Ich muss mir schnell etwas einfallen lassen, sonst bin ich erledigt.

Ich schaue mich im Raum um, sehe aber außer den Waffen an der Wand nichts, das mir helfen könnte. Panik steigt in mir auf. Christine scheint das zu sehen, sie grinst mich böse an und holt immer wieder aus. Ich weiche weiter zurück und spüre plötzlich die Wand in meinem Rücken. Sie hat mich in die Ecke getrieben und ich habe es nicht einmal bemerkt.

»Tja Cleo, das war es dann wohl«, sagt Christine mit einem Lächeln und hebt ihre Axt.

Ich reiße mein Schwert hoch und kann den Angriff gerade so blocken. Mit beiden Händen umklammere ich den Griff meines Schwertes und versuche, ihre Axt wegzudrücken. Damit hat sie nicht gerechnet und stolpert einige Schritte zurück. Ich nutze die Chance und laufe in die Mitte des Raums. Noch mal lasse ich mich nicht an die Wand drängen.

Christine kommt auf mich zu und hackt wütend auf mich ein. Ich weiche jedem Hieb aus, so wie Victor es mir gezeigt hat, so wie wir es in den letzten Wochen immer wieder geübt haben. Ich muss mich auf die Grundlagen konzentrieren und darf mich nicht wieder von Christine in eine Ecke drängen lassen.

Christine kommt immer aus dem Takt, wenn ich sie blocke. Sie scheint es nicht gewohnt zu sein, auf Widerstand zu reffen. Sie schlägt wieder zu und ich springe zur Seite. Ich hole mit meinem Schwert aus und erwische ihren linken Arm. Sie zuckt zusammen und greift sich an die Wunde. Verwirrt starrt sie das Blut in ihrer Hand an.

»Wie hast du das gemacht?«

»Grundlagen«, antworte ich trocken und gehe wieder in Position.

Sie wirft sich voller Wucht gegen mich und lässt die Axt wie eine Berserkerin auf mich niedersausen. Ich weiche weiter den Schlägen aus und erwische sie dabei ständig irgendwo mit meinem Schwert. Das macht sie noch wahnsinniger vor Zorn. Sie ist bald an vielen Stellen verletzt, will aber trotzdem nicht aufgeben. Ich muss den Kampf irgendwie schnell beenden, ich will sie schließlich nicht ernsthaft verletzten. Ich muss ihr die Axt abnehmen, aber wie?

Die Axt saust neben meinem Kopf durch die Luft. Ich bemerke es zu spät, springe zu langsam zur Seite. Ein brennender Schmerz durchzuckt meinen Arm und Blut tropft auf die Matte.

Christine holt sofort zum nächsten Schlag aus und mir bleibt nichts anderes übrig, als wieder zu versuchen, den Schlag zu blocken. Metall prallt auf Metall. Ich beiße die Zähne zusammen und drücke mit ganzer Kraft gegen ihre Axt. Mein verletzter Arm zittert vor Schmerzen, doch der Widerstand wird schwächer. Christine sieht mich ungläubig an und lässt für einen Moment ihre Axt sinken. Ich nutze die Chance und schlage ihr die Waffe aus der Hand. Die Axt klappert zu Boden und ich habe den Kampf gewonnen.

Ich schaue hoch zur Galerie. Der Fürst und die Professoren starren mich an, keiner von ihnen applaudiert, wie sie es bei Lukas getan haben.

Ich gehe auf Christine zu. »Geht es dir gut?«, frage ich sie, weil sie mich immer noch anstarrt, als wäre ich ein Geist.

»Wer bist du?«, fragt sie mich entgeistert.

»Was? Wieso?«

Christine wendet sich ab und verlässt den Raum. Ich schlurfe zu Lina und Victor.

»Du hattest wieder Flügel«, flüstert Lina ehrfurchtsvoll. »Glänzende, wunderschöne Flügel.«

»Das hat Christine ziemlich aus dem Konzept gebracht«, sagt Victor amüsiert.

Die Tür öffnet sich und eine Gruppe von Turnierteilnehmern tritt ein.

»Lina, jetzt bist du dran«, sagt Victor und deutet auf die Waffenwand. »Cleo, du solltest weiter.«

Ich mache keine Anstalten zu gehen, ich will auf Lina warten und ihren Kampf verfolgen.

Da schallt die Stimme des Fürsten durch den Raum: »Ms Cleo, Sie müssen gehen, sonst werden Sie disqualifiziert.«

Lina, die gerade ein Schwert von der Wand nimmt, nickt mir zu und ich verlasse das Gebäude.

Draußen sehe ich mich um, weiß aber nicht, wo es nun weitergeht. Ich habe damit gerechnet, einen Hinweis zu bekommen, aber niemand hat etwas gesagt. Ich gehe um den Trainingssaal herum, kann aber nichts Auffälliges entdecken. Da höre ich lautes Wiehern, das aus Richtung des Meeres kommt. Ich gehe darauf zu und sehe einige Hippocampi im Wasser schwimmen. In der Ferne erkenne ich eine kleine Insel, die von so dichtem Nebel umgeben ist, dass man sie kaum sehen kann.

Ist das die nächste Aufgabe? Soll man auf einem Hippocampus zu der Insel reiten?

Ich gehe auf die Wesen zu und halte Ausschau nach Druna. Ich kann ihn nicht entdecken. Unruhig verlagere ich das Gewicht von einem Bein auf das andere. Wenn Druna mir nur vertrauen würde. Ich habe das Rätsel gelöst, Christine im Kampf bezwungen und jetzt komme ich nicht zu meiner nächsten Aufgabe, weil Druna nicht hier ist.

Ich blute immer noch aus einem Arm, also reiße ich ein Stück von meinem Hosenbein ab, um es mir um den Arm zu wickeln. Da fällt mir ein, dass Salzwasser eine reinigende Wirkung hat, und ich gehe ins Wasser. Das Salzwasser brennt in meiner Wunde und ich zucke leicht zusammen. Da spüre ich plötzlich eine kalte Schnauze, die mein Bein berührt.

»Druna!«, rufe ich glücklich und streichle ihn.

Schnell verbinde ich meinen Arm und mache einen Schritt auf ihn zu. Druna schwimmt vor mir hin und her, lässt mich aber nicht aufsteigen.

»Hey Großer, du musst mich aufsteigen lassen, sonst komme ich nicht zu meiner nächsten Prüfung«, sage ich ruhig. Er schwimmt weiter vor mir hin und her. »Ach, komm schon«, dränge ich ihn. »Ich muss nur zu der Insel dort drüben.«

Er schnaubt und scheint nicht nachgeben zu wollen. Ich schließe die Augen und versuche, ruhiger zu werden. Man kann nicht gestresst auf ein Pferd steigen, ohne auch das Pferd zu stressen. Ich atme tief durch die Nase ein und durch den Mund wieder aus. Nach einigen Wiederholungen merke ich, wie ich ruhiger werde. Ich habe das Gefühl, Eins mit dem Meer zu werden, und spüre wieder die Wellen, die durch meinen Körper pulsieren. Allmählich fällt die Anspannung nach dem Kampf von mir ab. Ich öffne die Augen und Druna schwimmt auf einmal neben mir im Wasser. Er hat mir seinen Rücken zugedreht, was ich als Einladung deute, aufzusteigen.

Langsam schwinge ich ein Bein über ihn, sobald ich mich an seinem Hals festhalte, rast er los. Er ist so schnell, dass meine Augen vom Fahrtwind tränen. Wir gleiten beinahe über das Wasser, statt zu schwimmen. Druna scheint es so gut zu gefallen, dass er Haken schlägt. Ich kann mich fast nicht auf seinem Rücken halten, so sehr schüttelt er mich durch. Er springt sogar aus dem Wasser und ich muss mich an den Zügeln festklammern.

»Ruhig Großer!«, rede ich auf ihn ein, damit er weniger unruhig ist. »Wir sind bald da.«

Ich beginne wieder, *All I Want For Christmas Is You* zu summen. Bald gleiten wir gerade über das Wasser. Ich genieße die Ruhe auf seinem Rücken und entspanne mich ebenfalls. Je näher wir der Insel kommen, umso düsterer wird es um uns. Wir reiten auf eine dicke Nebelwand zu. Druna wird langsamer und beginnt, kleine Haken im Wasser zu schwimmen, als würde er so lange wie möglich vermeiden wollen, bei der Insel anzukommen.

»Du musst dich nicht beeilen, wir sind schon fast da, schwimm so langsam, wie du möchtest. Ich verstehe, dass du Angst hast, die hätte ich auch, wenn ich auf etwas zuschwimmen soll, dass ich nicht sehe.« Das ist nicht übertrieben, ich kann mittlerweile kaum noch meine Hände erkennen. Wir stecken mitten im Nebel.

Nach ein paar Minuten bleibt Druna stehen.

»Sind wir da?«, frage ich ihn leise. Ich habe das Gefühl, hier still sein zu müssen, und auch Druna macht keinen Mucks, stattdessen schüttelt er nur den Kopf.

Ich gleite zur Seite von seinem Rücken und suche mit dem Fuß den Boden. Zuerst spüre ich nur Wasser, also lasse ich mich bis zur Hüfte sinken und ertaste schließlich den Boden. Ich steige vorsichtig ab.

»Du kannst aus dem Nebel schwimmen. Ich werde dich rufen, wenn ich zurückkomme«, flüstere ich ihm zu.

Er stupst mich wieder mit der Schnauze an und verschwindet dann.

Ich wate aus dem Wasser und sehe mich auf der Insel um, kann aber nichts erkennen. Überall um mich herum wabert dieser dichte Nebel. Langsam bewege ich mich vorwärts. Hier auf der Insel ist es totenstill, außer meinen Schritten und meinem Atmen kann ich nichts hören.

Nach einigen Metern stoße ich mit der Hand gegen etwas Hartes vor mir. Es fühlt sich kalt und feucht an. Eine Mauer? Ich taste mich daran entlang, bis ich eine Öffnung spüre. Ich gehe hindurch und halte eine Hand weiter an der Wand. Hier ist der Boden weniger nachgiebig, aber sehr uneben. Ist er auch aus Stein? Wo bin ich hier? In einer Ruine? Im Nebel lassen sich nicht einmal Konturen erahnen, er muss das ganze Gebäude durchdrungen haben.

Ich taste mich weiter an den Wänden entlang, das scheint der sicherste Weg zu sein. Wenn ich eine Öffnung spüre, gehe ich hindurch. Aber ist das auch der richtige Weg?

Es ist sicher schon eine Stunde vergangen, seit Druna mich hier abgesetzt hat. Ich habe gehofft, dass der Nebel lichter wird und ich bald etwas erkennen kann, aber der Nebel ist wie eine undurchdringliche Wand.

Schließlich spüre ich wieder den weichen Boden unter den Füßen. Bin ich im Kreis gelaufen?

Ist das ein Labyrinth?

Ich sinke auf den Boden und ziehe meine Knie an meinen Oberkörper. Mir ist so schrecklich kalt. Was soll das hier? Ich will hier raus! Ich merke, wie ich mich der Verzweiflung hingebe, komme aber nicht dagegen an.

Verzweifelt lehne ich mich an die Wand und weine. Ewig bleibe ich so sitzen, ich fröstle, mein Trainingsanzug ist komplett durchnässt und der Stoff wird bei der Feuchtigkeit in der Luft nie trocknen.

Die Feuchtigkeit? Ich fahre mit der Hand über den Stein. Wieso sind diese Mauern so nass? Wegen des Nebels? Ich betrachte meine feuchte Hand einen Moment, dann stehe ich schnell auf und konzentriere mich auf mein Element. Nebel besteht aus Wasser und Wasser kann ich steuern! Dass ich da nicht früher drauf gekommen bin!

Ich konzentriere mich und versuche, den Nebel zu fassen. Aber wie greift man nach der Luft? Ich schließe die Augen und hebe meine geöffneten Hände vor meine Brust, als würde mir jemand etwas hineinlegen wollen. Ich stelle mir vor, dass meine Handflächen die Wassertropfen im Nebel anziehen. Wie ein Magnet Metall. Langsam öffne ich die Augen und betrachte einen Wasserball, der über meinen Händen schwebt. Jetzt erkenne ich die Mauer vor mir. Sie scheint keinen Anfang und kein Ende zu haben, so lang ist sie. Darin befinden sich mehrere Öffnungen. Jetzt muss ich nur noch den richtigen Weg durch diese Mauern finden.

Ich schaue in die Gänge hinein und weiß nicht, für welchen ich mich entscheiden soll. Ich schaue in Dutzende Gänge, bis bei einem der Wasserball in meinen Händen anfängt zu pulsieren. So gehe ich durch das Labyrinth und folge dem Pulsieren. Nach einer gefühlten Ewigkeit finde ich einen Ausgang, dahinter erstreckt sich ein Wald.

Ich lasse mein Element gehen und die Mauern hinter mir verschwinden wieder im Nebel.

Tief atme ich durch, bevor ich in den Wald gehe. Die Blätter unter meinen Füßen rascheln und ich fühle mich wie im Tenebris, nur beschleicht mich ein ungutes Gefühl. Im Tenebris hatte ich auch Angst, aber dort war ich auf seltsame Art und Weise nie so alleine wie jetzt. Müsste Lukas nicht auch hier irgendwo auf der Insel sein? Und wo ist Lina? Hat sie den Kampf gewonnen und ist auch schon hier?

Ich gehe langsam zwischen den Bäumen entlang. Da höre ich von der Seite ein furchterregendes Raunen. Ich drehe mich zu dem Geräusch und sehe viele grüne Lichter auf mich zukommen. Irrlichter. Panik überkommt mich und ich renne weg. Sie dürfen mich nicht erwischen! Das letzte Irrlicht hätte mich fast getötet.

So schnell ich kann, laufe ich durch den Wald, da verändert sich der Klang meiner Schritte. Ich habe einen Holzsteg erreicht, der tiefer in den Wald hineinführt. Das hier könnte ein Sumpfgebiet sein, am besten bleibe ich auf dem Steg.

Ich drehe mich nach den Irrlichtern um, die weiter auf mich zukommen. Ich renne den Steg entlang. Immer wieder drehe ich mich um, irgendwann kann ich die grünen Lichter nicht mehr erkennen. Erst da verlangsame ich meine Schritte und sehe mich im Wald genauer um. Er ist düster und flache Nebelschwaden züngeln über den Waldboden. Ich kann ein gurgelndes Blubbern hören, das vom Sumpf kommen muss.

Langsam geh ich weiter. Ich versuche, alles um mich herum im Blick zu behalten, da ich fest damit rechne, dass plötzlich eine Gestalt, ein Monster oder ein anderes Wesen hinter einem der Bäume hervorspringt.

Da packt mich etwas am Bein. Ich schreie vor Schreck auf und schaue nach unten. Eine Hand ragt zwischen den Holzbrettern unter mir hervor, die knochigen Finger umklammern mein Fußgelenk. Ich schreie erneut auf und ziehe meinen Fuß mit ganzer Kraft zurück. Die Hand lässt mich los und ich atme erleichtert auf. Ich will weitergehen, da sehe ich vor mir Hunderte von Händen, die zwischen den Spalten der Bretter herausragen. Es sieht aus wie ein Friedhof aus einem Horrorfilm, wo die Toten ihre Hände aus den Gräbern strecken und versuchen, sich an etwas Lebendiges zu klammern.

Ich renne los, springe über die Hände und versuche, ihrem Griff zu entkommen. Eine Hand packt mich wieder am Knöchel, sofort greift eine andere zu und ich gehe zu Boden. Hände greifen mich am ganzen Körper. Ich spüre die knochigen Finger an den Armen, am Hals, in den Haaren und im Gesicht. Die Hand am Hals schnürt mir die Luft ab, aber ich kann mich nicht aufstützen, da mich die anderen auf dem Steg halten.

Vor lauter Panik winde ich mich, versuche, mich loszureißen, aber die Hände haben mich zu fest gepackt. Ich schließe die Augen, versuche, die Hände auszublenden und mein Element zu rufen.

Da höre ich eine hohe kratzige Stimme über mir: »Das Menschlein, das Menschlein, so ganz allein. Tot wird es bald sein. Ging blind und dumm in den toten Wald hinein.«

Ich öffne die Augen und sehe ein Irrlicht über mir.

»Irrlicht«, krächze ich erstickt. »Bitte hilf mir.« Meine Umgebung verschwimmt langsam vor meinen Augen.

Das Irrlicht sieht mich verwirrt an. »Hilfe will es haben, doch die bekommt es nur für ein paar Gaben. Da muss ich erst den Fürsten fragen«, krächzt es wieder.

»Bitte, wenn ich tot bin, ist es zu spät«, sage ich leise. Meine Lunge brennt vor Anstrengung und mir fallen die Augen zu.

Einen Moment später spüre ich, wie sich die Hände von meinem Körper lösen und Luft in meine Lungen dringt. Ich schnappe hektisch nach Luft. Langsam komme ich auf wackeligen Beinen zum Stehen und sehe mich blinzelnd um. Die Hände sind verschwunden.

»Danke, Irrlicht. Danke«, sage ich und reibe mir den schmerzenden Hals.

»Die Gabe. Die Gabe ist die Antwort auf eine Frage.«

Ich schaue das Irrlicht verwirrt an. »Du hast eine Frage?«

Das Irrlicht fliegt um mich herum. »Kann das Menschlein den Fluch brechen und Anahera rächen?«

»Den Fluch? Welchen Fluch?«, frage ich verwirrt.

Ein Knacken ist hinter uns zu hören und das Irrlicht dreht sich panisch um. »Nein, nein, nein! Das darf nicht sein. Sie dürfen mich nicht entdecken, ich muss mich schnell verstecken.«

Das Irrlicht löst sich in Luft auf, bevor ich noch etwas sagen kann. Hinter ihm taucht Lukas aus dem Wald auf.

»Lukas, du bist hier!«, rufe ich und laufe ihm entgegen, froh darüber, nicht mehr alleine zu sein.

Er sieht mich verwirrt an, umarmt mich aber und küsst mich. »Wie bist du so schnell hergekommen?«, fragt er verblüfft.

»Druna hat mich auf die Insel gebracht und mit meinem Element habe ich es durch das Labyrinth geschafft«, erkläre ich.

»Du hast es geschafft, dieses Biest zu reiten?«, fragt er mit großen Augen.

»Er war so tapfer. Ich habe zwar gespürt, dass er angespannt war, aber ich konnte ihn beruhigen. Wie ist es bis jetzt für dich gelaufen?«, frage ich. Mir fällt ein, wie er gegen Victor gekämpft hat, und ich mache unwillkürlich einen Schritt zurück, weg von ihm.

»Also meinen Hippocampus konnte ich nicht beruhigen, also habe ich es mit meinem Element über das Wasser fliegen lassen, dachte, ich brauche das Tier hier. Hab mich wohl getäuscht, ich hätte auch ohne herkommen können. Dann hätte ich sein Schreien nicht ertragen müssen«, sagt er angewidert.

Ich nicke stumm, statt ihm zu sagen, wie schrecklich ich es finde, ein Tier völlig aus seinem Lebensraum zu reißen und ihm die Bewegungsfreiheit zu nehmen. Wie kann man nur so egoistisch und kaltherzig sein?

»Und was gibt es hier in diesem Wald zu tun?«, fragt er und sieht sich um. »Bis jetzt ist nichts Aufregendes passiert.«

»Sei froh, ich wäre fast gestorben«, sage ich knapp.

»Was?« Er begutachtet mich. »Was ist mit deinem Hals passiert?«

Ich erkläre ihm kurz, was passiert ist, lasse aber das Irrlicht weg und erzähle stattdessen, dass ich mein Element nutzen konnte. Ich habe das Gefühl, die Sache mit dem Irrlicht sollte ich besser für mich behalten.

Er nimmt meine Hand und zusammen gehen wir den Weg entlang. Ich schiele ständig auf den Boden, um zu kontrollieren, dass da nicht wieder eine Hand auftaucht. Wir nähern uns dem Ende des Steges und in einiger Entfernung ist eine Wiese zu erkennen. Wir schauen uns an. Lukas zuckt mit den Schultern und geht weiter.

Auf der andern Seite der Wiese wurde eine Tribüne aufgebaut, auf der Schüler der Akademie sitzen. Davor erkenne ich ein Podest, das wohl das Ziel markiert.

Ich will gerade auf die Wiese treten, da pralle ich gegen eine unsichtbare Wand. Verwirrt sehe ich mich um. Lukas hat irgendwann meine Hand losgelassen und steht mit einem entschuldigenden Blick ein paar Schritte vor mir.

»Tut mir leid, Babe, aber ich muss das Turnier gewinnen.«

Ich reiße die Augen auf. Das kann jetzt nicht sein Ernst sein?! »Lass mich sofort durch!«, schreie ich ihn an. Doch er schüttelt nur den Kopf und macht keine Anstalten, die Barriere aufzulösen.

Ich konzentriere mich auf mein Element und schieße einen Wasserstrahl auf die Barriere. Doch der prallt einfach an ihr ab.

Lukas läuft los, er ist fast am Ziel, als sich die Barriere endlich auflöst. Ich eile ihm hinterher, doch das werde ich nicht mehr gewinne können. Ich höre schon das Jubeln der Schüler, die die Ankunft des Siegers feiern.

»Hallo Cleo«, höre ich eine Stimme hinter mir.

Ich drehe mich um und sehe, wie er zwischen den Bäumen hervortritt. Der Sohn des Fürsten von Wairua. Lucian.

»Du musst mit mir kommen«, sagt er bestimmt und geht einen Schritt auf mich zu. Verwirrt starre ich ihn an.

»Bitte komm freiwillig mit mir, ich will dich wirklich nicht zwingen müssen«, sagt er eindringlich und bestimmt.

»Was willst du von mir? Wieso sollte ich dir folgen?«, sage ich entsetzt und laufe weiter.

Ich höre ein Flügelschlagen und plötzlich landet er vor mir. »Cleo, es gibt viele Gründe, wieso du mit mir kommen solltest. Bitte, ich erkläre dir alles, wenn wir in Sicherheit sind.«

Ich feuere Wasserkugeln auf ihn und versuche, an ihm vorbeizulaufen. Doch er packt mich an den Händen, so kann ich mein Element nicht nutzen. Angst überkommt mich und ich schreie los. Er darf mich nicht bekommen! Er hat meine Eltern ermordet und Max verletzt.

Ich werfe mich gegen ihn, will ihn loswerden, da packt er mich fester und drängt mich zurück Richtung Wald. Panik und Wut überkommen mich, ich reiße mich von ihm los. Da bricht es aus mir heraus. Wasser schießt aus einer Hand, Feuer aus der anderen, mein Schrei wird zu einem Wirbelsturm und unter mir türmt sich die Erde auf.

Lucian starrt mich mit verwirrtem Blick an. Dann erhebt er sich ruckartig in die Luft und verschwindet. Die Elemente beruhigen sich langsam und nach einigen Sekunden kann ich wieder klar denken.

Lukas ist in einiger Entfernung stehen geblieben und starrt mich an. Er hat mich schreien gehört und nichts getan? Zugesehen, wie mich jemand entführen wollte? Und was ist mit den anderen?

Mit einer Handbewegung beschwöre ich das Wasser und stoße ihn mit einem lauten Platschen zur Seite. Ohne ihn auch nur eines Blickes zu würdigen, gehe ich an ihm vorbei. Ich steige auf das Podest, wo ich die Beherrschung verliere. Tränen brennen in meinen Augen, ich zittere am ganzen Körper. Es fühlt sich an, als hätte man mir meine gesamte Energie geraubt.

Auf den Tribünen ist es totenstill und alle starren mich an.

Der Fürst kommt zu mir und reicht mir die Hand. »Ms Cleo Gruber. Sie haben es als Erste geschafft und sind somit die Gewinnerin des diesjährigen Turniers.« Nur mit Mühe kann ich genug Kraft aufbringen, um seinen Händedruck zu erwidern.

Immer noch ist von den Tribünen kein Mucks zu hören, Lina kommt aus dem Publikum auf mich zugelaufen.

»Cleo, geht es dir gut?«, fragt sie und führt mich stützend vom Podest.

»Was passiert jetzt?«, frage ich sie und ignoriere ihre Frage.

»Jetzt findet die Feier zu Ehren des Siegers statt und morgen findet das Mondritual statt», erklärt sie mir.

Die Tribüne leert sich allmählich und alle verschwinden dahinter.

Victor kommt zu uns. »Hey Cleo, das war Wahnsinn. Du kannst vier Elemente beherrschen, wie abgefahren!«, ruft er. »Aber wer war der Typ?«

Lina spürt, wie ich am ganzen Körper zittere. »Cleo braucht jetzt Ruhe. Wir sollten schnell zum Schiff, dann kann sie sich vor der Feier noch ausruhen«, sagt sie sanft.

»Schiff?«, frage ich erstaunt.

Sie führen mich um die Tribüne herum. Die Sicht auf das Meer ist frei, dort liegen Segelschiffe vor Anker.

»Wir mussten nicht alle den beschwerlichen Weg nehmen«, sagt Lina entschuldigend.

Wir gehen an Bord und Lina erzählt mir von ihrem Kampf und warum sie den Weg über das Meer nicht geschafft hat. Ihr

Hippocampus ließ sich nicht beruhigen und hat sie nicht bis zur Insel gebracht.

»Wächter mit dem Wasserelement haben das Meer so in Unruhe versetzt, damit die Hippocampi Angst bekommen. Es war Ziel dieser Prüfung, sein Tier zu beruhigen und zur Insel zu kommen«, erklärt Victor.

»Oh nein, Druna!«, rufe ich. »Druna wartet auf der anderen Seite der Insel auf mich.«

Lina legt mir beruhigend den Arm um die Schulter »Sie haben die Hippocampi abholen lassen, keine Sorge.«

Das Schiff legt ab, wir sind nur zu viert im Boot. Wir drei und ein Wächter, der mit seinem Luftelement das Segelschiff steuert. Lina erklärt, dass der Weg durch das Labyrinth für jedes Element ausgelegt war. Mit der Erde hätte man die Mauern auseinanderschieben können, mit der Luft hätte man den Nebel vertreiben können und mit dem Feuer hätte man alles um sich herum erhellen können. Sie reden noch eine Weile über die Kämpfe und die Aufgaben. Ich sitze still daneben. Ich habe mich noch nie so kraftlos gefühlt. Lina scheint das zu spüren und streicht mir behutsam über den unverletzten Arm.

Als wir wieder auf dem Festland ankommen, stehen alle Schüler Spalier für mich und jubeln, während ich das Schiff verlasse. Victor und Lina müssen mich auf dem Weg stützen, ich nehme die Schüler um mich herum kaum noch wahr.

Sie bringen mich auf mein Zimmer. Lina hilft mir in die Dusche und heißes Wasser rinnt über meinen schmerzenden Körper. Ich benutze eines von Linas Ölen und der süße Duft von Jasmin erfüllt die Dusche. Ich fahre mit einem Schwamm über meine Beine und sehe die fingerförmigen blauen Flecken. Tränen brennen in meinen Augen und vermischen sich mit dem Wasser der Dusche. Mit dem Schwamm fahre ich über die Flecken, als ob ich sie damit wegwaschen könnte. Erschöpfter als zuvor steige ich aus der Dusche. Ich stehe vor dem Spiegel an der Wand und betrachte meinen Körper, er ist über und über mit blauen Flecken übersät.

Die Tür geht auf und Lina steht mit einem entsetzten Blick vor mir.

»Cleo, was ist mit dir passiert?«, fragt sie um Fassung ringend.

»Lass uns nach der Feier darüber reden«, sage ich leise. »Kannst du mir helfen, das verschwinden zu lassen?«, frage ich.

Sie nickt und greift zu ihren Schminksachen, gekonnt betupft und bepinselt sie vorsichtig meine blauen Flecken, bis sie unter mehreren Schichten Make-up verschwinden.

»Du bist die Beste«, sage ich und umarme sie.

Ich ziehe meine Jeans und einen Pullover an, dann gehen wir in die Cafeteria, wo ein großes Buffet aufgebaut wurde und Musik spielt.

Ich beuge mich zu Lina. »Wie lange müssen wir hier bleiben?«, raune ich ihr zu und schiele zu Lukas. »Ich würde lieber wieder in unser Zimmer gehen.«

Sie folgt meinem Blick. »Wir müssen leider eine Weile bleiben, es wäre unhöflich, wenn wir jetzt gehen. Ist etwas zwischen euch vorgefallen?«, fragt sie mich.

Ich will ihr gerade antworten, da kommt Lukas schon zu uns.

»Das war großartig, Babe.« Er küsst mich. »Du bist der Wahnsinn.«

Ich verharre stocksteif und weiß nicht, was ich sagen soll. Will er ernsthaft so tun, als wäre nichts gewesen?

Lina scheint mein Unbehagen ihm gegenüber zu spüren und zieht mich weiter. »Cleo hat bestimmt großen Hunger nach dem Ganzen. Wir sehen uns später?«, fragt sie überaus freundlich.

Bevor er antworten kann, sind wir schon am Buffet.

»Ist alles in Ordnung?«, fragt mich Lina leise.

»Er war ein Riesenarschloch. Er hat den Weg mit einer Barriere aus Luft blockiert, damit ich nicht durchkomme. So dringend wollte er gewinnen. Aber das Schlimmste war, dass er seinen Hippocampus mithilfe von seinem Element über das Wasser geflogen hat, als er ihn nicht beruhigen konnte«, erzähle ich wütend.

»Das ist ja schrecklich«, sagt Lina entsetzt.

»Können wir vielleicht zu den Ställen gehen und nachsehen, wie es seinem Hippocampus geht? Ich mache mir wirklich Sorgen. Außerdem möchte ich wissen, ob Druna bei den Ställen ist. Ich habe ihm gesagt, er soll auf mich warten, und ich will sicher sein, dass er weiß, dass es mir gut geht«, rede ich eindringlich auf Lina ein.

Sie sieht sich besorgt um, nickt aber. »Wenn wir uns beeilen, fällt es vielleicht nicht auf«, sagt sie.

Auf dem Weg aus dem Saal bleiben wir bei Victor stehen und sagen ihm, was wir vorhaben. Er schließt sich uns sofort an und zu dritt gehen wir zu den Stallungen.

Beim Näherkommen hören wir Stimmen aus dem Stall. Es ist Professor Caballo.

»Irgendetwas hat ihn bei dem Turnier schwer verstört, wir müssen ihn irgendwie beruhigen.«

»Töten Sie ihn, dann ist sein Leid schnell beendet«, entgegnet die Stimme von Professor Luxeria.

Ich mache große Augen. Geht es da um Druna oder um Lukas‘ Hippocampus?

»Aber Schulleiterin, ihn einfach zu töten, wäre nicht richtig. Ich würde zuerst gerne versuchen, ihm zu helfen. Bitte«, sagt der Professor schnell.

»Gut, ich überlasse Ihnen das Tier, aber Sie nehmen es auf sich, wenn einem Schüler etwas passiert«, sagt Professor Luxeria streng. Wir hören Schritte und kurz darauf kommt sie aus dem Stall.

»Ms Cleo. Sollten Sie nicht bei Ihrer Feier sein?«, fragt sie, als sie mich sieht.

»Oh ja, das sollte ich. Ich wollte nur nach meinem Hippocampus sehen. Ich habe ihm vor der Insel gesagt, er soll auf mich warten, nun habe ich die Befürchtung, dass er das auch tut«, sage ich mit gesenktem Kopf.

»Klug, stark, mächtig und loyal. Vielleicht kann sich die Prinzessin ja etwas von Ihnen abschauen«, sagt sie und schaut kurz zu Lina, dann richtete sich ihr Blick wieder auf mich. »Ich wollte ohnehin mit Ihnen sprechen. Der Fürst von Oryja möchte, dass Sie morgen bei dem Mondritual mitwirken. Eine so mächtige Erbin der Elemente wie Sie hat es in der Geschichte von Anahera noch nie gegeben. Ich hoffe, Sie nehmen seine Einladung an?«, fragt sie mich nun freundlicher.

Ich nicke. »Dankeschön, ich nehme gerne am Ritual teil«, sage ich.

Nach einem abschätzenden Blick auf uns verlässt sie den Stall. Wir gehen sofort zu Professor Caballo und dem verstörten Hippocampus.

»Was machen Sie denn alle hier? Sollten Sie nicht auf dem Fest sein?«, fragt er uns erstaunt.

»Ich wollte nach Druna und Lukas‘ Hippocampus sehen«, sage ich schnell.

»Wissen Sie, was mit Mr Lukas‘ Tier geschehen ist?«, fragt er mich.

Ich nicke und erzähle es ihm. Entsetzt kniet er sich neben das Becken, wo der Kopf des Hippocampus zu sehen ist.

»Das erklärt natürlich, wieso es so verschreckt ist. Man darf ein Tier nicht gegen seinen Willen aus seinem Lebensraum reißen. Er muss bei dem Flug unglaublich gelitten haben«, sagt der Professor leise.

»Darf ich zu ihm?«, frage ich und der Professor macht mir Platz. Ich setze mich zu ihm.

»Hi du. Na, wie geht es dir?«, frage ich den Hippocampus.

Ich lasse eine Hand in das Wasser gleiten und versuche, das Tier zu streicheln.

»Bald wird es dir besser gehen. Du warst heute toll und mutig. Jetzt solltest du ein bisschen schlafen und morgen ist bestimmt alles vergessen.« Ich rede mit dem Tier wie mit einem kranken Kind, aber ich habe das Gefühl, dass es das Richtige ist. Ich spüre, wie es seinen Kopf an meine Hand schmiegt, und streichle es noch ein paar Minuten.

Dann stehe ich auf und gehe aus der Box.

»Das war erstaunlich, Ms Cleo. Sie wurden wirklich mit vielen Gaben gesegnet«, sagt der Professor.

»Danke. Ist Druna hier?«, frage ich ihn hastig.

Er nickt. »Aber er war sehr bockig, als wir ihn geholt haben. Er wollte nicht zurück, ich weiß nicht, wieso.«

Ich laufe zur Box und knie mich neben sein Becken. Fast zeitgleich taucht sein Kopf aus dem Wasser auf.

»Hallo«, sage ich zu ihm, doch er sieht mich nicht an. »Ich bin so froh, dass du hier bist! Ich habe schon gedacht, du wartest ganz alleine bei der Insel und hast Angst.«

Er schnaubt laut auf.

»Keine Sorge, ich bin dir nicht böse«, erkläre ich ihm. »Es war richtig, dass du mit ihnen gegangen bist.«

Er dreht sich zu mir und schwimmt schnell auf mich zu, er wiehert laut und ich streichle ihm den Kopf.

»Das ist so süß«, sagt Lina hinter mir.

»Außergewöhnlich«, murmelt der Professor.

Eigentlich will Lina nach dem Besuch im Stall zurück zur Feier, aber ich kann sie dazu überreden, in unser Zimmer zu gehen. Heute war so viel los und ich muss einfach mit ihr und Victor über alles reden.

Im Zimmer setzten wir uns auf die Betten, die Decke habe ich fest um mich geschlungen, in der Hand einen Kakao, den ich bei Querx bestellt habe.

Victor und Lina sitzen auf ihrem Bett und schauen mich erwartungsvoll an. Da platzt es aus Victor heraus: »Du kannst alle Elemente steuern!«

Ich trinke einen Schluck von meinem Kakao. »Sieht so aus«, sage ich leise.

»Cleo, du musst von der Urlinie abstammen, von einer echten Mondprinzessin!«, sagt Lina ehrfurchtsvoll.

»Ich dachte, die sind ein Mythos?«, entgegne ich.

»Das dachten alle, aber jetzt kann es kein Mythos mehr sein«, sagt Victor eindringlich.

»Was ist überhaupt passiert? Wir haben nur gesehen, dass plötzlich alle Elemente aktiv waren, aber nicht, was das ausgelöst hat.« Lina schaut mich neugierig an.

Ich zittere, ich habe noch immer nicht richtig verarbeitet, was eigentlich passiert ist.

»Er war da«, sage ich. »Der Sohn des Fürsten von Wairua. Er wollte, dass ich mit ihm komme. Natürlich habe ich mich geweigert. Daraufhin hat er mich am Arm gepackt und wollte mich zwingen. Ich habe Angst bekommen und da ist es passiert.«

Victor nickt. »Dann wurden die Elemente durch deine Emotionen freigesetzt«, sagt er nachdenklich.

Lina schaut mich entsetzt an. »Hat er dich verletzt? Hat er etwas gesagt?«

»Er hat mich nicht verletzt. Er hat mich sogar gebeten, mitzukommen«, antworte ich nachdenklich. Daran hab ich gar nicht mehr gedacht. Er hat eigentlich nicht den Eindruck gemacht, als würde er mir etwas antun wollen.

»Denkst du immer noch, dass er deine Eltern getötet hat?«, fragt mich Lina.

»Ich bin mir sicher«, gestehe ich. »Und wer sollte es den sonst gewesen sein?«, frage ich. »Und bei dem Turnier ist noch etwas Seltsames passiert. Ich wurde von Irrlichtern gejagt. Aber als ich zur Prüfung mit dem Steg und den Händen kam, hat mir eines geholfen. Das machen die doch normalerweise nicht, oder?«

»Welche Prüfung mit dem Steg und den Händen?«, hakt Lina nach.

Ich runzle die Stirn. »Na, die gleich nach dem Labyrinth. Da musste man über Stege laufen und den Händen ausweichen. Ich habe sie eigentlich nicht bestanden, weil die Hände mich schon gepackt haben. Deswegen habe ich die ganzen blauen Flecken am Körper. Das Irrlicht hat mir das Leben gerettet«, erzähle ich.

Victor sieht mich erschrocken an. »Cleo, es gab keine Prüfung mit irgendwelchen Händen. Nachdem wir ausgeschieden sind, haben sie uns mit dem Schiff zu der Insel gebracht und uns von den Prüfungen erzählt. Da war keine Rede von so was.«

»Bist du sicher? Es hat ausgesehen, als würden die Toten ihre Hände durch die Bretter des Stegs stecken. Sie hätten mich fast getötet, wenn mir das Irrlicht nicht geholfen hätte«, sage ich und zittere bei dem Gedanken an die kalten knochigen Finger auf meiner Haut.

»War auf der Insel nicht einmal ein Friedhof?«, fragt Lina Victor.

Er reist die Augen auf und nickt. »Auf dem Friedhof liegen alle, die im großen Krieg umgekommen sind. Aber eigentlich hätte dich dein Element an einer anderen Stelle des Waldes aus dem Labyrinth führen sollen«, überlegt er.

»Heißt das, die Toten wollten mich zu sich holen?«, frage ich leise. Mir läuft ein Schauer über den Rücken. Dann fällt mir etwas ein. »Lukas kam den gleichen Weg entlang wie ich. Hätte er nicht woanders sein sollen? Das Irrlicht ist verschwunden, bevor es mir sagen konnte, was es mit dem Fluch gemeint hat.«

»Cleo, langsam. Fang bei dem Irrlicht noch mal von vorne an. Welcher Fluch?«, fragt mich Lina irritiert.

»Ich habe das Irrlicht angefleht, mir zu helfen. Die Hände haben mir die Luft abgeschnürt und mich festgehalten. Ich konnte nicht mehr atmen, mich aber auch nicht wehren. Da hat es mich irgendwie befreit. Als Tausch gegen die Befreiung wollte es, dass ich irgendeinen Fluch breche und Anahera räche. Aber bevor es mir erklären konnte, was es genau von mir will, ist Lukas aufgetaucht«, sage ich.

Wir reden noch bis tief in die Nacht hinein, aber Erklärungen für all das finden wir nicht.

Lucian

Der Tag des Turniers bricht an. Eigentlich ist es nicht schlecht, dass mein Plan gestern nicht aufgegangen ist. Ich wollte schon immer sehen, wie dieses Turnier abläuft. Beim Ball haben sich viele darüber unterhalten, sodass ich weiß, wo ich jetzt hinmuss.

Zum Glück weiß ich schon, wo die Bibliothek ist. Ich bin der Erste und klettere auf einer der vielen Leitern hinauf zu den oberen Stockwerken. Von hier oben sieht der Raum noch größer und majestätischer aus als von unten. Nach einiger Zeit treten die ersten Prüfungsteilnehmer ein. Sie sehen alle nervös aus, tuscheln miteinander und schauen sich ängstlich um. Ich finde Cleo und ihre Freunde unter ihnen. Sie stehen in der Mitte des Trubels und wirken genauso nervös.

Die große Tür schwingt auf und Professoren treten ein. Sie wirken steif und stellen sich vor den Schülern in einer Reihe auf. Ihre Blicke sind streng, aber sogar sie wirken angespannt. Da schwingt die Tür noch mal auf und ein Mann tritt in die Bibliothek. Der Mann, der Cleo töten wird. Der Fürst von Oryja.

Ich höre bei seiner Rede nur mit einem Ohr zu, viel mehr interessiert mich die erste Aufgabe.

Jeder bekommt eine Schriftrolle und die Anweisung, sie erst zu öffnen, wenn die Professoren den Raum verlassen haben. Ein Junge ist zu ungeduldig und rollt sie auf. Im gleichen Moment geht er schreiend zu Boden. Er krümmt sich vor Schmerzen.

Der Fürst von Oryja sagt nur: »Dieser junge Mann hat die erste Aufgabe bereits nicht bestanden. Er hat es nicht geschafft, dem Bann dieser Rolle zu widerstehen. Somit ist seine mentale Stärke dem, was noch alles auf euch zukommt, nicht gewachsen«, sagt er mit einem Lächeln im Gesicht.

Mir klappt die Kinnlade runter. Es ist, als hätte sich alles auf den Kopf gestellt. Was soll das? Ich dachte, diese Schüler werden gut behandelt. Aber das hier ist einfach nur grausam. So etwas hätte ich eher von meinem Vater erwartet als von jemandem aus Oryja.

Als die Professoren und der Fürst den Raum verlassen, stürzt Cleo mit ihren Freunden auf den Jungen zu, um ihm zu helfen. Die anderen Schüler starren hingegen wie gebannt in ihre Schriftrollen, statt zu helfen. Der Junge wird von Feeng abtransportiert. Die drei Freunde öffnen anschließend auch ihre Schriftrollen.

Die Prinzessin von Maunga und das Arschloch eilen schon durch die Tür. Cleo und ihre Freunde folgen ihnen nur kurze Zeit später. Um nicht bemerkt zu werden, muss ich warten, bis alle Schüler den Raum verlassen haben, erst dann kann ich ihnen folgen. Ich hoffe, ich verliere sie nicht.

Nach einer gefühlten Ewigkeit kann ich aus der Bibliothek raus. Auf dem Weg nach draußen höre ich vertraute Stimmen hinter einer verschlossenen Tür sprechen.

»Wenn sie stark unter Stress steht, wird sie auch ihre anderen Elemente rufen, dann wissen wir, dass sie ihre Tochter ist«, sagt der Fürst.

»Und was, wenn sie nicht stark genug unter Stress gesetzt wird?«, fragt eine Frau.

»Keine Sorge, Professor. Ich habe etwas vorbereitet«, sagt er. »Auf der Insel wird sie eine Prüfung bestehen müssen, die nur für sie bestimmt ist.«

Scheiße. Was soll das heißen? Ich muss sie finden! Ich laufe zum Meer und sehe zu, wie einige Schüler auf Hippocampi steigen. Ich sehe mich um, wie soll ich da rüber kommen? Ach Scheiß drauf.

Ich ziehe meine Jacke aus und fliege auf das offene Meer hinaus. Nach wenigen Minuten erreiche ich den Strand und lande. Hoffentlich hat mich niemand gesehen, obwohl mir das jetzt auch schon egal ist.

Ich laufe los. Der Weg führt durch einen dichten Wald. Das könnte auch der Tenebris sein. Erst als ich meine Hände nicht mehr sehen kann, erhebe ich mich in die Luft und fliege durch das dichte Blätterdach. Von oben kann ich die ganze Insel sehen. Südlich von mir ist etwas auf einer Wiese aufgebaut, darauf fliege ich zu. Es handelt sich wohl um eine Tribüne, die vollbesetzt ist. Da muss das Ziel sein. Ich fliege noch näher, halte mich aber über dem Wald und sehe Cleo, wie sie gegen eine unsichtbare Wand rennt. Das ist der perfekte Moment. Ich will gerade tiefer gehen, da löst sich die Wand vor ihr auf. Sie läuft weiter.

Ich lande hinter ihr und sage, so freundlich ich kann: »Du musst mit mir kommen.«

Sie dreht sich zu mir und schaut mich schockiert an.

Ich versuche es noch mal: »Bitte, komm freiwillig mit mir, ich will dich wirklich nicht zwingen.«

»Was willst du von mir? Wieso solle ich dir folgen?«, sagt sie entsetzt und eilt weiter.

Ich fliege wieder und lande diesmal direkt vor ihr, um ihr den Weg abzuschneiden. »Cleo, es gibt viele Gründe, wieso du mit mir kommen solltest. Bitte, ich erkläre dir alles, wenn wir in Sicherheit sind.«

Sie feuert einen Wasserstrahl auf mich und versucht, an mir vorbeizulaufen. Ich packe sie schnell am Arm. Sie reißt sich los.

Wasser schießt aus ihrer einen Hand, Feuer aus der anderen, aus ihrem Mund kommt ein Wirbelsturm und unter ihr türmt sich die Erde auf. Ich haste ein paar Schritte zurück, um nicht von ihren Elementen getroffen zu werden.

Ich habe hier keine Chance, mehr, sie mitzunehmen. Vielleicht haben mich die anderen noch nicht erkannt. Wenn ich jetzt verschwinde, hat mein Auftauchen hier vielleicht keine Konsequenzen. Schnell erhebe ich mich in die Luft und verschwinde von der Insel.

Ich gehe automatisch zurück zum Trainingssaal in mein Versteck. Was verdammt noch mal war das? Ich falle auf die Matte und massiere mir den Nasenrücken.

Hatte der Fürst von Oryja recht? Kann Cleo alle Elemente beherrschen? Was bedeutet das? Ist sie dann wirklich die Tochter von Aurelia? Wie lange hat der Gebieter schon davon gewusst? Ist sie eine Mondprinzessin?

Ich zerbreche mir den ganzen Abend den Kopf darüber. Das Einzige, was ich sicher weiß, ist, dass sie morgen um diese Zeit tot sein wird, wenn ich nichts dagegen unternehme.

Kapitel 12

Cleo

»Ms Lina. Ms Cleo. Es ist Zeit, aufzustehen.« Querx' Stimme dringt durch die Tür und ich setze mich auf. »Ms Cleo. Ich habe hier ein Geschenk für sie.«

Ein Geschenk? Neugierig stehe ich auf und laufe zur Tür. Als ich sie öffne, sehe ich den lieben kleinen Querx kaum hinter der riesigen Schachtel, die er in den Händen hält.

Ich nehme sie ihm ab. »Danke, Querx. Weißt du, von wem das Geschenk kommt?«, frage ich ihn.

»Das Geschenk kommt vom Fürsten höchstpersönlich.« Seine Augen leuchten. »Ich durfte es selbst von ihm entgegennehmen.«

»Oh, das ist ja toll, Querx. Danke, dass du es mir gebracht hast.«

Ich schließe die Tür und Lina betrachtet das Paket so misstrauisch, als würde sie damit rechnen, dass es jeden Moment explodiert oder der Fürst selbst herausspringt.

Ich öffne es und darin liegt ein langes weißes Kleid.

»Was ist das denn für eine Schule? Alle paar Tage bekomme ich Kleider geschenkt«, sage ich und hole es aus der Schachtel. Ein Zettel fällt auf den Boden.

Lina hebt ihn auf und öffnet ihn. Dann räuspert sie sich und liest ihn mir vor: »'Ms Cleo'«, sagt sie in übertrieben Ton, »'ich möchte Ihnen noch einmal zu dem gestrigen Tag gratulieren. Sie werden zweifelsohne eine Bereicherung für unsere Welt sein.' So ein Schleimer«, ergänzt Lina und ich muss lachen. »'Da Sie heute eine wichtige Rolle bei dem Mondritual einnehmen werden, dachte ich, es wäre eine schöne Geste, wenn ich Ihnen dieses Kleid zukommen lasse. Der Fürst.'« Lina verdreht die Augen.

»Seit wann bist du so offen, was deinen Vater betrifft?«, frage ich sie lachend.

»Na ja, du hast ihn ja inzwischen kennengelernt. Und jetzt, wo ich weiß, dass meine beste Freundin eine Mondprinzessin ist, brauche ich keine Angst mehr von ihm zu haben«, entgegnet sie kichernd und wirft den Brief in den Müll.

»Ich bin keine Mondprinzessin«, wehre ich ab, aber irgendwie habe ich das Gefühl, dass da doch etwas dran ist. »Was muss ich bei dem Ritual eigentlich tun?«, frage ich, um von meiner Identitätskrise abzulenken.

Sie zuckt mit den Schultern. »Keine Ahnung. Bis jetzt hat noch keine Schülerin daran teilgenommen.«

»Was?«, frage ich entsetzt. »Ich dachte, dass der Gewinner immer Teil des Festes ist.«

»Du bist die Erste«, sagt sie. »Keine Sorge, das schaffst du schon. Es ist eigentlich nur ein langes Gebet und überall stehen Räucherstäbchen und Kerzen herum. Am Altar liegt immer viel Obst und Fleisch als Gabe für die Ahnen«, erklärt sie mir. »Vermutlich sollst du während des Gebets vorne stehen und hübsch aussehen.«

Das beruhigt mich etwas. Ich dachte schon, ich muss etwas sagen oder wie bei uns zu Hause in der Kirche singen oder so.

Der Tag vergeht wie im Flug, wir haben heute keinen Unterricht, also spazieren wir zu dritt über den Campus und ich lasse mich feiern. Ich bin stolz auf meinen Sieg von gestern und genieße es irgendwann, von jedem begrüßt und gelobt zu werden. Es fühlt sich großartig an, in dieser Welt etwas erreicht und mich behauptet zu haben.

Lina und Victor zeigen das offen, dass sie ein Paar sind, händchenhaltend gehen sei über den ganzen Campus, aber niemanden scheint das zu stören. Beleidigungen und schiefe Blicke bleiben aus, heute wollen alle nur feiern. Die beiden genießen es sichtlich, sich nicht mehr verstecken zu müssen.

Lukas habe ich den ganzen Tag über nicht gesehen und das stört mich auch nicht. Ich habe ihm nichts zu sagen. Sein Verhalten gestern war völlig daneben. Er hätte Victor nicht angreifen sollen, den Hippocampus nicht aus dem Wasser holen und mir keine Elementblockade vorsetzen dürfen. Das, was zischen uns war, ist vorbei. Und das stört mich noch nicht einmal.

Am Abend gehen wir zu dem Tempel, der hinter der Schule steht. Ich trage das Kleid, das mir der Fürst geschickt hat, und es sieht umwerfend aus. Die Seide fliest leicht um meinen Körper und fühlt sich an, als wäre sie nicht vorhanden.

»Einer Mondprinzessin würdig«, hat Lina gesagt, als sie mich vorhin darin gesehen hat.

Auf dem Weg ruhen alle Blicke auf mir. Überall wo ich hinkomme, sehe ich staunende Gesichter. Es ist mir noch immer unangenehm, aber heute soll es mir nichts ausmachen.

Ich sehe die drei Monde am Himmel und eine Energie steigt in mir auf wie damals in Tarent. »Happy Birthday to me«, sage ich leise.

»Du hast heute Geburtstag?«, fragt mich Lina verärgert. »Wieso hast du mir das nicht erzählt? Ich habe kein Geschenk für dich!«

Victor hingegen starrt mich an. »Ich habe ganz vergessen, dass du heute Geburtstag hast. Am Tag des Mondfestes, das ist bestimmt ein Zeichen«, sagt er.

»Das Ritual beginnt bald und wir sollten hineingehen«, sage ich hastig, um das Thema zu beenden.

Wir betreten mit einigen anderen Schülern den Tempel. Er sieht aus wie ein griechischer Tempel, den man aufpoliert hat. Innen stehen Säulen kreisförmig um einen weißen Altar aus Stein. Alles ist in Rauchschwaden gehüllt, der von unzähligen Räucherstäbchen an den Wänden und Säulen ausgeht. Erst jetzt fällt mir der Duft hier drinnen auf. Es riecht nach Weihrauch.

Wir gehen weiter hinein, irgendwann bleiben Lina und Victor stehen. Ich weiß nicht genau, wo ich hinsoll, also schaue ich mich nach den Professoren und dem Fürsten um. Professorin Luxeria fängt meinen Blick auf und winkt mich zu sich.

Ich bahne mir einen Weg nach vorn. Das ist nicht besonders schwierig, da die meisten einen Schritt zurückweichen, sobald sie mich sehen.

»Sie brauchen nichts zu tun. Sie werden einfach neben uns stehen, während wir den Ahnen gedenken. Es kann sein, dass der Fürst Ihnen Anweisungen gibt, führen Sie die einfach aus. Machen Sie sich keine Sorgen, es ist eine große Ehre, bei dem Ritual mitwirken zu dürfen«, sagt Professor Luxeria.

Gehorsam stelle ich mich neben sie und warte darauf, dass das Ritual beginnt.

Der Fürst betritt den Tempel. Er trägt wie ich ein weißes Gewand. Er schreitet durch die Menge auf mich zu. Hinter ihm folgen zwei Männer ebenfalls in Weiß, nur tragen sie zusätzlich weiße Kapuzen, die ihre Gesichter verbergen. Sie stellen sich vor den Altar und beginnen einen Singsang. Anscheinend ist es ein Gebet.

Die Schüler, die im Rauch kaum zu erkennen sind, stimmen in den Singsang ein. Es ist nicht wie bei dem Mondritual mit Lina, wo wir zu allen Elementen gebetet haben. Ich kann auch nicht verstehen, was sie sagen. Langsam wird mir von dem Geruch des Weihrauchs schwummrig.

Der Fürst wendet den Kopf zu mir und fixiert mich, während er im Singsang sagt: »Die Gabe wird ein Opfer sein und den Geist für immer erlösen.« Er nimmt einen Kelch und trinkt einen Schluck.

Ich würde alles dafür geben, um jetzt einen Schluck Wasser zu trinken. Vielleicht könnte das den Schwindel und den Nebel in meinem Kopf vertreiben.

Ich schaue zu Lina, die ihren Blick nach oben gerichtet hat. Stirnrunzelnd stelle ich fest, dass auch alle anderen ihren Blick in den Himmel gerichtet haben. Mit ausdruckslosen Mienen starren sie an die Decke. Ist das normal? Davon hat sie nichts erzählt.

Ich blicke wieder zum Fürsten, der mich mit seinem Blick durchbohrt. Er deutet auf den Altar. Ich weiß nicht, was er erwartet, und stehe steif da. Jetzt bewegen sich die in Weiß gekleideten Kapuzenmänner. Sie kommen auf mich zu und greifen mich an den Armen. Sie führen mich zu dem Altar und bedeuten mir, mich darauf zu legen.

Wie ferngesteuert steige ich die Stufen zu dem Altar hinauf und lege mich auf den kalten Stein. Über mir erkenne ich ein rundes Loch in der Decke, durch das ein Mond scheint. Der Singsang um mich herum wird lauter und schneller und ich schließe die Augen. Ich fühle mich auf dem Altar schwerelos, die Schmerzen meines Körpers verschwinden, als hätte man mich nie angegriffen.

Ich lächle, alles fühlt sich so leicht und gut an. So muss es im Himmel sein.

Lucian

Den ganzen Vormittag versuche ich, einen Plan zu schmieden, wie ich sie hier am besten heraushole, aber mir fällt einfach nichts Besseres ein, als sie zu packen und mit ihr davonzufliegen. Ich muss nur den richtigen Zeitpunkt abwarten. Den ganzen Tag habe ich damit verbracht, sie zu beobachten, um einen Moment zu finden, in dem ich sie unbemerkt hier wegholen kann. Aber sie wird nie aus den Augen gelassen, ständig ist sie mit ihren Freunden unterwegs. Da habe ich keine Chance, sie zu entführen.

Sobald die Sonne untergeht, gehe ich nach draußen. Man kann die drei Monde schon sehen, sie stehen fast in einer Linie am Himmel. Als Kind fand ich sie schon faszinierend, meine Mutter muss sie auch gemocht haben. Es gibt viele Bilder von den Monden, die sie gemalt hat. Meist in Verbindung mit schönen Frauen, die mit den fünf Elementen gespielt haben. Mondprinzessinnen.

Ich eile auf den Tempel zu, hoffentlich bin ich noch nicht zu spät, ich kann ein lautes melodisches Murmeln von drinnen hören.

Mit einem Ruck öffne ich die Tür und der Duft von Weihrauch strömt mir entgegen. Der Tempel ist voller Schüler, sie wirken wie benebelt und geben einen Singsang von sich. Es klingt genau wie in meinem Traum. Mein Herz hämmert in meiner Brust. Das ist der Moment.

Ich eile den Mittelgang entlang und da sehe ich sie. Cleo liegt auf dem strahlend weißen Altar und trägt ein seidenes Kleid, das über den Stein fließt und ihre Haut schimmern lässt. Für einen Moment stockt mir der Atem. Sie rührt sich nicht und kurz glaube ich, dass ich zu spät bin. Der Fürst steht über sie gebeugt, die Klinge glitzert im Mondlicht. Ich fliege über die Köpfe der Schüler hinweg und stürze mich auf den Fürsten. Mit voller Wucht pralle ich gegen ihn und schleudere ihn zu Boden.

Ich packe Cleo am Arm. »Tut mir leid, aber heute frage ich dich nicht, ob du freiwillig mitkommst.« Zusammen mit ihr fliege ich aus dem Tempel.

Printed in Poland
by Amazon Fulfillment
Poland Sp. z o.o., Wrocław

30885764R10186